MW00743992

UE 951
4,00

La Reina Jezabel

Jean Plaidy

La Reina Jezabel

Javier Vergara Editor s.a.
Buenos Aires / Madrid
México / Santiago de Chile
Bogotá / Caracas / Montevideo

Título original: *Queen Jezebel*
Edición original: Robert Hale
Traducción: Alicia Steimberg
Diseño de cubierta: Farré

© 1994   Mark Hamilton, Albacea Literario
         de la extinta E.A.B. Hibbert
© 1978   Javier Vergara Editor s.a.
         Paseo Colón 221 - 6° / Buenos Aires / Argentina

ISBN 950-15-1479-X

Impreso en la Argentina / Printed in Argentine
Depositado de acuerdo a la Ley 11.723

Esta edición terminó de imprimirse en
VERLAP S.A. - Producciones Gráficas
Vieytes 1534 - Buenos Aires - Argentina
en el mes de marzo de 1995

1

Dentro de sus gruesos muros de piedra, París ardía bajo el sol del verano. Hacía semanas que, desde los rincones más distantes de la tierra francesa, los viajeros atravesaban las puertas de la ciudad. Los nobles llegaban con su séquito, seguidos por mendigos, vagabundos y ladrones, que se unían a ellos en el camino. Parecía que todos los habitantes de Francia habían decidido presenciar la boda de la princesa católica de Francia con el rey hugonote de Navarra.

De tanto en tanto pasaba una brillante figura acompañada por el sonido de las trompetas que lo anunciaban como noble. En su camino al Louvre atravesaba calles de casas altas y elegantes con techos como agudos bonetes grises, y si se trataba de un noble católico lo saludaban los católicos, y los hugonotes, si era un hugonote.

En las callejuelas, con su mugre y sus moscas, había tensión, y ésta se percibía también en las calles y las plazas sobre las que se elevaban, como guardianas, las torres góticas de la Sainte Chapelle y de Notre Dame, los muros sombríos de la Bastilla y la Conserjería. Los mendigos husmeaban el olor de comida que parecía estar perpetuamente en las calles, porque ésta era una ciudad de restaurantes, donde florecían los *rôtisseurs* y los *pâtissiers*, protegidos por los nobles y hasta por el rey mismo. Los mendigos estaban hambrientos, pero también alerta.

De vez en cuando estallaba una riña en las tabernas. Se decía que habían matado a un hombre en los Ananas y que su cadáver había sido arrojado en secreto en el Sena. Era un hugonote, y no era extraño que hubiera tenido dificultades en el París católico. Un hugonote entre católicos era una amenaza peligrosa; pero ese verano en París había miles de hugonotes. Se los veía en las calles, frente a la iglesia de Saint-Germain l'Auxerrois, paseando por las calles congestionadas, entre chozas o mansiones; muchos se alojaban tras las paredes amarillas del Hôtel de Bourbon; otros se dirigían a la casa de la esquina de la rue de L'Arbre Sec y la rue Béthisy, que era el centro del más grande de todos los líderes protestantes, el almirante Gaspard de Coligny.

Hacia el este, en la rue Saint Antoine, se encontraba una de las mansiones más grandes de París, el Hôtel de Guisa, y ese día de verano entró un hombre en la ciudad, cuya aparición llenó de alegría a la mayoría de los parisienses; era su héroe, su ídolo, el hombre más apuesto de Francia junto a quien todos los demás, aunque fuesen príncipes o reyes, parecían hombres del pueblo. Era el rubio duque, de veintidós años de edad, Enrique de Guisa.

Los parisienses le expresaban a gritos su devoción; agitaban sus gorras, aplaudían, saltaban, y sollozaban por el asesinato de su padre, que había sido como él. Era una figura romántica este duque de Guisa, en especial ahora que toda la ciudad se preparaba para celebrar esa boda, porque Guisa había sido amante de la princesa que sería entregada a un hugonote; y París se habría deleitado de ver al duque católico casado con su princesa. Pero se decía que la vieja víbora, la reina madre, había atrapado, juntos a los amantes, y como resultado el apuesto duque fue dado en matrimonio a Catherine de Cleves, viuda del príncipe de Porcien, y la alegre y descuidada Margot fue obligada a renunciar al católico Enrique de Guisa y a casarse con el hugonote Enrique de Navarra. Era algo antinatural, pero era lo que podía esperarse de la italiana Catalina de Médicis.

—¡Viva! —gritaban los parisienses—. ¡Viva el duque de Guisa!

El aceptaba elegantemente el homenaje. Seguido por su comitiva y por los mendigos que se les habían unido en el camino, entró en la rue Saint Antoine.

La princesa Margarita, en sus aposentos del palacio del Louvre con su hermana, la duquesa Claudia de Lorena, escuchaba los vivas que se oían desde la calle y sonreía con alegría, sabiendo a quién se dirigían. Margarita, conocida en todo el país como Margot, tenía diecinueve años; de formas llenas, vivaz y sensualmente atractiva, se decía que era una de las mujeres más instruidas del país, y una de las más licenciosas. Su hermana mayor, más seria, esposa del duque de Lorena, hacía un agudo contraste con la princesa más joven; Claudia era una joven tranquila y sobria.

Los cabellos negros de Margot caían sobre sus hombros; se había quitado la peluca pelirroja que había elegido ese día. Le brillaban los ojos, y hasta Claudia sabía que brillaban por el apuesto duque de Guisa. Margot y Guisa eran amantes, aunque ya no se guardaban fidelidad. Había demasiadas separaciones y, se decía Claudia, la naturaleza de Margot era demasiado afectiva como para ser constante. La suave y dulce Claudia siempre trataba de ver a las personas con la óptica más condescendiente. Margot había dicho muchas veces a su hermana que le habían arruinado la vida al negarle el permiso de casarse con el hombre que amaba (el único que podía amar). Declaraba que como esposa de Enrique de Guisa habría sido fiel; pero como era su amante y no podía ser su esposa, había quedado deshonrada. Por desesperación aceptó a uno o dos amantes, y luego no pudo renunciar al hábito, porque le era fácil amar, y en la corte había muchos hombres atractivos.

—Pero —explicaba Margot a sus mujeres—, siempre soy fiel al señor de Guisa cuando está en la corte.

Y ahora pensar en él ponía brillo en sus ojos y una sonrisa en sus labios.

—Ve a la ventana, Carlota —ordenó—. Dime, ¿lo ves? Descríbemelo.

Una muchacha llena de encanto se levantó de su butaca y fue hasta la ventana. Carlota de Sauves no podía cumplir una orden como la que acababa de recibir sin proclamar que era la mujer más hermosa de la corte. Sus largos cabellos rizados estaban magníficamente peinados, y su atuendo era casi tan elaborado como los que usaban Claudia y Margot; era rubia, de ojos azules, y tenía dos o tres años más que Margot; su marido, un hombre de edad madura, ocupaba el cargo de secretario de Estado, y si bien sus obligaciones le dejaban poco tiempo para dedicar a su mujer, había muchos otros dispuestos a reemplazarlo en sus responsabilidades conyugales. La reputación de Margot estaba ligeramente dañada, pero la de Carlota de Sauves era francamente mala, porque cuando Margot tenía una aventura, realmente amaba, y ese amor era, aunque sólo temporalmente «el amor de su vida», pero los amores de Carlota eran menos inocentes.

—Ya lo veo —dijo Charlotte—. ¡Qué alto es!

—Dicen que es por lo menos una cabeza más alto que los hombres de su comitiva —comentó Claudia.

—¡Y cómo monta a caballo! —exclamó Carlota—. No es de extrañar que los parisienses lo amen.

Margot se levantó y fue rápidamente hasta la ventana.

—No hay otro como él —declaró—. Ah, podría contarte tantas cosas. Ay, Claudia, no te espantes. No te contaré nada, porque no soy tan indiscreta como Carlota y Henriette.

—Sería mejor que nos contaras —sugirió Carlota—, de otro modo muchas de nosotras trataremos de averiguarlo por nuestros propios medios.

Margot se volvió hacia Carlota y le dio un fuerte tirón de orejas. Se lo había enseñado su madre, y sabía por propia experiencia que podía causar mucho dolor.

—Madame de Sauves —dijo, ahora plenamente en su papel de princesa—, haréis bien en guardaros de dirigir la mirada a monsieur de Guisa.

Tocándose apenas la oreja, Carlota replicó:

—Mi señora, nada debéis temer. No dudo de que monsieur de Guisa os es tan fiel... como vos le sois a él.

Margot se apartó y volvió a su asiento; en poco tiempo olvidó su furia, porque esperaba tener un encuentro con

Enrique de Guisa; los que la rodeaban la conocían bien, y la querían, porque a pesar de sus defectos era el miembro más agradable de la familia real. Era de genio rápido, pero se calmaba con igual rapidez y era generosa y de buen corazón; siempre ayudaba a los que estaban en dificultades; era vanidosa e inmoral. Llegó a haber rumores desagradables en relación con su afecto por su hermano Enrique, duque de Anjou; en una época lo admiraba mucho, cuando él tenía diecisiete años y era el héroe de Jarnac y Montcontour, y el amor de Margot, aunque fuera por su primo o por su hermano, no negaba nada que se le pidiera. Era hermosa y alegre, e instruida, siempre muy ansiosa por hablar de sí misma, pero era una compañía encantadora, daba placer estar con ella, y todos la amaban.

Ahora, ante las palabras de Carlota de Sauves, debía justificarse a los ojos de sus mujeres. Se estremeció, y se columpió levemente en su sillón.

—Pensar —murmuró— que cada minuto que pasa me acerca más a un matrimonio que detesto.

Trataron de consolarla.

—Serás reina, querida hermana —dijo Claudia.

Otras colaboraron:

—Se dice que Enrique de Navarra, aunque no es tan hermoso como monsieur de Guisa, no carece de atractivos.

Carlota también participó, sin dejar de acariciarse la oreja.

—Muchas mujeres darían fe de sus atractivos —murmuró—. Es un poco rudo, digamos, un poco salvaje, pero sería difícil encontrar a alguien tan afectuoso y además tan elegante como monsieur de Guisa. El duque Enrique es un rey entre los hombres; en cambio dicen que el rey de Navarra no es más que un hombre... entre las mujeres.

—Calla, Carlota —intervino Margot, echándose a reír—. Ah, pero se me aprieta el corazón. ¿Qué puedo hacer? No me casaré con ese idiota. He oído que tiene debilidad por las campesinas.

—No más que por las grandes damas —replicó Carlota—. Sencillamente le gustan todas.

—Puede ser —respondió Margot— que el Papa no otorgue las dispensas. A cada momento ruego que el Papa se niegue a que se realice la boda. ¿Qué podríamos hacer entonces?

Sus damas sonrieron. Opinaban que la madre de la princesa, que deseaba la boda, no permitiría que ésta fuera impedida por un simple Papa. Pero no dijeron nada; lo habitual era participar de las fábulas de Margot. Claudia, por su parte, no deseaba atribular aún más a su hermana.

—Entonces no habrá boda —continuó Margot—, y todos estos hombres y mujeres podrán volver a sus lugares. Pero es interesante ver tanta gente en París. Debo confesar que me gusta. Me encanta oír los gritos de la gente toda la noche. Han convertido la noche en día, sólo porque se han reunido aquí para ver mi matrimonio con el estúpido de Enrique de Navarra, con quien nunca me casaré, con quien he jurado no casarme nunca.

Alguien llamó a la puerta.

—¡Adelante! —gritó Margot, y su rostro cambió cuando vio a Maddalena, la doncella italiana favorita de su madre. Claudia tembló; siempre temblaba cuando había alguna perspectiva de que fuera llamada a presencia de su madre.

—¿Qué sucede, Maddalena? —preguntó Margot.

—Su Majestad, la reina madre, desea la presencia inmediata de madame de Sauves.

Todas menos Carlota demostraron alivio, y ella no dio indicación alguna de lo que sentía.

—Ve de inmediato —dijo Margot con soltura—. No debes hacer esperar a mi madre.

Hubo silencio cuando se fue Carlota. Después de una pausa Margot continuó hablando de su odiado matrimonio, pero sus ojos habían perdido el brillo y la animación desapareció de su rostro.

Carlota de Sauves se arrodilló ante Catalina de Médicis, la reina madre de Francia, hasta que Catalina la autorizó a incorporarse con un movimiento de su bella y blanca mano.

Entonces Catalina tenía cincuenta y tres años de edad; en los últimos años había engordado mucho, porque era amante de la buena comida; vestía de negro, el luto que llevaba desde la muerte de su esposo, Enrique II, ocurrida trece años atrás. Tenía el rostro pálido, las quijadas colgantes, los grandes ojos salientes; un largo velo negro le cubría la cabeza y caía sobre sus hombros. Sus labios pintados sonreían, pero Carlota de Sauves tembló, como les sucedía a muchos cuando estaban en presencia de la reina madre, porque a pesar de su expresión más bien jovial, después de tantos años a nadie se le escapaba su oculta astucia; y había pasado muy poco tiempo desde la muerte de Juana de Navarra, la madre del futuro esposo, a quien habían convencido, contra sus deseos, de que fuera a la corte a hablar del matrimonio de su hijo con la hija de Catalina. La muerte de Juana fue rápida y misteriosa, y como ocurrió inmediatamente después de hacer ella lo que le exigía Catalina, había muchos en Francia que relacionaban la muerte de Juana de Navarra con Catalina de Médicis. La gente hablaba mucho sobre las extrañas costumbres de la reina madre, y sobre su origen italiano, porque se pensaba que los italianos eran adeptos al arte de envenenar; se sospechaba que quien la proveía de perfumes y guantes, René el Florentino, no sólo la ayudaba a eliminar sus arrugas, sino también a sus enemigos, y que además de perfumes y cosméticos le proporcionaba venenos. Hubo otras muertes además de la de Juana de Navarra, asesinatos secretos que arrojaban sospechas sobre esta viuda enlutada. Carlota pensaba en ellos en esos momentos, mientras se enfrentaba con la reina madre.

Pero Carlota, joven, audaz y bella, era todo menos tímida. Le encantaba la intriga; se deleitaba en explotar el poder que emanaba de su incomparable belleza. Catalina le tenía simpatía porque Catalina siempre favorecía a quienes podían serle útiles, y sabía usar a las mujeres bellas. No poseía un harén para satisfacer sus deseos eróticos como su suegro, Francisco I. Las mujeres de la *Petite Bande* de Francisco eran amantes suyas que cumplían con la tarea de divertirlo con su ingenio y su belleza; las mujeres de Catalina debían poseer los mismos atributos: ser capaces de encantar y seducir, tentar a los maridos a que fueran infieles a sus mujeres y a los ministros de Estado a que abandonaran sus obligaciones; arrancar secretos a quienes los poseían y apartar de sus reyes a los embajadores extranjeros. Todas las mujeres del *Escadron Volant* pertenecían a Catalina en cuerpo y alma, y ninguna de las que entraban en ese grupo esotérico se atrevía a abandonarlo. A ninguna mujer virtuosa se le habría pedido que ingresara en la cofradía, porque las mujeres virtuosas no tenían ninguna utilidad para Catalina de Médicis.

Carlota sospechaba el motivo de la llamada. Estaba segura de que se relacionaba con la seducción de algún hombre. Se preguntó de quién se trataría. En esos momentos había en París muchos hombres nobles y eminentes, pero sus pensamientos se dirigieron al joven que había visto a caballo, desde la ventana de los aposentos de Margot. Si era Enrique de Guisa, cumpliría con mucho gusto la tarea. Y bien podría ser. Tal vez la reina madre deseaba impedir la conducta escandalosa de su hija; y como Margot y Enrique de Guisa se encontraban ambos en París, sin duda habría escándalo, aunque él era el marido de otra mujer y ella estaba a punto de casarse.

Catalina dijo:

—Podéis sentaros, madame de Sauves —no fue inmediatamente al grano—. Venís de los aposentos de la princesa. ¿Cómo la habéis encontrado?

—Muy excitada por el tumulto en las calles, madame. Me envió a la ventana a ver pasar al duque de Guisa. Vuestra Majestad sabe cómo se comporta ella cada vez que el duque está en París. Está muy excitada.

Catalina hizo un gesto afirmativo.

—Bien, el rey de Navarra deberá cuidarla, ¿verdad? No será muy duro con ella por su liviandad. Padece de la misma debilidad —Catalina lanzó una estridente carcajada en la que Carlota participó obsequiosamente.

Catalina continuó:

—Dicen que este caballero de Navarra es muy galante. Lo es desde muchacho. Lo recuerdo bien —Carlota

14

observó los labios de la reina madre, que se curvaron con cierta lascivia. Este aspecto de la personalidad de Catalina era tan repulsivo como cualquier otro para Carlota. Era fría como el hielo y no tenía amantes, pero le gustaba que las mujeres de su Escadron hablaran con ella de sus amores, mientras ella permanecía indiferente, insensible a las emociones, y a la vez como si participara vicariamente de sus aventuras—. Viejas y jóvenes —prosiguió Catalina—. No importaba qué edad tuvieran. Lo único que importaba era que fuesen mujeres. ¿Qué os ha dicho la princesa Margarita cuando os envió a la ventana a mirar a monsieur de Guisa?

Carlota relató en detalle todo lo que se había dicho. Era necesario no olvidar nada, porque la reina madre podía interrogar a otra de las presentes, y si los dos informes no coincidían se molestaría mucho. Le gustaba que sus espías observaran bien y no olvidaran nada.

—No está tan enamorada del apuesto duque como en otra época —declaró Catalina—. Una vez... —volvió a reír—. No tiene importancia. Esas aventuras os parecerían comunes, ya que habéis tenido las vuestras. Pero esos dos eran insaciables. Bella pareja, ¿verdad, madame de Sauves?

—Vuestra Majestad tiene razón. Los dos son muy hermosos.

—Y ninguno de los dos es capaz de mucha fidelidad. Son presa fácil de la tentación. De manera que mi hija estaba un poco celosa del efecto que pudiera tener vuestro interés sobre el apuesto Guisa, ¿no es cierto?

Carlota se tocó levemente la oreja, y Catalina rió.

—Tendréis que realizar una tarea, Carlota.

Carlota sonrió, pensando en la elegante figura a caballo. Como muchos opinaban, era el hombre más apuesto y encantador de Francia.

—Deseo que la vida de mi hija sea lo más placentera posible —continuó Catalina—. Siente rechazo por esta boda, lo sé, pero le satisface verse en el papel de la inocente agredida, de manera que, en alguna medida, disfrutará con el papel de desposada contra su voluntad. El joven rey de Navarra siempre ha sido uno de los pocos jóvenes que no la atraen, y deseo que me ayudéis a facilitarle las cosas.

—Sólo tengo un deseo, y es servir a Vuestra Majestad con todo mi corazón.

—Vuestra tarea será fácil. Está dentro de vuestras capacidades, y como implica atraer a un joven apuesto y tratar de enamorarlo, supongo que la cumpliréis sin inconvenientes.

—Confíe Vuestra Majestad en que haré todo lo posible por complacerla.

—No será desagradable. El amante que os propongo tiene una reputación tan colorida como la vuestra. He oído decir que es tan irresistible para muchas mujeres como vos lo sois para muchos hombres.

Carlota sonrió. Hacía mucho que deseaba al atractivo duque de Guisa. Si nunca se había atrevido a poner sus ojos en él era porque Margot vigilaba a sus amantes como una leona a sus cachorros; pero si era una orden de la reina madre, la ira de Margot tendría poca importancia.

—Veo que os interesa la propuesta —dijo Catalina—. Disfrutad de vuestra empresa, querida mía. Estoy segura de que así será. Comunicadme vuestros progresos.

—¿Vuestra Majestad desea que comience en seguida?

—No es posible —Catalina sonrió con lentitud—. Tendréis que esperar a que este caballero llegue a París. No desearía que comenzarais a cortejarlo por correspondencia.

—Pero, madame... —comenzó Carlota, sorprendida.

Catalina arqueó las cejas.

—¿Sí, madame de Sauves? ¿Qué deseabais decirme?

Catalina guardó silencio, con los ojos bajos.

—¿Pensabais que me refería a alguien que está ya en París..., que acaba de llegar a París?

—Pensé que... que vuestra Majestad hablaba de alguien que está ya en París.

—Lamento desilusionaros —Catalina se miró las manos, aún bellas y jóvenes gracias a las lociones de René—. No deseo que vuestros amores avancen con demasiada rapidez. Mientras cortejéis a este joven, recordad vuestros deberes de esposa. Debéis decirle que vuestro respeto por el barón de Sauves, mi secretario de Estado y vuestro amante esposo, os impiden darle lo que desea, y lo que sin duda pronto os pedirá con gran elocuencia.

—Sí, señora.

—Eso es todo. Podéis marcharos.

—Vuestra Majestad aún no me ha dicho el nombre del caballero.

Catalina rió en voz alta.

—Una omisión seria de mi parte. En realidad es muy importante que lo sepáis. Pero ¿no lo habéis adivinado? Me refiero, por supuesto, al novio, al rey de Navarra. Parecéis sorprendida. Si habíais pensado en Enrique de Guisa, lo lamento. ¡Cómo adoráis a ese hombre, vosotras las mujeres! Por él mi hija está dispuesta a renunciar a una corona, y vos misma estabais llena de excitación cuando suponíais que él sería el objeto de vuestra seducción. No, madame. Debemos facilitar las cosas a nuestra joven pareja. Dejad a monsieur de Guisa a mi hija, y tomad a su marido.

Carlota estaba estupefacta. No era lo que se llama una mujer virtuosa, pero a veces, cuando debía obedecer los designios de la reina madre, se sentía en manos de un engendro del infierno.

En el viejo Château de Châtillon había un clima de tristeza. Era inexplicable, porque allí vivía la familia feliz de Francia, pero en las semanas anteriores, el jefe de la casa, el hombre a quien todos los miembros de la familia amaban y reverenciaban profundamente, había estado inquieto y preocupado. Solía dedicarse a sus jardines, donde las rosas ofrecían un magnífico espectáculo, y pasaba muchas horas felices con los jardineros discutiendo dónde plantar los nuevos árboles frutales; charlaba con los miembros de su familia o caminaba por los senderos verdes con su amada esposa; reía y bromeaba con su familia o les leía en voz alta. Era un hogar hecho para la felicidad.

Pero precisamente porque habían sido tan felices estaban ahora tan ansiosos. No hablaban entre ellos de esa querida amiga, la reina de Navarra, que había muerto misteriosamente poco tiempo atrás, en París, pero pensaban en ella continuamente. Siempre que se mencionaba a la corte, al rey o a la reina madre, Jacqueline de Coligny se aferraba al brazo de su marido como para retenerlo a su lado y protegerlo de todo daño; él le oprimía el brazo y sonreía, aunque sabía que no podía asegurarle que se cumplirían sus deseos. No podía prometer no acudir a la corte si lo llamaban.

Gaspar de Coligny había sido muy feliz, pero, al ser amado por los hugonotes, necesariamente era odiado por los católicos. Ahora tenía cincuenta y tres años de edad; desde su conversión a la «Religión», cuando era prisionero en Flandes, había sido muy devoto a ella. Por ella había sacrificado todo, como ahora sabía que tal vez tendría que sacrificar su felicidad y su familia. No temía la clase de muerte de Juana de Navarra, pero le perturbaba la idea de que quizá su familia debería llorarlo. Ese era el motivo de su tristeza. Vivía en medio del peligro; muchas veces se había enfrentado a la muerte y estaba dispuesto a afrontarla una vez más. Recientemente se había salvado de morir envenenado por instrucciones, suponía él, de la reina madre. No debía confiar en esa mujer, pero, si no confiaba en ella, ¿cómo hallaría una solución a todos sus problemas? ¿Sabía que las misteriosas muertes de sus hermanos, Andelot, el comandante en jefe de Infantería, y Odet, cardenal de Châtillon, probablemente habían sido ordenadas por Catalina de Médicis? Odet murió en Londres, Andelot en Saintes. Los espías de la reina madre estaban en todas partes y asesinaban por encargo. Pero si lo llamaban a la corte debería ir, porque su vida no le pertenecía; pertenecía a su partido.

Paseaba por los senderos del jardín cuando se le acercó su esposa. La contempló con ternura. Estaba embarazada, y los dos se sentían muy felices por ello. Hacía poco que se habían casado, y era una pareja romántica. Jacqueline lo amaba desde antes de conocerlo, como muchas damas hugonotas, y cuando él quedó viudo decidió consolarlo si él se lo permitía. Hizo el largo viaje desde Saboya hasta La Rochelle, y el viudo, conmovido por su devoción, no pudo resistirse al consuelo y la adoración que se le ofrecía. Poco después de la llegada de Jacqueline a La Rochelle Gaspar entró en la felicidad de un segundo matrimonio.

—He venido a ver tus rosas —dijo ella, enlazando su brazo con el de su marido.

El sintió de inmediato que había surgido otro motivo de ansiedad, porque percibía la inquietud de ella. Jacqueline nunca había sabido ocultar sus sentimientos, y ahora que esperaba un hijo estaba más cándida que nunca. Los dedos temblorosos que posó en el brazo de su marido hicieron pensar a éste qué sería lo que había sucedido. No le preguntó qué la preocupaba; no tenía prisa por oír cosas desagradables.

—Pero ya viste las rosas ayer, amor mío.

—Cambian todos los días. Quiero volver a verlas. Ven. Vayamos al rosedal.

Ninguno de los dos se volvió a mirar las paredes grises del castillo. Gaspar rodeó a su esposa con su brazo.

—Estás cansada.

—No.

Una llamada de la corte, pensó él. Una llamada del rey o de la reina madre. Jacqueline me pedirá llorando que no vaya. Pero debo ir. Mucho depende de que vaya. Debo trabajar para nuestro pueblo. Las discusiones y las asambleas son mejores que las guerras civiles.

Durante mucho tiempo había soñado con esa guerra que significaría la libertad para los hugonotes de Francia y Flandes, la guerra que brindaría libertad de culto, que terminaría con las horribles masacres como la de Vassy. Si podía lograrlo, no le importaría lo que le sucediese..., excepto el dolor que su muerte causaría a los suyos, que sabía que él no podía evitarlo.

Los dos hijos de Gaspar, Francis y Odet, de quince y siete años de edad, fueron a reunirse con ellos. Conocían el secreto: Gaspar lo advirtió de inmediato. Francis no revelaba nada, pero el pequeño Odet no pudo evitar mirar a su padre con ansiedad. Era triste que un niño debiera soportar tanto temor y aprehensión.

—¿Qué sucede, hijo mío? —Mientras hacía la pregunta, Gaspar advirtió las miradas de Jacqueline y de su hijo mayor.

—Nada, papá —respondió Odet con su aguda voz de niño—. No me sucede nada. Estoy muy bien, gracias.

Gaspar le acarició los cabellos oscuros y pensó en ese otro Odet que había ido a Londres y nunca regresó.

—¡Qué agradable se está aquí! —exclamó—. No tengo ningún deseo de estar entre paredes.

Sintió el alivio de los otros. ¡Queridos niños! ¡Amada esposa! Casi deseó que Dios no le hubiera brindado esa felicidad doméstica, ya que tendría que destrozarla; no haber sido elegido como líder, sin poder entregarse a una vida más placentera, más hogareña.

Su hija Louise, y Téligny, el hombre con quien se había casado poco antes, entraron en el jardín. Era un placer verlos juntos, porque estaban enamorados, y Téligny era más que un hijo para Gaspar: el joven hugonote era uno de los mejores líderes del movimiento, un yerno de quien podía enorgullecerse Gaspar de Coligny, almirante de Francia y jefe de la causa de los hugonotes. Jacqueline y los muchachos sabían que no podían seguir manteniendo el secreto.

Téligny anunció:

—Hay una llamada de la corte.

—¿Del rey? —preguntó Gaspar.

—De la reina madre.

—¿Han ofrecido un refrigerio al mensajero?

—Está comiendo —respondió Louise.

—Tengo órdenes de regresar a la corte lo antes posible —continuó Téligny. Y sin duda también vos, señor.

—Ya lo veremos —respondió Gaspar—. Por ahora se está muy bien aquí, en el jardín.

Pero era imposible dilatar el mal momento, y mientras se paseaban por los jardines Jacqueline sabía que los pensamientos de su marido estaban en esos despachos.

Sabía que era una tontería pensar que era posible cancelarlos negándose a hablar de ellos o a mirarlos. Téligny tenía órdenes; su marido debía esperar otro tanto.

Y así era. Había una orden de la reina madre de que fuese a la corte.

—¿Por qué tan sombría? —preguntó Gaspar, sonriendo, a su mujer—. Me invitan a la corte. Hubo una época en que no esperaba volver a recibir semejante invitación.

—Ojalá hubiese sido así —respondió Jacqueline con vehemencia.

—Pero, querida, olvidas que el rey es mi amigo. En el fondo es bueno, nuestro joven rey Carlos. Creo que es el soberano más bondadoso que haya subido al trono de la *fleur-de-lis*.

—Pensaba en su madre, y en nuestra querida amiga, la reina de Navarra.

—No tienes por qué pensar en la reina madre al recordar la muerte de Juana; estaba enferma y murió de esa enfermedad.

—Murió envenenada, y el veneno fue administrado por...

Pero Gaspar había apoyado una mano en el brazo de su esposa.

—Deja que los parisienses murmuren esas cosas, querida, nosotros no debemos hacerlo. En boca de ellos son habladurías; en las nuestras sería traición.

—¿Entonces la verdad es una traición? Juana fue a comprarle guantes al envenenador de la reina... y murió. Eso me dice todo lo que deseo saber.

—Ten cuidado, querida. Piensa que estoy en peligro. Puede ser una fantasía. No la convirtamos en un peligro real.

—Tendré cuidado. Pero ¿debes ir a la corte?

—Sí, querida, debo ir. Piensa en lo que esto significa para nosotros..., para nuestra causa. El rey ha prometido ayuda al príncipe de Orange. Venceremos a España y los miembros de nuestra religión tendrán libertad de culto.

—Pero, Gaspar, no es posible confiar en la reina madre. Juana lo decía, y lo sabía.

—Trataremos con el rey, querida. El rey tiene buen corazón. Ha dicho que los hugonotes son tan súbditos suyos como los católicos. Tengo muchas esperanzas.

Pero fue menos optimista al hablar con su yerno, Téligny. Cuando se quedaron solos, le dijo:

—A veces me pregunto si algunos de los de nuestro grupo merecen la ayuda de Dios. ¿Se darán cuenta de la solemnidad de nuestra misión? ¿Comprenderán que es hora de establecer la religión en nuestra tierra, para que las futuras generaciones nazcan con ella? A veces me parece que la mayoría de la gente no tiene verdadero amor por la religión. La usan para luchar contra sus enemigos, y les interesa más discutir el dogma, que llevar vidas virtuosas. Los hombres de nuestro país no aceptan de buen grado el protestantismo, hijo mío. No es como en Flandes, en Inglaterra o en las provincias alemanas. A nuestro pueblo le gusta la alegría y los rituales; no creen que esté mal pecar, recibir el perdón y volver a pecar. Como nación no les atrae una vida tranquila y pacífica. Debemos recordarlo. Las dos religiones han sido, al menos para muchos, un motivo de contienda. Hijo mío, estoy preocupado. En estas llamadas hay una frialdad que no sentí en la corte. Pero estoy decidido a cumplir las promesas que hice al príncipe de Orange, y hay que obligar al rey a que cumpla con su palabra.

—Todo cuanto decís es verdad —replicó Téligny—. Pero, padre mío, si el rey se niega a cumplir con su palabra, ¿qué podemos hacer?

—Tratar de influir sobre él. Creo que puedo hacer bastante en ese sentido, si me dejan solo con él. Si no nos ayuda, tenemos a nuestros adeptos, nuestros soldados, nuestras propias personas...

—La ayuda de Châtillon parecería pequeña, cuando se nos ha prometido la ayuda de Francia.

—Tienes razón, hijo mío, pero si Francia no cumple con su palabra, Châtillon no debe imitarla.

—He recibido cartas de amigos en la corte. Padre, nos ruegan que no vayamos. Los Guisa traman algo contra nosotros, y la reina madre participa en el complot.

—No podemos dejar de ir porque hayas recibido esas cartas, hijo mío.

—Debemos tener cuidado, señor.

—No te preocupes. Nos cuidaremos.

Durante la comida no se habló de la partida, pero todos, desde Jacqueline y Gaspar en un extremo de la mesa hasta los sirvientes en el otro, pensaban en ella. Gaspar era muy amado en toda la campiña circundante, porque se sabía que había comida para quien la necesitara en el Château de Châtillon; el almirante mismo había instituido esas comidas comunales que comenzaban con un salmo y terminaban con la bendición.

Sentado ante la larga mesa, Gaspar pensaba ahora en la lucha a la que se enfrentaba y en los hombres comprometidos a ayudarlo. Estaba el joven príncipe de Condé, tan parecido a su padre, aquel hombre alegre y brillante que había muerto luchando por la causa; pero el joven príncipe, a pesar de todo su valor, no era un hombre fuerte. Estaba el joven rey, Enrique de Navarra, que a los diecinueve años era un guerrero bastante bravo, pero dado a la vida liviana: tenía más sed de placer que de virtud. No sabía resistirse a los encantos de las mujeres, le gustaban las aventuras amorosas, la buena comida y la bebida, era un príncipe demasiado alegre como para dedicarse a una causa religiosa. ¿Téligny? No era porque fuese tan allegado suyo que Gaspar ponía sus esperanzas en él. En Téligny Gaspar reconocía su propia devoción, su propia determinación. También estaba el duque de la Rochefoucauld, muy amado por el rey Carlos; pero aún era joven y no había pasado por ninguna prueba. Estaba el escocés Montgomery, cuya lanza matara accidentalmente al rey Enrique II. Probablemente, Montgomery pasaría a ser jefe de los hugonotes si el almirante encontraba la muerte, pero ya no era joven, y era preciso buscar entre los jóvenes. El liderazgo recaería de forma natural en el joven rey de Navarra.

Era tonto pensar en su propia muerte; era una idea que le habían transmitido las miradas asustadas de su familia y sus amigos. Hasta los sirvientes parecían aterrorizados. Todos le pedían en silencio que ignorara los despachos, que se negara a obedecer las órdenes de la reina madre.

El único que no tenía miedo era Téligny; y Téligny sabía, como lo sabía el almirante, que debían partir sin demora a la corte.

Gaspar habló; habló con trivialidad sobre la próxima boda que, esperaba él, no sería sólo la unión de una princesa católica con un príncipe protestante, sino la unión de todos los católicos y los protestantes de Francia.

—Si el rey y la reina no estuvieran dispuestos a favorecernos, ¿habrían deseado este matrimonio? ¿Acaso el mismo rey no ha dicho que si el Papa no da la dispensa la princesa Margarita y el rey Enrique se casarán en *pleine prêche*? ¿Qué más se podía decir? El es nuestro amigo. Al menos, él es nuestro amigo. Es joven y está rodeado por nuestros enemigos, pero cuando vaya a la corte podré asegurarle que nuestra causa es justa. Me ama, es mi querido amigo. Ya sabéis cómo me trataron la última vez que estuve en la corte. Me consultó sobre todos los asuntos. Me llamó padre. Desea hacer el bien y quiere la paz en el reino. Y, amigos míos, no dudéis de que yo le ayudaré a conseguirla.

Pero hubo murmullos en la mesa. En la corte estaba la italiana, y ¿cómo confiar en ella? El almirante olvidaba que una vez había enviado a uno de sus espías a envenenarlo en el campamento. Y habría sido fácil lograrlo. El almirante perdonaba demasiado, confiaba demasiado. No había que perdonar a una víbora, ni confiar en ella.

Etienne, uno de los sirvientes del almirante, se echó a llorar abiertamente.

—Si el almirante nos deja, nunca regresará —profetizó.

Sus compañeros lo miraron con horror, pero él continuó con sus sombrías predicciones.

—Esta vez esa mujer logrará realizar sus malvados planes; el mal triunfará sobre el bien.

Le obligaron a callar, pero siguió derramando lágrimas sobre su vaso.

Cuando retiraron el mantel, uno de los sacerdotes (siempre había uno o dos durante las comidas) dio la bendición. Luego el almirante y su yerno se retiraron para hablar de sus planes y para preparar despachos que anunciaran su llegada a la corte.

Pocos días después, cuando partieron, Etienne estaba en los establos. Esperaba allí desde las primeras horas de la mañana, y cuando el almirante montó a caballo se arrojó a sus pies gimiendo como un poseso.

—Mi señor, mi buen amo —imploró—, no vayáis hacia vuestra ruina, porque eso es lo que os espera en París. Si vais a París, moriréis allí..., y también morirán los que vayan con vos.

El almirante se apeó y abrazó al hombre que lloraba.

—Amigo mío, te has dejado influir por rumores malignos. Mira a mi hombre fuerte. Mira a mis adeptos. Debes saber que podemos cuidar de nosotros mismos. Ve a la cocina a que te den un vaso de vino. Bebe a mi salud, y arriba ese ánimo.

Hicieron alejarse a Etienne, pero no dejaba de sollozar; y el almirante, mientras cabalgaba hacia París con su yerno, no podía apartar la escena de su mente.

Cuando Carlota de Sauves se retiró, Catalina de Médicis se puso a meditar. Aún no tenía planes definidos con respecto al joven rey de Navarra, pero pensaba que era mejor que Carlota comenzase a trabajar con él en cuanto llegara; no era aconsejable que el rey trabara otra relación que podría resultar más fuerte que la que ella quería forjar. Estaba segura de que Enrique de Navarra era como su padre, Antonio de Borbón: un hombre dominado por las mujeres; y estaba decidida a que la mujer que dominara a su futuro yerno fuera una espía. No había que permitir que se enamorara de su esposa. Esto no era muy probable, ya que Margot lo trataría muy mal, y Enrique de Navarra, a quien nunca le habían faltado admiradoras, no se enamoraría tan fácilmente de una esposa que lo despreciara. Pero no podía confiar en Margot, porque Margot era una intrigante que trabajaría antes por su amante que por su familia.

Seguía meditando cuando su hijo Enrique entró en la habitación. Entró sin hacerse anunciar y sin ceremonias. Era la única persona en la corte que se atrevía a hacer eso.

La reina levantó la mirada y sonrió. La ternura era extraña en su rostro. Los ojos saltones se suavizaron, y su piel pálida adquirió un leve color. Era su hijo preferido, y cada vez que lo miraba la torturaba la idea de que no era su primogénito, porque habría querido quitarle la corona a su hermano y colocarla sobre esa cabeza oscura y hermosa.

Catalina había amado a Enrique, su marido, en medio del abandono y la humillación a que él la sometió durante años, y dio su nombre a este hijo. No era el nombre con que lo bautizaron (entonces lo llamaron Eduardo Alejandro), pero se convirtió en su Henri, y estaba decidida a que un día se convirtiera en Enrique III de Francia.

Francisco, su primogénito, había muerto, y cuando murió, ella deseó fervientemente que Enrique fuera coronado y no Carlos, de diez años de edad. Era muy irritante pensar que se llevaban un año de diferencia. ¿Por qué, pensó, no había dado a luz a este hijo aquel día de junio de 1550? Eso le habría ahorrado muchas ansiedades.

—Querido mío —dijo tomándole una mano, una de las manos más bellas de Francia, y muy parecida a la suya, y llevándosela a los labios, aspiró el perfume de almizcle y violetas que él traía a la habitación. Le parecía la criatura más hermosa que jamás había visto, con su chaqueta de terciopelo color cereza y raso gris perla; el borde de la camisa de hilo estaba tieso de joyas de todos colores; el cabello rizado bajo la pequeña gorra enjoyada; sus largos dedos blancos cargados de anillos. Llevaba diamantes en las orejas y brazaletes en las muñecas.

—Ven —dijo la reina—. Siéntate a mi lado. Pareces preocupado, mi amor. ¿Qué te sucede? Se te ve cansado. ¿No has hecho demasiado el amor con mademoiselle de Châteaunneuf?

El sacudió una mano con languidez.

—No, no es eso.

Ella le dio unas palmaditas en la mano. Se alegraba de que por fin su hijo hubiera tomado una amante; el público lo esperaba y todos estaban contentos. Además, una mujer jamás influiría sobre él como los jóvenes perfumados, y de cabellos rizados, de quienes gustaba rodearse. Renée de Châteaunneuf era de las que no se meten en lo que no les importa; la clase de mujer que Catalina prefería para su hijo. Pero le preocupaban los amores de Enrique con Renée, porque lo dejaban exhausto, y luego debía pasar días en la cama, rodeado por los jóvenes que lo cuidaban, le rizaban los cabellos, le llevaban las mejores golosinas del palacio, le leían poesía y traían a sus perros y a sus cotorras para divertirlo.

Era un joven extraño, este hijo. Medio Médicis, medio Valois, era enfermo de cuerpo y alma como todos los hijos de Enrique II y Catalina de Médicis. Tenían males congénitos; pagaban los pecados de sus abuelos (tanto del padre de Enrique como del padre de Catalina).

La gente decía que era extraño que un joven como este Enrique, duque de Anjou, hubiera sido un gran general en las batallas de Jarnac y Montcontour. Parecía imposible que este joven lánguido y afeminado que se pintaba la cara, se rizaba los cabellos, y a los veintiún años de edad debía guardar cama después de hacer el amor con una mujer, hubiera luchado en la batalla y vencido a hombres como Luis de Borbón, príncipe de Condé. Catalina, que era realista, admitía para sus adentros que en Jarnac y Montcontour Enrique había contado con un buen ejército y excelentes consejeros. Además, como todos sus hijos, maduraba temprano y declinaba rápidamente. A los veintiún años ya no era el hombre que había sido a los diecisiete. Siempre seguiría siendo ingenioso, y sabría apreciar la belleza, pero su amor por los placeres, las perversiones a las que se entregaba con petulancia, le estaban quitando energía. Por cierto que no era el general quien estaba ahora frente a su madre. Fruncía los labios en un gesto de mal humor, y Catalina creía saber por qué.

—No debe preocuparte el embarazo de la reina, hijo mío. El hijo de Carlos no vivirá.

—Antes decías que nunca tendría un hijo varón.

—Aún no lo ha tenido. ¿Cómo sabemos de qué sexo será el niño?

—¿Qué importa eso? Aunque fuera una niña, queda el hecho de que son jóvenes y tendrán otros hijos.

Catalina jugueteó con su brazalete talismán hecho con piedras de diferentes colores. Las piedras tenían grabados que se decían ser signos de demonios y de magos; los eslabones estaban hechos con partes de un cráneo humano. Este adorno inspiraba temor a quienes lo miraban, como deseaba Catalina. Sus propios magos lo habían hecho para ella, y creía en sus cualidades especiales.

Al ver a su madre acariciar la joya, Anjou sintió cierto alivio. Sabía que su madre no permitiría que nadie se interpusiera en su camino al trono. Pero le parecía que había sido un descuido de ella permitir que Carlos se casara, y pensaba comunicarle su opinión.

—No vivirán —dijo Catalina.

—¿Estás segura, madre?

Ella parecía completamente concentrada en su brazalete.

—No vivirán —repitió—. Hijo mío, llevarás la corona de Francia. De eso estoy segura. Y cuando así sea no olvidarás la gratitud que debes a quien te llevó a ella, ¿verdad, querido?

—Nunca, madre —respondió—. Pero ha llegado esa noticia de Polonia.

—Confieso que me gustaría que fueras rey sin ninguna demora.

—¿Rey de Polonia?

Ella le rodeó con su brazo.

—Desearía que fueses rey de Francia y Polonia. Si fueras rey de Polonia solamente, y tuvieras que marcharte de Francia para ir a ese país bárbaro, creo que se me partiría el corazón.

—Eso es lo que desea mi hermano.

—Nunca permitiría que te apartaran de mí.

—Afrontemos la realidad, madre. Carlos me odia.

—Tiene celos de ti porque eres mucho más apto para ser rey de Francia que él.

—Me odia porque sabe que me quieres más que a él. Le gustaría verme desterrado de este país. Siempre ha sido mi enemigo.

—Pobre Carlos, es un loco y un enfermo. No podemos esperar de él nada razonable.

—Sí. En buenas estamos. Un rey loco en el trono de Francia.

—Pero hay muchos que lo ayudan a gobernar.

Rieron juntos, pero Enrique se puso serio de inmediato.

—Pero ¿y si ese niño fuera varón?

—No podría ser un niño sano. Créeme, nada debes temer de la descendencia enferma de tu hermano.

—¿Y si exige que yo acepte el trono de Polonia?

—Ese trono aún no está vacío.

—Pero la reina está muerta y el rey gravemente enfermo. Mi hermano y sus amigos están furiosos porque me negué a casarme con la reina de Inglaterra. ¿Y si ahora insisten en que acepte el trono de Polonia?

—Lo importante es que no te destierren de Francia. Yo no lo soportaría, y no creerás que algo así podría suceder si yo no lo deseo.

—Señora, tan seguro estoy de que gobiernas este reino como de que te estoy viendo.

—Entonces no tienes nada que temer.

—Es que mi hermano me da miedo. Perdóname, madre, si te recuerdo que últimamente ha aumentado la influencia de quienes lo rodean, no los menosprecies madre.

—Ya nos ocuparemos de ellos.

—Pero pueden ser peligrosos. Recuerda la actitud de mi hermano con la reina de Navarra.

Catalina la recordaba muy bien. El rey, como muchos otros en Francia, sospechaba que su madre había tenido que ver con el asesinato de Juana de Navarra; sin embargo, había ordenado una autopsia. Si se hubiera hallado veneno, la ejecución de René, el envenenador florentino sirviente de la reina madre, habría sido inevitable. Carlos pensaba que su madre estaba implicada en el asunto, y no vaciló en su deseo de descubrirla. Catalina nunca olvidaría esa traición de su propio hijo.

—Sabemos quién fue el responsable de su actitud —dijo Catalina—. Y una vez conocida la causa es posible eliminarla.

—Coligny es demasiado poderoso —replicó Anjou—. ¿Cuánto tiempo lo seguirá siendo? ¿Hasta cuándo le permitirás que siga envenenando la mente del rey contra ti... contra nosotros?

Catalina no respondió, pero su sonrisa dio ánimos a su hijo.

—Viene a la corte —dijo Anjou—. Esta vez no hay que permitirle que se marche.

—Creo que cuando monsieur de Coligny llegue a la corte, tu hermano no estará tan enamorado de él —respondió Catalina con lentitud—. Hablas de la influencia del almirante sobre tu hermano, pero no olvides que cuando el rey se encuentra en dificultades sólo puede acudir a su madre.

—Así era en otra época. ¿Seguirá siendo igual?

—Coligny sabe lo que hace. Su virtud, su severidad religiosa han tenido efectos en el rey. Pero eso ha sucedido porque al principio no creí que ese amigo hugonote pudiera influir tanto sobre él. Ahora que conozco el poder del hugonote y la estupidez de Carlos, sabré cómo actuar. Iré a ver a Carlos ahora. Una vez que hable con él confiará menos en su querido Coligny. Creo que cuando el poderoso almirante llegue a París tendrá una recepción más bien fría.

—Iré contigo para sumar mi voz a la tuya.

—No, querido mío. Recuerda que el rey está celoso de tu capacidad superior. Déjame ir sola, y luego te contaré con detalle todo lo que se dijo.

—Madre, ¿no permitirás que me envíen a ese país bárbaro?

—¿Acaso te envié a Inglaterra? ¿Has olvidado mi indulgencia contigo cuando tan descortésmente te negaste a casarte con la reina de Inglaterra? —Catalina lanzó una carcajada—. La insultaste, y eso podría haber desatado una guerra. Sabes que es una vanidosa. Jamás olvidaré tu maligna insinuación de que si te casabas con la amante del conde de Leicester, sería adecuado que Leicester se casara con la tuya. Eres terrible, y te adoro por eso. ¿Cómo soportaría vivir si tú no estuvieras cerca para hacerme reír? ¿Acaso no fue intolerable que te marcharas a las guerras? No, querido. No permitiré que te envíen a Polonia... ¡ni a ningún sitio donde estés lejos de mí!

El le besó la mano mientras ella le acariciaba los cabellos rizados, con suavidad, porque a él no le gustaba que lo despeinaran.

Carlos, el rey, estaba en la parte del Louvre que prefería: en los aposentos de Marie Touchet, su amante.

Tenía veintidós años, pero parecía mayor por su rostro arrugado y pálido. En su vida nunca había gozado de ocho días consecutivos de salud; sus cabellos eran hermosos, pero escasos, y caminaba encorvado. A los veintidós años era como un viejo. Pero su rostro era notable, a veces casi hermoso. Sus ojos profundos eran castaños con reflejos dorados, como los de su padre; eran inteligentes, y cuando no sufría uno de sus accesos de locura, bondadosos y seductores. Eran los ojos de un hombre fuerte, y lo que daba un aspecto extraño a su cara era el contraste que hacían con su boca débil, casi imbécil, y su mentón vencido. En la faz del rey se veían dos personajes diferentes: el hombre que podía haber sido y el hombre que era; el humanista fuerte y bondadoso y el hombre de sangre enferma, que cargó en su corta vida con las consecuencias de los excesos de sus abuelos. Su problema pulmonar parecía agravarse semana a semana, y a medida que su cuerpo perdía fuerzas le resultaba cada vez más difícil controlar su mente. Los accesos de locura se hacían más frecuentes, y también los de melancolía. Cuando, en el silencio de la noche, sentía el frenesí que se apoderaba de él, se levantaba de la cama, despertaba a sus seguidores, se ponía una máscara e iba a las habitaciones de uno de sus magos; sus hombres atrapaban al joven en la cama y lo azotaban. Este era un pasatiempo favorito del rey en sus momentos de locura, y los amigos que recibían los golpes eran sus amigos más queridos. Lo mismo hacía con los perros que adoraba. En sus momentos de lucidez derramaba lágrimas sobre los perros que, en su locura, había golpeado hasta matar.

Vivía en un continuo estado de desconcierto y miedo. Tenía miedo de sus hermanos, de Alençon y de Anjou, pero en particular de Anjou, que era el favorito de su madre. Sabía perfectamente que su madre quería el trono para Enrique, y trataba de imaginar constantemente qué habrían tramado entre los dos. En esos momentos pensaba que el embarazo de la reina debía preocupar mucho a su madre y a Anjou.

Temía también a los de Guisa. El joven y apuesto duque era uno de los hombres más ambiciosos del país, y lo apoyaba su tío, el cardenal de Lorena, ese astuto lascivo con una lengua más filosa que una espada, y también los hermanos del cardenal, el cardenal de Guisa, el duque de Aumale, el gran prior y el duque de Elbouef. Estos poderosos príncipes de Lorena no apartaban los ojos del trono de Francia, y nunca perdían oportunidad de apoyar a su joven sobrino, Enrique de Guisa, quien, con su encanto y su porte aristocrático, ya había atraído al pueblo de París.

Pero había algunos en quienes el rey podía confiar. Aunque pareciera extraño, una de esas personas era su esposa. No la amaba, pero su bondad había conquistado su corazón. La pobre Elisabeth, como muchas otras princesas sacrificadas en el altar de la política, había venido de Austria para casarse con él; era una criatura tímida que se aterrorizó al enterarse de que debía casarse con el rey de Francia. ¿Cómo lo habría imaginado? Como a los grandes monarcas que había conocido: el abuelo de Carlos, Francisco I, ingenioso, divertido y encantador. O Enrique

II, el padre de Carlos, fuerte, severo y silencioso. Elisabeth pensaba que iría a Francia a casarse con un hombre como ésos; en cambio, encontró a un joven de ojos castaños y boca débil, que fue amable con ella por timidez. Ella retribuyó esa bondad con devoción, y ahora asombraba a Francia con la promesa de que daría un heredero al trono.

Carlos se echó a temblar al pensar en su hijo. ¿Que le haría su madre? ¿Le daría ese *morceau italianisé* que la había hecho famosa? De una cosa es taba seguro el rey: su madre nunca permitiría que el niño accediera al trono. Pondría a su vieja nodriza Madeleine a cargo del niño, porque Madeleine era otra de las personas en quien podía confiar. Lucharía por el niño como había tratado de luchar por él durante su amenazada infancia. Sí, podía confiar en Madeleine. Había olvidado los días difíciles de su infancia, combatiendo secretamente las enseñanzas de sus tutores que trataban de pervertirlo. Pero sólo secretamente, porque esos tutores habían sido elegidos por Catalina para agravar la locura del joven y para iniciarlo en todas las formas de la perversión, y si la reina se enteraba de que Madeleine los combatía, Madeleine sería quien recibiría el *morceau*. Muchas veces, después de pasar una hora de terror con sus tutores, Carlos se despertaba durante la noche, tembloroso y asustado, e iba a refugiarse en los brazos maternales de Madeleine, a quien siempre tenía lo más cerca posible. Ella lo abrazaba y lo acunaba, y lo llamaba su bebé, su Charlot, para que él recordara que no era más que un niño, a pesar de que era rey de Francia. Madeleine seguía siendo como una madre para él, aun ahora que ya era un hombre, y él insistía en que siempre estuviese cerca.

¿Su hermana Margot? No, ya no podía confiar en Margot. Se había endurecido, ya no era su querida hermanita. Había tomado como amante a Enrique de Guisa, y no vacilaría en revelar a ese hombre los secretos del rey. Ya no podría volver a confiar en ella, y no podía amar a alguien en quien no confiaba.

Pero estaba Marie... Marie, la más querida de todas. Ella lo amaba y lo comprendía como nadie. A ella podía leerle sus poemas, mostrarle el libro sobre caza que estaba escribiendo. Para ella él era realmente un rey.

Y Coligny. Coligny era su amigo. Nunca se cansaba de estar con el almirante; con él se sentía seguro, porque a pesar de que se decía que era un traidor a Francia, nunca había inspirado a Carlos la menor aprehensión. Tenía la certidumbre de que Coligny nunca haría algo deshonroso. Si Coligny pensaba actuar contra él se lo diría de inmediato, porque Coligny nunca fingía ser lo que no era. Era una persona recta, y si era hugonote, bien, había muchas cosas de los hugonotes que a Carlos le gustaban. Tenía muchos amigos entre ellos: no sólo Coligny era hugonote, también su nodriza Madeleine lo era, y Marie, y el mejor de sus médicos, Ambroise Paré, y estaba su querido amigo Rochefoucauld. Carlos deseaba que no hubiera conflictos entre católicos y hugonotes. El era católico, por supuesto, pero muchos de sus amigos habían aceptado la nueva fe.

Uno de sus pajes se acercó a decirle que su madre venía hacia él, y Marie se echó a temblar, como siempre que aguardaba un encuentro con la reina madre.

—Marie, nada debes temer. No te hará daño. Tú le agradas. Lo ha dicho. Si no fuera así, yo no te permitiría que permanecieras en la corte. Te daría una casa donde pudiera visitarte. Pero le gustas.

Sin embargo, Marie seguía temblando.

—Paje —dijo el rey—, dile a la reina, mi madre, que la veré en mis aposentos.

—Sí, sire.

—Bien. ¿Estás contenta ahora? *Au revoir*, querida. Volveré más tarde.

Marie le besó las manos, aliviada por no tener que encontrarse con la mujer que temía, y Carlos se alejó por los corredores que comunicaban las habitaciones de Marie con las suyas.

Catalina lo saludó con muestras de gran afecto.

—¡Qué buen aspecto tienes! Parece que te alegra la perspectiva de ser padre.

El rey apretó los labios. Le invadía el terror cada vez que su madre mencionaba al niño que gestaba su esposa.

—¡Y qué bien se la ve a nuestra pequeña reina! —continuó Catalina—. Debo insistir en que se cuide mucho. No hay que permitir que corra ningún riesgo ahora.

Carlos había aprendido a temer las bromas de su madre. A la reina madre le gustaba hacer chistes, y en especial de humor negro. Se decía que ofrecía la copa de veneno a su víctima con una frase ingeniosa, haciendo votos por su salud. Este rasgo suyo hacía pensar a algunos que era de carácter jovial, no advertían de inmediato el cinismo que ocultaba su risa. Pero Carlos sabía más que otros sobre ella, y no sonrió.

Catalina advirtió al punto su expresión. Se dijo que tendría que vigilar de cerca a su pequeño rey. Se había apartado demasiado de ella.

—¿Me traes alguna noticia? —preguntó el rey.

—No, sólo he venido a charlar contigo. Estoy preocupada. Pronto Coligny llegará a París.

—Eso me alegra —replicó Carlos.

Catalina rió.

—Ah, es astuto ese almirante —juntó las manos y elevó los ojos con expresión piadosa—. ¡Un hombre tan bueno! ¡Tan piadoso! Un hombre muy despierto, diría yo. Puede engañarnos a todos con su religiosidad.

—¿Engañarnos, señora?

—Sí, engañarnos. Habla de virtud mientras piensa en derramar sangre.

—Te equivocas. Cuando el almirante habla de Dios, piensa en Dios.

—Ha descubierto la bondad de su rey, sin duda... y piensa usarla.

—Sólo he recibido bondad de él, madre.

—Hijo mío, no te corresponde recibir benevolencia, sino otorgarla.

El rey se sonrojó. Su madre sabía hacerlo sentir infantil, como si no fuera un rey, sino un niño que depende en todo de su madre.

—He venido a hablarte de ese hombre, porque pronto estará aquí para seducirte. Hijo mío, debes pensar con claridad. Ya no eres un niño. Eres un hombre, y el rey de un gran país. ¿Quieres lanzar a este país a una guerra con España?

—Odio la guerra —respondió el rey con vehemencia.

—Sin embargo, alientas a quienes la hacen. Ofreces tu reino, a ti mismo y a las personas de tu familia a monsieur de Coligny.

—No, no. Yo quiero la paz, la paz...

Catalina lo aterrorizaba. Cuando estaba con ella recordaba escenas de su infancia, cuando ella le hablaba así, después de haber ordenado a todos sus asistentes que se retiraran. Entonces le describía las cámaras de tortura y todos los horrores cometidos contra hombres y mujeres que carecían de poder y estaban en manos de los poderosos. No podía apartar de su mente la imagen de la sangre, del potro de tormento, de los brazos y piernas sangrantes, destrozados. El pensamiento de la sangre siempre lo enfermaba, lo aterrorizaba, lo llevaba a esa locura en que, obsesionado por la idea, necesitaba verla correr. Su madre podía despertar esos accesos de locura mucho más fácilmente que los tutores italianos que habían elegido para él. Cuando los sentía llegar, y aún le quedaba un resto de lucidez, debía luchar contra ellos con todas sus fuerzas.

—Quieres la paz —prosiguió ella—, y ¿qué haces para preservarla? Tienes encuentros secretos con un hombre que desea la guerra.

—¡No! ¡No! ¡No!

—Sí. ¿Acaso no te reúnes en secreto con el almirante?

Catalina se había puesto de pie y lo miraba; él sólo veía ese rostro pesado con los ojos prominentes.

—Me... me he encontrado con él —admitió.

—¿Y volverás a hacerlo?

—Sí. No..., no. No lo haré —bajó la mirada, tratando de escapar a esos ojos hipnóticos. Agregó con terquedad—: Me reuniré con cualquiera de mis súbditos, si lo deseo.

Había hablado el rey, y Catalina se preocupó secretamente por ese despliegue de fuerza. Catalina tenía demasiados amigos hugonotes. Habría que matar a Coligny lo antes posible, y también a Téligny, a Condé y Roche-foucauld. Pero Coligny era el más peligroso.

Catalina cambió de tono, se cubrió la cara con las manos y continuó con tristeza:

—Después de todos los esfuerzos que me ha costado criarte y proteger tu corona..., la corona que tantos católicos como hugonotes han tratado de arrebatarte..., después de haberme sacrificado y haber corrido tantos peligros, nunca imaginé que recibiría una retribución tan mísera. Te ocultas de mí..., ¡de tu propia madre!, para pedir consejo a tus enemigos. Si has de actuar contra mí, dímelo, y volveré a mi tierra natal. Tu hermano también deberá huir conmigo, porque ha dedicado su vida a proteger la tuya, y tendrás que darle tiempo para que huya de esos enemigos a quienes piensas regalar la tierra de Francia —rió con amargura—. Los hugonotes que hablan de una guerra con España, pero que en realidad sólo quieren una guerra con Francia..., la ruina de nuestro país, para que ellos puedan florecer sobre sus ruinas.

—Tú jamás te irías de Francia.

—¿Qué otra cosa podría hacer? Y tú, cuando te hayan llevado a las cámaras de tortura, o te hayan dejado pudrir en un calabozo, o, peor aún, cuando te hayan eliminado en la place de Grève...

—¿Qué quieres decir?

—¿Imaginas que te dejarán vivir? —alzó sus grandes ojos hacia el rostro de su hijo. Aunque no creía que ella se marchara jamás de Francia, ni que su hermano Anjou hubiera respondido nunca a otra cosa que a sus propias ambiciones, esta extraña madre suya seguía hipnotizándolo, como tantos años atrás. Catalina se daba cuenta de que su hijo ya no era un niño confiado, y por eso no insistió demasiado. Sólo deseaba sembrar dudas sobre el almirante en su mente.

El le tomó la mano y se la besó.

—Hijo querido, quiero que sepas que todo lo que digo y hago es por tu bien. No te pido que exilies de la corte al almirante. Por cierto, que no. Recíbelo aquí. Así te será más fácil descubrir su verdadera naturaleza. Ah, te ha seducido. Es comprensible, lo ha hecho con muchos antes de ti. Sólo te pido que seas cauteloso, que no confíes demasiado. ¿No tengo razón en pedirte esto, hijo mío?

El rey respondió con lentitud:

—Como siempre, tienes razón. Te prometo que no seré demasiado confiado.

—¿Y si descubres, querido hijo, que a tu alrededor hay traidores, gente que conspira contra ti, que busca tu muerte y tu destrucción?

El rey se mordía los labios y sus ojos estaban inyectados en sangre.

—Entonces... —sus manos tironeaban de su chaqueta— ... entonces, madre, ten la seguridad de que no habrá piedad para ellos. ¡No, no habrá piedad!

Su voz se había convertido en un chillido, y Catalina se puso de pie, segura de haber logrado su objetivo.

El duque de Alençon había terminado su partida de tenis y se había retirado a sus aposentos para meditar sombríamente sobre su futuro.

Era un joven muy insatisfecho; no podía imaginar un destino peor que el suyo..., ser el cuarto hijo de un rey. Pocos había que tuvieran esperanzas de que él accediera al trono, cosa que deseaba ardientemente.

Estaba furioso porque pensaba que la vida había sido injusta con él. Como Hércules, el menor de los hijos de la familia real había sido un niño muy hermoso, muy consentido, muy mimado, excepto por su madre; pero a los cuatro años enfermó de viruela y su hermosa piel quedó penosamente marcada. No era tan alto como sus hermanos; era corpulento y moreno. En la corte se decía que era un verdadero italiano, y esto significaba que no gustaba a los franceses. Pero ¿cuál de sus hermanos les gustaba? ¿El enfermizo Francisco? No, lo habían despreciado. ¿Amaban a Carlos, el loco? Por cierto, que no. ¿Podía gustarles el perfumado y elegante Enrique? No. Lo odiarían más que a cualquiera de los otros. ¿Entonces por qué no habrían de amar a Francisco de Alençon? Cambiaron su nombre, Hércules, por el de Francisco cuando murió su hermano mayor. Entonces estaba encantado: Francisco era nombre de rey. Pero su madre dijo, con su risa cínica, que Hércules no era un nombre adecuado para su hijito. La odió por eso; pero la odiaba por tantas cosas... Bien, ¿por qué el pueblo de Francia no habría de tomar por rey a otro Francisco?

Pensó en el matrimonio con la reina de Inglaterra que le proponían, y la idea lo enfureció. No soportaba el ridículo, y sabía que sus cortesanos sonreían disimuladamente cuando se mencionaba ese tema. La reina de Inglaterra era una mujer mayor, una arpía que se divertía haciendo bromas de mal gusto a quienes se le acercaban. No se las haría a él. ¿Y por qué él, un joven de dieciocho años, habría de casarse con una mujer de treinta y nueve?

Algún día les demostraría lo que era capaz de hacer. Y dejarían de tratarlo como a una persona sin importancia. Un día les daría una sorpresa. Tenía amigos que lo seguirían donde él los condujese.

Miró desde la ventana de su habitación hacia la torre de Nesle; luego hacia las tres torres de Saint-Germains-des-Près. Vio la multitud allí reunida: hugonotes y católicos. En las calles había muchas intrigas, y muchos consejos secretos en palacio. ¡Pero a él, al hermano del rey, el hijo de Enrique II y Catalina de Médicis, lo mantenían aparte por considerarlo demasiado joven y poco importante!

Vio avanzar por la calle a un grupo de hombres a caballo. Otro gran personaje que venía a asistir a la boda de su hermana. Llamó a uno de sus asistentes:

—¿Quién es ése que entra en la ciudad?

—El almirante de Coligny, señor. Comete una tontería al entrar de esta manera en París.

—¿Por qué?

—Tiene muchos enemigos, señor.

El duque asintió. Sí, no dudaba de que había complots contra el almirante. Seguramente su madre hablaba de este hombre cuando se encerraba con sus hermanos; pero jamás discutía las conspiraciones con él. Se mordió los labios hasta hacerlos sangrar. Lo trataban como a un niño..., el hijo menor que jamás accedería al trono, el pequeño Hércules, que se había convertido en Francisco porque Hércules era el nombre de un hombre fuerte, y ni siquiera era apuesto, porque tenía la piel marcada de esa manera. Sus amantes le decían que era más apuesto que su hermano Enrique, pero era porque a pesar de ser el más joven, de todos modos era el hijo de una casa real. Tenía muchas amantes, pero cualquier hombre en su posición las habría tenido. Era pequeño y feo; no era importante, y cuando su madre lo llamaba «mi sapito», no lo hacía precisamente con cariño. Lo despreciaba y no había lugar para él en sus planes. Quería quitarlo del camino enviándolo a Inglaterra.

Rió en voz alta de ese estúpido almirante que entraba de cabeza en una trampa. Odiaba al almirante, no por razones políticas o religiosas, sino sólo porque era apuesto y era importante.

Observó que los hugonotes en la ciudad marchaban en procesión alrededor del almirante, como para protegerlos a él y a sus hombres. Los católicos mostraban caras agrias; algunos lanzaban insultos. Costaría muy poco iniciar una conflagración que destruiría toda la ciudad de París.

Era una locura haber arreglado este matrimonio, y al hacerlo traer tantos hugonotes a la ciudad. Pero ¿sería éste el resultado de un plan de su madre?

Sus hermanos lo sabrían. Y sin duda también Enrique de Guisa. Todos los hombres importantes lo sabrían. Pero mantenían a Francisco de Alençon en la más completa oscuridad. Era más de lo que podía soportar un príncipe de sangre real.

Volvió a morderse el labio y trató de imaginar que esas voces pedían a gritos un nuevo rey, y que el nombre de ese rey era Francisco.

En cuanto estuvo en presencia del rey, Gaspar de Coligny supo que sus enemigos estaban trabajando contra él. La actitud del rey hacia él parecía haber cambiado por completo. La última vez que viera a Carlos, el joven lo había abrazado cálidamente, sin ceremonias.

—No me llames Majestad. No me llames monsieur. Llámame hijo y yo te llamaré padre.

Pero ahora estaba ante un monarca diferente. Ya no había calor en los ojos dorados; eran fríos y sospechosos. Enrique de Guisa y su tío, el cardenal de Lorena, estaban en la corte y gozaban de los favores de la reina madre. Sin embargo, durante el ceremonial de la recepción a Gaspar le pareció ver un matiz de disculpa en los ojos del rey; pero la reina madre estaba de pie junto a su hijo, y aunque el saludo de ésta fue el más cálido de todos, ella era la persona en quien menos confiaba el almirante, y estaba seguro de que la animosidad que percibía emanaba de ella.

El almirante abordó sin temor el motivo de su visita: la cuestión de la ayuda para el príncipe de Orange y la guerra con España.

Catalina habló en nombre de su hijo.

—Habéis tardado en venir a París, monsieur l'Amiral. Si hubierais venido antes, habríais estado presente en el consejo militar que convoqué para decidir el asunto de la guerra.

—¿Un consejo militar, madame? —preguntó Coligny, estupefacto—. Pero ¿qué miembros formaban este consejo?

Catalina sonrió:

—El duque de Guisa, el cardenal de Lorena... y otros. ¿Deseáis oír sus nombres?

—Ese es mi deseo, madame.

Catalina mencionó los nombres de varios nobles, todos ellos católicos.

—Comprendo, madame. Esos consejeros naturalmente habrán sugerido que no cumplamos nuestras promesas. Esos hombres nunca apoyarían una expedición dirigida por mí.

—No era cuestión de liderazgo lo que considerábamos, monsieur l'Amiral, sino el bien de Francia.

El almirante se apartó de la reina madre y se arrodilló ante el rey. Tomó la mano de Carlos y le sonrió.

Catalina, que los observaba de cerca, vio sonrojar-se la piel pálida y enfermiza de Carlos; vio afecto en su mirada. Carlos sólo se liberaba de la influencia de ese hombre cuando no estaba en la corte. Era un peligro real. No podía permitirse que el almirante viviera muchas semanas más. Aunque su muerte acarreara desastres, tendría que morir.

—Sire —dijo Coligny—. No puedo creer que estés decidido a romper vuestra promesa al príncipe de Orange.

Carlos respondió en voz muy baja y avergonzada:

—Ya habéis oído el resultado de la deliberación del consejo, monsieur l'Amiral. Es a ellos a quienes debéis dirigir vuestros reproches.

—Entonces no hay nada que decir —replicó Coligny—. Si ha triunfado la opinión contraria a la mía, esto es el fin. Ah, Majestad, tan seguro estoy de que os arrepentiréis de seguir ese consejo como de que estoy arrodillado aquí.

Carlos se echó a temblar. Extendió una mano como para detener al almirante. Parecía que estaba a punto de hablar, pero los ojos de su madre estaban fijos en él y cayó otra vez bajo su dominación.

Coligny prosiguió:

—Su Majestad no se ofenderá si yo cumplo con mi promesa de ayudar al príncipe de Orange.

Carlos vaciló y Coligny esperaba, pero la influencia de Catalina seguía siendo más fuerte que la del almirante recién llegado, y aunque una vez más Carlos hizo el gesto de comenzar a hablar, no articuló palabra.

—Lo haré con mis amigos, mis parientes y mi propia persona —se volvió hacia Catalina—. Su Majestad ha decidido no hacer la guerra a España. Dios quiera que no se vea envuelto en otra que no pueda eludir.

Coligny hizo una reverencia y se retiró.

En sus aposentos lo esperaban varias cartas. Una de ellas decía:

«Recordad el mandamiento que todo papista obedece: "No acatarás la fe de un hereje." Demostraréis ser sensato si abandonáis la corte de inmediato. De otro modo, sois hombre muerto.»

«Estáis en grave peligro», escribía otro. «No os dejéis engañar por lo que se dice sobre la boda del duque de Alençon con la reina de Inglaterra. Ni por este matrimonio de Margarita con Navarra. Alejaos lo antes posible de esta cloaca infectada, que es la corte de Francia. Cuidaos de las garras envenenadas de la Serpiente.»

Y otro:

«Os habéis ganado el favor del rey. Eso es suficiente razón para vuestra muerte.»

Leyó todas estas cartas, y mientras el crepúsculo entraba en su habitación percibió que cada ruido aceleraba los latidos de su corazón. Tocó las paredes con las puntas de los dedos y se preguntó si, en los lugares en que la madera estaba despareja, habría una puerta secreta. ¿En el adornado techo habría algún agujero por donde un ojo pudiera espiarlo? Cualquier momento podía ser el último de su vida.

Pronto Carlos cayó bajo la fascinación del almirante. Desde que Gaspar llegara a la corte Carlos se sentía más audaz, menos temeroso de su madre. Hacía que Gaspar lo acompañara y tenían muchas entrevistas a solas. Pero Catalina sabía lo que sucedía en esas entrevistas. Había un tubo que iba desde su cámara secreta hasta los aposentos del rey, que le permitía oír la mayor parte de lo que hablaba. Era suficiente para alarmarla.

Discutían constantemente el asunto de la guerra con España, y el rey no se mantenía firme.

—Tened la seguridad, querido almirante, de que deseo satisfaceros. No me moveré de París hasta que lo haya logrado.

El asesinato del almirante no podía demorarse, pero tendría que ser después de la boda. Si el almirante sufría ahora una muerte súbita, tal vez no habría boda. Catalina se complacía en observar a su víctima: era como engordar a un cerdo antes de matarlo. Allí estaba, hinchado de orgullo y confianza; pensaba que con sólo venir a la corte se ganaba la voluntad del rey; no tenía más que persuadirlo y poner en marcha sus planes.

Bien que disfrutara de sus últimas semanas en este mundo. Que siguiera pensando que era poderoso en el país... por unas semanas.

El almirante carecía de sutileza y, como a muchos rudos soldados, le hacían falta algunas lecciones sobre la dirección de un Estado y la diplomacia. Rara vez meditaba antes de hablar; decía lo que pensaba, y eso, en una corte donde se practicaba la hipocresía como una de las bellas artes, era el colmo de la estupidez.

En una de las reuniones del Consejo habló del asunto del trono de Polonia.

—Hay varios que lo reclaman, y sin duda pronto quedará vacío. Si ese trono ha de caer en manos de Francia, es necesario que el duque de Anjou parta en seguida hacia Polonia.

El rey asintió con entusiasmo, ya que pocas perspectivas lo complacían tanto como la de ver a su hermano fuera del país. Catalina estaba furiosa, pero parecía considerar el asunto con calma. En cuanto a Anjou, su ira era casi incontrolable: enrojecía, y le temblaban los aros en las orejas.

—Creo que monsieur l'Amiral interfiere en asuntos que no le conciernen —declaró con frialdad.

—Este asunto de Polonia es de interés vital para Francia, monsieur —respondió Gaspar con su acostumbrada franqueza.

—Eso es muy cierto —le apoyó el rey.

—Y si monsieur —continuó Gaspar— no aceptó Inglaterra por matrimonio, ni aceptará a Polonia por elección, deberá decir claramente que no desea salir de Francia.

Se levantó la sesión y Anjou fue de inmediato a buscar a su madre.

—¿Qué pensáis de esa insolencia, madame? —preguntó—. ¿Quién sabe qué traman entre los dos? Madre, ¿les permitirás que conspiren contra mí?

—Ten paciencia. Espera a que pase la boda y ya verás.

—¡La boda! Pero ¿cuándo será? Sé que todos los nobles de Francia están aquí con su séquito, pero ese viejo tonto, el cardenal de Borbón, nunca la celebrará sin el permiso del Papa, ¿y crees que el Papa lo dará? ¿Permitirá que nuestra hermana católica se case con el hugonote? Bien, pronto nos enteraremos de que ha prohibido la boda, y habrá escándalo en París.

—Aún eres muy joven, hijo mío, e ignoras que hay formas de producir milagros. No temáis, nos arreglaremos sin monsieur Gregory.

—El Borbón no realizará la ceremonia sin la venia del Papa.

—No se enterará de los deseos del Papa, hijo mío. He escrito al gobernador de Lyon que no debe llegar correo de Roma hasta después de la ceremonia.

—Entonces esperaremos en vano el permiso del Papa.

—Es mejor eso que recibir desde Roma la comunicación de que la boda no debe realizarse.

—¿Cómo lograrás que realice la ceremonia sin el consentimiento del Papa?

—Deja eso por cuenta de tu madre. Pronto tu hermana estará unida al duque de Navarra. Nada temas. Puedo manejar al viejo cardenal. Ten paciencia, querido. Espera..., espera a que pase la boda y ya verás.

Los oscuros ojos italianos de Anjou brillaron cuando los levantó hacia su madre con expresión interrogativa:

—¿Quieres decir...?

Ella se llevó un dedo a los labios.

—Ni una palabra... Ni siquiera entre nosotros. Aún no. Pero no temas —acercó la boca al oído de su hijo—. A monsieur l'Amiral no le queda mucho tiempo de vida. Déjalo que se mueva a sus anchas durante sus últimas horas en la tierra.

Anjou asintió sonriendo.

—Pero —murmuró su madre— tendremos que actuar con la mayor cautela. Planear el fin de este hombre es una tarea llena de peligros. No es presa fácil. Nuestros espías están en todas partes y nos han comunicado que recibe advertencias sobre lo que le sucederá. No logro entender cómo alguien ha llegado a saberlo. Habrá que tender las redes con mucho cuidado para atrapar al salmón, hijo. No te equivoques al respecto.

—Madre, no dudo de tus poderes para lograr lo que desees.

Ella lo besó con ternura.

En la antecámara de su dormitorio, la princesa Margarita recibía al duque de Guisa. Estaba tendida a su lado en el diván cubierto de raso negro, recurso que usaba para que hiciera un bello contraste con la blancura de sus brazos y sus piernas. Sonreía a Enrique, saciada y feliz por el momento. Ningún hombre la satisfacía, ni creía que podría satisfacerla en el futuro, como su primer amante, el duque Enrique de Guisa.

—Cuánto tiempo ha pasado —dijo ella—. Había olvidado lo maravilloso que eres.

—Y tú, mi princesa —respondió él—. Eres tan maravillosa que jamás te olvidaré.

—Ah —suspiró Margot—. ¡Si nos permitieran casarnos! Entonces no serías el marido de otra mujer y yo no afrontaría el matrimonio más odioso que imaginarse pueda. Ay, Enrique, amor mío, si supieras cómo rezo cada día, cada noche, para que suceda algo que evite este matrimonio. ¿Es posible, amor mío? ¿Es posible hacer algo?

—¿Cómo saberlo? —respondió sombríamente Guisa—. En París hay una atmósfera que hace que uno se pregunte qué sucederá después —tomó entre sus manos el rostro de ella y lo besó. Sólo hay una cosa cierta en todo el mundo, y es que te amo.

Ella lo abrazó ardientemente; sus brazos lo rodeaban, sus labios cálidos exigían. Ella nunca dejaba de asombrarlo, aunque la había conocido y amado toda la vida. La miró mientras ella se tendía en la cama, extendiendo los brazos hacia él, con los oscuros cabellos sueltos; los bellos

46

ojos oscuros que brillaban en el rostro sensual; ya ansiaba el próximo abrazo.

—Margot —dijo Guisa con pasión—, no hay otra como tú.

Descansaban, satisfechos, tras la puerta cerrada de la antecámara, felices y seguros. Con tiernas reminiscencias hablaron del día en que los descubrieron. Margot llevaba la bella ropa con que había recibido a su cortejante, Sebastián de Portugal. Recordaron la furia del rey y de la reina madre, que esa noche azotaron a Margot casi hasta matarla por haber participado en la aventura; Guisa logró a duras penas escapar con vida.

—Ah —dijo Margot—, saliste de ese peligro con una esposa, pero a mí me quedó el corazón destrozado.

Lo había dicho entonces, pero luego aprendió que los corazones que se destrozan hoy cicatrizan mañana, y la esposa de Enrique de Guisa no pudo evitar que él fuera la amante de Margot. Margot descubrió que había otros hombres en el mundo (no tan apuestos ni tan encantadores, es cierto) y no podía vivir sin su amante.

Qué agradable era estar en los brazos de este hombre y atraerlo a un nuevo frenesí de pasión, y pensar con tristeza, cuando la pasión sólo brindaba una satisfacción temporal, muy temporal: «Ah, qué distinto habría sido si me hubiesen permitido casarme con el hombre que amo. Habríamos sido fieles el uno al otro y nuestra unión habría sido perfecta...» El papel de víctima era el favorito de Margot. Satisfacía sus deseos y luego decía: «¡Pero qué diferente sería si me hubieran permitido casarme con el único hombre que jamás he amado!» Le bastaba decírselo para luego entregarse a cualquier aventura sin ningún remordimiento.

De pronto golpearon a la puerta y se oyó la voz de Carlota de Sauves. Margot sonrió. Sin duda Carlota sabía a quién recibía Margot en su antecámara, y eso la pondría un poco celosa. Eso era bueno. Por su belleza y su importancia en el Escadron, Carlota se daba demasiados aires.

—¿Quién es? —preguntó Margot

—Yo. Carlota de Sauves.

—¿Y a quién buscas?

—Quería preguntarte si has visto a monsieur de Guisa. La reina madre pregunta por él. Se está impacientando.

Margot rió. Se levantó y fue hasta la puerta.

—Cuando vea a monsieur de Guisa se lo diré. No temas, eso ocurrirá muy pronto.

—Gracias. Iré a decirle a Su Majestad que monsieur de Guisa ya viene.

Margot se volvió hacia su amante, que ya se había puesto la chaqueta y estaba ajustándose la espada. La impaciencia de él por marcharse la enojó.

—Pareces muy ansioso por irte.

—Querida mía, es una llamada de tu madre.

Margot lo rodeó con sus brazos.

—Que espere un poco.

El la besó, pero ella sabía que pensaba en la entrevista con la reina madre.

—Primero viene la ambiciosa jefa de la casa de Guisa y Lorena —dijo con ligereza—. La amante después. ¿Verdad?

—No —mintió él—. Sabes que no es así.

Los negros ojos de Margot relampaguearon. A veces deseaba pelear con Enrique. Para ella el amor lo era todo, y no podía admitir que quizá no fuese así para él.

—Entonces bésame —pidió.

El la besó.

—Bésame como si pensaras en mí, y no en lo que le dirás a mi madre. ¡Ay, Enrique, cinco minutos más!

—Querida, no me atrevo.

—¡No te atreves! Siempre con el «no me atrevo». ¡Lo mismo dijiste cuando permitiste que te casaran con la estúpida de tu esposa!

—Margot, volveré.

—¿Por qué crees que te manda llamar ahora? Es porque sabe que estamos juntos y le encanta molestarnos. No conoces a mi madre.

—Sé que cuando me llama, debo obedecer.

El giró la llave en la cerradura, pero Margot seguía aferrada a él, besándolo apasionadamente.

—¿Cuándo volverás?

—En cuanto pueda.

—¿Lo prometes?

—Lo prometo.

—Entonces bésame otra vez..., otra vez..., otra vez...

Catalina despidió a todos sus asistentes, ni siquiera permitió que se quedara su enano. Iba a recibir al gran duque de Guisa.

Lo vio aproximarse, pensando que no era de extrañar que Margot lo encontrara irresistible. Era muy atractivo. Ventidós años no eran muchos, pero en unos años más sería tan astuto como había sido su padre, y aún ahora, como siempre, lo acompañaba ese viejo zorro que era su tío, el cardenal de Lorena; debía cuidarse de este hombre.

El la saludó ceremoniosamente, y ella dijo:

—Tengo mucho que comunicaros, monsieur de Guisa. Estamos solos, pero hablad en voz baja. No es fácil hablar en secreto en el palacio del Louvre.

—Comprendo, Vuestra Majestad.

—Supongo que la presencia de alguien en la corte os enfurece tanto como a mí, querido duque. ¿Sabéis de quién os hablo?

—Creo que sí, madame.

—No mencionaremos su nombre. Me refiero al asesino de vuestro padre.

Enrique era muy joven y aún no sabía ocultar muy bien sus emociones. Parecía algo cansado, efecto, sin duda, de la hora que había pasado con Margot. ¡Ella era capaz de cansar a cualquiera! ¿De quién habría heredado esos hábitos? De su madre, no. Eso era seguro. ¿De su padre? Por cierto que tampoco. Había sido un hombre fiel..., fiel a una mujer que no lo merecía, es verdad; pero Margot jamás sería fiel. Había tenido muchos amantes, aunque aún no había cumplido veinte años. Seguramente los había heredado de su abuelo, Francisco I, o tal vez del propio padre de Catalina. Se decía que ambos eran insaciables. Pero Catalina había mandado llamar a este hombre para discutir asuntos importantes, no para hablar de sus amores con su hija.

—Sí, madame —respondió Enrique con amargura. Siempre había creído que Gaspar de Coligny era el asesino de su padre, y no sería completamente feliz hasta haber vengado a Francisco de Guisa.

—No podemos tolerar su presencia aquí, en la corte —continuó Catalina—. Su influencia es mala para nuestro rey.

El corazón de Guisa comenzó a latir con más rapidez. Sabía que Catalina insinuaba que él la ayudara a preparar el asesinato de Coligny. Sus dedos se cerraron sobre la empuñadura de su espada y sus ojos se llenaron de lágrimas mientras recordaba cómo habían llevado a su padre al castillo cercano a Orléans. Volvió a ver el rostro noble del duque Francisco, con la cicatriz debajo de un ojo, que le había ganado el nombre de *le Balafré*. Recordaba la última vez que viera ese rostro amado, y cómo había jurado vengarse de quien creía ser el asesino de su padre.

—Madame, ¿cuales son vuestras instrucciones? —preguntó.

—¿Qué? ¿Necesitáis instrucciones para vengar la muerte de vuestro padre?

—Seguramente Vuestra Majestad pensaba hacerme algunas sugerencias cuando me mandó llamar.

—Este hombre se pasea por la corte, domina al rey, amenaza no sólo a vuestra familia, sino también a la mía, ¡y me pedís instrucciones!

—Madame, os prometo que no vivirá un solo día más.

Ella levantó la mano.

—Ahora os apresuráis demasiado, mi señor duque. ¿Queréis hundir a esta ciudad en un baño de sangre? Deseo que este hombre asista a la boda de mi hija con el rey de Navarra. Luego... es vuestro.

El duque hizo una inclinación de cabeza.

—Como Vuestra Majestad lo desee.

—Querido duque... Sois casi un hijo para mí. ¿No pasasteis la mayor parte de vuestra infancia con mi familia? Y habéis llegado a amarlos, ¿verdad? ¿Más que otros?

Bien, es natural. Pero yo os quiero como a un hijo. Por eso deseo que tengáis oportunidad de vengar a vuestro padre.

—Vuestra Majestad me otorga una gracia importantísima.

—Aún os otorgaría más. Ahora escuchad. No procedáis con descuido. No permitiré que desafiéis a ese hombre. Dejad que el golpe mortal provenga de un asesino desconocido.

—Siempre he creído que es mi madre quien debe asestar ese golpe, madame. Creo que sería justicia. Es buena tiradora, y...

Catalina hizo un gesto con una mano.

—Sois joven, duque, y vuestras ideas son las de un niño. Si se disparara contra ese hombre, y consiguiera escapar, ¡qué tumulto habría! No, el primer disparo debe dar en el blanco. No convirtamos este asunto en una comedia. Ese hombre tiene el don de escapar a su destino. A veces pienso que lo protege alguna magia especial.

—No se salvará de mi venganza, madame.

—No. Estoy segura de que no. Mantened esta cuestión en secreto, pero hablad de ella con vuestro tío. Buscad la forma de esconder un asesino en una de vuestras casas, y cuando el asesino de vuestro padre pase por la calle en camino hacia el Louvre, haced que dispare sobre él. Nada de comedias. Utilicemos a un tirador sereno, no a una duquesa nerviosa. Esto es cuestión de vida o muerte, monsieur, no un acto teatral para divertir a la corte. Retiraos, y comunicadme vuestro plan cuando lo tengáis. Pero, no olvidéis..., después de la boda. ¿Está claro? ¿Lo habéis entendido bien, duque?

—Perfectamente claro, madame.

—Bien, volved a vuestros placeres, y ni una palabra de esto a nadie... excepto, por supuesto, a vuestro digno tío. Sé que puedo confiar en vos.

—Vuestra Majestad puede confiar en mí por completo.

Besó la mano de la reina y se retiró. Estaba demasiado excitado como para volver junto a Margot. Buscó a su tío, el cardenal de Lorena, para contarle su conversación con la reina madre.

Catalina estaba contenta; agradaba a su naturaleza viperina satisfacer sus deseos de esa forma tortuosa.

El novio cabalgaba hacia París a la cabeza de sus hombres, y aunque iba vestido de severo luto por la reciente muerte de su madre (hacía menos de tres meses que había muerto misteriosamente en París) en sus labios había una canción gascona.

Era un joven de diecinueve años, nada alto, pero bien proporcionado, con una inmensa vitalidad. Su actitud era desenvuelta y franca, y reía a menudo, pero sus ojos eran velados y astutos, y revelaban el carácter que el resto de la cara ocultaba. En esos ojos había algo profundo, latente en esos momentos, que no tenía intención de mostrar al mundo. Había heredado mucho de la astucia de su madre, pero poco de su piedad. Era hugonote porque su madre lo había sido, pero en materia religiosa era un escéptico.

—Por Dios —decía—, creo que un hombre debe tener alguna fe. El buen Dios decidió hacerme hugonote, y eso soy.

Pero bostezaba durante los sermones, y a veces roncaba sin disimulo; en una oportunidad se escondió detrás de un pilar, y mientras comía cerezas arrojaba los carozos a la cara del predicador.

Sus hombres lo querían. Consideraban que era un príncipe digno de ser seguido. Él tenía con ellos una ruda familiaridad, y era fácil incitarlo a la risa y a las lágrimas, pero sus emociones carecían de profundidad. Los ojos velados, cínicos, traicionaban las fáciles emociones, y mientras lloraba transmitía que las lágrimas nada significaban para él. Había tenido tantas aventuras amorosas que llamaban la atención incluso en ese país donde la promiscuidad resultaba natural. Su madre le había dado una crianza natural, que no lo alentaba a imitar los hábitos fantasiosos de los príncipes de Valois. Tenía maneras bruscas y no le preocupaba demasiado su aspecto; se sentía tan feliz en la casa de un campesino como en un palacio real, siempre que la esposa o la hija del campesino le alegraran la estancia.

De manera que entró en París a caballo, seduciendo a las mujeres de Auvernia y Bourbonnais, Borgoña y Orléans. Desde su más tierna infancia sabía que probablemente se realizaría esta boda, porque había sido arreglada por el padre de Margot, Enrique II, cuando él tenía dos años y Margot apenas un poco más. Era un buen matrimonio para él, el mejor posible, pensaba. Su madre lo deseaba porque lo acercaría al trono. Enrique se encogía de hombros cuando pensaba en el trono de Francia. Había muchos en el medio: Enrique de Anjou y Francisco de Alençon, para no mencionar los hijos que éstos pudieran tener; y en esos momentos la mujer de Carlos estaba embarazada. Dudaba que ningún rey de Francia pudiese disfrutar más que él de la vida, y lo que le interesaba era disfrutar de la vida.

Pero el matrimonio estaba arreglado, y le daba lo mismo que cualquier otro. Margot siempre había tenido antagonismos contra él, pero ¿qué le importaba? ¿Qué necesitaba de una esposa cuando había tantas mujeres dispuestas a satisfacerlo? No tendría inconveniente en dar libertad a Margot, y en asegurarse la suya.

En cuanto se supo que iría a París, debió escuchar muchas advertencias.

—Recuerda lo que le sucedió a tu madre —le decían—. Fue a París y nunca regresó.

No comprendían que no lo perturbara seriamente la idea del peligro, y que estuviera ansioso por ir a esa corte de intrigas. Su madre murió y eso lo conmocionó; lloró amargamente cuando recibió la noticia, pero en medio de su llanto descubrió que tenía una sensación de liberación, que luego disfrutaría. Siempre había sabido que su madre era una buena mujer, y se avergonzaba de no amarla más. Suponía que ella era una santa y él, en el fondo, un pagano. Ella se habría desilusionado de él si hubiese vivido, porque nunca llegaría a ser el hugonote piadoso que ella deseaba. Y su muerte no sólo le brindaba más liber-

tad, sino mayor importancia..., ya no era un simple príncipe, sino el rey de Navarra. Ya no había molestas res-
tricciones, ni sermones de su madre. Era gloriosamente
libre, dueño de sus actos, y eso era bueno porque tenía diecinueve años, era viril y lleno de salud, y le resultaba muy
fácil conquistar a las mujeres.

Por eso durante el camino cantaba una canción de
Gasconia, y aunque de vez en cuando un amigo deslizaba una advertencia en sus oídos, eso sólo servía para exci-
tarlo más. Estaba ansioso de aventuras, de intriga.

Y cuando, junto con su comitiva, llegó a corta distancia de París, el rey Carlos en persona salió a recibirlo.
Al joven rey de Navarra le encantó que el rey de Francia
lo abrazara y lo llamara hermano, y le diera semejantes
muestras de amistad.

La reina madre iba también con la comitiva real, y
también le demostró gran afecto, lo abrazó, le dijo que se
alegraba de volver a verlo, y tocó con ternura la manga
negra de su chaqueta, mientras él bajaba los ojos en supuesto duelo por su madre. Pero lo que complacía al rey de
Navarra más que el recibimiento real eran las damas que
acompañaban a la reina madre. Nunca había visto tanta
belleza, porque cada una de estas damas lo deslumbraba
con sus encantos. Las estudiaba con sus ojos entrecerra-
dos y de una de ellas, que le pareció la más hermosa de
todas, recibió una sonrisa que consideró una promesa muy
clara. Era una hermosa criatura de cabellos rubios y ojos
azules. Advertía que ninguna mujer tenía la gracia y la
belleza de estas mujeres de la corte. ¡Qué agradable cambio, comparándolas con los encantos más vulgares de sus
amiguitas de Béarne!

El rey de Francia cabalgó a su lado al entrar en la
capital.

—Me agrada pensar —dijo Carlos— que pronto
seréis realmente mi hermano.

—Gracias, Vuestra Majestad.

—Veréis que esta ciudad está llena de mis súbditos
que han venido desde todas partes de Francia a ver nuestra boda con mi hermana. No temáis que demoremos la

ceremonia. El cardenal de Borbón está creando dificultades. Es un viejo terco. Pero no le permitiré que os haga perder mucho tiempo a mi hermana Margot y a vos.

—Gracias, sire.

—Se os ve sano y fuerte —comentó el rey con envidia.

—Ah, es por la vida que llevo. Como suele decirse, dedico mucho tiempo al placer, pero parece que me sienta bien.

El rey rió.

—Mi hermana estará contenta con vos.

—Así lo espero, sire.

—He oído que tenéis poca dificultad en complacer a las mujeres.

—Veo que han llegado rumores sobre mí hasta París.

—Nada temáis. Los parisienses aman a los que son como vos, hermano.

¿Sería cierto? Enrique advertía rostros iracundos entre las multitudes que se acercaban a la comitiva que avanzaba por las calles.

—*Vive le roi Charles!* —gritaba el pueblo—. Y algunos agregaban: *Vive le roi de Navarre!* Pero no demasiado, y se oían algunos silbidos que contrarrestaban los vivas.

—Hoy hay muchos partidarios de Guisa en las calles —dijo Enrique de Navarra.

—Hay gente de todas clases —respondió el rey—. Los partidarios de Guisa y los de mi querido amigo el almirante se juntan en las calles, ahora que os casaréis con mi hermana.

—Parece que toda Francia se hubiera reunido aquí; hugonotes y católicos.

—Así parecería. He oído que en París hay tanta gente que no encuentran lugar para dormir. Las posadas están llenas, y de noche se acuestan en la calle. Todo por amor a vos y a Margot. Mi querido amigo, el almirante, se deleitará al veros aquí. Quiere daros la bienvenida.

Enrique sonrió con placer mientras echaba una mirada de reojo al rey. ¿Acaso el rey, con sus continuas referencias al querido almirante, trataba de comunicarle que apoyaba la causa de los hugonotes? ¿Y Catalina de Médicis, a quien muchos creían responsable de la muerte de su madre? ¿Qué planearía para él?

Rara vez se concentraba en algo durante mucho tiempo, y al ver el Louvre, con un brazo extendido hacia el puerto y el otro en ángulo recto, miró su torre y sus estrechas ventanas y recordó a la joven que cabalgaba junto a la reina madre.

He visto a una hermosa joven que acompañaba a Su Majestad, la reina madre. Tenía bellísimos ojos azules, los ojos más azules que he visto.

El rey rió.

—Mi hermana tiene ojos negros —respondió.

—Los ojos más hermosos de Francia, según me han dicho. Sin embargo, me gustaría saber a quién pertenecen los ojos azules.

—En el Escadron de mi madre hay una dama notable por el color de sus ojos, y son azules. Creo, hermano, que os referís a Carlota de Sauves.

—Carlota de Sauves —repitió Enrique.

—Es una de las damas de mi madre, y esposa del barón de Sauves, nuestro secretario de Estado.

El de Navarra sonrió con alegría. Esperaba ver con frecuencia a la dueña de los ojos azules los días siguientes, y era bueno saber que estaba casada. Las muchachas solían crear dificultades difíciles de superar para un futuro esposo.

Y mientras entraba en el gran salón y miraba distraídamente las aguas del Sena desde la ventana, mientras subía la gran escalera de Enrique II, pensaba con gran placer en madame de Sauves.

El rey estaba en una alfombra turca en sus aposentos, mordiéndose los puños. Estaba muy perturbado y nadie se atrevía a acercársele. Ni siquiera se complacía en contemplar a sus halcones favoritos, que estaban en la habitación. Sus perros se apartaban de él; lo mismo que sus sirvientes, detectaban el creciente estado de locura. Estaba preocupado, y en general estaba preocupado cuando temía algo. A veces, al acercarse a la ventana, creía oír murmullos de advertencia en los gritos de la gente que llegaban hasta él. Sentía que algo malo se estaba gestando y que él estaba amenazado.

No podía confiar en su madre. ¿Qué estaría tramando? Observó con inquietud el cuerpo pesado de su esposa. Su madre nunca permitiría que ese niño viviera para interponerse en el camino al trono de Enrique. Y si deseaba ver a Anjou en el trono, ¿qué estaría tramando contra su hijo Carlos?

En las calles había horribles silencios, seguidos de tumultos repentinos. ¿De qué hablaban con tanto interés los grupos de gente? ¿Qué decían esos despojos humanos en las tabernas? Era una locura reunir a católicos y hugonotes en París; significaba provocar problemas, preparar un derramamiento de sangre. Se vio a sí mismo convertido en prisionero; sintió el mal olor de los calabozos; vio su cuerpo torturado y su cabeza separada del cuerpo. Entonces deseó ver correr sangre; deseaba sus látigos para castigar a sus perros, pero como le quedaba cierta lucidez recordó los remordimientos que sufría después de semejantes acciones, el horror que lo invadía al ver a uno de sus amados perros muerto a golpes.

Alguien entró en la habitación, y no levantó la mirada por miedo a encontrarse con la sonrisa de su madre. Se decía que tenía llaves secretas de todas las habitaciones de los palacios de Francia, y que a menudo se escondía entre los cortinajes detrás de las puertas silenciosamente abiertas y escuchaba secretos de estado, observaba a las mujeres de su Escadron haciendo el amor con los hombres que ella les elegía. En todos sus sueños y sus miedos su madre desempeñaba un papel preponderante.

—Charlot, mi amor.

Dejó escapar un gemido de alegría, porque no era su madre quien se le acercaba, sino Madeleine, su vieja nodriza.

—¡Madelon! —exclamó, llamándola como cuando era pequeño.

Ella lo tomó en sus brazos.

—Querido mío. ¿Qué te pasa, mi amor? Cuéntaselo a Madelon.

Después de un rato él se calmó.

—Esa gente en la calle, Madelon. No deberían estar allí. No hay que juntar a hugonotes y católicos. Y soy yo quien los ha traído aquí. Eso es lo que me asusta.

—No fuiste tú. Fueron los otros.

Carlos rió.

—Eso es lo que siempre decías cuando había problemas y me acusaban: «Ah, no fue mi Charlot, fue Margot o alguno de sus hermanos.»

—Pero tú nunca hacías nada malo. Eras mi niño bueno.

—Ahora soy el rey, nodriza. Cómo quisiera volver a ser un niño, y poder salir del Louvre, salir de París y marcharme a algún lugar tranquilo contigo, con Marie, y con mis perros y mis halcones. Escapar de esto... con todos vosotros. ¡Qué feliz sería!

—Pero no tienes nada que temer, amor mío.

—No lo sé, nodriza. ¿Por qué no pueden vivir en paz mis súbditos? Yo los quiero a todos, sean católicos o hugonotes. Tú misma eres hugonota.

—Me gustaría que rezaras conmigo, Charlot. Sería un gran consuelo para ti.

—Tal vez lo haré algún día, Madelon. Pero me asusta todo este odio que hay a mi alrededor. Monsieur de Guisa odia a mi querido almirante, y el almirante lo trata con frialdad y desprecio. Eso no es bueno, Madelon. Deberían ser amigos. Si ellos fueran amigos, todos los hugonotes, y los católicos de Francia lo serían, porque los católicos siguen al duque, y los hugonotes al almirante. ¡Eso! Eso debo conseguir. Que se hagan amigos. Insistiré. Lo exigiré. Soy el rey. Por Dios, si aceptan intercambiar besos de amistad, yo... yo...

Madeleine le enjugó la transpiración de la frente.

—¡Bien! Tienes razón, mi Charlot. Insistirás. Pero ahora, descansa.

El le tocó la mejilla con los labios.

—¿Por qué toda la gente de París no es dulce como tú, Madelon? ¿Por qué no son todos como Marie y como mi mujer?

—Un mundo de personas como yo sería algo aburrido —respondió ella.

—Un mundo aburrido, dices. Sería un mundo feliz. Sin temores..., sin muertes..., sin sangre. Ah, querida nodriza, dile a Marie que venga, y hablaré con ella de una amistad entre monsieur de Guisa y monsieur l'Amiral.

La expresión benigna de Catalina ocultaba su cinismo ante la farsa que se representaba ante ella.

¡El beso de la paz que Enrique de Guisa daba a Coligny! Su mente volvió a una escena similar que tuviera lugar seis años antes en el Château de Blois. Ella misma había organizado esa escena con los mismos actores. Claro que en aquella época Guisa era un niño, sin ninguna sutileza, incapaz de ocultar sus rubores que le subían a las mejillas, de disimular el fuego de sus ojos. Entonces declaró:

—No puedo dar un beso de amistad al hombre que llaman asesino de mi padre.

¡Cómo cambian los años a las personas!, pensó Catalina. Ahora este duque, que ya no era un niño, estaba dispuesto a abrazar al almirante y a plantar en sus mejillas los besos de la amistad, aunque estuviera tramando su asesinato.

—¡Qué bueno es —murmuró Catalina— que los viejos enemigos se vuelvan amigos!

Madame de Sauves, que estaba cerca de ella, susurró:

—Ya lo creo, madame.

Catalina concedió una sonrisa benévola a la mujer. Desempeñaba bien su papel con el novio: era a la vez una seductora y una esposa virtuosa. Catalina había dicho:

—El barón de Sauves se sentirá orgulloso de su esposa si ve cómo ella rechaza a ese joven aventurero de Navarra— al oír esto la joven sonrió delicadamente y elevó sus ojos azules hacia el rostro de la reina madre, a la espera de nuevas instrucciones. Pero no había nuevas instrucciones... todavía.

Catalina estaba seriamente preocupada. Ese viejo tonto, el cardenal de Borbón, creaba problemas. Declaró que no realizaría la ceremonia hasta recibir la anuencia del Papa. ¿Y cómo podía recibirla si Catalina había prohibido que entrara correspondencia desde Roma? Si el viejo seguía resistiéndose, ella y Carlos tendrían que amenazarlo seriamente.

Estaba segura de que podrían doblegarlo. Estaba envejeciendo, y al fin y al cabo era un Borbón. Sus hermanos no se habían destacado por su fuerza. Tanto Antonio de Borbón como Luis de Condé, hermano del cardenal, habían abandonado el camino del deber tentados por miembros del Escadron de Catalina. Claro que no era posible tentar al cardenal de esa manera, pero había otros métodos.

Y una vez que hubiera consentido, sería necesario permitir que la gente de París creyera que el Papa aprobaba el matrimonio. Eso sería simple.

Pero Catalina seguía preocupada. La sombra gris que cubría su vida parecía más ominosa que nunca... ese hombre que había sido su yerno. En su triste Escorial se enteraría de todo lo que sucedía en Francia, y si no le gustaba lo que sucedía, culparía a la reina madre. Sus embajadores eran espías, y Catalina sabía que enviaban a su amo largos informes de las actividades de la reina madre.

Alba envió un agente especial para enterarse de las intenciones de la reina. Ella admitió que ante los ojos de España debía aparecer como un enemigo. Había una alianza con Inglaterra, recientemente firmada; Catalina estaba tratando de realizar el matrimonio de su hijo Alençon con Isabel de Inglaterra; había señales de que Coligny casi había persuadido al rey de que cumpliera con su palabra y apoyara a los Países Bajos contra España, y ahora estaba el matrimonio de la princesa de Francia con el navarro hugonote. Catalina no dudaba de que Felipe de España pensaba en la guerra..., en la guerra con Francia; y una guerra, con los poderosos ejércitos y fuerzas navales de España, era la pesadilla que invadía las noches de Catalina. Significaba el desastre, el desastre para ella y para sus hijos, y lo más terrible, la caída de la casa de Valois. Para mantener a sus hijos en el trono había seguido una política tortuosa, inclinándose hacia un lado o hacia otro para obtener ventajas, sin saber hoy qué camino tomaría mañana, apoyando a los católicos, favoreciendo a los hugonotes, de manera que, con buenas razones, se la comparaba con una serpiente venenosa, ya que, cuando conspiraba en favor de la casa de Valois, no vacilaba en matar.

Recordó una conversación que había tenido en Bayona, desde donde fue con gran pompa a recibir a su hija, la reina de España; pero más importante que el encuentro con su hija fue el encuentro con el duque de Alba, representante de Felipe, con quien tuviera aquella importante conversación.

Luego fue necesario hacer promesas, declararse católica sin concesiones, y pedir a Alba que no interpretara mal sus propósitos cuando por cuestiones de política parecía apoyar a sus enemigos. Ofreció a Alba la cabeza de todos los hugonotes —pero en el momento propicio—. «Debe suceder», dijo para sus adentros, «como por accidente, cuando estén reunidos en París; el motivo de esta reunión es algo que todavía queda por determinar».

Deseaba este matrimonio entre el rey de Navarra y su hija porque sabía que cualquier poder del cual podía gozar en Francia le sería dado a través de sus hijos. En caso de una guerra civil, que resultara en una victoria de los hugonotes, la corona de Francia podía colocarse sobre la cabeza del rey Borbón de Navarra; entonces la hija de Catalina de Médicis sería reina de Francia. Por lo tanto, Catalina no necesitaba perder su posición como reina madre. Por supuesto que haría todo lo posible por impedir que semejante calamidad cayera sobre la Casa de Valois; no vacilaría en utilizar a los asesinos a los temibles *morceaux*. Pero había que considerar todas las eventualidades. Margot no sería tan fácil de controlar como había sido Carlos y como esperaba que sería su querido Enrique; pero seguiría siendo la hija de Catalina. De manera que este matrimonio era un seguro contra futuras dificultades, porque Catalina había visto grandes victorias de los hugonotes en otros tiempos; y al ver a todos los seguidores de Coligny: Téligny, Rochefoucauld, Condé y el joven Navarra, confirmaron su opinión de que hacía bien en cambiar de rumbo cuando le convenía.

El matrimonio debía realizarse pronto, aunque luego sería urgente aplacar a Felipe de España, y con suerte podría ser que el asesinato de Coligny, cuya muerte deseaba desde hacía mucho tiempo Su Muy Católica Majestad, bastara para satisfacerlo. ¿Y si no? Recordaba vívidamente aquella conversación con Alba en Bayona... «El momento exacto..., cuando todos los hugonotes estén reunidos en París bajo uno u otro pretexto...»

¿Era éste el pretexto? ¿Era éste el momento exacto?

El rey se estaba vistiendo para la boda, y entre sus amigos y asistentes había cierto temor, porque su boca se movía como la habían visto moverse tantas veces, y tenía los ojos inyectados en sangre. ¿Cuál sería el resultado de esta boda que daba que hablar a París, a Francia?

«Esta boda estará teñida de sangre», decía la gente de París. Y el rey sabía que se murmuraban esas palabras.

Habían persuadido al cardenal de Borbón de que celebrara la ceremonia; lo convencieron de que caería en desfavor ante los ojos del rey, y peor aún, de los de la reina madre, si no cumplía con los deseos de éstos. Carlos y su madre habían difundido en París la noticia de que la dispensa del Papa estaba en sus manos. Ahora no había motivo para demorar la ceremonia.

De manera que el rey temblaba, y mientras lo vestían con las más hermosas galas que jamás se hubieran visto (sus ropas, junto con su casco enjoyado y su daga, habían costado seiscientas mil coronas), quienes lo rodeaban se preguntaban cuánto tiempo conseguiría controlar su locura, y si no tendría un acceso antes de que la boda fuese un *fait accompli*.

A pesar de que estaba muy ocupada, Catalina encontró tiempo para admirar a su preferido. ¡Qué hermoso estaba! Más hermoso que cualquiera, y más magnífico que el rey mismo. Cien joyas centelleantes destacaban su belleza morena, y estaba tan encantado consigo mismo como lo estaba su madre.

Catalina admiró su gorra con las treinta perlas, cada una de doce quilates. ¡Qué suavidad la de las perlas en contraste con el brillo duro de los diamantes, los zafiros y los rubíes! ¡Y qué bien le sentaban a su amado!

Lo besó con ternura.

—Si pudiera expresar un deseo para que me lo concedieran —susurró—, sería que hoy fueras rey de Francia. Me duele profundamente que hayas nacido un año tarde.

—Pero algún día, madre..., murmuró él, con los ojos encendidos de ambición.

—Algún día, querido. Hoy tu hermano parece enfermo —agregó Catalina.

—Hace tanto tiempo que parece enfermo.

—Nada temas, querido. Todo irá bien.

Sonrió, pero a pesar de su calma exterior, estaba preocupada. Se sentía como alguien que, habiéndose creído diosa, se hubiera lanzado a un mar proceloso y descubriera de pronto que no era una diosa, sino sólo un frágil ser humano en una débil embarcación. Estaba decidida a conducirla a un lugar seguro. Que se celebrara la boda, y luego, como compensación, Felipe recibiría a Coligny.

—Al menos no fui yo quien planeó el matrimonio —solía decir, como para implicar: Y lo otro sí. Lo hice para demostrarte que soy tu amiga—. Con eso Felipe quedaría satisfecho. ¿Realmente sería así? Podía estar furioso, pero no era un tonto.

Catalina nunca pensaba más de uno o dos movimientos con anticipación, y hoy debía pensar en la boda y en Coligny. ¿Y luego...? Aquí, en París, se había reunido una poderosa fuerza de hugonotes y católicos. Catalina había dicho: «Cuando llegue el momento, no sabré qué hacer.» Pero sabría. No tenía dudas al respecto. Eso era todo en cuanto al presente.

La novia se mostraba altiva, estaba pálida y de mal genio. Trataba mal a sus mujeres.

—Todas estas noches he rogado. He rogado a la virgen y a los santos que me ayuden. ¿Y todo para nada? Así parece, porque ha llegado este odioso día, el día de mi boda. He pasado mis noches llorando...

Sus mujeres la calmaban. Sabían que había pasado sus noches haciendo el amor con el duque de Guisa, pero muchas veces Margot lograba convencer a otros como se convencía a sí misma. Ahora se veía como la novia obligada a casarse contra su voluntad, una herramienta de su madre y de su hermano, forzada a casarse con un hombre a quien odiaba. ¿Odiaba realmente a Enrique de Navarra? El no carecía de atractivos. Se había sentido atraída cuando él la miró con sus ojos astutos y le dedicó un guiño sumamente vulgar y provinciano. Quizá no lo odiaba, exactamente; pero era mucho más dramático odiar que sentirse levemente indiferente, por eso debía declarar que odiaba a Enrique de Navarra.

A pesar de su sufrimiento no podía evitar deleitarse con su aspecto. Tocó la corona que llevaba en la cabeza. ¡Qué bien le sentaba! Con esta boda se convertía en reina, cosa que ni su adorado Enrique de Guisa podía lograr, pero sí este grosero individuo a quien odiaba. Se puso su capa de armiño, y permaneció inmóvil, admirándose, mientras la cubrían con la capa azul rutilante de joyas. Miró por encima de su hombro al gran cortejo que necesitaría para llevar esa capa, y debían ser princesas. Sólo eso cuadraba a una reina. Rió de placer, y luego recordó que se casaba contra su voluntad.

Dieciocho de agosto, pensó, y el día de mi boda..., el día en que me convertiré en reina de Navarra. Había dejado atrás a aquella muchacha que creía que se le destrozaba el corazón cuando la separaron de su amante para casarlo con Catalina de Clèves. Pensó con ligereza en aquella muchacha, apenas más joven que la que se casaba esta noche, pero qué diferente, ¡qué inocente! Derramó una lágrima real por aquella muchacha, porque ahora recordaba algo de la desolación que la había invadido al destruirse su sueño de casarse con el hombre más apuesto de Francia. Esa muchacha era el fantasma encantador y trágico que observaba a las mujeres que se preparaban para una boda que la haría reina.

—Vuestra Majestad, debemos ir —murmuró una de sus mujeres.

El fantasma se retiró y la actriz ocupó su lugar.

—Esa forma de dirigirte a mí es prematura —replicó fríamente—. Aún no soy reina.

Los ojos de la muchacha se llenaron de lágrimas y Margot la besó.

—Vamos, no más lágrimas. Es suficiente con las que yo he derramado ya.

Mientras avanzaba por la plataforma forrada de tela de oro que conducía desde el palacio del obispo hasta Notre Dame, mantuvo su cabeza alta. Veía a las masas de gente allá abajo, y sabía que en esa multitud muchos morían de asfixia, y que antes de que terminara la ceremonia muchos serían pisoteados hasta sucumbir. Y todo por alguna fugaz visión de la boda real, y en particular de una novia notable no sólo por su belleza, sino por su liviandad. Sabía lo que dirían sobre ella, aunque sin agresión. Sabían de sus amores con su héroe, y la población católica murmuraría porque se casaba, no con un príncipe católico, sino con el hugonote Enrique de Navarra. Harían bromas groseras sobre ella. Imaginaba que dirían:

«Pero si no fue sólo con monsieur de Guisa. También con monsieur d'Entranges y con un caballero de la guardia del rey, monsieur de Charry. Y algunos dicen que también con el príncipe de Martigues.»

Parecía imposible ocultar al público los propios asuntos. ¿Las paredes de los *châteaux* no ofrecían protección alguna?

Bien, les ofrecería diversión; a la gente de París le encantaba divertirse, aunque tal vez no les gustara la infidelidad de Margot con su amado duque.

Sí, Margot no dudaba que daba pasto para habladurías en las calles y mercados de París ese día.

No entraron en la iglesia, porque se decidió que el novio no oiría misa ni pasaría por los umbrales de Notre Dame para la ceremonia; la multitud hizo oír sus murmuraciones al respecto y algunos gritos de «¡Hereje!», pero pronto se comprobó que era mas interesante realizar la ceremonia fuera de la iglesia que dentro de ésta, porque así podría verla más gente. De manera que, ante la entrada occidental de la iglesia, Margot se arrodilló junto al príncipe de Navarra.

El novio estaba bastante apuesto, con su magnífico atavío, pero la novia advirtió de inmediato que le faltaba la elegancia de los caballeros de la corte, que no podía obtenerse por el solo hecho de llevar telas de oro y joyas. El novio llevaba el cabello *en brosse, à la Béarnais*, no exhalaba ningún delicado perfume; pero su sonrisa perezosa y sus ojos cínicos no carecían de encanto. Pero al arrodillarse junto a él Margot vio a su amante, y le pareció que nunca lo había encontrado tan apuesto como ese día. Sabía que los gritos de entusiasmo que escuchara en camino hacia el altar no eran tanto por ella y su novio como por su amante. Estaba magnífico con sus vestiduras ducales. Era más alto que quienes lo rodeaban, y el sol de agosto daba un tinte rojizo a sus cabellos y su barba. Los recuerdos invadieron a Margot, y nuevamente se convirtió en la muchacha con el corazón destrozado. Ah, ¿por qué no la habían casado con el hombre elegido por ella? Si me hubieran permitido casarme con Enrique de Guisa, pensó, no habría existido otro hombre en mi vida. D'Etranges, de Charryi y aun el príncipe Martigues, ¿qué me importaron todos ellos? Sólo estuve con ellos porque me apartaron de mi verdadero amor.

¡Qué poco atractivo era el hombre que tenía a su lado! No se casaría con él. Ella pertenecía al gigante dorado, al ídolo de los parisienses. Había sido su primer amor y sería el último.

La ceremonia había comenzado. Enrique de Navarra le había cogido la mano.

No. ¡No!, pensó. ¿Por qué no puedo casarme con quien deseo? ¿Por qué debo casarme a la fuerza con este torpe? Quiero a Enrique de Guisa. No a Enrique de Navarra.

Estaba esperando su respuesta, y sintió el silencio a su alrededor. Debía decir que aceptaba casarse con el hombre que estaba a su lado. Pero tenía ganas de hacer un escándalo; su amor por el drama superaba todo lo demás. Todo París sabría que en el último momento se negaba a casarse con el hombre que le imponían.

El cardenal estaba repitiendo sus preguntas. Margot apretaba fuertemente los labios. No. ¡No!, pensaba.

Luego sintió una mano que, desde atrás, le tocaba la cabeza.

—¡Habla! —dijo en su oído la voz salvaje del rey, ella sacudió la cabeza, desafiante.

—¡Estúpida! —prosiguió Carlos—. Baja la cabeza o te mataré. La obligó rudamente a bajar la cabeza, y ella le oyó murmurar al cardenal:

—Es suficiente. Alcanza con la inclinación de cabeza. Nuestra novia ha enmudecido por la timidez. La inclinación de cabeza significa que asiente.

Pero muchos habían visto lo sucedido, y se maravillaban del coraje de la princesa; y la ceremonia continuó mientras el novio dirigía su sonrisa cínica hacia el rostro de su esposa.

Luego vinieron los festejos, las diversiones, los bailes y las máscaras.

Coligny añoraba la quietud de su hogar en Châtillon. ¡Cómo deseaba volver junto a su familia, aunque sabía que debía permanecer en París! Se reprochó ese deseo, recordando que debía estar agradecido por haber recuperado su influencia sobre el rey.

Lo más pronto posible escapó del tumulto y de los pomposos festejos a sus aposentos, para escribir una carta a Jacqueline.

«Queridísima esposa», escribió: «Hoy se ha realizado la boda de la hermana del rey con el rey de Navarra. Habrá tres días de festejos, banquetes, máscaras, ballets y torneos. Luego el rey, según me ha prometido, dedicará varios días a escuchar quejas diversas que surgen en muchas partes del reino. Por lo tanto, deberé trabajar con el mayor ahínco, y aunque tengo grandes deseos de verte, sé que los dos tendríamos grandes remordimientos si yo faltara a mis obligaciones. Pero obtendré permiso para salir de la ciudad la semana que viene. Preferiría mil veces estar contigo a estar aquí, en la corte, pero debemos pensar en nuestro pueblo antes que en nuestra felicidad personal. Cuando tenga la alegría de verte tendré muchas cosas más que contarte.

»Y ahora, mi querida, mi bien amada, ruego a Dios que vele por ti.

»Escrito en París el 18 de agosto de 1572. Ten la seguridad de que en medio de todos estos festejos y esta alegría, no cometeré ofensas contra nadie, y mucho menos contra Dios.»

Desde su soledad oía la música del palacio, las risas y los cantos. Desde las calles le llegaba el ruido de la multitud, y el aire parecía lleno de sus gritos.

Catalina advirtió la ausencia de Coligny. Nuestras diversiones no lo atraen mucho, pensó. Sabía que estaba en sus habitaciones, escribiendo sin duda a su esposa, tan piadosa como él. Eso se descubriría más tarde. Sería divertido leer las cartas de amor de semejante hombre. Bien, que escribiera una carta tan larga como quisiera y tan llena de pasión como pudiera. Con suerte, sería la última carta que escribiera en su vida.

Catalina miraba el baile. Margot bailaba con el duque de Guisa, y Enrique de Navarra con Carlota de Sauves. Catalina no podía evitar una sonrisa cínica mientras contemplaba a esos cuatro. Bien, una cosa era cierta: ni el novio ni la novia estaban en condiciones de acusar al otro de infidelidad. ¡La pareja cínica! Sin duda los dos pensaban en romper los votos del matrimonio en la misma noche de bodas. Era una situación digna de la pluma de Boccaccio o de la tocaya de Margot, aquella otra reina de Navarra.

Por unos días podía descansar en paz. Se había realizado el matrimonio. Si se daba la remota posibilidad de un ascendiente hugonote sobre los católicos y una supresión de la casa de Valois por ascenso de la de Borbón, Catalina tendría una hija que sería reina de Francia. Había logrado apoyar un pie en cada uno de los sectores: sería la reina madre ya fuera que los Valois católicos o los Borbones hugonotes ocuparan el trono de Francia.

En cuanto a Felipe, había que darle a Coligny. El gobernador de Lyon había recibido instrucciones de impedir no sólo la entrada de correspondencia a Francia, sino también su salida. Felipe y el Papa no sabrían que se había realizado el matrimonio hasta que ella pudiera enviar a la vez la noticia de la muerte del líder hugonote.

Levantó imperceptiblemente las cejas, porque Coligny había entrado en el salón.

Catalina se abrió paso hacia él.

—Querido almirante, cuánto me alegro de veros, con nuestros tontos invitados. Son alegres y un poco tontos, ¿verdad? Pero seguramente también vos os divertíais con estas cosas cuando teníais la edad de ellos... lo mismo que yo. Es agradable ver a nuestra joven pareja tan amante..., tan encantadora, ¿no es cierto? Y, almirante... —colocó su mano blanca y delicada en el brazo del hombre...—, supongo que también vos esperáis que esta unión acabe con las luchas en nuestro país.

—Amén, señora —respondió Coligny.

—Me complace la influencia que ejercéis sobre mi hijo. Sé que Su Majestad os consulta sobre todo. Ah, mi querido almirante, contáis con la gratitud de una madre. Prometedme que permaneceréis con nosotros mucho tiempo... y usaréis vuestra influencia para traer la paz a nuestra tierra.

Alzó la mirada hacia ese rostro noble, esos ojos profundos, esa frente alta, los labios firmes y los rasgos bien marcados. Pensó con liviandad que era esa nobleza la que le daba su apostura. Enviaré su cabeza a Roma. Debe llegar junto con la noticia de la boda.

Efectuaron la ceremonia real de acostarlos en su lecho: el novio cínico y la novia indiferente. Ahora ya se habían retirado los caballeros hugonotes de Enrique y las damas católicas de Margot, y estaban solos.

La luz de las velas lo favorecía, pensó Margot, pero creía que no podría tolerar su cercanía. No quería que la tocaran esas manos toscas; los cabellos ásperos de Enrique de Navarra le recordaban los suaves rizos de Enrique de Guisa por contraste. ¿Por qué no usaría algún perfume, ya que no parecía demasiado cuidadoso de su higiene?

El la observaba, dispuesto a tratarla con la misma indiferencia.

—Bien —comenzó—. La boda se ha realizado. Recuerdo que hace mucho tiempo, cuando cabalgábamos juntos hacia Bayona, me disteis un tirón de pelo y jurasteis que moriríais antes de casaros conmigo.

—No estoy segura —replicó ella con melancolía— de que no preferiría estar muerta a estar aquí en estos momentos.

El rió en voz alta.

—¡Vos... muerta! ¡Y antes de que terminen las ceremonias!

De pronto ella también se echó a reír.

—Bien, quizás en cuanto terminen.

En ese momento pareció establecerse un cierto entendimiento entre los dos. Ella no podía evitar que trascendiera su humor, un humor parecido al de él, que le había impedido desempeñar el rol que había planeado para sí misma.

—No parecíais melancólica en el baile esta noche.

—He aprendido a desempeñar los papeles que me asignan. Vos perseguíais a madame de Sauves de forma lamentable. Os aseguro que muchos lo notaron. No es una manera muy elegante de comportaros en vuestra noche de bodas. Al menos no en París. Quizás, en vuestro remoto Estado de Béarne...

—Que es ahora vuestro Estado, madame.

—Quizás en nuestro remoto Estado de Béarne no cuentan la cortesía, la elegancia y los modales de la corte; pero aquí en París exigiré que me tratéis con respeto. Ahora soy vuestra esposa.

—Sin desearlo en absoluto —replicó él.

—Y reina de Navarra.

—Eso lo deseáis un poco más —sugirió él, y ella sonrió a su pesar.

—Quiero que sepáis que esta ceremonia de matrimonio sólo se ha realizado para satisfacer los deseos de mi madre y del rey, y que deseo que sólo sea un matrimonio de Estado... es decir...

—Entiendo perfectamente lo que queréis decir —respondió él, apoyándose en un codo para mirarla.

—Confío en que respetaréis mis deseos.

—Nada temáis en ese aspecto, madame. ¿Puedo daros las buenas noches?

—Buenas noches —respondió ella.

Estaba furiosa con él. Podría haber demostrado cierto pesar, aunque no hiciera ningún intento de persuasión. Carecía de refinamiento: era un torpe, un provinciano. Era un insulto que la hubieran casado con ese hombre, aunque fuese un rey.

Miró los cortinajes del lecho, temblando de furia.

—Después de una pausa, él dijo:

—Parece que madame no puede quedarse quieta. ¿Debo atribuirlo a su molestia por ser yo indigno de ocupar este lugar en el lecho, o a que usted me desea?

—Por cierto que no podéis atribuirlo a esto último —respondió vivamente ella; pero le alegraba que él hubiese empezado a hablar otra vez.

—Ruego que no seáis demasiado dura conmigo —suplicó él—. Los de sangre real no podemos elegir a nuestros cónyuges, y lo mejor es tomar de buena manera lo que se nos ofrece.

—¡De buena manera! ¿Qué queréis decir?

—Sonreír en lugar de fruncir el entrecejo. Disfrutar de una amistad, ya que el amor está fuera de toda posibilidad.

—¿Entonces sentís amistad por mí?

—Si extendéis la mano de la amistad, no la rechazaré.

—Supongo que eso sería mejor que ser enemigos —asintió ella—. Pero ¿la amistad es posible entre nosotros? Somos de credos diferentes.

El se recostó en la almohada de brazo y juntó sus manos bajo la cabeza.

—¿Credo? —Lanzó una carcajada—. ¿Qué tiene que ver el credo con nosotros?

Ella se incorporó, desconcertada.

—No lo comprendo, monsieur. Sois hugonote, ¿verdad?

—Soy hugonote.

—Entonces sabéis a qué me refiero cuando hablo de credo.

—Soy hugonote —continuó él—, porque soy el hijo de mi madre. Querida Margarita, si vos hubieseis sido su hija, seríais hugonota. Si yo hubiera sido hijo de vuestro padre, sería católico. Es así de simple.

—No —replicó ella—. Algunos cambian de religión. Vuestra madre lo hizo. ¡Si hasta Gaspar de Coligny fue católico alguna vez!

—Esos fanáticos podrán cambiar de religión, pero, querida esposa, ni vos ni yo somos fanáticos. No somos distintos en el amor que tenemos por la vida. Queremos disfrutar de ella, y la religión sólo puede ser un obstáculo en ese sentido. De manera que nuestra fe no es gran cosa. Vos sois católica, yo soy hugonote. ¿Y qué? Sabéis lo que queréis de la vida y lo conseguís. Yo soy igual. Nuestras religiones no son nuestra vida, Margarita. Son cosas aparte.

—¡Jamás en mi vida he oído hablar así! —declaró ella—. ¿Así hablan los hugonotes?

El rió.

—Sabéis que no. Son más fanáticos que los católicos, si es posible. Yo hablo así... y quizá vos penséis así.

—Pero yo pensaba que vos... el hijo de vuestra madre...

—Yo soy muchos hombres, Margarita. Soy un hombre para el rey, otro para su madre, y otro para monsieur de Coligny; y estoy dispuesto a ser otro para vos, querida esposa. Cuando yo era un bebé tuve ocho nodrizas diferentes que me dieron ocho clases de leche diferentes. Hay ocho hombres diferentes en el interior de este cuerpo que, ¡lamentablemente!, no os seduce. Es una pena que yo no sea tan alto y apuesto como monsieur de Guisa.

—Y es una pena que yo no posea los cabellos rubios y los ojos azules de madame de Sauves.

—Es verdad que vuestros ojos son negros —respondió él con fingido pesar—. Pero —agregó con malicia— no les falta atractivo. Sin embargo, nos estamos apartando del tema. Estamos hablando de amantes y yo hablaría de amigos.

—¿Sugerís que como no puedo amaros como marido podría amaros como amigo?

—Sugiero que sería una tontería que actuáramos el uno contra el otro. Soy el rey de Navarra, vos sois la reina. Debemos ser aliados. Vos como una buena esposa sensata, Margot, porque a partir de este día sucede que mis intereses son los vuestros.

—¿Intereses?

—¡Vamos, vamos! Sabéis muy bien que vivimos en una telaraña de intrigas. ¿Para qué me han traído aquí vuestros hermanos y vuestra madre?

—Para que os casarais conmigo.

—¿Y por qué desearían este matrimonio?

—Creo que lo sabéis... para unir a los hugonotes y a los católicos.

—¿Es ésa la única razón?

—No conozco otra.

—Y si la conocierais, ¿me la diríais?

—Eso depende.

—Sí. Dependería de que sirviera a los intereses de otro el que me lo dijerais. Pero ahora vuestro interés es el mío, mi reina. Si pierdo mi reino, perdéis el vuestro.

—Eso es verdad.

—¿Entonces me ayudaréis a preservar esto que compartís conmigo?

—Bien, creo que podría hacerlo.

—Seré un marido benévolo. Es necesario, por supuesto, que permanezcamos juntos esta noche; lo exige la etiqueta de la casa real. De otro modo mi benevolencia os permitiría marcharos. Pero no es más que una noche en nuestra vida de casados. ¿De acuerdo?

—Queréis decir que yo no interferiré en vuestra vida ni vos en la mía. Parece razonable.

—¡Bien! Si toda la gente fuera tan sensata habría más matrimonios felices en la tierra. No intentaré impedir vuestra amistad con monsieur de Guisa, pero vos, que tanto admiráis su atractiva persona, sus modales encantadores, su elegancia, recordaréis, ¿verdad, que el caballero, a pesar de ser amigo de la princesa Margarita, puede ser enemigo de la reina de Navarra?

Ella respondió con frialdad.

—Los ojos de madame de Sauves son hermosos; tiene encantadores cabellos rubios, ¿pero vos sabéis, verdad, que es la principal y la más respetada espía de mi madre?

El le tomó una mano y se la oprimió.

—Veo que nos entendemos, querida esposa.

Las velas se consumían mientras ella murmuraba:

—Es un gran consuelo.

El respondió.

—Puede haber otros consuelos.

Ella guardó silencio y él se inclinó a besarla.

—Preferiría que no lo hicierais —dijo ella.

—Creedme que sólo lo hago por etiqueta.

Margot rió.

—Algunas de las velas ya se han apagado. En las penumbras parecéis distinto.

—También vos, mi amor —respondió él.

Guardaron silencio unos momentos y él se acercó a ella.

—Por mi parte —dijo ella— sólo sería porque somos el rey y la reina y la etiqueta nos impone exigencias.

—Por mi parte, sería porque me parece tan descortés estar en la cama con una dama y resistirse... a las exigencias de la galantería, ¿comprendéis? Ella se apartó, pero él la tomó en sus brazos.

Susurró:

—La galantería de Béarne y la etiqueta de Francia... juntas, mi amor, son irresistibles.

2

En el Louvre continuaban los bailes y las máscaras. Afuera la gente del pueblo se reunía en grupos. Alzaban los ojos hacia las ventanas iluminadas y decían: «¿Qué significa esto? Hugonotes y católicos bailan juntos, se cogen de las manos, cantan, presencian los mismos torneos, las mismas ninfas y pastores. Están unidos por la amistad... pero ¿qué significa esto?»

Hacía calor, no había un soplo de viento. Cuando oscurecía las estrellas parecían enormes, y durante la noche se oían los gritos de los festejos en toda la ciudad. La gente bailaba en las calles, y cuando quedaban exhaustos se tendían en el empedrado, porque París no podía proporcionar camas para tantas personas. Todo era alegría y celebraciones y casi no había nadie en la ciudad que no sintiera que había algo falso, un poco irreal, en estas festividades de la boda.

La que menos se preocupaba por todo esto era quizá la novia. Bailaba locamente, estaba más fascinante que nunca, más seductora; la novia forzada al matrimonio disfrutaba de su papel, estaba demasiado preocupada por sus propios asuntos como para percibir que algo podía estar sucediendo a su alrededor.

Era la figura más encantadora en el ballet ideado por Enrique de Guisa y sus dos hermanos para entretenimiento de la corte. Se llamaba «El Misterio de los Tres Mundos», y era una brillante charada con cierta ironía, un cierto desafío a sus enemigos. Enrique de Navarra y aquel otro Enrique, el príncipe de Condé, se habían vestido como caballeros y se los mostraba como si estuvieran entrando en el Paraíso, donde encontraban, entre otras, ninfas tan hermosas como Margarita, la novia, y Carlota de Sauves. Bailaban como en un rapto en medio de los aplausos de los espectadores, pero parecía que éste no era el final del ballet, porque inesperadamente el rey y su hermano Anjou aparecían, más ricamente vestidos que Navarra y Condé, había un remedo de batalla entre los cuatro caballeros. Navarra y Condé sabían que debían perder, pues nadie podía superar al rey de Francia; de este modo Navarra y Condé quedaban separados de las mujeres, y aparecían más nobles disfrazados de demonios que bailaban con Navarra y Condé y los conducían hacia otros cortesanos con vestimentas similares. Se abrían unas cortinas que revelaban un gran incendio, y se comprendía de inmediato que los príncipes hugonotes habían ido al Infierno.

Los católicos lanzaban gritos frenéticos al ver al rey y a Anjou bailando con las damas y a los «demonios» que hacían locas piruetas alrededor de los desconcertados Navarra y Condé, empujando a éstos hacia el fuego.

Los hugonotes miraban en silencio y con aprensión. Sólo el rey de Navarra parecía divertirse; lo pasaba bien en el Infierno, trataba de abrirse camino hacia el Paraíso, e intentó arrastrar a madame de Sauves al Infierno con él.

Más tarde, mientras bailaba con Enrique de Guisa, Margot dijo:

—Estropeas la diversión con estas mascaradas.

—No —replicó Guisa—. Todos se han divertido.

—Los católicos sí, pero los hugonotes estaban incómodos.

—Entonces quizá cambien de actitud antes de que realmente los lleven al Infierno.

—Creí que eras menos fanático. El fanatismo es una tontería.

El la miró atentamente:

—¿Quién te ha estado dando consejos?

—Nadie. ¿Qué consejos crees que escucharía? Estoy harta de esta lucha entre católicos y hugonotes.

—Hace poco tiempo eras una firme católica. ¿Este matrimonio tuyo tiene que ver con el cambio?

—Sigo siendo muy católica, y mi matrimonio no me ha cambiado en absoluto.

—¿Estás segura? Me parece que ya no miras a tu marido con tanto desprecio.

—¿Para qué, ahora que estoy casada con él? ¿Estás celoso?

—Estoy loco de celos. ¿Cuáles creen que han sido mis sentimientos en estos últimos días y noches?

—Ah —suspiró Margot—. Cuando te miraba no podía dar el sí.

—Lo sé.

—Enrique, haz algo por mí.

—Haré cualquier cosa que me pidas.

—Deja de echar el anzuelo a los hugonotes. Tengamos paz, para variar. Esa estúpida mascarada de los Tres Mundos, y esa otra en que tú eras mi marido, y Condé era los turcos y mis hermanos los Amazonas que los vencían en la batalla... en eso vas demasiado lejos. Todos recordaban la derrota de los turcos en Lepanto, y sabían qué insultos querían transmitir. Es de mal gusto y poco elegante.

—Tu matrimonio te ha inspirado ternura hacia esos hugonotes.

—¡Hugonotes! ¡Católicos! Pensemos en alguna otra cosa. Pero tú no puedes, ¿verdad? Aun ahora que hablas de mí, que hablas de amor, tus pensamientos están en otra parte. ¿Acaso no lo sé? ¿En qué piensas? ¿Qué estás madurando?

Se había acercado a él y lo miró a los ojos: por un momento vio en ellos desconfianza. Habían sido amantes apasionados, pero aunque él la deseaba, y ella a él, no le confiaría secretos, porque ahora ella era la esposa de un hugonote y nada, ni el deseo, ni la pasión, ni el amor, podía hacerle olvidar que los hugonotes eran sus peores enemigos.

—Pienso en ti —dijo él.

Ella rió con cierto sarcasmo. Sin embargo, él era muy apuesto, y al estar cerca de él percibia nuevamente sus encantos; tenía una vitalidad parecida a la de su marido, pero qué distinta era. Guisa era hermoso, elegante, se movía con gracia, sus modales eran perfectos, era un diestro caballero. ¿Cómo podía comparar a un hombre así con su marido tosco y provinciano, a pesar de que también podía ser ingenioso y divertido? ¡Enrique de Guisa y Enrique de Navarra! Lo mismo sería comparar a un águila con un cuervo, a un cisne con un pato. Enrique de Guisa era serio; Enrique de Navarra descuidado. Enrique de Guisa buscaba grandeza y honor; Enrique de Navarra buscaba mujeres que le dieran placer.

Nadie puede acusarme por amar a Enrique de Guisa, pensó Margot.

—Debo verte a solas —dijo Margot.

—Claro, sí —respondió él. Pero sus ojos miraban en otra dirección; y ella advirtió que se posaban en alguien que estaba en la multitud junto a la puerta del salón. La invadieron furiosos celos, que pronto se convirtieron en curiosidad cuando comprobó que no era a una mujer a quien miraba, sino a un hombre a quien reconoció como uno de los viejos tutores de Enrique, el Chanoine de Villamur.

Los ojos del Chanoine se encontraron con los de Guisa, y los dos hombres cambiaron miradas que Margot sintió llenas de significación.

—Bien —preguntó Margot—. ¿Cuándo?

—Margot, te veré luego. Debo cambiar unas palabras con ese hombre que ves allá. Más tarde, querida...

Ella se quedó mirándolo con ira mientras él atravesaba el salón. Lo vio detenerse y murmurar algo al viejo, y luego los dos se perdieron entre la multitud; pero segundos después vio al hombre solo, luego lo vio vacilar unos segundos y finalmente salir del salón. Buscó a Enrique de Guisa, pero no lo vio.

¿Cómo se atrevía? Le había dado una excusa para alejarse de ella. Seguramente tenía una cita con otra mujer. Eso Margot no podía soportarlo. Miró a su alrededor y encontró cierto alivio en ver a Carlota de Sauves charlando animadamente con Enrique de Navarra.

Cuando Enrique de Guisa salió del Louvre se dirigió apresuradamente a la casa del Chanoine de Villemur, situada en una calle estrecha que conducía a la rue Béthisy, donde Coligny tenía su casa.

Guisa entró en la casa, cerró la puerta sin ruido y subió por la escalera de madera.

En una habitación iluminada con velas lo esperaban varios miembros de su familia, entre ellos sus hermanos, el duque de Mayenne y el cardenal de Guisa, y su tío, el duque de Aumale. Con ellos estaba un desconocido, un hombre moreno, cuyo aspecto revelaba que acababa de realizar un largo viaje.

—Ha llegado Toshingi —anunció Mayenne, empujando al hombre hacia adelante.

Toshingi se arrodilló y besó la mano del joven duque.

—Bienvenido —dijo Enrique—. ¿Alguien te ha visto entrar en París?

—Nadie, señor, entré disfrazado, y en la oscuridad.

—¿Ya sabes lo que esperamos de ti? —preguntó de Guisa.

—Le hemos comunicado —dijo el cardenal— que su víctima es un hombre de cierta importancia.

—Así es —confirmó de Guisa—. Te diré más. El hombre a quien debes matar es Gaspar de Coligny. ¿Tendrás coraje para hacerlo?

—Lo tengo para todo lo que me ordenéis, señor.

—Bien. Preparamos con todo cuidado tu huida.

—Gracias, señor.

—No le dispararás desde esta casa. Al lado hay una casa vacía. Si esperas junto a una de las ventanas, lo atraparás en su paso hacia la rue Béthisy. Es importante que no yerres.

—Señor, conocéis mi reputación.

—No hay mejor tirador en París —declaró Mayenne—. Tenemos absoluta confianza en ti, Toshingi.

—Gracias, señor. Haré que sea merecida.

—En el establo del Chancine habrá un caballo ensillado para ti. En cuanto dispares, ve a toda carrera al fondo de la casa, salta una pared baja y estarás en los establos. Ahora, veamos la casa vacía, para asegurarnos de que todo está en orden y de que no encontrarás obstáculos en tu camino.

El pequeño grupo bajó por la escalera de madera y entró en la vecina casa desocupada.

La reunión del consejo había terminado y el rey deseaba jugar un partido de tenis.

—Venid conmigo, padre —dijo a Coligny—. Acompañadme a la cancha de tenis, y luego id a descansar a vuestra casa, porque estáis fatigado. Guisa y Téligny jugarán un partido conmigo, ¿verdad, mis amigos?

Guisa y Téligny expresaron su gran placer en jugar un partido de tenis con el rey.

Un grupo de caballeros los acompañó. Téligny miró un rato el partido, y luego expresó su deseo de ir a la casa de la rue Béthisy. Lo siguieron una docena de hombres.

Gaspar oía vagamente sus conversaciones mientras lo seguían: él mismo no tenía ganas de hablar. Sentía que el rey mismo estaba dispuesto a acceder a sus peticiones, pero muchos de los consejeros estaban en contra. Recordó las mascaradas y los ballets con sus burlas para los hugonotes. Era evidente que la nueva amistad que los católicos de París fingían sentir por los hugonotes durante las celebraciones de las nupcias era enteramente falsa.

Comenzó a leer los papeles que tenía en la mano; se había adelantado un poco a sus amigos y estaba inmerso en la lectura cuando uno de los papeles que llevaba en el bolsillo cayó al suelo. En cuanto se inclinó a recogerlo una bala silbó sobre su cabeza y dio contra una pared de una de las casas. Se volvió y vio a un hombre en una de las ventanas de una casa cercana. Lo señaló con el dedo y sonó otro disparo; arrancó el dedo a Coligny, pasó raspando sobre su brazo y penetró en su hombro.

Coligny gritó:

—¡Aquella casa! ¡Por la ventana!

Algunos de sus seguidores siguieron su indicación; otros se amontonaron a su alrededor. La manga de la chaqueta estaba embebida en sangre y Coligny se sentía débil por la hemorragia.

—El rey... —dijo—, díganle... ya mismo...

Merlin, uno de sus ministros, advirtió que el almirante se desvanecía por la pérdida de sangre y lo rodeó con su brazo.

—Vamos a nuestra casa. Ya mismo...

—Ah —murmuró Coligny apoyándose en Merlin— esto es obra de los Guisa. Qué noble fidelidad se intentaba cuando el duque hizo la paz conmigo…

Con mucha lentitud y ahora con mucho sufrimiento, el almirante, rodeado por aquellos de sus amigos que no habían salido en persecución del asesino, fueron a su casa de la rue Béthisy.

El rey todavía estaba jugando al tenis cuando le llevaron la noticia.

—Sire, el almirante ha recibido un disparo. Sucedió cuando iba camino de su casa. El disparo vino de una casa vacía.

Carlos estaba inmóvil, empuñando la raqueta de tenis. Tenía miedo. Miró a Guisa. El hombre estaba impasible, no revelaba nada; tenía conciencia de la angustia en los ojos de Téligny.

—Sire, dadme permiso para ir con él —era Teligny quien había hablado.

Carlos no dijo nada. Seguía con la mirada clavada hacia adelante. No había paz en ninguna parte. Nadie estaba seguro. No había paz.

—¿Nunca tendré un momento de paz? —sollozó.

—Sire, sire... os ruego..., permitidme ir con él...

—¡Id! ¡Id! ¡Ah, Dios mío, qué le han hecho a mi amigo!

Guisa estaba junto a él.

—Sire, será mejor enviar médicos. Tal vez aún pueda hacerse algo.

La voz de Carlos se convirtió en un chillido.

—Sí. Sí. Envíen a todos los médicos. A Paré. Paré lo salvará. Yo también iré. Yo...

Sollozaba cuando entró corriendo en el palacio.

Catalina estaba tranquilamente sentada en sus aposentos cuando Maddalena entró corriendo con la noticia.

—Madame, han disparado contra el almirante.

—¿Han disparado? —repitió Catalina con horror en los ojos, pero llena de alegría—. Mientes, Maddalena. No puede ser.

—Sí, madame. Iba a la rue Béthisy desde el palacio cuando le dispararon desde la ventana de una casa vacía.

—Pero esto es terrible —Catalina no se movió. Pensaba: enviaré la noticia a Roma. Llegará casi al mismo tiempo que la de la boda.

—Y... ¿quién disparó? ¿Ya lo sabes, Maddalena?

—Aún no se sabe, madame. Pero la casa está al lado de la del Chanoine de Saint-Germain l'Auxerrois, y alguna vez el Chanoine fue tutor de los Guisa...

—Y... ¿han capturado al asesino?

—No lo sé, madame.

—Entonces ve a ver qué puedes descubrir. Ve a la calle a escuchar lo que dice la gente.

—Catalina estaba preparada para recibir al rey cuando éste entró en el palacio. Tenía la mirada salvaje y Catalina advirtió el acostumbrado temblor en los labios, la espuma en la boca.

—¿Has oído? ¿Has oído? —gritó a su madre—. Han tratado de matar a mi querido amigo, el almirante. Han tratado de matar al gran Gaspar de Coligny.

—Sí lo intentaron y fracasaron, estemos agradecidos, hijo mío. Si no está muerto, debemos salvarlo.

—Debemos salvarlo. ¡Paré! ¡Paré! ¿Dónde está Paré? No te quedes mirándome, enano. Ve... ve a traerme a Paré. Id todos..., id todos a buscar a Paré. Quizá no haya un momento que perder. Cuando lo hayan encontrado, envíenlo a la casa del almirante. Díganle que no pierda tiempo... o tendrá que rendirme cuentas. Madre, debo ir allá ahora mismo. Debo pedirle que viva... que viva...

—Hijo mío, debes calmarte. No puedes ir en este estado, querido. Yo te conduciré. Espera..., espera a que haya más noticias. No sabes cómo está. Espera un poco, te lo ruego. Hoy no puedes sufrir más conmociones.

Carlos desgarraba su chaqueta, sollozaba salvajemente.

—Era mi padre. Yo confiaba en él. Lo han matado. Debe haber sufrido muchísimo. Ah, Dios, cómo sufre. Habrá corrido sangre..., su sangre.

—Y tú no debes verla —intervino Catalina—. Espera, hijo mío. Ah, aquí está Paré. Paré, por órdenes del rey irás de inmediato a la casa del almirante y... le salvarás la vida. Ve... ya mismo.

—Sí, Paré, ve... ¡Ve! No tardes, ve ahora mismo.

Catalina dijo a su enano:

—Llama a Madeleine y a mademoiselle Touchet. Que vengan de inmediato a los aposentos del rey.

Entre ambas hicieron lo posible por consolar al torturado rey.

Todos los principales hugonotes estaban reunidos en la casa de la rue Béthisy. Téligny, Enrique de Navarra, el príncipe de Condé y el duque de la Rochefoucauld esperaban en la antecámara. Nicolás Muss, el más viejo y fiel sirviente de Gaspar, y Merlin, su ministro, permanecían en la habitación del herido. Montgomery había recibido un mensaje de Saint-Germain. Frente a la casa se había reunido una multitud de hugonotes; se oían murmuraciones furiosas y con frecuencia el nombre de Guisa.

Surgió una exclamación de esperanza cuando vieron aproximarse a la casa a Ambroise Paré, el más grande cirujano de París. La multitud le abrió paso.

—Que el buen Dios os ayude, monsieur Paré. Que arranquéis la vida de nuestro gran jefe de las manos de los malvados que querían asesinarlo.

Paré dijo que haría lo posible y entró en la casa.

Encontró muy débil al almirante. La herida en sí no parecía mortal, pero Coligny había perdido mucha sangre, y había posibilidades de que la bala que tenía alojada en el hombro estuviese envenenada.

Navarra y Condé, Téligny y la Rochefoucauld siguieron a Paré al cuarto del enfermo.

—Messieurs —anunció Paré—, es posible que haya que amputar el brazo. Si esto puede efectuarse satisfactoriamente, el peligro disminuirá bastante.

Coligny había oído.

—Si es vuestra opinión, así sea —asintió con resignación. Sería una terrible ordalía, ya que no había opio disponible, y Coligny debía estar despierto mientras Paré realizaba la operación con unas tijeras. Muss y Téligny sostenían al herido, quien, con el rostro pálido y los labios exangües tenía ya el aspecto de un cadáver. Sin embargo, fue Téligny quien gimió, Muss quien sollozó.

—Tened coraje, amigos mios —pidió Paré—. El dolor aún no es insoportable, y pronto pasará. Todo lo que nos acaece es voluntad de Dios.

Merlin susurró:

—Sí, amigos míos. Agradezcamos a Dios que salve la vida del almirante, que salve su cabeza y su mente, en lugar de reprocharle por lo sucedido.

Finalmente, lo que quedaba del dedo índice fue amputado, y la bala extraída después de varios dolorosos intentos. El almirante yacía, semidesvanecido, en brazos de Muss y de Téligny, deseando la inconsciencia incompleta para escapar al dolor, pero llevaba mucho tiempo de autodisciplina y siempre había sacrificado las necesidades de su cuerpo por la causa. Tenía miedo, no sólo de sus propios sufrimientos, sino de lo que este intento de asesinato significaba para sus amigos y seguidores ahora reunidos en París.

Murmuró:

—Ahora mis únicos... verdaderos enemigos... son los Guisa. Pero, recordad, amigos míos..., es posible que no hayan sido ellos mismos quienes asestaron el golpe.

Debemos estar seguros antes de hacer acusaciones. Oyó un murmullo a su alrededor. Alguien dijo:

—Mataremos a los Guisa. ¿No recibirán castigo por lo que han hecho al almirante?

Coligny trató de levantar una mano y gimió:

—No... Os lo ruego... Que no haya sangre... ahora. Eso sería sin duda la ruina de Francia.

—Paré susurró:

—Déjenlo ahora. Necesita descansar.

Salieron todos menos Téligny, Paré y Merlin.

En ciertos momentos de esa mañana torturante Coligny no recordaba dónde estaba. Una vez pensó que estaba en Châtillon con su primera esposa, y que Andelot acababa de nacer. Luego el niño parecía ser Francisco no Andelot. Ahora le comunicaban la muerte de aquel otro Andelot. Luego estaba con Jacqueline y Juana de Navarra en sus rosedales.

—¡Descansad, descansad! —indicaba Paré—. Eso es lo que debéis hacer. Sois fuerte, monsieur l'Amiral, pero necesitáis descanso porque habéis perdido mucha sangre.

Pero el almirante no podía descansar, y cuando esos recios hugonotes que eran el mariscal de Cossé, Damville y Villars fueron a verlo, recordó lo que le sucedía.

—Tengo miedo, amigos míos, pero no de la muerte. Y entonces le pareció que llegaba claridad a su nebulosa conciencia. Tuvo una imagen del joven príncipe, con el desconcierto de la locura en sus ojos, y teniéndole de la mano la mujer de negro con el rostro sonriente y maligno.

Tendría que advertir al rey. Eso debía hacer. Debía liberar al rey de quien pensaba que era su influencia maligna.

—No tengo miedo de morir si es necesario —declaró—. Pero antes de morir debo ver al rey. Es posible que algunos traten de apartarme de él. Pero mi mayor deseo es ver al rey antes de morir... y verlo solo.

Lleno de oscuras aprensiones, Carlos esperaba que sucediera algo. Su madre se negaba a separarse de él; Carlos sabía que estaba decidida a no permitir que él hiciera nada sin su consentimiento.

Sus primeros visitantes fueron el rey de Navarra y el príncipe de Condé, que habían venido al Louvre directamente desde la cabecera del almirante.

—¿Qué noticias hay? ¿Qué noticias? —preguntó Carlos.

—Malas noticias, sire.

—¿Ha... muerto?

—No, sire, pero está malherido. Monsieur de Paré piensa que hay algunas esperanzas de que sobreviva. Pero ha perdido mucha sangre.

—Gracias a Dios no está muerto —dijo Catalina. El rey sollozó.

—Soy yo quién está herido —gimió.

—Es toda Francia —dijo Catalina—. Ah, Messieurs, ¿quién está seguro? Pronto vendrán a atacar al rey en su propio lecho.

Había clavado los ojos en su tembloroso hijo. Deja esto a mi cargo, parecían decir sus ojos. Estamos en peligro, pero no te sucederá nada si dejas todo a mi cargo.

—Sire —intervino el príncipe de Condé—. Encontramos el arma en la casa vacía. Aún humeante. Y pertenecía a uno de los guardias del duque de Anjou.

Catalina lanzó una pequeña exclamación.

—Sin duda fue robada —comentó—. ¿Y a quién pertenece la casa?

—No lo sé, señora, pero hemos descubierto que es la casa contigua a la del Chanoine de Villemur.

—¿Y cómo salió el asesino?

—Las puertas del establo del Chanoine estaban abiertas; seguramente allí había un caballo ensillado para él.

El rey gritó:

—El Chanoine es sirviente de los Guisa. Hare que les corten la cabeza. No escaparán a mi venganza. Ahora, váyanse. Tráiganme al Chanoine. Traigan al duque, a sus tíos y a sus hermanos. Ellos son los jefes. El pueblo de París verá lo que les sucede a los que dañan a mis amigos.

—El pueblo de París no permitirá que Vuestra Majestad se interponga y dañe a sus amigos. Vuestra Majestad está destrozado por esta tragedia, debemos recuperar la calma. Esperemos a ver qué sucede, y entretanto roguemos por la recuperación del almirante.

—Madame —dijo Enrique de Navarra—, nuestros amigos y yo pensamos que podrían evitarse problemas si salimos por algún tiempo de París.

—No —gritó el rey—. Os quedaréis.

Catalina sonrió.

—Señores, no podemos permitir que el joven novio se marche. Sólo hace pocos días de la boda. Deben quedarse con nosotros un tiempo más.

Oyó voces en la habitación contigua y envió a uno de los asistentes a averiguar quién había venido y qué noticias traía.

Denvilly y Téligny fueron introducidos en la habitación.

—¿El almirante? —gritó Carlos.

—Descansa tranquilamente, sire —respondió Téligny—, y pregunta si le haríais el honor de ir a verlo, ya que él no puede venir a vos.

—Ya voy —respondió el rey, y la reina supo que nada podría hacer para detenerlo—. Iré en este mismo instante.

Téligny agregó:

—Señor, ha pedido que vayáis solo.

Catalina intervino rápidamente:

—Yo acompañaré al rey... y también sus hermanos, porque estamos tan ansiosos como él de expresarle nuestros deseos de que se reponga.

Carlos quiso protestar, pero Catalina ya había mandado llamar a Anjou y a Alençon; y cuando el grupo partió ordenó que fuera seguido por un grupo de nobles, todos los cuales habían actuado contra Coligny, de manera que el mariscal de Tavannes, el duque de Montpensier, el conde de Retiz y el duque de Nevers, con varios caballeros de sus escoltas, siguieron al grupo del rey a la casa de la rue Béthisy.

Catalina estaba incómoda. Tenía conciencia de las miradas asesinas que el pueblo reunido en las calles dirigía a su comitiva, y sabía que su ira se dirigía más a ella que a cualquiera de los otros. Oyó la palabra que tantas veces había oído durante su vida en Francia: italiana, y sabía bien que encerraba una gran desconfianza. Oyó repetidamente el nombre de Guisa. Si el almirante moría, Catalina estaba segura de que los hugonotes se alzarían contra los católicos. Oyó los insultos dirigidos contra su querido hijo. ¡Perverso!, lo llamaban. ¡Asesino! ¡Italiano! Se alegró de que la siguiera una fuerte escolta católica.

Al acercarse a la rue de Béthisy advirtieron que la multitud se hacía más densa. Se apretaba contra la casa del almirante como para protegerlo de nuevos ataques. Eran los hugonotes que habían ido a París para la boda. ¿Quién habría pensado que eran tantos? La casa real de Valois y sobre todo el rey y la reina madre estaban en peligro.

Cuando Catalina y su comitiva pasaron por las habitaciones del piso bajo de la casa, los protestantes allí reunidos le demostraron poco respeto.

—Amigos míos —dijo Catalina—, rogamos con ustedes por la recuperación de este gran hombre. Dejadnos pasar, ya que nuestro amado almirante nos ha mandado llamar.

Les abrieron paso con desconfianza, y el rey, deshecho en lágrimas, fue a arrodillarse directamente junto a la cama del almirante.

—Sire —dijo el almirante—, os agradezco la bondad de venir a verme.

—Ah, padre mío —respondió Carlos—, vos tenéis la herida, pero yo tengo el dolor incurable. No me llaméis sire. Llamadme hijo, y yo os llamaré padre. Juro por Dios y todos los santos que renunciaré a la salvación si no puedo dar su merecido a quienes os han causado esta desventura... Será una venganza, padre mío, que jamás se olvidará.

—No habléis de venganza, mi querido hijo —replicó el almirante con lágrimas en los ojos—. Lo que lamento es que mis heridas me priven de la gran felicidad que es trabajar para vos.

Ahora Catalina estaba de pie junto a la cama y Gaspar advirtió su presencia. Le pareció un buitre negro que aguardaba ansiosamente su muerte.

—Ah, hijo mío —continuó el almirante—. La gente os habrá dicho que yo perturbo la paz, pero juro por Dios que toda la vida he sido un humilde servidor de Vuestra Majestad. Dios decidirá entre yo y mis enemigos.

—Padre mío, no moriréis. No lo permitiré... Soy el rey, recordadlo.

—Hay un rey más grande que vos, sire, y es El quien decide las cosas. Pero debo hablar con vos. Miró con ojos implorantes a Catalina, quien le dirigió una sonrisa, negándose a recoger el mensaje.

—Siempre fui fiel a vuestro padre —dijo Gaspar a Carlos—, y lo seré con vos. Y ahora siento que es mi deber..., quizá mi último deber, imploraros que no perdáis la gran oportunidad que significará la salvación de Francia. La guerra en Flandes ya ha comenzado. No debéis manteneros al margen, si deseáis la paz para vuestro reino. Exponéis a Francia a graves peligros. Eliminad de vuestro consejo a quienes sirven a España, sire.

—Querido almirante —interrumpió Catalina—, os excitáis demasiado. No debéis hacerlo, porque monsieur Paré ha dado órdenes de que descanséis.

—Tiene razón —apoyó el rey—. No debéis perturbaros, querido amigo.

—Sire, sire, no debéis romper vuestras promesas. Todos los días se rompen vuestras promesas de traer la paz a nuestras provincias.

—Querido almirante, mi madre y yo nos ocuparemos de eso. Ya hemos enviado delegados a las provincias para proteger la paz.

—Así es, monsieur l'Amiral —dijo Catalina—. Sabéis que es cierto.

—Madame —replicó Gaspar—, sé que habéis enviado delegados a las provincias que ofrecen recompensas por mi cabeza.

—No desesperéis —respondió la reina madre mientras Carlos la miraba con horror—, los reemplazaré por otros en quienes pueda confiarse.

—Ardéis de fiebre —exclamó Carlos tocando la frente del almirante—. Esta conversación no os hace bien. Haré todo lo que pidáis, y vos lo retribuiréis haciendo lo que se os pide, que es descansar. Debéis reponeros —llamó a Paré para que trajera la bala que había herido al almirante—. Quisiera ver ese objeto maldito —expresó.

La trajeron y el rey la miró, con los labios apretados; la reina la sopesó en su blanca mano.

—Una cosa tan pequeña y cuánto daño hace —comentó—. Cuánto me alegro de que la hayan extraído. ¿Recordáis, monsieur l'Amiral, cuando dispararon contra monsieur de Guisa cerca de Orléans? Claro que sí. ¿Quién no recuerda la muerte...; algunos la llaman asesinato... de ese gran hombre? Entonces los médicos me dijeron que, aunque la bala estuviese envenenada, si se extraía habría sido posible salvar la vida a monsieur de Guisa.

El rey seguía mirando la bala. Pidió ver la chaqueta del almirante.

—No la mires, hijo mío, advirtió Catalina.

Pero Carlos insistió tercamente en que se la trajeran, y al ver las manchas de sangre en la manga se echó a llorar.

—Volvamos —dijo Catalina—. Este llanto no servirá para nada bueno.

—Padre mío —gimió el rey—, venid con nosotros. Os daré los aposentos contiguos a los míos. Os cuidaré. Mi hermana de Lorena os cederá sus aposentos. ¡Por favor!, venid.

Pero Gaspar se negó. Debía aferrarse a la vida. Debía luchar contra la muerte con todas sus fuerzas, porque su obra no había terminado. ¿Ir al Louvre a caer en una trampa? ¿Exponerse a esa mujer de negro, a esa italiana, que ahora se unía entusiastamente a la invitación de su hijo?

Paré se apresuró a acercarse y declaró que el príncipe no podía ser trasladado.

—Muy bien —replicó el rey—. Haré rodear la casa de partidarios..., de vuestros partidarios, padre mío. Descansaréis en paz mientras buscamos quienes trataron de mataros, y les hacemos lo que ellos querían haceros a vos.

Se incorporó, pero el almirante susurró:

—Sire, quedaos un poco más. Deseo enormemente... Deseo...

—Hablad, querido padre. Cualquier deseo vuestro será concedido de inmediato.

—Mi deseo es hablar con vos a solas.

Carlos miró a su madre... Ella sonrió e hizo una inclinación de cabeza, pero estaba furiosa. Había sucedido exactamente lo que trataba de evitar.

—Venid, monsieur Paré —ordenó—. Esperaremos afuera.

Una vez solos, el rey se arrodilló junto a la cama.

—Hablad, padre mío. Decidme lo que deseéis.

—Sire, os amo, no sólo como a un rey..., sino como a un verdadero hijo.

Las lágrimas corrían por las mejillas de Carlos. Besó el cubrecama. Estaba fuera de sí; no podía dejar de pensar en la manga arrancada de la chaqueta del almirante y en las manchas de sangre.

—Ay, padre mío, en qué terrible mundo vivimos. No debéis morir. No debéis abandonarme... porque tengo miedo.

—No debéis tener miedo, amado hijo. Sois el rey de estas tierras y es vuestro deber salvarlas del desastre. Debéis ser fuerte y valiente. Calmaos, querido sire. Escuchadme, porque quizá no tengamos demasiado tiempo para estar juntos. Reinad por vuestra cuenta. Usad vuestro propio juicio. Hay una persona en particular en quien no debéis confiar. Para mí es duro decíroslo, pero es mi deber— bajó la voz y prosiguió—: Cuidaos de vuestra madre. No confiéis en ella. Reinad sin ella. Muchos de los males sufridos por nuestro pobre país han provenido de su obra. Ella es vuestro genio malvado, hijo mío. Escapad de ella. Sois un hombre. Tenéis edad para gobernar. Sed fuerte. Y rogad a Dios que os asista en las difíciles tareas que tendréis que cumplir.

—Tenéis razón. Debo gobernar solo. Debo gobernar solo.

—Sed fuerte. Sed digno. Dad a todos libertad de culto. No uséis a la religión para las cuestiones de Estado. La religión y la diplomacia son cosas aparte. Mantened vuestras promesas. Llevad una vida buena y rogad siempre por la ayuda de Dios. Y sobre todo, hijo mío, sobre todo...

Ahora el rey sollozaba.

—Gaspar, padre mío, no puedo soportar esto. Me habláis como si nunca fuerais a hablarme otra vez.

—No, es posible que me recobre. En mí hay mucha vida aún. Cumplid vuestras promesas a Orange. Recordad que son un pacto de honor. No sigáis la guía de vuestra madre. Seguid la palabra de Dios, nunca el ejemplo de Maquiavelo. Vuestro reinado será bueno, sire, de manera que cuando lleguéis a vuestras últimas horas, podréis agradecer a Dios que os haya llamado a gobernar su tierra.

—No puedo dejar de ver la sangre en la manga de vuestra chaqueta. Esa sangre rica, roja. La sangre del más grande almirante que haya conocido Francia. ¿Qué haremos sin vos?

—No lloréis, os lo ruego. Recordad... ah, recordad lo que os he dicho. Y sobre todo recordad lo que os he dicho... sobre vuestra madre.

La puerta se había abierto sin ruido, y Catalina estaba en el vano, mirándolos. El rey se quedó sin aliento por el terror. Sabía que ella lo aterrorizaba y que ella era la fuente de todo su miedo.

—Esto no está bien —dijo Catalina vivazmente—. Nuestro querido almirante está agotado. Debe descansar. Vamos. Vuestra Majestad debe dejarlo ahora. Monsieur Paré, está exhausto. ¿No es así?

—Necesita descanso —asintió Paré.

—Entonces dejadme ahora, sire —pidió el almirante.

—Volveré —prometió el rey. Y agregó en un susurro :—Y no olvidaré nada de cuanto me habéis dicho.

En el viaje de regreso al Louvre, Catalina parecía serena, pero estaba muy atenta a la presencia de su hijo junto a ella.

En cuanto regresaron al Louvre despidió a sus asistentes y se encerró con el rey.

—¿Qué te ha dicho nuestro almirante, hijo mío?

El rey apartó de ella su rostro mojado de lágrimas.

—Cosas nuestras —respondió con dignidad.

—¿Cuestiones de Estado?

—Cuestiones de Estado entre un rey y su almirante, madame.

—Espero que no te empuje a hacer tonterías.

—Sólo a hacer cosas sensatas, madame. Espero que se salve, porque no sé qué sería de este país sin él.

—Cuando muere un gran hombre surge otro gran hombre para reemplazarlo —dijo Catalina—. Cuando muere un rey hay otro para ocupar su trono.

—Madre, tengo mucho que hacer y desearía continuar con ello.

—¿Qué te ha dicho ese hombre? —insistió Catalina.

—Ya os dije que era un asunto entre los dos.

—¡Tontito!

—Será bueno que recordéis con quién estáis hablando.

—No lo olvido. Estoy hablando con un hombre que es poco más que un niño, y que es lo bastante tonto como para permitir que lo engañen sus enemigos.

—Madame..., os he concedido demasiado poder... durante demasiado tiempo.

—¿Quién ha dicho eso?

—Lo digo yo. Yo...

—Tú nunca has dicho nada que otros no te hayan indicado decir.

—Señora, yo... yo...

Vaciló y ella le puso las manos en los hombros.

—No bajes la cabeza, hijo mío. Mírame a los ojos y dime lo que harás. Dime qué te ha ordenado hacer el almirante.

—No me ordenó nada. Me respeta como su rey..., como no me respetan otros. Todo lo que hago... lo hago porque deseo hacerlo.

—¿De manera que mientras estuviste solo con él no te dijo nada, no te dio órdenes?

—Lo que se dijo, se dijo entre los dos.

—Estás invadido por toda esa piedad. ¿Dijo «rogad por la guía de Dios, sire, rogad, rogad»? Claro que sí. Y cuando habla de la guía de Dios, en realidad habla de la suya, porque monsieur l'Amiral cree que monsieur l'Amiral es Dios.

—Blasfemáis, madame.

—No, eso es lo que cree. ¿Qué más te dijo?

—Deseo estar solo.

—¿Has visto lo que le han hecho sus enemigos, verdad? ¿Qué te parecería si sus amigos te hicieran lo mismo a ti? Oí lo que sucedió cuando le amputaron el dedo. ¡Qué dolor sufrió! No tienes idea. Lo sostenían dos hombres mientras monsieur Paré trabajaba con una tijera. Tú nunca soportarías eso, hijo mío. ¿Y viste la sangre en la chaqueta? Sólo lo hirieron levemente. Otros hombres han sufrido más que eso. ¿Oíste los insultos de la gente mientras íbamos camino de su casa? ¿Oíste las murmuraciones? Murmuraban contra mí, ¿no es cierto? Pero ¿quién soy yo? Sólo soy tu madre. El golpe lo darían contra ti. ¡Ah, qué peligroso es el mundo en que vivimos! A nuestro alrededor corre la sangre. Hay grandes hombres que mueren. También mueren los reyes, y como los reyes viven de forma más ostentosa que los demás hombres, también sufren muertes más terribles.

—Madre...

—Hijo mío, ¿cuándo aprenderás que vives rodeado de enemigos? ¿Cómo puedes decir «éste es mi amigo», cómo puedes saber que es tu amigo? Ese almirante..., ese hugonote..., no tiene ninguna amistad para darte. Sólo tiene su fe. No tendría reparos en que te arrancaran los brazos y las piernas para favorecer a los hugonotes. Es un hombre valiente, eso te lo aseguro; no le importa sufrir... ni morir... por su causa. ¿Crees que, importándole tan poco de sí mismo, le importará de ti? Te conducirá a tu muerte, sería capaz de atravesarte el corazón con su espada... por el bien de su causa. Te pondría en el potro de tortura, te estiraría brutalmente los brazos y las piernas, te rompería los huesos... te cortaría la cabeza por su causa.

El rey miraba fijamente hacia adelante y ella puso una mano sobre su brazo tembloroso.

—Pero la madre que te trajo al mundo tiene una ternura por ti que nadie puede igualar. Aunque seas un rey, sigues siendo mi hijo. Eres el niño, el bebé que mamó de mi pecho. Eso es algo que una madre nunca olvida, hijo mío. Una madre moriría por la felicidad de sus hijos. Y si los hijos son reyes, la única persona en quien deben confiar es en su madre. ¿Los otros? ¿Qué les importa a los otros? Sólo les importa el poder. Se reirían si vieran que te torturan. «El rey ha muerto», dirían. «Viva el rey.» Eres un tonto al dejarte seducir por un hombre que, a pesar de su grandeza, sólo desea ver a los hugonotes en el trono. Luchará por ello, aunque deba pisotear tu sangre para lograrlo. Dime, ¿qué te dijo? ¿Qué consejo te dio?

Carlos se tironeó la chaqueta con manos temblorosas. Volvió sus ojos torturados hacia su madre.

Ella lo abrazó con ternura.

—Dime, querido —susurró—, dile a tu madre qué te ha dicho ese hombre.

—No puedo..., no puedo..., fue algo entre los dos.

—¿Mencionó a... tu madre?

El rey la miró con furia, con los ojos desorbitados, los labios descompuestos.

—¿Qué dijo de mí, hijo mío?

—Me torturas, déjame. Quiero estar solo.

La apartó de un empujón, se arrojó en un diván y mordió la almohada.

—No te lo diré. No te lo diré. Déjame. Tenía razón cuando dijo que eras mala... mi genio malvado. Tenía razón cuando dijo que debo gobernar solo. Y lo haré, te lo aseguro. Déjame..., déjame.

Catalina hizo un gesto afirmativo: había confirmado sus sospechas. Llamó a Madeleine para que calmara al rey. Anjou la esperaba en sus aposentos. El también sufría el miedo general, porque había visto la actitud del pueblo hacia la comitiva real.

—Madre, ¿y ahora qué? —preguntó.

—Lo primero que debemos hacer es matar a ese almirante, y sin demora.

—¿Y cómo se logrará eso? Tiene un talismán..., una magia más poderosa que la nuestra. Parece imposible matar a ese hombre.

—Encontraremos la forma —respondió ella con acritud.

Carlos, recuperado gracias a los cuidados de Madeleine, había tomado una decisión.

Había jurado vengarse de quienes intentaran quitar la vida al almirante y estaba decidido a cumplir con su juramento.

Sin consultar a su madre, ordenó el arresto de varios servidores de los de Guisa, entre ellos el Chanoise de Villemur.

—Por Dios —gritó el rey—, si Enrique de Guisa está implicado, hasta él perderá la vida.

Catalina buscó la primera oportunidad de estar a solas con el rey.

—Ah, hijo mío, qué mal hacéis en hablar en contra de Enrique de Guisa. ¿Aún no conoces el poder de ese hombre? Si hubieras hablado así de Blois de Orléans, Chambord o Chenonceaux, yo habría dicho que hablabas sin pensar, pero expresar estas amenazas aquí en París es cometer la más grande de las tonterías. Si te atrevieras a poner una mano sobre el duque, todo París se volvería contra ti, porque París sigue al duque, no a ti. Le bastará levantar una mano para tener a todo París a favor de su causa. Tú serás rey de Francia, pero él es el rey de París.

Pero el rey no permitía que lo apartaran de su propósito. Recordó las palabras de su amigo, Coligny; había jurado vengarlo, y si eso significaba la muerte de Guisa, sería con la muerte de Guisa, sin que le importaran las consecuencias.

Catalina trataba de razonar con él.

—En momentos como éste hay que recurrir a la diplomacia. Encontrarás fácilmente un chivo expiatorio para tu almirante. Uno de los hombres de la guardia de tu hermano serviría muy bien, ya que dicen que el arma pertenecía a uno de sus guardias. El Chanoine mismo..., si es necesario. Pero, te lo advierto; si deseas seguir siendo rey de Francia, ¡no toques al rey de París!

—Madame —replicó el rey con voz extrañamente tranquila—, ya he tomado mi decisión.

Catalina sonrió con expresión serena, pero estaba lejos de sentirse serena.

Salió de los aposentos del rey, se vistió con ropas de mujer de la feria, salió del Louvre por una callejuela poco conocida, y se abrió camino por las atestadas calles hacia la rue de Saint Antoine. La atmósfera en las calles estaba viciada. Aparentemente, por todas partes la gente hablaba del atentado contra la vida del almirante...; los católicos con satisfacción, los hugonotes con horror. Catalina se escurrió por una puerta trasera del hôtel de Guise y dijo a uno de los sirvientes de poca categoría que tenía un mensaje para el duque; le advirtió que no la reconocieran.

—Es urgente que vea al duque —declaró—. Me envía la reina madre.

Finalmente la llevaron ante el duque, que estaba con su hermano Mayenne; pero cuando Enrique de Guisa advirtió quién era su visitante, despidió de inmediato a cuantos lo rodeaban.

En cuanto se cerró la puerta Catalina preguntó:

—¿Estáis seguro de que no pueden oírnos?

—Podéis hablar sin peligro, madame.

Ella se volvió hacia él con furia.

—En buenas nos encontramos. Al fin y al cabo habría sido mejor recurrir a la duquesa. Habría que cortarle las manos a ese estúpido por esto.

—Vuestra Majestad debe comprender —dijo Mayenne— que no es culpa del hombre. No hay mejor tirador en toda Francia.

—Madame —agregó Enrique de Guisa—, no fue culpa del hombre que el almirante se agachara; fue obra del destino.

—¡Ah! —exclamó Catalina, oprimiendo su brazalete—. Siempre he temido que algún gran poder mágico lo proteja. ¿Por qué, por qué habría de agacharse en ese momento?

—Y sólo para recoger un papel que había caído al suelo —dijo sombríamente Guisa—. Si no fuera por eso, ya no nos causaría problemas.

—Escuchad —dijo Catalina—. El rey ha mandado arrestar a algunos de vuestros servidores, como sin duda sabéis. Ese tonto dejó el arma abandonada. Se sabe que escapó a caballo desde uno de los establos de vuestro amigo. El rey jura vengarse de vos. Debéis marcharos inmediatamente de París.

Guisa sonrió.

—Pero madame, eso sería una locura. ¿Marcharme ahora de París? Sería admitir nuestra culpa.

—Creo —intervino Mayenne— que Su Majestad tiene algún plan para nosotros.

—Así es. Esto no puede quedar así. Los hugonotes andan por las calles murmurando amenazas contra nosotros. Se atrevieron a insultarme cuando iba hacia la casa del almirante. Están furiosos, messieurs, y pronto estallarán.

—Que estallen —replicó Guisa, poniendo la mano sobre su espada—, y se enterarán de lo que París piensa de ellos.

—No podemos tener una guerra civil en París, monsieur. Querría arreglar este asunto antes de que escape a nuestro control.

A Catalina le brillaban los ojos y le habían vuelto un poco los colores. Se daba cuenta de que había llegado su momento, el momento que esperaba desde que se había paseado por la galería del palacio de Bayona con Alba.

Este era el momento. Ineludible. No habría pelea entre católicos y hugonotes en París. Si la hubiera, Guisa asumiría el papel de rey, ¿y quién podía predecir cuál sería el resultado? ¡Qué ironía si ganaban los católicos y ponían a su héroe en el trono! El era un príncipe; tenía cierto derecho. Quizás, a pesar de la interrupción del correo, la noti cia de un matrimonio católico-hugonote ya había atravesado las fronteras de España... y había llegado a Roma. Si podía lograr lo que había planeado, Catalina tendría otras cabezas además de la de Coligny para enviar a Roma. Y las noticias que enviaría harían olvidar una simple boda a Gregorio y a Felipe.

—Nunca pensé en que salieran realmente de París, messieurs. No. Debéis fingir que salís de París con vuestras familias. Salid por la Porte Saint Antoine..., alejaos un poco..., luego poneos disfraces y, al anochecer, regresad. Manteneos escondidos por un tiempo... aquí, en esta casa, de manera que nadie, excepto vuestros seguidores fieles, sepa que estáis aquí. Yo no permitiría que abandonarais París, queridos amigos, pues se os necesitará para la tarea que viene después.

—¿Y cuál será esa tarea, madame?

—Liberar a Francia para siempre de la peste de los hugonotes... y de un solo golpe.

Más tarde ese mismo día la ciudad hervía de entusiasmo. ¡Los de Guisa se habían marchado de París! Aparentemente se habían retirado sin ceremonias y sin seguidores, y lo más rápidamente posible. Los católicos estaban estupefactos, los hugonotes eufóricos. ¿Qué podía significar eso, excepto que los de Guisa estaban en desgracia? El rey estaba a favor de los hugonotes. En ese caso, pensaban los hugonotes, todo el sufrimiento del almirante no había sido en vano.

Hubo un incidente en el jardín de las Tullerías; un hugonote inició una riña con un miembro de la guardia del rey que le había negado la entrada, mientras los hugonotes invadían los jardines exigiendo justicia. Téligny, con gran sabiduría, se las compuso para evitar un desastre, pero la tensión había crecido.

Catalina se decidió a actuar con rapidez. Convocó a una asamblea, pero de carácter secreto, que tuvo lugar en los sombreados senderos de los jardines de las Tullerías, donde los que conspiraban con ella fueron a encontrarse con ella y con Anjou, que conocía sus planes. Todos estos conspiradores eran italianos, y Catalina los había elegido porque creía que sus compatriotas eran mucho más diestros en el arte del asesinato que los franceses. Estaban Retz y Birago, los que ella había elegido como tutores del rey: Luis de Gonzaga, el Duque de Nevers, y los dos florentinos, Caviaga y Petrucci.

—Amigos míos —susurró Catalina cuando todos estuvieron reunidos—, el almirante debe morir, y pronto. Ya ven ustedes que no puede haber paz en este país hasta que esté muerto.

Todos estuvieron de acuerdo.

—Ahora —continuó Catalina—, tendremos que determinar cuál es el mejor método.

Y mientras hablaba estaba atenta a la llegada de un hombre que había utilizado más de una vez para asuntos igualmente delicados. Catalina había dispuesto que, en esta oportunidad, el hombre llegaría súbitamente con la noticia de que acababa de descubrir un complot, porque sabía que necesitaría una muy buena justificación para lo que estaba a punto de proponer, y el supuesto descubrimiento de este hombre proporcionaría esa justificación.

La entrada del hombre se produjo en el momento exacto.

Este Bouchavannes tenía la mirada alerta del espía. Instalado en la casa de la rue Béthisy desde la llegada a París del almirante, se había ocupado de repetir a la reina todo lo visto y oído durante la estancia de éste en la casa. Ahora tenía algo que comunicar. Declaró que los hugonotes planeaban una revuelta. Harían un levantamiento para tomar posesión del Louvre, matar a todos los miembros de la familia real, llevar al trono a Enrique de Navarra y someter para siempre a los católicos.

—Messieurs —dijo Catalina—, ahora sabemos lo que debemos hacer. Sólo nos queda un camino.

—¿Cuáles son los planes de Vuestra Majestad? —preguntó Retz.

Catalina replicó con calma:

—Destruir, monsieur, no sólo al almirante, sino a todos los hugonotes de París, antes de que ellos nos destruyan a nosotros. Debemos guardar el más absoluto secreto. Sólo los que están con nosotros y merecen nuestra confianza deben estar enterados de nuestros planes. Y, messieurs, debemos ponernos a trabajar ya mismo, si queremos atacarlos antes de que ellos nos ataquen a nosotros.

—Madame —le recordó Nevers—, será necesario obtener el consentimiento del rey, antes de iniciar semejante acción. Se requiere un sello de autoridad. Si Guisa estuviera en París, contaríamos con él para que todos los católicos de París se enrolaran en la causa.

Catalina se permitió una sonrisa.

—Nada temáis. Monsieur de Guisa estará aquí en el momento preciso. En cuanto al rey, dejadlo por mi cuenta. Monsieur de Retz, fuisteis su tutor y lo conocéis bien. Quizá necesite vuestra ayuda para persuadirlo.

—Madame —respondió Retz—, el rey ha cambiado. Ya no es el niño dócil que conocemos. Ahora está obsesionado por la idea de vengar al almirante.

—Entonces debemos arrancarle esta obsesión —apartó su fría mirada de Retz para fijarla en los otros—. Nos encontraremos nuevamente. Haré que monsieur de Guisa y su familia estén con nosotros. En cuanto al rey..., hay que ponerse a trabajar en eso ya mismo.

Catalina y Retz trabajaron juntos con el rey, pero éste mostró una determinación inesperada, y la influencia del almirante era muy evidente.

—Madame —gritó—, he jurado llevar a la justicia a quienes intentaron asesinarlo, y lo haré.

—Eres un tonto —respondió Catalina—, no sabes lo que planea hacer contigo.

—Es mi amigo y confío en él. Suceda lo que sucediere, los hugonotes no me harán nada. El es un jefe y me ama como a un hijo.

—Te ha seducido con palabras bonitas.

Retz intervino:

—Sire, os equivocáis con este hombre. Os sacrificaría si fuera necesario. Recordaréis lo que os dije sobre las atrocidades cometidas por hugonotes con los católicos. Permitidme que os repita...

—No tenéis nada que recordarme. Podéis marcharos, Comte. Tengo asuntos que atender.

El Comte vaciló, pero el rey lo miraba con severidad. Catalina hizo una señal a Retz para que se marchara, y cuando se fue, Carlos se dirigió a Catalina.

—Tú también, madre —ordenó. Pero Catalina no permitiría que la echaran tan fácilmente.

—Hijo querido, debo hablarte de cosas que sólo tú debes oír, y de las que no hablaría siquiera con un fiel servidor como el Comte de Retz. Me han llegado noticias..., noticias que debes conocer de inmediato.

—¿Y esas noticias son...?

—Hay un complot de los hugonotes para matarte.

El rey se encogió de hombros con impaciencia.

—He visto al almirante. Sé que sólo desea mi bien. ¿Permitiría él que se tramara semejante complot?

—Ya lo creo que sí; es su jefe. Veo que no crees a tu madre, que tan asiduamente ha trabajado por tu bien. Tal vez otros tendrán más ascendiente sobre ti —tiró de la cuerda de una campanita, y cuando apareció un sirviente hizo llamar a Bouchavannes.

—¿Bouchavannes? —preguntó el rey—. ¿Quién es?

—Un buen amigo de Vuestra Majestad, y alguien que, con gran peligro para sí mismo, se apostó en la casa del almirante para vigilar vuestros intereses. Te dirá qué ha oído mientras estuvo allí.

Entró Bouchavannes.

—Ah, monsieur —dijo Catalina—, os he traído aquí para que comuniquéis en persona lo que habéis descubierto en la casa de su enemigo.

Bouchavannes besó la mano del rey, que lo miraba con el entrecejo fruncido.

—Habla, hombre —ordenó el rey.

—Majestad, hay un complot contra vuestra vida. Los hugonotes, dirigidos por el almirante, están a punto de alzarse. Es para eso que han venido a París. Planean tomar a vuestra familia, matar a vuestra madre, vuestros hermanos y hermanas, de la forma más brutal. A vos os tendrán confinado. Dirán a la gente que os ofrecen una oportunidad de seguir en el trono si os hacéis hugonote. Os torturarán; dirán que es para que os hagáis hugonote, pero no servirá de nada que cambiéis de religión, porque no tienen intención de permitiros volver al trono. Se proponen instaurar a su propio rey en vuestro lugar.

—¡Es mentira! —gritó el rey.

—Todo lo que puedo decir, señor, es que eso es lo que he oído en la casa del almirante, donde hay continuas reuniones y asambleas. He escuchado detrás de las puertas. He mirado y escuchado... por amor a Vuestra Majestad y a la reina madre que siempre ha sido mi amiga. Vuestra Majestad, escuchad a tiempo esta advertencia.

Al rey le temblaban los dedos.

—No creo una palabra de todo esto —se volvió hacia su madre—. Llama a los guardias. Haré arrestar a este hombre. Lo enfrentaré con el almirante y veremos si puede seguir contando mentiras. ¡Llama! ¡Llama! ¿O quieres que lo haga yo mismo?

Catalina hizo señas a Bouchavannes de que se retirara; ella misma trataba de contener al rey, pero él luchaba por liberarse y Catalina se alarmó. Carlos no era fuerte, pero su energía aumentaba durante sus accesos de locura, y uno de ellos parecía iniciarse ahora. Era necesario mantener su equilibrio para poder aterrorizarlo y asegurarse de que cumpliera con los deseos de su madre.

—Escucha, hijo mío. Te rindes demasiado fácilmente. Te espera una muerte horrible. Eso es verdad. El buen Dios sabe qué tortura diabólica planean para ti. Lo único que sabemos es que será más terrible que la que se inflige a un hombre común. No se tortura a un rey todos los días. Ah, querido, no tiembles así. Ven, déjame enjugarte el sudor de la frente. No debes ceder. ¿Crees que tu madre permitirá que te hagan daño, mi pequeño rey?

—¿Cómo..., cómo lo evitarás? Te matarán a ti también.

—No, hijo mío. Todos estos años, desde la muerte de tu padre, he luchado contra los enemigos de nuestra familia. Yo..., una mujer sola, débil. Tu hermano fue rey hasta su muerte, pobre muchacho, y durante doce años conservé el trono para ti en medio de amenazas y dificultades que apenas puedes imaginar. Cuando se escriba mi historia se dirá: «Fue una mujer que sólo vivió para sus hijos. La madre más devota que imaginarse pueda, porque a pesar de las conspiraciones y la traición, a pesar de las sospechas de sus propios hijos, les aseguró sus derechos, y los conservó; sacrificó su vida por ellos.» Es verdad, ¿no lo crees, hijo mío? ¿No has sido rey desde la muerte de tu hermano Francisco? ¡Y a pesar de todos los malvados que han tratado de destronarte?

—Sí, madre, es verdad.

—Entonces, ¿escucharás ahora a tu madre?

—Sí, madre, sí. Pero no puedo creer que Coligny me traicione. Es un hombre tan bueno, tan valiente.

—Es un hombre de acuerdo con su inteligencia de hugonote. Sin duda es valiente. Pero no es tu hombre, hijo mío. Sabemos que es implacable con sus enemigos, y tú, fatalmente, eres su enemigo.

—¡No! Soy su amigo. Me quiere como a su hijo. No sería capaz de mentirme cuando posiblemente pronto deba enfrentarse con su Dios.

—Pensaría que hizo bien en mentir por su fe. Así piensa él, hijo mío. Así piensan todos ellos. Ah, déjate guiar por tu madre. No permitas que te separen de tu familia. No dejes que te lleven a las cámaras de tortura, que descoyunten tus pobres brazos y piernas, que mutilen tu cuerpo. No quise que Bouchavannes te contara todas las cosas terribles que piensan hacerte.

—¡Entonces tú lo sabes! Debes decírmelo.

—Es mejor no saberlo, hijo mío. Si estás decidido a sacrificarte y a sacrificar a tu familia al almirante, por el amor de Dios no me pidas que te describa las torturas que te aguardan. ¿Has visto alguna vez asar a un hombre a fuego lento? No, no podrías soportarlo. ¿Has visto alguna vez desgarrar la piel con pinzas calentadas al rojo y luego verter plomo derretido en las heridas? ¡No! Jamás resistirías un espectáculo semejante.

—¿Han dicho... que me harán... esas cosas?

Ella asintió.

—No lo creo... ¡Hombres como Téligny, Coligny, mi querido Rochefoucauld!

—Querido, la turba les quita las cosas de las manos a hombres como ellos. Cuando la turba se alza los jefes deben darles libertad de acción con los prisioneros. ¿Recuerdas Amboise y las ejecuciones allí? Te obligué a que miraras, ¿verdad? para que conocieras esas cosas. Tú y tus hermanas vieron cómo cortaban brazos y piernas a los prisioneros..., los vieron morir cien muertes..., rápidas y lentas.

—¡No hables de eso! —gritó el rey.

Se había arrojado boca abajo. Se mordía los puños, y Catalina vio la espuma en sus labios. No deseaba que perdiera totalmente el control, porque entonces exigía ver correr sangre. Debía mantenerlo en el estado de terror en que se encontraba cuando vacilaba entre la locura y la cordura.

—Carlos, contrólate. Aún hay tiempo. Tienes muchos amigos. He reunido a varios. Esperan para verte ahora.

El la miró con ojos muy abiertos, desconcertados.

—Tus amigos, hijo querido. Los que se interpondrán entre tú y el horrible destino que te preparan estos traidores. Valor, hijo mío. Debemos luchar contra esto y triunfaremos. ¿Crees que tu madre permitirá que te dañen? Ya he hecho mis planes contra nuestros enemigos, y tus amigos están dispuestos a ayudarme. Estos traidores hacen planes, pero los verdaderos amigos del rey también los hacen. Vamos, querido. Levántate —le acarició la mejilla—. Estás mejor, ¿verdad? Tu madre, que siempre te ha protegido, también te protegerá ahora, y cuando te lleve a la asamblea que te aguarda, verás allí reunidos a los hombres más grandes de Francia, todos preparados, con la espada lista para luchar contra los traidores que desean dañar a su rey. Te levantarán el ánimo, querido hijo, ya lo verás. ¿Vendrás ahora a la asamblea?

—Sí, madre.

—Ven, querido hijo. Te liberaremos de la seducción a que te han sometido tus enemigos —Carlos vacilaba. Catalina prosiguió—: Es difícil, lo sé. El almirante cuenta con alguna magia que lo ayuda. Se agachó cuando le dispararon. Lo ayudaron sus demonios. Están con él ahora. Pero combatiremos su magia con la nuestra; tú sabes, querido mío, que hay cierta magia en el amor de una madre por su hijo, en la lealtad de los buenos amigos. Es una magia buena, y los espíritus malos la temen.

Lo conducía hacia la puerta. Ahora Carlos estaba hipnotizado por ella, como tantas veces en su infancia. No confiaba en ella, lo aterrorizaba, pero debía seguirla, debía obedecer.

En la cámara de la asamblea la primera persona que vio fue Enrique de Guisa. Guisa hizo una profunda reverencia.

—He regresado, sire, sabiendo que Vuestra Majestad necesita de mi espada.

Sus hermanos y sus tíos estaban allí. Cada uno de ellos dijo unas palabras sobre su lealtad al rey. Se arriesgaban a algo desagradable, dijeron, para estar allí cuando se los necesitara.

El rey observó que todos los miembros de la asamblea eran católicos. Hablaron del complot contra el rey y su familia real, que, dijeron, había sido descubierto por su espía.

Hablaron de la necesidad de una acción inmediata, pero pidieron el consentimiento del rey. Carlos miró al grupo de hombres y sintió deseos de arrojarse al suelo y entregarse al paroxismo que sentía aproximarse. Quería perder contacto con la realidad, entrar en su mundo de locura y fantasía. No sabía cuánto tiempo más podría contenerse. Sentía los latidos desacompasados de su corazón, la dificultad para respirar. Y mientras continuaba de pie en su lugar pensaba en el rostro severo, pero bondadoso, del almirante y en las últimas palabras que le había dicho: «Cuidaos de vuestro genio malvado...»

Y allí, cerca de él, estaba su genio malvado..., su propia madre..., con sus ojos grandes..., esos ojos eran lo más grande que había en la habitación..., tan grandes que no podía escapar de ellos, y al mirarlos le parecía ver en ellos todos los horrores que su dueña le había descripto; le pareció que no estaba en esa habitación, sino en la cámara de tortura; le habían arrancado las ropas; lo ataban al potro de tortura y el verdugo se inclinaba sobre él. El torturador tenía el rostro noble y severo de Gaspar de Coligny.

Oyó su propia voz; le pareció lejana, pero sabía que el ruido que la cubría era el de los latidos de la sangre que se agolpaba en su cabeza; sabía que estaba gritando.

—Por Dios, si habéis decidido matar al almirante, doy mi consentimiento. Dios mío...; pero entonces tendréis que matar a todos los hugonotes de Francia, para que no quede ninguno que me reproche por este hecho sangriento cuando se haya realizado...

Percibió la sonrisa triunfante de su madre. Se apartó de ella. Temblaba violentamente y la saliva espumosa manchaba su chaqueta de terciopelo.

Miró a Catalina. ¡Su genio malvado!

—¡Es tu deseo! —gritó—. ¡Matar..., matar..., matar! —corrió hacia la puerta del recinto. Gritó—: Mata..., mata entonces..., mátalos a todos. Eso es. Muerte..., sangre..., sangre en las calles..., sangre en el río... Mátalos a todos, porque eso es lo que deseas...

Corrió sollozando hacia sus aposentos mientras los presentes se miraban, azorados. Nunca habían visto al rey en un estado tan lamentable.

Catalina se volvió vivamente hacia ellos.

—Caballeros —dijo—, habéis oído las órdenes del rey. No hay tiempo que perder. Hagamos nuestros planes.

Y la discusión continuó en la cámara del consejo.

—Monsieur de Guisa, es justo que os ocupéis de la destrucción del almirante, de su séquito y de todos sus nobles en la zona de Saint Germain L'Auxerrois.

—Madame, podéis dejar en nuestras manos al asesino de mi padre y a sus seguidores.

—Monsieur de Montpensier, os haréis responsable del grupo de Condé.

—Madame, ¿y el joven príncipe? —preguntó Montpensier.

—¿No dijo el rey «matad a todos los hugonotes?» —replicó Guisa—. ¿Por qué habríamos de excluir al príncipe de Condé? El rey dijo «a todos los hugonotes», y eso incluye a Condé, a Enrique de Navarra, a Rochefoucauld y a todos los hugonotes.

Catalina guardaba silencio. Se le presentaba un viejo problema. Miró a estos príncipes de las casas de Guisa y de Lorena. Estaban llenos de arrogancia y ambición. Enrique de Guisa ya dominaba París; ¿y si todos los príncipes de Borbón resultaban destruidos? Bien, entonces no habría nadie entre la casa de Valois y las de Guisa y Lorena. Los hombres de Valois no eran fuertes; no gozaban de la ruda salud física de los hombres de Guisa. Bastaba con comparar a Enrique de Guisa con el rey loco, o con su propio Enrique, a pesar de la belleza de éste. Ni siquiera su amado Enrique podía compararse con Enrique de Guisa en virilidad y fuerza física. Los Guisa eran imposibles de reprimir; eran líderes naturales. Aún ahora este Enrique de Guisa era capaz de tomar las riendas de la masacre como si fuera su instigador. Si se eliminaba a los Borbones, las casas de Guisa y de Lorena ya no tendrían restricción alguna.

Entonces Catalina decidió que Navarra y Condé no debían morir.

El duque de Nevers, cuya hermana se había casado con el joven príncipe de Condé, no deseaba ver muerto a su cuñado. Catalina le echó una mirada que lo alentó a rogar por el joven Condé, cosa que hizo con gran elocuencia.

Catalina dijo:

—Demos a Condé y a Enrique de Navarra la posibilidad de cambiar de religión.

—Eso no lo harán nunca —respondió Guisa.

—En ese caso —prometió ella—, seguirán el camino de los demás. Pero insisto en que se les dé la posibilidad de cambiar. Y ahora vayamos a asuntos más prácticos. ¿Cuál será la señal? Que la campana del Palais de Justice dé la señal. Vosotros debéis estar preparados cuando suene. Sugiero que sea cuando comience a amanecer. ¿Con cuántos hombres contamos en París?

Le respondió un *ex-prévôt*.

—Veinte mil en este momento, madame. Más tarde habrá miles más.

—Veinte mil —respondió Catalina—. ¿Todos dispuestos a seguir al duque de Guisa?

El duque aseguró que sí.

Dio instrucciones al *prévôt* que estaba en funciones en ese momento.

—Monsieur le Charron será necesario cerrar las puertas de la ciudad para que nadie pueda entrar o salir. No debe haber movimiento de las embarcaciones en el Sena.

Catalina, pensando en un levantamiento, insistió en que se movilizara toda la artillería del Hôtel de Ville.

—Más tarde, monsieur le Charron, le indicaremos dónde debe colocarla.

Le Charron estaba estupefacto. Había asistido a la asamblea para hablar de la eliminación de un enemigo peligroso, y ahora se encontraba ante un plan de asesinato en gran escala. Catalina lo vio vacilar y se aterrorizó. Se le habían contagiado los temores de sus hijos. Sabía que era el momento más peligroso que había vivido jamás. Un movimiento en falso y las posiciones podían invertirse: entonces ella misma, sus hijos, la casa real de Valois, serían masacrados en lugar de los hugonotes.

Replicó de inmediato:

—No habrá órdenes hasta mañana por la mañana; y monsieur le Charron, no habrá piedad para los traidores a la causa católica.

—Madame —respondió el aterrorizado le Charron—, estoy a vuestras órdenes.

—Bien por vos, monsieur le Charron —dijo Catalina, pero estaba temblando.

Prosiguieron con sus planes. Cada católico llevaría un brazalete blanco, y una cruz blanca en el sombrero. Había que planearlo todo hasta el más mínimo detalle. No debía haber movimientos en falso.

Finalmente terminó la asamblea y comenzó la torturante espera.

A Catalina le parecía que nunca llegaría la noche. Nunca en su vida había experimentado tanto miedo. Se paseaba por sus departamentos con sus ropas negras flotantes, los labios secos, los brazos y las piernas temblorosos, el corazón latiéndole furiosamente, mientras buscaba en vano la calma que había mantenido en el curso de tantos peligrosos años.

Todos los conjurados esperaban la señal, pero primero había que pasar la noche, una noche de suspenso y temores. Guisa, su familia y sus seguidores estaban en su *hôtel*, esperando que pasaran las horas. Los amigos de confianza recibieron instrucciones. Pero ¿en quién se podía confiar todavía? Catalina había visto el rechazo en el rostro de le Charron, el *prévôt*. ¿Se podía confiar en le Charron?

El tiempo nunca había pasado con tanta lentitud para la reina madre. Era la noche más crítica, más importante de su vida. Debía tener éxito, terminar con sus temores. Debía convencer a Felipe de España de que era su amiga, y de forma que él nunca volviera a dudar de ella. Felipe sabría que ella estaba cumpliendo la promesa hecha largo tiempo antes en Bayona. ¿Pero nunca llegaría el amanecer?

¿Qué podía salir mal? Se podía confiar en el *prévôt*. Eras un hombre que tenía familia; con seguridad no la pondría en peligro. Un católico jamás traicionaba a los católicos poniéndose de parte de los hugonotes. Catalina se alegró de que, por una vez, ella y los de Guisa fueran aliados. Podía confiar en ellos. No había nadie que odiara más a los hugonotes que Enrique de Guisa, ni nada que deseara más que la muerte del almirante. Todos los que, en opinión de Catalina, no eran de confianza, eran ajenos al complot. Alençon no sabía nada. Había flirteado con la fe hugonota... por pura perversidad, porque ese hijo menor suyo era tan maligno como Margot. A Margot tampoco se le había dicho nada de lo que sucedería, porque estaba casada con un hugonote y parecía estar en mejores relaciones con él que antes de casarse, y Margot ya había demostrado que no se podía confiar en ella. No había nada que temer..., nada..., nada..., pero los minutos no pasaban.

¡Si al menos Enrique fuera rey en lugar de Carlos! Enrique estaba tan ansioso de serlo como Guisa, y al menos se podía confiar en él. Pero ¿Carlos? «¡Maten a todos los hugonotes!», había gritado. Pero eso fue durante un acceso de locura. ¿Y cuando se le pasara? A Catalina la aterraba lo que podría hacer. Mandó llamar al Comte de Retz.

Retz fue a ver al rey. Carlos se paseaba por sus aposentos, con los ojos inyectados en sangre.

Retz pidió al rey que despidiera a todos sus asistentes para poder hablar a solas con él.

—Cuánto tiempo —dijo Carlos cuando quedaron solos—. Demasiado tiempo de espera. Tengo miedo, Comte, de que ellos comiencen antes que nosotros. ¿Qué haríamos entonces? ¿Eh?

—Sire, controlamos todo. No tenemos nada que temer —pero pensaba: excepto el rey.

—A veces pienso que debería ver al almirante, Comte.

—No, sire. No debéis hacer semejante cosa —respondió Retz, horrorizado—. Arruinaríais nuestros planes.

—Pero si hay un complot contra nosotros, Comte, sería contra los de Guisa. Es a ellos a quienes acusan de tratar de matar al almirante.

—No es así, sire. También acusan a vuestra madre y al duque de Anjou. Y con razón, sire, porque vuestra madre y vuestro hermano sabían que era necesario matar al almirante para protegeros. Eso no es todo. También se cree que vos estabais implicado en la conspiración. Por eso hacen planes para... eliminaros. Nada que digáis del almirante lo convencerá a él o a sus amigos de que no participasteis en el plan para asesinarlo. No hay salida para esta situación que no sea lo que proyectamos.

—Cuando corre sangre siempre lo lamento después —replicó el rey—. Y luego... la gente dirá que Carlos IX de Francia asesinó a los hugonotes que vinieron inocentemente a París a asistir al matrimonio de su hermana. Siempre lo repetirán... Siempre lo recordarán... y me culparán a mí... ¡al rey!

Retz estaba alarmado. Conocía los estados del rey tan bien como su madre. Un retorno a la cordura sería desastroso en ese punto.

—Sire —interrumpió—, os ruego que recordéis lo que tienen pensado hacer con vos. En cuanto a las recriminaciones, bien, todos sabrán que esto es el resultado de la lucha entre las casas de Guisa y de Châtillon. Enrique de Guisa nunca perdonó el asesinato de su padre. Vos estáis fuera de esto, sire. No es culpa vuestra. El que está detrás de todo esto es Enrique de Guisa. El cargará con la culpa, ¡vos estaréis seguro!

—Yo estaré seguro —repitió el rey, y comenzó a sollozar.

Mientras avanzaba la larga noche, de pronto el rey fue acometido por el terror. Fue con gran prisa a los aposentos de Marie Touchet. Su aspecto alarmó a Marie.

—¿Qué te sucede, Carlos?

—Nada, Marie. Esta noche te encerraré con llave..., no podrás salir. No importa quién llame a la puerta..., recuerda que no debes responder.

—¿Qué ha pasado? ¿Por qué estás tan raro?

—Nada..., nada, Marie. Pero debes quedarte aquí. Prométeme que te quedarás aquí —lanzó una carcajada demente y gritó—: No tendrás otra opción. Te encerraré. Tendrás que quedarte —rió con alegría—. Eres mi prisionera, Marie.

—Carlos, ¿qué sucede? Dímelo.

—Nada malo. Todo anda bien. Después de esta noche todo andará muy bien, por cierto —frunció la cara—. Ah, Marie, me olvidaba: Madeleine.

—¿Qué sucede con Madeleine?

—No puedo decirlo. Ahora te encerraré. Eres mi amor, mi prisionera. Mañana lo sabrás.

Cuando Marie se quedó a solas se echó a llorar. Estaba asustada. Iba a dar un hijo al rey y ese hecho a la vez la deleitaba y la aterrorizaba.

—¡Madelon! —gritó el rey—. ¿Dónde estás, Madelon? Ven aquí, Madelon.

Madelon estaba en su cuartito cerca de los aposentos del rey; cantaba un himno hugonote.

—No cantes eso, Madeleine. ¡No lo cantes! Te lo prohíbo. No debes cantarlo, Madeleine.

—Pero, sire, es uno de los himnos que me habéis oído cantar tantas veces. Lo cantaba para haceros dormir. Seguramente lo recordáis. Era uno de vuestros favoritos.

—Esta noche, no. Querida Madelon, guarda silencio. Ven conmigo. Debes venir conmigo.

—Charlot, ¿qué te pasa? ¿Te sientes raro otra vez?

El se quedó inmóvil e hizo un mohín.

—Sí, Madelon, me siento raro. Aquí..., en la cabeza —su mirada se había puesto salvaje. Había en sus ojos una extraña expresión de júbilo, como si esperara que ocurriera algo gozoso—. Ven, Madelon, ven. Marie te necesita. Debes quedarte con ella esta noche.

—¿Está enferma?

—Te necesita, te necesita. Te ordeno que vayas con ella. Ve en seguida. Debes permanecer con ella toda la noche, Madelon. Y no salir de sus aposentos. No podrás, Madelon, no debes cantar ese himno, ni ningún otro. Esta noche, no. Júrame que no lo harás, Madelon.

—Charlot, Charlot, ¿qué te pasa? Cuéntale a Madelon..., recuerda que eso te hacía bien.

—Ahora no serviría de nada, Madelon. Además, no necesito ayuda —la tomó rudamente de un brazo y la condujo a los aposentos de Marie.

Marie estaba junto a la puerta cuando la abrió. Empujó adentro a Madelon y se quedó mirándolas a las dos. Se llevó un dedo a los labios..., un gesto que había aprendido de su madre.

—No hagáis el menor ruido. Sólo yo tengo una llave de este cuarto. Descansad en la seguridad de que seguirá en mis manos. Ni un solo ruido... o será la muerte..., la muerte...

Cerró la puerta y las dos mujeres se miraron con gran aprensión y desconcierto.

—Me hizo venir porque estabas enferma —dijo Madeleine.

—Pero no estoy enferma, Madeleine.

—Debe haber pensado que me necesitabas.

Marie se dejó caer en la cama sollozando amargamente.

—¿Qué te pasa, pequeña? Dímelo, porque él me ha enviado para que te consuele. ¿Ha habido alguna riña?

Marie sacudió la cabeza.

—Ay, nodriza, tengo tanto miedo a veces. ¿Qué es? ¿Qué está sucediendo? Todo me parece tan extraño esta noche... Estoy asustada..., asustada de esta extrañeza...

—No es nada —respondió Madeleine—. Es alguna idea extraña que se le ha metido en la cabeza. Piensa que estamos en peligro y quiere que nos protejamos entre las dos.

Pero Marie, que sentía a su hijo dentro de sí, no encontraba consuelo con tanta facilidad.

Retz trataba de calmar al rey, pero el rey estaba frenético.

—¡Marie! —gritaba—, ¡Madeleine! ¿Quién más?

Recordó a Ambroise Paré, e ignorando la presencia de Retz corrió hacia la puerta de la habitación y gritó a uno de sus asistentes:

—Quiero que me traigan de inmediato a Ambroise Paré. Encuéntrenlo. No pierdan tiempo. Y cuando lo hayan encontrado envíenmelo..., en seguida..., en seguida.

Un asistente salió corriendo, difundiendo la noticia de que el rey estaba enfermo y llamaba a su médico principal.

Retz suplicó al rey que fuera con él a un pequeño salón privado, y una vez que estuvieron allí cerró la puerta con llave.

—Esto es una locura, sire. Revelaréis el plan.

—Pero no puedo dejar morir a Paré. Paré es un gran hombre. Salva vidas en Francia. Hace mucho bien. Paré no debe morir.

—Nos traicionaréis, sire, si actuáis así.

—¿Por qué no viene? ¡Ese tonto! Lo atraparán. Será demasiado tarde. Paré, estúpido, ¿dónde estás? ¿Dónde estás?

En vano Retz trataba de calmar al rey. No sabía cuál era el mejor método para mantenerlo en equilibrio entre la locura y la cordura. Si Carlos estaba muy loco, no se sabía lo que podía llegar a hacer; si estaba totalmente cuerdo, no aceptaría la masacre.

Llegó Paré, y cuando Retz lo hizo entrar en la habitación Carlos se arrojó sobre él, lo abrazó llorando.

—Sire, ¿estáis enfermo?

—No, Paré, es por ti, por ti... Te quedarás aquí. No saldrás de esta habitación. Si lo intentas, te mataré.

Paré lo miró, desconcertado. Esperaba que vinieran los guardias a arrestarlo. No imaginaba de qué se lo acusaba.

Carlos rió al ver el terror en el rostro de Paré y al adivinar sus razones.

—¡Mi prisionero! —gritó, como en una travesura histérica—. Esta noche no podrás escapar, querido amigo. Te quedarás aquí, bajo llave.

Riendo locamente, permitió a Retz que lo condujera al exterior, dejando al desconcertado y alarmado cirujano con los ojos clavados en la puerta cerrada.

Margot estaba perturbada. Enrique de Guisa no había ido a verla como prometiera. ¿Qué podía haber sucedido para detenerlo?

Todo ese día había estado concentrada en dos hombres: Enrique de Guisa y Enrique de Navarra. Era una situación mundana que la deleitaba. Este marido no era tan torpe como ella pensaba, después de todo. Hasta podía ser divertido; Margot llegaba a ponerse celosa de la forma en que perseguía a Carlota de Sauves, aunque podía neutralizar los celos continuando su relación con Enrique de Guisa. Pero, ¿dónde estaba su amante esa noche, y por qué no había cumplido con la cita?

Era perturbador, por cierto. Lo había encontrado al salir él de una asamblea, cuando ella ni siquiera pensaba que estaba en París. Había advertido su molestia por el encuentro; él le explicó con cierto descaro que había vuelto a la capital casi en secreto. Ella aceptó la explicación al principio, pero ahora que Enrique no cumplía con la cita comenzaba a preguntarse qué significaban todas estas idas y venidas en secreto.

Era hora del *coucher* de su madre, al que ella debía asistir, por supuesto, y esa noche había más mujeres que de costumbre en el dormitorio de su madre. De pronto Margot se puso alerta. Esta noche había algo distinto en la gente, cierta tensión, cierta excitación. Se hablaba con animación en pequeños grupos, pero en cuanto ella se aproximaba la conversación pasaba a temas aburridos y lugares comunes. ¿Habría algún nuevo escándalo en la corte del que ella nunca sabía y que trataban de ocultarle? ¿Estaría vinculado con el hecho de que de Guisa faltara a la cita?

Margot se sentó en un cofre y miró a su alrededor, contemplando la ceremonia del *coucher*.

Su madre ya estaba en la cama y varias personas conversaban con ella.

Luego Margot miró a su hermana, la duquesa de Lorena, y advirtió que parecía triste y asustada más bien que excitada.

Margot llamó a su hermana y dio unas palmaditas en el cofre.

—Se te ve triste esta noche, hermana mía —dijo Margot, y vio que los labios de Claudia temblaban como si le hubieran recordado algo aterrador.

—Claudia, ¿qué te pasa? ¿Qué sucede?

—Margot... No debes... —y se interrumpió.

—¿Bien?

—Margot... Tengo miedo. Tengo un miedo terrible.

—¿Qué ha sucedido, Claudia? ¿Qué les pasa a todos esta noche? ¿Por qué insistes en mantener el secreto? ¡Habla!

Carlota de Sauves se le había acercado.

—Madame —dijo a Claudia—, la reina madre desea hablaros de inmediato.

Claudia fue hasta la cama y Margot vio la mirada furiosa que le dirigió su madre, luego vio a Claudia inclinar la cabeza y escuchar las palabras susurradas por Catalina.

Era desconcertante. Margot observó que algunas de las presentes la miraban con preocupación.

—Margarita —llamó Catalina—. Ven aquí.

Margarita obedeció. Se detuvo junto a la cama, sintiendo los ojos aterrorizados de su hermana fijos en ella.

—No sabía que estabas aquí —dijo Catalina—. Es hora de que te retires. Buenas noches.

Margarita dio las buenas noches a su madre, pero aún mientras se retiraba sentía los ojos de su hermana que no se apartaban de ella. Cuando Margot llegó a la puerta Claudia corrió hacia ella y la tomó por un brazo.

Las lágrimas corrían por las mejillas de Claudia.

—¡Margot! ¡Mi querida hermana!

—¡Claudia, estás loca! —gritó Catalina.

Pero Claudia estaba llena de temores por su hermana.

—No podemos dejarla ir. ¡No, Margot! ¡Ay, Dios mío! Ay, querida Margot, quédate conmigo esta noche. No vayas a los aposentos de tu marido.

Catalina se había incorporado en sus almohadas.

—Tráiganme ahora mismo a la duquesa de Lorena... Ya mismo..., ya mismo...

Margot se hizo a un lado y vio cómo prácticamente arrastraban a Claudia hasta la cama de su madre.

—¿Te has vuelto loca?

Claudia gritó:

—¿La enviarás al sacrificio? A tu hija..., a mi hermana...

—Realmente te has vuelto loca. ¿Qué te pasa? ¿Tienes la misma enfermedad de tu hermano? Margarita, tu hermana delira. Ya te he dicho que es hora de que te retires. Por favor, déjanos y vete ya con tu marido.

Margot salió desconcertada y asustada.

En los aposentos del rey, donde sus caballeros presenciaban su *coucher* ceremonial, se mezclaban católicos y hugonotes. No había, como en el dormitorio de la reina, ese ambiente de secreto y suspenso, y católicos y hugonotes charlaban amigablemente como lo habían hecho desde que los hugonotes llegaran a París para la boda.

El rey estaba agotado por los acontecimientos del día. Quería descansar, olvidar todo con el sueño.

—¡Qué cansado estoy! —dijo, y el Comte de Retz, que hacía horas que no se apartaba de él, fue a su lado a calmarlo.

—Vuestra Majestad ha tenido un día muy agitado. Se sentirá mejor después de un buen descanso.

Pero, pensó Carlos, no tenía sentido pensar que este día era como otro cualquiera. ¿Mañana? ¡Cómo esperaba esa mañana! Entonces todo habría terminado, la rebelión sofocada, y él a salvo. Liberaría a Marie y a Madeleine de su pequeña prisión. Liberaría también a monsieur Paré. ¡Cómo le agradecerían haberles salvado la vida!

Le dolía la cabeza y apenas podía mantener los ojos abiertos. ¿Su madre habría puesto alguna droga en el vaso de vino que le trajera Paré, algo para que durmiera las próximas horas?

¡Hugonotes y católicos! Al mirarlos, ¿quién podría imaginar semejante animosidad entre ellos?

¿Por qué no podían ser siempre amigos como lo eran ahora?

Pronto terminaría la aburrida ceremonia, se cerrarían los cortinajes del lecho... y el sueño... el dulce sueño... vendría. Pero ¿y si soñara? Tenía motivos para temer sus sueños. Sueños de carne desgarrada..., cuerpos mutilados..., gritos de agonía de hombres y mujeres... y sangre.

El duque de la Rochefoucauld se inclinaba sobre su mano. ¡Querido Rochefoucauld! Tan apuesto y tan dulce. Hacía mucho tiempo que eran amigos: el duque era una de las pocas personas a quienes Carlos amaba realmente; siempre había sido feliz en su compañía.

—Adieu, sire.

—Adieu.

—Que Vuestra Majestad sólo tenga sueños hermosos.

Había ternura en esos ojos. Verdadera amistad. Aunque yo no fuera el rey me amaría, pensó Carlos. Es un verdadero amigo.

Rochefoucauld se dirigía a la puerta. Saldría del Louvre y se encaminaría por las estrechas calles hacia su alojamiento, con su comitiva; iría riendo y bromeando, porque no había nadie con tanto gusto por las bromas como el querido Rochefoucauld. Un amigo querido... ¡y un hugonote!

No, pensó el rey. No debía ser. ¡Rochefoucauld, no! Luchó contra su somnolencia.

—¡Foucauld! ¡Foucauld! —llamó.

El duque se había vuelto.

—Ah, Foucauld, no debes irte esta noche. Puedes quedarte y dormir con mis *valets de chambre*. Sí, debes quedarte. Lo lamentarás si te vas, amigo mío, mi querido Foucauld.

Rochefoucauld parecía sorprendido, pero Retz saltó hacia adelante.

—El rey bromea —explicó Retz.

Rochefoucauld sonrió al rey e inclinó ligeramente la cabeza mientras Carlos lo miraba con ojos inciertos. Murmuraba de forma casi inaudible:

—Foucauld, vuelve. Foucauld..., ay, mi amigo..., a mi Foucauld, no...

Retz corrió los cortinajes del lecho.

El *coucher* había terminado.

Las lágrimas rodaban por el rostro del rey y había silencio en el Louvre.

Catalina estaba acostada, contando los minutos que pasaban. Dos horas más y se levantaría, pero no podía estar allí tendida, esperando. Pensó con amargura en la estúpida de Claudia, que seguramente había despertado sospechas en Margot. Pensó en el estúpido de Carlos, quien, según Retz, había hecho todo lo posible por advertir a Rochefoucauld. ¿Y si Rochefoucauld había captado algo? Era uno de los líderes hugonotes. ¿Qué haría? ¿Qué haría cualquier hombre en su sano juicio sabiendo que complotaban contra él? Haría planes para contrarrestar los de sus enemigos, por supuesto.

No podía soportarlo. Aún no era hora de levantarse, pero no podía permanecer acostada, esperando que acaeciera la desgracia. Debía actuar. Mientras se mantenía activa podía soportar el suspenso.

Se levantó y se vistió rápidamente; fue directamente a los aposentos de Anjou, abrió los cortinajes de su lecho y se encerró con él.

Anjou no había dormido porque su miedo era mucho más intenso que el de su madre.

—Querido, debes levantarte y vestirte —dijo ella—. Aún faltan varias horas. Pero es mejor estar vestido.

—Madre, apenas han pasado las doce de la noche, y la campana del Palais de Justice no sonará hasta una hora antes del amanecer.

—Lo sé, hijo mío, pero tengo miedo. No sé si la estupidez de tu hermano y de tu hermana no habrá despertado sospechas. No sé si nuestros enemigos no proyectan atacar antes. Daré nuevas órdenes. Debemos comenzar más temprano por si nos traicionan. Debemos sorprenderlos. Ahora levántate y vístete e iré a advertir al rey. No debemos perder más tiempo en la cama. Debo enviar un mensaje a monsieur de Guisa. Si sabe que hemos cambiado de plan, el procedimiento puede quedar a su cargo.

—Pero, madre, ¿es sensato cambiar de plan a esta hora de la noche?

—Creo que sería insensato no hacerlo. Vamos.

Esto era mejor que permanecer en la cama esperando. La acción siempre era más estimulante que la inactividad. Envió a Bouchavannes con un mensaje al Hôtel de Guisa, y a Retz a que despertara al rey y se lo enviara.

Eligió una posición ante una ventana desde donde poder ver lo que sucedía afuera, y vio aproximarse al rey, desconcertado y agitado.

—¿Qué significa esto, madame?

—Hemos tenido que cambiar de planes. Hemos descubierto otro complot, aún más macabro. Es necesario avanzar..., la demora es peligrosa.

Carlos se cubrió la cara con las manos.

—Abandonemos este asunto. Ya es bastante. Si hay un complot de los hugonotes contra nosotros, habrá muchos católicos para defendernos.

—¿Qué? ¿Los dejarás venir a que nos asesinen aquí, en el Louvre?

—De todas maneras habrá una matanza.

Su madre y Anjou lo miraron con horror. Estaba loco. No se podía contar con él. Habían hecho bien en no confiar en él. ¿Cómo se podía saber qué se le ocurriría de un momento para el otro? La demora era peligrosa y el responsable de que lo fuera era este rey inestable.

—Habrá una matanza, lo sé —sollozó Carlos—. Habrá sangre y asesinatos. No los iniciemos nosotros.

—¿Te das cuenta —comentó Catalina con calma—, de que los hugonotes atacan a nuestra Santa Iglesia? ¿No es mejor que les arranquen los brazos y las piernas, en lugar de permitir que destrocen a la Iglesia, la Sagrada Esposa de Nuestro Señor?

—No lo sé —gritó el rey—, sólo sé que deseo evitar esta carnicería.

La campana de Saint-Germain l'Auxerrois frente al Louvre comenzó a sonar a rebato, y casi de inmediato pareció que todas las campanas de París eran lanzadas a vuelo.

Estalló el ruido. Gritos, chillidos, risas crueles y burlonas, gritos agónicos de hombres y mujeres que imploraban piedad.

—Entonces ya ha comenzado... —murmuró el rey.

—¡Dios del Cielo! —susurró Anjou—, ¿qué hemos hecho?

Miró el rostro de su madre y vio en él algo que ella rara vez se permitía revelar..., miedo..., un miedo como Anjou esperaba no volver a ver jamás en ningún rostro.

Repitió suavemente las palabras, como para sí misma:

—¿Qué hemos hecho? ¿Y qué sucederá ahora?

—¡Han desatado el infierno! —aulló el rey—. Todo el infierno está suelto.

—Basta —rogó Anjou—, haz que cesen antes de que vayan demasiado lejos. Antes de que nos destruyan... ¡Basta, digo!

Entonces a Catalina le sucedió algo que jamás le había sucedido antes: fue presa del pánico.

Murmuró:

—Tienes razón, debemos detenerlo. Enviaré un mensaje a de Guisa. El almirante no debe morir aún...

Pero aunque el día aún no había amanecido, todo París se había despertado para la víspera de San Bartolomé.

El almirante tenía demasiado dolor como para dormir. Paré había querido darle un opiáceo, pero él lo había rechazado. Tenía mucho en qué pensar. En una antecámara dormía su yerno, seguramente con un sueño liviano, listo para despertarse a la primera llamada. ¡Querido Téligny! Dios había sido muy bueno al permitirle poner a su hija en esas manos.

Nicolás Muss, el fiel sirviente del almirante, dormitaba en un sillón. Merlin, su pastor, velaba en otro. Tenía muchos fieles servidores en la casa; muchos amigos en

París. El príncipe de Condé y el rey de Navarra lo habían visitado esa noche, pero ahora habían salido hacia el palacio del Louvre. Ambroise Paré, que había hecho tantos esfuerzos por salvarle la vida, había estado con él hasta algunas horas antes; no deseaba apartarse de él, y sólo lo hizo para atender una urgente llamada del rey.

¡Qué inquietud se sentía en todo París! Si el rey pudiera liberarse de la influencia de su madre y de su hermano Anjou, junto con la de los de Guisa, ¡qué bueno sería! El almirante sabía que lo odiaban. Sabía que mientras la reina madre le expresaba sus condolencias por el atentado, en realidad estaba furiosa porque el disparo del asesino contratado no había dado en el blanco. Sabía que cuando el rey destacó una guardia para vigilar la casa del almirante, Anjou y su madre se ocuparon de que los hombres que llegaron estuvieran dirigidos por un tal Cosseins, un viejo enemigo del almirante y de la causa hugonota. Era un hecho ominoso, y el almirante sabía que él y sus hombres estaban rodeados de peligros.

¡Qué tranquilidad la de esa noche! Habían pasado tantas noches de festejos y ruidos por la boda, que de pronto el silencio de esta noche parecía más impresionante.

Se preguntó si alguna vez volvería a ver al Châtillon. ¿Habría recibido Jacqueline noticias de su accidente? Esperaba que no. Estaría llena de ansiedad, y eso sería malo para ella y para el niño. Se alegraba de que François y Andelot estuvieran a salvo en Châtillon, y de que Luisa estuviese con ellos. Tal vez, si se recuperaba, como Paré le aseguraba, en pocas semanas estaría en Châtillon..., quizás a fines de setiembre. Aún habría rosas. ¡Qué alegría pasearse una vez más por los senderos, contemplar los muros grises del castillo y no preocuparse por entrar o permanecer afuera, ya que no habría más despachos esperándolo!

Quién sabe, a lo mejor estaría de regreso a finales de setiembre, ya que ahora era fines de agosto. Hoy era..., sí, veintitrés, la víspera de San Bartolomé.

Tuvo un brusco estremecimiento; el sonido de las campanas hendió el aire. ¿De dónde venía? ¿Quién tocaba las campanas?

Muss se puso de pie de un salto. Merlin abrió los ojos.

—¿Ya es la mañana? —preguntó Merlin—. ¿Qué significan esas campanas?

—No lo sé —respondió el almirante—. ¡Campanas antes del amanecer! ¿Qué pueden significar?

—Y lo han despertado a usted, señor —comentó Muss.

—No, no dormía. Estaba despierto, pensando..., pensando en la alegría de volver a ver a mi esposa, mi familia, mis rosas de Châtillon.

Téligny había entrado en la habitación.

—¿Has oído las campanas, hijo mío? —preguntó el almirante.

—Me han despertado, padre. ¿Cuál es la razón? Escuchad. ¿Las oís? Y ahora ruido de cascos de caballos... que vienen hacia aquí.

Los hombres se miraron unos a otros, pero ninguno dijo lo que pensaba. Todos estaban invadidos de un gran terror, excepto el almirante. Hacía horas que sufría, esperando la muerte; si ésta era la muerte, simplemente significaba que se acercaba el fin del dolor.

—Muss, ve a la ventana, amigo mío —ordenó—. Cuéntanos lo que ves desde allí.

Cuando el hombre corrió los cortinajes, entró en la habitación el resplandor de antorchas y faroles.

—¿Quiénes están allí, Nicolás? —preguntó el almirante.

Téligny estaba en la ventana. Volvió su rostro pálido hacia el almirante y tartamudeó:

—Guisa... y veinte más, tal vez.

Gaspar respondió:

—Vienen por mí, amigos míos. Ayudadme a vestirme. No deseo recibir así a mis enemigos.

Téligny salió corriendo de la habitación y se lanzó por las escaleras.

—¡En guardia! —gritó a los hombres apostados en la escalera y en el corredor—. Nuestros enemigos están aquí.

Al llegar a la puerta principal, oyó gritar a Cosseins:

—Labonne, ¿tienes las llaves? Debes dejar pasar a ese hombre. Trae un mensaje del rey para el almirante.

—¡Labonne! —gritó Téligny—. ¡No dejes entrar a nadie!

Pero era demasiado tarde. Las llaves ya estaban en manos de Cosseins. Oyó el alarido de Labonne, y supo que el fiel amigo había sido asesinado.

—¡Luchad! —gritó Téligny a los hombres—. ¡Luchad por Coligny y por la causa!

Volvió al dormitorio, donde Merlin estaba de rodillas, rezando, mientras Muss ayudaba al almirante a ponerse algunas ropas. Ahora en la habitación se oían con nitidez los disparos y los gritos:

De pronto un soldado hugonote se precipitó junto a ellos.

—Monsieur l'Amiral —dijo—, debéis escapar sin pérdida de tiempo. Los hombres de Guisa están aquí, están derribando la puerta interna.

—Amigos míos —respondió con calma el almirante—, debéis iros. Todos. Yo estoy preparado para morir. Hace rato que espero la muerte.

—Nunca os dejaré, padre —dijo Téligny.

—Hijo mío, tu vida es demasiado preciosa como para que la pierdas. Vete..., vete ya mismo. Recuerda a Louise. Recuerda al Châtillon, y que a ti y a los que son como tú les corresponde vivir y seguir luchando. No te preocupes demasiado porque yo deba morir. Soy viejo y mi vida está concluida.

—Lucharé junto con vos. Aún podemos escapar.

—No puedo caminar, hijo mío. Tú no puedes llevarme. Es una locura demorarse. Los oigo en la escalera. Eso significa que avanzan sobre los cadáveres de nuestros queridos amigos. Ve, hijo mío. Jacqueline sufrirá mucho, porque desde esta noche será viuda. Si amas a mi hija, no la sometas al mismo destino. Me preocupas. Me siento muy desdichado mientras te quedas. Dame la alegría de saber que has escapado de estos asesinos. Hijo, te lo ruego. Aún hay tiempo. Los techos... por el *abat-son*. Ahora..., por amor de Dios, por el amor de Louise..., por Châtillon..., te lo ruego...,¡vete!

Téligny besó llorando a su suegro.

—Me iré, padre, me iré..., si ése es vuestro deseo. Por Louise...

—Te lo ruego, apresúrate. Al altillo..., a los techos...

—Adiós, padre mío.

—Adiós, queridísimo hijo.

Gaspar se enjugó el sudor de la frente, pero sonreía cuando miró por última vez a su yerno. Se volvió hacia Merlin.

—Tú también, querido amigo..., vete.

—Querido amo, no tengo esposa que se convierta en viuda. Mi lugar está aquí, con vos. No os dejaré.

—Tampoco yo, mi amo. Tengo mi espada y mi brazo es fuerte —dijo Muss.

—Es la muerte segura —respondió el almirante—. Somos tan pocos, y ellos son tantos.

—Pero yo no desearía vivir, mi amo, si os abandonara ahora.

—Queridos amigos, no quisiera que aquellos que os aman me reprocharan vuestra muerte. Te agradecería que te fueras, Merlin, puedes hacer mucho bien en otra parte. Vete..., sigue a mi yerno por los techos. Escucha. Ahora están en la escalera. Merlin..., te lo suplico. He aprendido a rezar. Puedo rezar sin ti. Desperdicias una vida..., una vida hugonota. Te lo ruego. Te lo ordeno...

El pastor se persuadió de que no lograría nada bueno quedándose, pero el viejo Nicolás Muss seguía de pie junto a la cama de Coligny, con la espada en la mano, y nadie lo convencería de que se marchara.

Entonces Coligny se arrodilló junto a la cama. Comenzó a rezar:

—En tus manos, Dios mío, encomiendo mi alma. Consuela a mi esposa. Guía a mis hijos, porque están en una edad tan tierna... En tus manos..., en tus manos...

La puerta se abrió bruscamente. Cosseins y un hombre, a quien el almirante reconoció como un enemigo, llamado Besme, irrumpieron en la habitación. Detrás venían otros, entre ellos, los italianos Toshingi y Petrucci. Todos llevaban brazaletes blancos y cruces blancas en el sombrero.

Se echaron atrás al ver al viejo arrodillado junto a la cama. La serenidad del rostro del almirante y la calma con que alzó sus nobles ojos hacia ellos los dejó inermes por un momento.

—¿Sois Gaspar de Coligny? —preguntó Toshingi.

—Sí, y veo que habéis venido a matarme. Haced lo que queráis. Mi vida está casi acabada y es poco lo que podéis hacer.

Nicolás Muss levantó su espada en defensa de su amo, pero el golpe fue detenido por Toshingi, mientras Petrucci hundía su daga en el pecho del viejo. Los otros se abalanzaron a terminar la obra de Toshingi, y Muss cayó gimiendo junto a la cama.

—¡Que así perezcan todos los herejes! —gritó uno de ellos.

Era la señal; todos se arrojaron sobre el almirante postrado. Besme hundió su espada en el cuerpo del noble anciano, mientras todos los demás le clavaban sus dagas, ansiosos por ungir sus armas con la sangre más distinguida que se habían prometido derramar esa noche.

Coligny estaba tendido ante ellos y lo contemplaban en silencio, cuidando cada uno de que los demás no vieran en su rostro la expresión de vergüenza que podían tener la debilidad de demostrar.

Besme fue hacia la ventana y la abrió.

—¿El hecho está consumado? —preguntó Enrique de Guisa.

—Sí, mi señor duque —respondió Besme.

El Chevalier de Angoulême, bastardo de Enrique II, que estaba abajo con Guisa, gritó:

—Entonces arrojadlo por la ventana, para que veamos que es cierto.

Los asesinos levantaron el cuerpo del almirante.

—Aún vive —dijo Petrucci.

—No vivirá mucho más cuando haya tomado contacto con el patio de abajo —respondió Toshingi—. Ah,

mi buen amigo, mi noble almirante, si no os hubierais aga-
chado a recoger un papel cuando disparé contra vos aquel
día, cuántos disgustos os habríais ahorrado... ¡Y nosotros!
Levántenlo, amigos míos. ¡Cuánto pesa! Ahora... ¡afuera!

El almirante hizo un débil esfuerzo por aferrarse a
la ventana; uno de los hombres le clavó la daga en la
mano y... Gaspar de Coligny quedó tendido en el patio
de abajo.

El Chevalier de Angoulême, que se había apeado,
dijo a de Guisa:

—No es fácil saber si es él. Sus cabellos blancos
están rojos esta noche. Parece que ha seguido la moda de
Margot y se ha puesto una peluca de ese color.

Enrique de Guisa se arrodilló para examinar el cuerpo.

—Es él —declaró, y apoyó un pie sobre el cuerpo
del almirante—. Por fin, Gaspar de Coligny. Por fin mue-
res, asesino de mi padre. Has vivido demasiado tiempo desde que contrataste a un asesino para que matara a Francisco de Guisa en Orléans.

Angoulême dio un puntapié al cadáver y ordenó que
le cortaran la cabeza.

Se oyó un clamor cuando alzaron la cabeza por los
cabellos empapados de sangre.

—¡Adiós, Coligny! —gritaron.

—¡Adiós, asesino de Francisco de Guisa! —gritó
el duque, y los que estaban a su alrededor repitieron el
grito.

—Pueden llevar la cabeza al Louvre —dijo Angoulême—, un regalo para la reina madre; hace mucho tiempo
que lo espera.

—¿Y el cuerpo, señor? —preguntó Toshingi.

—Un regalo para el pueblo de París, para que hagan
con él lo que quieran.

En ese momento llegó un mensajero al galope.

—De la reina madre, mi señor duque. Dice: «Detén-
ganse. No maten al almirante.»

—Vuelve a todo galope —ordenó el duque—. Dile
a la reina madre que has llegado tarde. Venid, mis hom-

bres. ¡Muerte a los herejes! ¡Muerte a los hugonotes! El rey nos manda matar..., matar..., matar...

Téligny, desde el techo, contemplaba la ciudad. Había antorchas por todas partes que iluminaban las horribles escenas. El aire se llenaba de los gritos de hombres y mujeres que morían, gritos roncos, suplicantes, iracundos, desconcertados.

¿Hacia dónde ir? ¿Dónde encontrar seguridad, y poder volver con Louise? Sabía que el almirante no tenía posibilidades de sobrevivir, y debía encontrar la forma de volver con sus seres queridos al Châtillon, para consolarlos, para llorar con ellos.

Ya percibía el hedor de la sangre. ¿Qué estaba sucediendo en esta noche enloquecida, fantasmal? ¿Qué hacían en las calles? ¿Qué les hacían a sus amigos?

El era demasiado joven para morir. Aún no había vivido. El almirante había conocido la aventura y el amor, además de la devoción por una causa, la alegría de crear una familia, pero Téligny aún sabía poco de estas cosas. Pensó en el bello rostro de Louise, en los paseos con ella por los rosedales, por los sombreados senderos verdes ¡Cómo ansiaba la paz de Châtillon, cómo deseaba escapar de esta ciudad de pesadilla!

Esperaría aquí, en el techo, hasta que todo estuviese tranquilo. Escaparía por una de las puertas de la ciudad. Quizá pudiera disfrazarse, porque si estaban matando a los amigos del almirante, no lo dejarían vivir, y él tenía que vivir, tenía que volver a Châtillon, a Louise...

Una bala silbó sobre su cabeza. Oyó un grito abajo. Lo habían visto. Lo habían divisado a la luz de las antorchas.

—Allí va... En el techo...

Sentía un dolor ardiente en un brazo. Miró a su alrededor, confundido.

—Debo escapar... —murmuró—. Debo llegar a Châtillon, a Louise...

La antorcha le permitía ver el perfil del tejado. Vio el camino que había seguido: estaba marcado por un reguero de sangre. Oyó los gritos malignos mientras silbaban más balas a su alrededor.

Siguió arrastrándose. Estaba débil y mareado.

—Por Louise...— jadeaba—, por Châtillon y por Louise...

Aún decía «Louise» cuando rodó hacia abajo.

La turba, reconociendo su cuerpo tembloroso, cayó sobre él gritando que Téligny estaba muerto. Le arrancaron la ropa para llevarse harapos como recuerdo de esa noche.

Margot había ido de mala gana a su cuarto. Su marido ya estaba en la cama, rodeado por miembros de su comitiva.

Margot se retiró a una antecámara, llamó a sus mujeres para que la ayudaran a desvestirse, y luego se reunió con Enrique en la cama.

Por lo visto él, como ella, tenía dificultades para dormir.

Margot no podía olvidar las palabras de su hermana, ni la furia que produjeron en su madre. Algo la amenazaba, estaba segura. Deseaba que los caballeros se retiraran para poder hablar con su marido de lo que había sucedido, pero los caballeros no daban señales de retirarse, y Enrique no parecía desear que se fueran.

Discutían animadamente el atentado contra el almirante y sus posibles resultados.

—Mañana por la mañana —declaró Enrique de Navarra—, iré a ver al rey a pedirle justicia. Pediré a Condé que me acompañe, y exigiré el arresto de Enrique de Guisa.

Margot sonrió cínicamente. Su marido tenía mucho que aprender. En París Enrique de Guisa tenía tanta importancia como el rey. Nadie, ni siquiera su madre ni su hermano, se atrevería a acusar a de Guisa en París.

Siguieron hablando de Coligny, de la audiencia que pedirían, de la justicia que exigirían. Margot escuchaba. Estaba cansada, no podía dormir mientras los hombres no se retirasen, y su marido no los despedía. Así continuó la larga noche y, finalmente, declarando de pronto que sería de día, Enrique anunció que iría a jugar al tenis hasta que se levantara el rey.

—Luego, sin demora, iré a pedirle una audiencia —anunció—. Se volvió hacia sus hombres —preparémonos para jugar un partido. No dormiré hasta que haya obtenido justicia para Coligny.

Saltó de la cama y Margot dijo:

—Dormiré hasta que amanezca. Estoy cansada.

Cerraron las cortinas a su alrededor y la dejaron, y no tardó en quedarse dormida.

Pronto la despertaron las campanadas y el ruido que llegaba de la calle. Se sentó a escuchar, alarmada, y enseguida advirtió que la habían despertado unos golpes perentorios en la puerta de la habitación. Recordó de inmediato los extraños acontecimientos de esa misma noche.

Los golpes iban acompañados por gritos estentóreos:

—¡Abrid! ¡Abrid! ¡Por el amor de Dios! ¡Enrique de Navarra!

—¿Quién es? —preguntó Margot, y llamó a una de sus mujeres que vino desde la antecámara—. Llaman a la puerta. Abre —ordenó.

La mujer se abalanzó hacia la puerta. Margot vio entrar a un hombre a través de los cortinajes entreabiertos. Su rostro estaba mortalmente pálido, sus ropas manchadas de sangre, que goteaba en la alfombra.

El hombre vio la cama. Vio a Margot, y fue hacia ella trastabillando, con los brazos extendidos.

—Salvadme..., Navarra..., Navarra...

Margot estaba completamente desconcertada. No tenía idea de quién era ese hombre, por qué se encontraba en ese estado ni por qué irrumpía así en su dormitorio, pero mientras caía allí de rodillas entraron cuatro hombres en la habitación, con las espadas manchadas de sangre y los ojos como los de los animales ansiosos de matar.

Siempre emotiva, en cualquier extremo, Margot se llenó de piedad, ira e indignación. Se liberó del hombre que se aferraba a ella y se enfrentó con los hombres sedientos de sangre en actitud tal que les hizo sentir que estaban en presencia de una reina.

—¡Cómo os atrevéis a entrar así en mi dormitorio! —exclamó.

Los hombres retrocedieron, pero sólo un paso. Margot tuvo un poco de miedo, pero sólo lo suficiente como para estimularla. Llamó a sus mujeres:

—Traedme de inmediato al capitán de la guardia. En cuanto a vosotros, cobardes..., bestias..., asesinos..., porque eso es lo que sois..., permaneced donde estáis o ya veréis...

Pero en esa noche de sangre, los asesinos no se impresionaban demasiado por la nobleza, ni siquiera por la realeza. Uno de ellos, diez minutos antes, había manchado su espada con la sangre de un duque. ¡Y quién era ésta, la esposa de un hugonote!

Ella vio el brillo fanático en los ojos de los hombres y levantó una mano con altivez.

—Si os atrevéis a avanzar un paso más os haré azotar..., torturar... y matar. ¡De rodillas! Soy la reina, y responderéis por esto si no obedecéis de inmediato.

Pero no cayeron de rodillas, y Margot vio en sus ojos, mezclada con la lujuria de la sangre, la lujuria por ella misma. Se dio cuenta de que estaban sucediendo cosas terribles, y que corría gran peligro, que éstos eran hombres de la turba, y que en noches como ésa una reina no significaba nada más que una mujer.

¿Cuánto tiempo más podría contenerlos? ¿Cuánto tiempo tardarían en liquidar al pobre ser tendido detrás de ella? ¿Y cuánto en lanzarse sobre ella?

Pero allí, gracias a Dios, estaba monsieur de Nançay, el capitán de la guardia, apuesto, encantador, un hombre a quien Margot había prodigado sonrisas de simpatía llenas de promesas.

—¡Monsieur de Nançay! —exclamó—. ¡Mirad a qué indignidad me someten estos villanos!

Margot advirtió que, como los intrusos, el capitán llevaba una cruz blanca en el sombrero. El capitan gritó a los hombres:

—¿Qué hacen aquí? ¿Cómo se atreven a entrar en los aposentos de la muy católica princesa?

Uno de los hombres señaló al desdichado que Margot trataba de disimular entre los pliegues de su camisa de dormir.

—El entró aquí, señor, y nosotros lo seguimos. Escapó después de que lo atrapásemos.

—¡Lo siguieron aquí! ¡A los aposentos de Su Majestad! Será mejor que desaparezcan de aquí antes de que Su Majestad observe sus malignos rostros.

—¿Nos llevamos al hereje, señor? Está ensuciando la habitación de la señora.

Margot replicó con altivez:

—Yo me ocuparé de él. Ya oyeron lo que dijo monsieur de Nançay. Harán bien en marcharse ahora mismo.

Cuando se fueron, sumisos aunque de mala gana, los labios de Nançay esbozaron una sonrisa divertida.

—Me ayudaréis a llevar a este hombre a mi *ruelle*, monsieur —dijo fríamente Margot—. Y entretanto tal vez podréis explicarme por qué os divierte tanto que vuestra soldadesca me insulte.

—Madame, suplico el perdón de Vuestra Majestad —respondió de Nançay, levantando en sus brazos al hombre casi desmayado—. La bondad de Vuestra Majestad es bien conocida, y es probable que este hombre haya oído hablar de ella. Mientras pensaba en ello es posible que haya sonreído.

—Llevadlo de inmediato a mi *ruelle*.

—Madame, es un hugonote.

—¿Y qué sucede con eso?

—El rey ha dado órdenes de que no quede ningún hugonote vivo esta noche.

Margot lo miró con horror.

—¿Mi... marido? ¿Sus amigos?

—Vuestro marido se salvará, lo mismo que el príncipe de Condé.

Ahora comprendió el sentido de los ruidos de la calle. Le dieron náuseas. Odiaba los derramamientos de sangre.

Y todos estaban complicados en esto: su madre, sus hermanos, su amante...

De Nançay habló con suavidad:

—Me llevaré a este hombre, madame. Para que no siga manchando vuestra cámara con su sangre.

Pero Margot hizo un gesto negativo.

—Me obedeceréis, monsieur, y lo llevaréis a mi *ruelle.*

—Pero, madame, os ruego que recordéis las órdenes del rey.

—No estoy acostumbrada a que se desobedezcan mis órdenes —replicó ella—. Llevadlo allí enseguida. Y, monsieur de Nançay, no hablaréis de esto con nadie. Y me obedeceréis, o jamás olvidaré vuestra insolencia de esta noche.

De Nançay era muy galante, y Margot muy seductora. Además, pensó él, ¿qué era un hugonote entre miles?

—Os prometo, madame, que nadie sabrá que lo tenéis aquí.

Colocó al hombre en el diván forrado de raso negro, mientras Margot llamaba a sus mujeres para que trajeran ungüentos y vendas; había sido discípula de Paré y sabía más de estas artes que muchos. Lavó y vendó cuidadosamente las heridas, y decidió que al menos habría un hugonote que no moriría.

El Duc de la Rochefoucauld dormía plácidamente, con una sonrisa en el joven rostro, pero despertó de pronto, sin estar muy seguro de qué lo despertaba. Soñaba que estaba en una mascarada, la mascarada más ruidosa que conociera, y que el rey le indicaba que no se apartara de su lado. Oyó claramente su voz: «Foucauld, Foucauld, no te vayas esta noche.»

¡Qué ruido había en las calles esa noche! Tan fuerte como durante las celebraciones de la boda. Sería bueno que todos los asistentes volvieran a sus casas. Pero éstos eran ruidos extraños. ¿Campanas a esta hora? ¿Gritos? ¿Aullidos?

Se dio vuelta y trató de taparse los oídos.

Pero seguía oyendo el ruido. Parecía estar cada vez más cerca, tal vez dentro de la casa misma.

Sí, así era. La puerta se abrió bruscamente. Alguien había entrado en la habitación, varias personas parecían haber estado llamándolo.

Cuando entreabrieron los cortinajes de su lecho ya estaba totalmente despierto.

Hizo una mueca. Ahora comprendía. Por eso era que el rey le había pedido que no se apartara de su lado. Aquí estaba el rey, con su compañero de juerga, y seguramente venía a practicar el juego de azotar a sus amigos. En seguida lo oiría decir: «Hoy te toca a ti, Foucauld. No es por culpa mía. Te pedí que te quedaras en el Palacio.»

—¡Bien! —gritó—. Estoy preparado.

Una figura oscura con una cruz blanca en el sombrero saltó hacia adelante y de la Rochefoucauld sintió el agudo dolor de un puñal. Otros se acercaron a él y vio el brillo de sus armas.

—¡Muere..., hereje! —gritó uno; y Rochefoucauld, el favorito del rey, cayó de espaldas, gimiendo, desangrándose en su cama.

Ahora que la masacre estaba en su plenitud, Catalina ya no sentía miedo. Era evidente que los hugonotes habían sido tomados completamente por sorpresa y que habría represalias serias. Ella estaba a salvo, su familia estaba a salvo, y podría mandarle buenas noticias a Felipe de España, para contrarrestar el trago amargo del matrimonio de su hija con un hugonote; y el sombrío monarca comprendería que este matrimonio había sido necesario, como una carnada para hacer caer a los enemigos en una gran trampa. Catalina había cumplido con su palabra, con la promesa hecha a Alba en Bayona. Ahora podía descansar, segura de estar a salvo temporalmente en un mundo lleno de inseguridad; porque la seguridad temporal era lo más a que podía aspirar.

Le habían traído la cabeza de Coligny, y ella, rodeada por los miembros de su escuadrón, se regocijó al verla.

—¡Qué distinto se lo ve al almirante sin su cuerpo! —exclamó una de las cínicas muchachas.

—Pero la muerte ha dañado un poco su belleza —atemperó otra.

—¡Ah, mi gran salmón! —gritó Catalina, eufórica—. Fuiste difícil de pescar, pero ahora no nos darás más problemas.

Reía, y sus mujeres observaron que la alegría la hacía parecer mucho más joven. Se la veía tan enérgica como siempre, recordando a los que debían morir esa noche, tachando nombres mentalmente a medida que le traían las noticias de sus muertes.

—¡Ah, otro nombre para borrar de mi lista! —gritaba—. ¡De mi lista roja!

Le trajeron trofeos.

—Un dedo de monsieur de Téligny es todo lo que nos dejó la turba, madame.

—Una pequeña parte de monsieur de Rochefoucauld, para una de vuestras jóvenes damas que tanto lo admiraba.

Hubo risas obscenas y muchos chistes entre las mujeres, porque algunas habían conocido muy bien a las víctimas. Hubo una gran hilaridad cuando trajeron el cadáver mutilado de un tal Soubise, porque la esposa de este caballero le había hecho juicio de divorcio por impotencia. El *Escadron Volant* divirtió a su jefa haciendo payasadas con su cadáver.

Catalina, al verlas estalló en carcajadas, que eran en gran medida carcajadas de alivio.

Por las calles cabalgaba el duque de Guisa acompañado por Angoulême, Montpensier y Tavanne, estimulando a los excitados católicos a que siguieran asesinando. Estaban decididos a no dejar un solo hugonote con vida.

—¡Es el deseo del rey! —exclamaba Guisa. Son órdenes del rey. Matar a todos los herejes. Que ni una sola de esas víboras viva una hora más.

No se necesitaba la exhortación. La sed de sangre crecía. Qué fácil era vengar viejos rencores, porque, ¿quién dudaba de que el señor Fulano de Tal (rival de negocios) era un hugonote en secreto, o que mademoiselle Fulana de Tal (que había recibido atenciones de otro marido) era conversa a la «nueva religión»?

Ramus, el famoso estudioso y profesor griego, fue sacado de su casa y se le infligió una muerte lenta.

—Es un hereje. ¡Ha practicado la herejía en secreto! —gritaba un profesor que hacía tiempo ambicionaba la cátedra de Ramus.

Hubo violaciones y atrocidades durante la mayor parte de la noche. Era tan fácil cometer el crimen, y después de matar, no dejar huellas de las villanías. Los hugonotes, aterrorizados, que corrían a la casa del almirante o al hôtel de Bourbon en busca de ayuda, eran muertos de un tiro o de una puñalada. Se los abandonaba donde caían, muertos y moribundos mezclados en un solo montón.

Tavanne gritó:

—Dejadlos que se desangren. Los médicos dicen que la sangría es buena en cualquier momento del año.

Los sacerdotes caminaban por las calles con una cruz en una mano y una espada en la otra, cumpliendo con el solemne deber de visitar las zonas donde la carnicería decaía, donde disminuía el entusiasmo por matar.

—La Virgen y los santos os contemplan, amigos míos. Vuestras víctimas son una ofrenda a Nuestra Señora que la recibe con alegría. Matad... y gozarán de la felicidad eterna. ¡Muerte a los herejes!

Llevaron el tronco de Coligny por las calles, desnudo y mutilado. No había obscenidad que fuera lo bastante vil, ni insulto demasiado degradado para el hombre más grande de su tiempo. Finalmente, los restos del almirante fueron asados a fuego lento, y la turba que presenciaba el espectáculo, aullando como salvajes en que se habían convertido, reía al ver la carne destrozada, comentaba alegremente sobre el olor que despedía al quemarse.

Hombres y mujeres fueron asesinados en sus camas en esa noche de terror; les cortaban los brazos y las piernas, los arrojaban por las ventanas. Ni siquiera se salvaban los bebés.

Lambon, el lector católico del rey, a pesar de ser un fanático, fue invadido por el horror al ver la masacre y murió del shock.

—No puedo decirte lo que pasó esa noche —narraba un viejo católico en una carta escrita a otro—. El papel mismo lloraría si yo escribiera sobre lo que vi.

El pobre rey estaba perdido en su locura. Olía la sangre, la veía fluir. Estaba ante las ventanas de sus aposentos gritando a los asesinos, instándolos a seguir cometiendo atrocidades.

Cuando vio a unos hombres y mujeres que habían logrado subir a una embarcación en el Sena sin ser vistos, disparó él mismo contra ellos, y al ver que erraba cayó en un desesperado frenesí por miedo de que escaparan; llamó a sus guardias y les ordenó disparar contra la gente, y rió de alegría al ver zozobrar la embarcación y las aguas tintas en sangre.

La locura había invadido París, y la luz de la mañana mostró con horrorosa claridad los estragos de la noche: las paredes estaban manchadas de sangre y de restos de lo que habían sido seres humanos; por todas partes reinaba el hedor de la carnicería humana, y durante el día la pesadilla continuó, porque eso que había sido tan fácil de iniciar era muy difícil de detener.

El rey de Navarra y el príncipe de Condé se encontraban ante el rey. Los ojos del rey estaban inyectados en sangre; había espumarajos en sus ropas y le temblaban las manos.

La reina madre estaba junto al rey; varios guardias los rodeaban y todos los asistentes estaban armados.

El rey gritó:

—De ahora en adelante habrá una religión en Francia. Sólo habrá una religión en mi reino. Ahora será la misa..., la misa o la muerte —se echó a reír—. Ustedes habrán visto lo que pasó por allí, ¿verdad? Han pasado por las calles. Hay altas montañas de cadáveres. Hombres hechos pedazos..., mujeres..., niños..., niñas..., bebés... Eran todos los herejes de mi reino. La misa... o la muerte... La muerte... o la misa...

Catalina agregó:

—Vosotros, messieurs, habéis sido más afortunados que otros a quienes no se les dio opción.

Enrique de Navarra miró con agudeza el rostro del rey loco, el rostro impenetrable de la reina madre. Sabía que no sólo había guardias en el recinto, sino en todos los corredores. Sería cuidadoso; no pensaba perder la vida por una mera cuestión de fe.

Condé se había cruzado de brazos. ¡Pobre Condé!, pensó Enrique. Era un sentimental..., valiente como un león, y estúpido como un asno.

—Sire —dijo Condé con voz remota como si afrontara la muerte cien veces al día, y por lo tanto para él la situación fuese habitual—. Seré fiel a mi credo aunque deba morir por él.

El rey empuñó su daga. Se acercó a Condé y la puso contra su garganta. Condé observó las colgaduras de adorno como si el rey le hubiese pedido que las admirara, y el pobre Carlos perdió su impulso ante semejante despliegue de coraje. Su mano temblorosa cayó al costado de su cuerpo y se volvió hacia el rey de Navarra.

—¿Y tú..., tú? —gritó.

—Sire —respondió evasivamente Enrique—, os ruego que no forcéis a mi conciencia.

El rey frunció el entrecejo. Sospechaba que su pariente era astuto; nunca lo había comprendido ni lo comprendería, pero la expresión en el rostro de Enrique le sugirió que en realidad estaba dispuesto a cambiar de religión, pero que no quería dar la impresión de que lo hacía con demasiada prontitud. Necesitaba tiempo para adaptar su conciencia a la nueva situación.

Condé exclamó:

—Han sucedido cosas diabólicas, pero tengo quinientos caballeros dispuestos a vengar esta lamentable masacre.

—No estéis tan seguro —respondió Catalina—. ¿Habéis pasado lista últimamente? Estoy segura de que muchos de esos dignos caballeros nunca volverán a estar en condiciones de servir al príncipe de Condé.

El tembloroso rey sentía que se esfumaba su frenesí; estaba a punto de caer en uno de los estados de melancolía profunda que solían seguir a sus más violentos accesos. Casi con pena le dijo a Enrique:

—Mostrad buena fe y yo os mostraré buen ánimo.

En ese momento irrumpió en la habitación una joven de hermosos cabellos negros. Margot se arrodilló ante el rey, tomó entre las suyas sus manos temblorosas y se las besó.

—Perdóname, hermano. Oh, sire, perdonadme. He sabido que mi marido estaba aquí, y he venido a rogaros por su vida.

Catalina replicó:

—Levántate, Margarita, y vete. Este asunto nada tiene que ver contigo.

Pero el rey retenía las manos de su hermana y las lágrimas rodaban por sus mejillas.

—Mi marido está en peligro —dijo Margot—. Creo que este asunto tiene que ver conmigo.

Catalina estaba furiosa. No tenía intención de hacer matar a Enrique ni a Condé, pero no toleraba que su hija y su hijo la desafiaran; además le molestaba lo que parecía ser otra de las actuaciones dramáticas de Margot. Hacía poco tiempo la muchacha odiaba a ese marido y ahora daba un gran espectáculo para salvar su vida, según decía. Catalina estaba segura de que era su amor por el teatro y no por su marido lo que la hacía actuar así; pero lo que importaba era el efecto sobre el rey.

—Le he ofrecido cambiar de religión —explicó el rey—, para salvar su vida. La misa o la muerte..., la muerte o la misa...

—Y ha elegido la misa —dijo Margot.

—Eso hará —respondió Catalina con sarcasmo.

—¡Entonces se ha salvado! Ah, sire, hay dos caballeros que han pedido gracia..., caballeros de la comitiva de mi marido..., de Mossans y Armagna. ¿Les daréis una oportunidad, sire? Queridísimo hermano, ¿les permitiréis elegir entre la misa y la muerte?

—Lo haré para complacerte —respondió el rey abrazando a su hermana histéricamente—. Para complacer a mi querida Margot.

—Puedes retirarte, Margarita —ordenó Catalina.

Al salir Margot fijó sus ojos en los de su marido. Los de él parecían decir: «Eficaz, pero innecesario. ¿Dudas de que yo habría elegido la misa?» —pero había un guiño en esos ojos, una sonrisa de aprobación en los labios que parecían agregar: «Esto significa que somos amigos, ¿verdad? ¿Significa que trabajaremos juntos?»

Cuando Margot se fue, el rey se volvió hacia Condé:

—¡Abandona tu fe! —gritó—. Acepta la misa. Te concedo una hora de gracia, y luego, si no aceptas la misa, será la muerte. Te mataré con mis propias manos. Te mataré..., te mataré...

La reina madre les hizo señas de que se retiraran; luego se abocó a calmar al rey.

Carlos estaba cansado. Se tendió en un diván, mientras las lágrimas le rodaban por las mejillas.

—Sangre..., sangre..., sangre...—murmuró—. Ríos de sangre. El Sena está tinto de sangre, las calles están llenas de sangre. La sangre mancha los muros de París como las enredaderas en otoño. ¡Sangre! ¡Sangre por todas partes!

Su reina fue hacia él, con el rostro contorsionado por el dolor. Su andar pesado que proclamaba su embarazo aumentó el desconsuelo del rey. Ese niño nacería en un mundo cruel. ¿Quién podía saber lo que le sucedería?

Se arrodilló ante él.

—¡Ah, sire, qué noche terrible! ¡Qué día terrible! No permitáis que continúe. Os lo ruego.

—Yo tampoco puedo soportarlo —gimió él.

—Dicen que mataréis al príncipe de Condé con vuestras propias manos.

—Todo es matanza. Todo es sangre. Es lo único que nos devolverá la seguridad.

—Ah, Dios mío, no carguéis con un asesinato en vuestra alma.

El rey lanzó una carcajada mientras comenzaban a brotar sus lágrimas.

—Todos los asesinatos de anoche estarán sobre mi alma. ¿Qué importa uno más?

—No fue culpa vuestra, sino de los otros. No matéis a Condé. Os lo ruego, no lo matéis.

El le acarició el cabello y pensó: Pobre pequeña reina. Pobre pequeña extranjera en tierra extraña.

—La vida que vivimos los príncipes y las princesas es muy triste. A vos, pobre criatura, os han casado con un rey de Francia, que es un loco.

Ella le besó la mano.

—Sois tan bueno, tan dulce conmigo. No sois un asesino. No podríais hacerlo. Ay, Carlos, soy yo quien os pide la vida del príncipe de Condé. No os pido regalos a menudo, ¿verdad? Regaladme la vida de Condé, querido esposo.

—Bien, no lo mataré. Que viva. Condé es vuestro, mi pequeña reina triste.

Luego se tendió junto a él y, como dos niños desdichados, lloraron en silencio, lloraron por las cosas terribles que habían sucedido en las calles, y por el destino terrible que los había hecho reina y rey en esa era cruel.

Siguieron los días de pesadilla. Al mediodía del día de San Bartolomé, le Charron, el prévôt vino a palacio y pidió a Catalina que detuviera la masacre. Catalina y el rey lo intentaron, pero sin éxito. Lo que comenzó al sonar las campanas de Saint Germain l'Auxerrois no podía detenerse, y durante todo ese día continuó la carnicería.

La locura se adueñó nuevamente del rey, quien pidió nuevos derramamientos de sangre. Organizaba las expediciones para presenciar las ejecuciones más viles. Hizo un peregrinaje, con sacerdotes y nobles, al lugar donde

144

habían colgado lo que quedaba del cadáver de Coligny, que había sido arrojado al Sena después de carbonizarlo, y rescatado luego de las aguas.

El día veinticinco, inesperadamente floreció un espino en el cementerio de Los Inocentes.

Los excitados católicos exclamaron que era una señal de aprobación del cielo. Cualquiera que se atreviese a decir que los espinos florecían en toda época del año corría peligro de que lo llamaran hereje, lo cual significaba una muerte inmediata, porque era bueno ahogar los escrúpulos encontrando señales de la aprobación del cielo. Se realizaron solemnes peregrinaciones a este cementerio, conducidas por dignatarios de la Iglesia. Las voces melodiosas de los sacerdotes que cantaban a Dios y a la Virgen se mezclaban con los gritos de los que imploraban piedad y los gemidos de los moribundos.

Carlos había envejecido desde la víspera de San Bartolomé; ahora más que nunca parecía un anciano; su humor cambiaba a cada momento y súbitamente lo acometía la tristeza, que se dispersaba en salvaje hilaridad cuando pedía más excitación. En determinados momentos se sentía orgulloso de la carnicería, y profundamente avergonzado de ella en otros. En una oportunidad se declaró inocente de la masacre, y dijo que se había producido como resultado de una lucha entre las casas de Guisa y Lorena y la de Châtillon, una rivalidad que existía hacía años y cuyo estallido él no había podido evitar.

Guisa, que no podía admitir esto, declaró públicamente que no se había hecho más que obedecer las órdenes del rey y de la reina madre. El duque y sus partidarios ejercieron tal presión sobre el rey que consiguieron que éste declarara ante una asamblea de sus ministros que él y sólo él era responsable de lo sucedido. Carlos estaba nervioso y agotado; se mostraba por momentos humilde o truculento, belicoso o arrepentido. Se le veía más encorvado que de costumbre y con más dificultades para respirar. Parecía estar perpetuamente al borde de la insania total.

En cambio Catalina parecía diez años más joven, como muchos comentaban. Enérgica, ansiosa de participar en todas las ceremonias, se la veía al frente de las procesiones religiosas que desfilaban por las calles y entraban en las iglesias a cantar el Tedéum y en el cementerio de Los Inocentes a contemplar la señal de la aprobación del cielo. Fue a ver los restos de Coligny, y siempre que podía presenciaba las ejecuciones.

El rey hablaba constantemente de la masacre. Decía que le gustaría retroceder en el tiempo, volver al fatídico día del veintitrés de agosto.

—Si pudiera —suspiraba—, ¡de qué forma tan diferente actuaría!

Pero se persuadió de que no era suficiente matar a los hugonotes de París, de manera que en toda Francia se instó a los católicos a que cometieran las mismas atrocidades que habían tenido lugar en la capital. Rápidamente los católicos de Ruán, Blois, Tours y muchas otras ciudades cumplieron las órdenes llegadas de París.

Algunos protestaban, porque en las provincias había católicos tan humanos como el prévôt le Charron de París; los principales fueron los gobernadores de Auvernia, Provenza y Dauphiné, quienes, junto con el Duc de Joyeuse de Languedoc, se negaban a recibir órdenes transmitidas oralmente, y sólo mataban cuando recibían órdenes escritas del rey. En Borgoña, Picardía, Montpellier y Lyon los gobernadores declararon que habían aprendido a matar como justicia de guerra, pero que no querían cargar en sus almas asesinatos a sangre fría.

Esto parecía una rebelión, y Catalina y sus consejeros tenían dudas sobre la mejor forma de actuar, hasta que decidieron enviar sacerdotes para explicar a los ciudadanos que San Miguel, en una aparición, había ordenado la masacre.

Esto fue aceptado como la segura voluntad del cielo, y así continuó la orgía de sangre, y en las semanas que siguieron a la víspera de San Bartolomé millares de personas fueron asesinadas en toda Francia.

Cuando Felipe de España oyó las noticias rió a carcajadas, como muchos dijeron, por primera vez en su vida. Declaró que Carlos se había ganado con justicia el título del «rey más cristiano del mundo», y envió felicitaciones a Catalina por haber criado un hijo a su imagen y semejanza.

El cardenal de Lorena, que estaba en Roma en esos momentos, dio una gran recompensa al mensajero que le traía las noticias de la masacre. Roma fue especialmente iluminada para celebrar la muerte de tantos de sus enemigos; se cantaron Tedéum, y se dispararon cañonazos desde el Castel Sant'Angelo en honor de la masacre. El Papa y sus cardenales fueron en procesión especial a la iglesia de San Marcos a atraer la atención de Dios hacia la obra buena y religiosa de los fieles; y Gregorio mismo hizo una peregrinación a pie desde San Marcos hasta San Luis.

Pero mientras el mundo católico se regocijaba, había gran consternación en Inglaterra y en Holanda. Guillermo *el Silencioso*, que esperaba la ayuda de Francia a través de Coligny, se llenó de congoja. Declaró que el rey de Francia había sido muy mal aconsejado, y que su reino se hundiría en nuevas penurias antes de mucho tiempo. Matar a inocentes que no podían defenderse, declaró, no era la forma de zanjar diferencias religiosas.

—Este —dijo Burleigh a la reina de Inglaterra— es el crimen más grande desde la crucifixión.

Pocas semanas después de la masacre, el rey estaba en sus aposentos con miembros de la corte, y todos trataban de recuperar algo de la alegría que gozaban en otra época. No era fácil. No se podía olvidar. Se mencionaban nombres sin quererlo, y luego, con un estremecimiento, se recordaba que esas personas no existían más. Poco antes estaban vivos, llenos de alegría; ahora estaban muertos, y allí, entre ellos estaban sus asesinos. La masacre los perseguía como un espectro horrible que había surgido de un mundo subterráneo y que ya no podía desvanecerse.

Estaban reunidos, hablando, riendo con risas que sonaban artificiales, cuando se oyó un graznido por las ventanas del Louvre, y el graznido iba acompañado de un batir de alas.

Hubo un repentino silencio en el recinto, seguido de algunos murmullos.

Alguien comentó después:

—Fue como si el ángel de la muerte estuviese volando sobre el Louvre.

Catalina, profundamente perturbada, porque era tan supersticiosa como cualquiera de los presentes, fue rápidamente hasta una de las ventanas, miró hacia afuera y vio una bandada de cuervos que volaban sobre el palacio. Dio un grito y todos salieron a ver las aves. Volaban en círculos, graznando, se posaban en el palacio, chocaban contra las ventanas y permanecieron largo tiempo en el lugar.

Aunque algunos supusieron que las aves habían sido atraídas por la carnicería, todos se sintieron decaídos esa noche.

Muchos creyeron que las aves eran los espíritus de los muertos que venían a perseguirlos y a recordarles que sus días estaban contados, y que sufrirían muertes horribles como las que habían causado a los otros.

Catalina llamó a René y a los hermanos Ruggieri para que la protegieran con encantamientos del mal que se avecinaba.

El rey gritó salvajemente a las aves:

—Venid... quienes quiera que seáis. Venid a matarnos... A hacernos lo que nosotros les hicimos a ellos.

Madeleine y Marie Touchet hacían lo que podían para calmarlo.

Alençon, que se había enfadado porque no le habían comunicado los planes para la masacre ni le habían permitido participar en ella, gozaba ahora con los efectos que las aves tenían sobre los responsables. Margot y Enrique observaban todo con la conciencia en paz. Anjou se acercó a su madre perturbado. Si las aves eran los espíritus de los hugonotes muertos, él estaba seguro de que el espíritu de su padre lo protegería. El sólo había cumplido con la promesa de vengarlo hecha en el momento de su muerte.

Pero el rey era quien más sufría; en medio de la noche se levantaba de su lecho y corría aullando por el palacio.

—¿Qué es todo ese ruido en las calles? —preguntaba—. ¿Por qué suenan las campanas? ¿Por qué grita y aúlla la gente? Escuchad. Escuchad. Yo los oigo. Vienen a matarnos... como nosotros los hemos matado a ellos.

Luego caía al suelo, con los brazos y las piernas convulsos de terror; se mordía las ropas y amenazaba con morder a cualquiera que se le acercara.

—¡Basta! —gritaba—. No toquen más las campanas. Detengan a la gente. Terminaremos con el derramamiento de sangre.

Traían a Madeleine.

—Charlot —susurraba—, todo está bien. Todo está tranquilo. Charlot..., Charlot... no debes desesperarte.

—Pero, Madelon, vendrán a buscarme... Me harán lo que les hicieron a ellos.

—No pueden tocarte. Están muertos, y tú eres el rey.

—Pueden volver desde sus tumbas, Madelon. Han venido como aves negras a atormentarme. Ahora están en las calles, Madelon. Escucha. Escucha. Gritan. Aúllan. Tocan las campanas...

Ella lo llevaba a la ventana y le mostraba un París tranquilo y dormido.

—Los he oído —insistía él—. Los he oído.

—Fue en sueños, mi amor.

—Ay, Madelon, soy el responsable. Lo dije en la asamblea. Yo..., yo lo hice todo.

—No. No fuiste tú. Ellos lo hicieron. Te obligaron a hacerlo.

—No lo sé, Madelon. Lo recuerdo... en parte. Recuerdo las campanas..., los gritos y la sangre. Pero no recuerdo cómo sucedió. ¿Cómo sucedió? Mi cabeza no sabe nada de eso.

—Nunca supiste nada, querido. Tú no lo hiciste. Ellos lo hicieron.

—Ellos... —tartamudeaba Carlos—. Ella..., mi genio malvado, Madelon. Mi genio malvado...

149

Entonces comenzaba a sollozar otra vez y decía que oía ruidos en las calles.

Hacía que Madelon se quedara con él junto a la ventana, mirando las calles dormidas de la ciudad.

3

El recuerdo de esos días y esas noches terribles no se borraba en París. Muchos de los que participaron en la masacre estaban tan perseguidos por su propia conciencia que se suicidaron; otros enloquecieron y corrían por las calles; otros creían ser perseguidos por fantasmas. Había tantos culpables. Podían encontrar algún consuelo hablando entre ellos de la mujer que había concebido la idea, que los había inflamado... la italiana. Era la causante de toda la miseria de Francia. Todos lo sabían. El rey estaba loco y estaba dominado por esa mujer. Sufría más que ninguno, pero no había señales de que Catalina sufriera en lo más mínimo de remordimiento.

Y realmente no sufría. No rompería ahora el hábito de su vida. Había aprendido a no mirar atrás, y no miraría atrás ahora. La masacre era una necesidad en el momento en que fue cometida, y no tenía sentido lamentarla ahora. Engordaba a ojos vistas, se la veía con mejor salud que en los últimos tiempos. Un embajador escribió a su gobierno que parecía una mujer que se había repuesto muy bien de una seria enfermedad. La enfermedad había sido su temor a Felipe de España, y la cura fue la masacre iniciada en la víspera de San Bartolomé.

Rara vez se había sentido tan segura como se sintió durante el invierno de 1572 y la primavera del siguiente año. Enrique de Navarra y el joven Condé se hicieron católicos, Navarra con cinismo y Condé con vergüenza. Estos dos príncipes tenían muy poco prestigio en todo el país, aunque la mayoría de los hugonotes que quedaban vivos estaban más resueltos y decididos que nunca. Parecían aceptar las penurias y florecer bajo las persecuciones. Siempre sucedía eso con los fanáticos. Habían perdido a Coligny, a Téligny y a Rochefoucauld. Montgomery recibió un aviso y pudo escapar de Saint-Germain antes de que lo atraparan. Navarra sucumbió casi de inmediato y aceptó la misa. Pero los hugonotes no esperaban mucho de Navarra. El golpe más duro fue la deserción de Condé. Ahora estaban a la defensiva en esa fortaleza, La Rochelle, y con tendencia a crear disturbios. Pero habían sufrido un duro golpe y por el momento estaban indefensos. En cuanto a Catalina, se la consideraba la autora de la masacre.

Catalina se disfrazaba y se mezclaba con la gente de París para oír sus comentarios sobre ella. Sabía que las críticas que le hacían provenían de sus conciencias culpables. Enumeraban sus crímenes, y a menudo la acusaban de algunos en los que no había tenido participación.

—¿Quién es esa asesina, esa envenenadora, esa italiana que gobierna a Francia? —le preguntó un comerciante cuando se detuvo junto a un puesto con un pañuelo en la cabeza, las enaguas colgantes bajo su vestido gastado—. No tiene sangre real. Es hija de mercaderes. Ah, yo sabía que caerían grandes males sobre Francia cuando se casó con el rey Enrique.

—No es correcto, monsieur —respondió ella—, tomar a una extranjera ambiciosa y hacerla reina de Francia. Porque esta italiana gobierna a Francia, monsieur. Téngalo bien claro.

—Ya lo creo que gobierna a Francia. Nuestro pobre rey loco no sería tan malo si ella no lo dominara..., según dicen. Pero él no es el rey. Es ella quien gobierna. Envenenó al cardenal de Châtillon y al sieur d'Andelot; envenenó a la reina de Navarra. Es responsable de todo este sangriento asunto. Dicen que mató a su hijo, Francisco II..., que tuvo una muerte prematura. Y monsieur d'Alençon estuvo enfermo de unas fiebres, y dicen que fue obra de ella. ¿Recuerda usted al duque de Bouillon, que fue envenenado en Sedan? Ahorcaron a su médico por ese crimen, pero nosotros sabemos quién fue la verdadera culpable. Monsieur de Longueville, el príncipe de Poitien, monsieur Lignerolles... La lista es interminable, madame; y agreguemos todos los que murieron por sus órdenes en San Bartolomé. Es una lista de asesinatos muy larga, señora, para que una mujer responda por ella.

—Es larga hasta para una italiana —asintió Catalina.

—Ay, madame, tiene usted razón. Espero que algún día dejen caer en su copa ese *morceau Italianizé*. Eso es lo que deseo, madame. Es el deseo de todo París.

Catalina se alejó sonriendo. Era mejor ganar el odio de la gente que su indiferencia. Quiso reír en voz alta. La reina madre gobernaba a Francia. Se alegró de que lo supieran.

Ahora se cantaba una canción sobre ella en las calles de París. Tenían la insolencia de cantarla bajo las propias ventanas del Louvre.

Para conocer la semejanza
entre Catalina y Jezabel:
una, ruina de Israel;
la otra, ruina de Francia:
Jezabel mantenía al ídolo
contrariamente a la sagrada palabra,
la otra mantiene al papado
por traición y crueldad.

Por una fueron masacrados
los profetas a Dios sagrados,
y la otra hizo matar cien mil
de aquellos que el Evangelio siguen.

Una para ayudar al bien hizo
morir a un hombre de bien,
la otra no está satisfecha
si no tiene los bienes y la vida.

En fin, el juicio fue tal
que los perros devoraron a Jezabel
por venganza divina;
pero la carne corrompida de Catalina
se diferencia en que
hasta los perros la despreciarán.

Bien, las palabras no podían dañarla. Cantó ella misma la canción.

—Es bueno saber —dijo a sus mujeres— que el pueblo de París no tiene intención de arrojar mi carne a los perros —lanzó una carcajada—. Ah, amigas mías, en realidad esta gente me quiere. Les gusta pensar en mí. ¿Han observado que ese viejo libertino, el cardenal de Lorena, me mira ahora con cierto afecto? Antes nunca lo hacía. Pero ahora ya no es tan joven, y le aterroriza la muerte, porque ese hombre siempre fue un cobarde. Aún lleva cota de malla bajo sus ropas esclesiásticas. Pero me mira con amor porque se dice: «No viviré muchos años más. Pronto tendré que comparecer ante Dios.» El cardenal, amigas mías, es hombre muy devoto, y cuando piensa en la vida que ha llevado, tiembla. Entonces me mira y se dice: «Ah, comparado con la reina madre, soy inocente como un bebé.» Y por eso me quiere. Lo mismo le sucede al pueblo de París. ¿Acaso yo anduve blandiendo una espada por las calles de París en esos días y noches de agosto? No, pero ellos, sí. Por eso se consuelan enumerando mis maldades. Luego pueden decir: «Comparados con la reina Jezabel, somos inocentes.»

Un día Carlota de Sauves llevó un libro a Catalina.

—Creo que Vuestra Majestad debe verlo —declaró— y apresar y castigar a los culpables.

Catalina tomó el libro, titulado «La vida de Santa Catalina», y lo hojeó. Cuando descubrió que el título era irónico, y que Santa Catalina era ella misma, se echó a reír. Contenía terribles caricaturas de la reina, en las que sólo se la reconocía por su gordura. En ese libro se enumeraban todos los crímenes de que la acusaba el pueblo de Francia; todos los males acaecidos en Francia desde que ella, una muchacha de quince años, entrara en esas tierras para casarse con el hijo del rey se debían a ella, según el libro.

Carlota permanecía junto a ella, esperando un estallido de furia, pero sólo oyó un bufido.

Catalina llamó a sus mujeres y les leyó el libro en voz alta.

—Esta es la historia de vuestra ama, amigas mías. Ahora escuchad. Y leyó hasta que de tanto reírse tuvo que apartar el libro de ella.

—Es bueno que los franceses sepan que los gobierna una mujer fuerte —declaró—. Si me hubieran advertido que pensaban escribir este libro, podría haberles proporcionado datos que ignoran; les habría recordado cosas que han olvidado; los habría ayudado a hacer un libro más grande, mejor.

Algunas de las mujeres apartaron el rostro para ocultar el terror que sentían. Eran bastante depravadas, por ser las mujeres de la reina, pero a veces ella las asqueaba. Se daban cuenta de que ella, esa italiana, esa extraña patrona que tenían, era diferente de otras mujeres. Sólo le interesaba conservar el poder. No pensaba en nada más allá de esta vida. Por eso podía matar, y reírse de sus crímenes, incluso enorgullecerse de ellos; su conciencia no la molestaba.

Algunas de ellas recordaban a dos muchachos que estaban entre los peregrinos que habían ido a ver los restos de Coligny que estaban expuestos en Montfornon. Uno de ellos (sólo tenía quince años) se había echado a llorar de pronto y se había arrojado al suelo con el cuerpo sacudido por fuertes sollozos. El más pequeño de los dos muchachos se había quedado inmóvil, desconcertado y asustado, demasiado entumecido por el dolor como para llorar. Sabiendo que el muchacho de quince años era Francis de Coligny, y el más pequeño su hermano Andelot, el cuadro era inolvidable. Además, las mujeres recordaban que, a pesar de su estado, Jacqueline de Coligny fue sacada de Châtillon y encarcelada en Niza. Esas cosas pesaban en la memoria. Además, estas mujeres vivían perseguidas por un miedo supersticioso. Recordaban el milagro de Merlin, del que hablaban continuamente los hugonotes. El pastor de Coligny había escapado en esa noche de terror. Estuvo tendido en los tejados después de la muerte de Téligny, y, finalmente, al no poder seguir resistiendo el cansancio, se descolgó del techo y se encontró junto a un granero. Allí se escondió, y todos los días, por la gracia de Dios, una gallina iba y ponía un huevo junto a él. Con eso se alimentó y se mantuvo vivo hasta que terminó la masacre.

Esas historias eran alarmantes, porque parecía que a veces Dios estaba del lado de los hugonotes, aunque la Virgen hubiera hecho florecer el espino en el cementerio de Los Inocentes.

Catalina rió cuando oyó la historia de Merlin y los huevos. Fue ella quien recordó el espino florecido.

—Que Dios nos guarde del Paraíso —gritó—, si al llegar allí hemos de encontrar a católicos y hugonotes aún luchando entre sí.

Estaba muy bien bromear sobre esas cosas ante la reina madre, pero después venían los temores.

Catalina siguió leyendo el libro. Lo tenía con ella y lo leía en cualquier momento; y se la oía cantar en sus aposentos:

> *«L'une ruyne d'Israel.*
> *L'autre ruyne de la France.»*

Después de la masacre, Guisa y Margot dejaron de ser amantes.

Margot, como muchos otros, no podía olvidar la masacre. Creía, como casi todos en Francia, que su madre la había inspirado y que era la principal responsable, pero no podía olvidar el papel desempeñado en ella por su amante.

Lo había visto con sus propios ojos en las calles de París, instando a la gente a matar, y se dijo impetuosamente que nunca podría volver a ser su amante. Guisa había cambiado, y ella también; él ya no era el muchacho encantador, sino un hombre cuya ambición significaba mucho más para él que el amor. Sabía que ella, como esposa de un hugonote, había estado en peligro, y la había abandonado. Todo lo que antes amara ardientemente en él: su belleza, su encanto, su virilidad, y hasta su ambición, porque creía que la ambición era prueba de virilidad en un hombre, aumentaba ahora su indiferencia hacia él.

El fue a verla después de la masacre.

Ella le dijo:

—Venís a la cita, monsieur, pero ¿no llegáis un poco tarde?

El no sabía que ella pensaba romper con él.

—¡Demasiado ocupado en derramar sangre como para pensar en el amor!

—Así debía ser.

Ella lo observó atentamente. Parecía de más edad. Pensó: Envejecerá rápidamente. Luego sonrió, pensando en monsieur de Léran, el hombre que había irrumpido tan dramáticamente en su dormitorio; aún estaba débil, pero, gracias a ella, se recuperaría. Era muy apuesto, tierno y agradecido. Una no siempre deseaba amantes tan satisfechos de sí mismos, tan arrogantes y autosuficientes como el hombre que ahora tenía ante ella. Algunos hombres poseían demasiados dones, y no sabían mucho del agradecimiento por servicios recibidos... y la gratitud podía ser deliciosa.

Guisa se acercó y la rodeó con sus brazos. Ella no lo rechazó de inmediato; se echó a reír.

—Y ahora, ¿hay tiempo para el amor? —preguntó.

—Querida, ha pasado mucho tiempo, pero el amor perdura, y puede ser aún más dulce después de la espera.

—A veces se torna amargo —replicó Margot.

—¿Estás enfadada, querida?

—Ah, no, monsieur. Sólo me enfado cuando alguien me importa mucho.

El no comprendía. Tenía una opinión demasiado buena de sí mismo. Esta era Margot, pensó, como tantas veces la conociera antes..., ardiente, ansiosa de que la llevaran a los abandonos de la pasión habituales en ella.

—Querida —comenzó, pero ella lo interrumpió.

—Ah, monsieur de Guisa, he descubierto que sois mejor asesino que amante, y yo sólo me contento con lo mejor. Si necesito un asesino, solicitaré vuestros servicios. Pero cuando necesite un amante, no acudiré a vos.

Margot advirtió de inmediato que él no sólo estaba perplejo, sino lleno de suspicacia. Ella estaba relacionada con hugonotes, y, por lo tanto, podía ser su enemiga.

Rió.

—Ah, cuidado, monsieur de Guisa. Recordad que estáis buscando una amante en el campo de los hugonotes. ¿Por qué no sacáis vuestra espada y me matáis? Sospecháis que soy amiga de los hugonotes. Suficiente razón para matarme, ¿verdad?

—¿Te has vuelto loca?

—No. Simplemente he dejado de amaros. Yo no os encuentro tan apuesto como antes. No despertáis el menor deseo en mí.

—Eso no puede ser verdad, Margot.

—Para vos debe ser difícil creerlo. Pero es verdad. Ahora podéis marcharos.

—Querida mía —replicó él tratando de calmarla—, estás enfadada porque te he dejado durante tanto tiempo. Si hubiera sido posible, habría venido antes. Debes comprender que si no hubiéramos matado a los hugonotes, ellos nos habrían matado a nosotros.

—¡No! —exclamó ella con vehemencia—. No hubo ningún complot hugonote. Sabéis tan bien como yo que el llamado «complot de los hugonotes» fue un invento de mi madre. Buscaba una excusa para asesinar.

—¿Para qué ocuparnos de asuntos tan desagradables? ¿Has olvidado todo lo que somos el uno para el otro?

Ella hizo un gesto negativo.

—Pero ahora todo ha terminado. Tendremos que buscar nuestros placeres en otra parte.

—¡Cómo puedes hablar así! Me has amado toda la vida.

—Hasta ahora.

—¿Cuándo terminó esto?

—Quizás en la víspera de San Bartolomé.

El la rodeó con sus brazos y la besó. Ella dijo, con dignidad:

—Monsieur de Guisa, os ruego que me dejéis —y rió encantada al comprobar que él no la conmovía en absoluto.

Ahora fue él quien se comportó con altivez. No le gustaba ser rechazado. Hería su dignidad, la dignidad de Guisa y de Lorena.

—Muy bien, dijo, apartándose de ella. Pero vacilaba, esperaba que ella se echara a reír, que le dijera que lo amaba como siempre y que ya se le había pasado el ataque de mal humor.

Pero ella permaneció inmóvil, con aire burlón, y, finalmente, él dio media vuelta, lleno de furia y se alejó.

En el corredor casi chocó con Carlota de Sauves, porque Carlota no esperaba verlo salir tan pronto; pensó que Margot lo llamaría para que volviera y que habría alguna de esas escenas intensas y apasionadas que debían ser comunicadas luego a la reina madre.

El la sostuvo mientras ella daba un gritito y fingía estar a punto de caer al suelo.

—Madame, os ruego que me perdonéis.

Ella le sonrió, sonrojada, pensando que él debía advertir cuán hermosa era ella.

—La culpa ha sido mía, monsieur de Guisa. Iba... Iba a ver a Su Majestad, y no sabía que alguien podía salir de allí tan rápidamente.

—¿No os he lastimado?

—No, monsieur. Por cierto que no.

El sonrió y siguió su camino. Carlota permaneció donde estaba, mirándolo.

No entró de inmediato en los aposentos de Margot, sino que se quedó afuera, sumida en sus pensamientos. ¿Margot habría hablado en serio? ¿Realmente terminaba esta relación amorosa..., esta relación tan apasionada, de la que tanto se hablaba en la corte? ¿Y si fuera así? Carlota sonrió. A veces una mujer podía hacer algo por puro placer. Estaba aburrida del juego que debía realizar con

Navarra, manteniéndolo interesado, pero insatisfecho. Quizá lo mejor sería no decir nada a la reina madre sobre esa pequeña escena. Si lo hacía, seguramente recibiría instrucciones muy concretas sobre el duque de Guisa, porque Catalina tenía una habilidad especial para descubrir los pensamientos y ansiedades ocultas de su *Escadron Volant.*

No. Carlota no diría nada de lo que había descubierto; y si el apuesto duque necesitaba algún consuelo... Carlota no había recibido instrucciones de su ama como para negárselo.

La satisfacción de Catalina no podía durar mucho, y si no lamentaba el hecho de que su mala reputación en Francia se extendiera en el extranjero, la perturbaba ver cómo el rey se apartaba de su influencia. Había pensado que, al destruir la influencia de Coligny, podría restablecer la relación que existia entre ella y Carlos antes de que éste cayera bajo la seducción del almirante, pero no fue así. Carlos estaba peor de salud, y sus accesos de locura eran más frecuentes, pero lo perseguía el recuerdo de los horrores de aquellos malditos días de agosto; como el resto del mundo, culpaba a Catalina por la masacre, y su mayor deseo era liberarse de su influencia.

Siempre recordaba las palabras del almirante: «Gobernad solo. Evitad la influencia de vuestra madre.» Y eso intentaba hacer, en la medida en que se lo permitía su pobre mente débil.

Catalina lo sabía y el hecho la perturbaba mucho. Si, como muchos decían, su único objetivo al mandar matar a Coligny había sido ejercer ella sola el dominio sobre su hijo, había fracasado, porque Carlos estaba más desligado de su control que nunca.

España, después de su euforia por la masacre, sugería que ahora que tantos de los lideres hugonotes estaban muertos (y Felipe comprendía que la boda había sido necesaria para atraerlos a la trampa) no había razón para no disolver el matrimonio. Al principio Catalina se indignó:

«¡Mi hija..., casada hace pocos meses, que recién comienza a amar a su marido..., y ahora sugieren que se disuelva el matrimonio!»

El embajador español sonrió cínicamente.

—El caballero de Navarra ya no es tan buen *parti*, madame. Lo desprecian por igual católicos y hugonotes. ¡No es un gran matrimonio para la hija de una casa real!

Catalina lo pensó, y después de un rato le pareció que el hombre tenía razón. Aun en la eventualidad de una guerra civil (no muy probable ahora que las filas de los hugonotes estaban tan raleadas) no era muy probable que el pueblo de Francia deseara ver en el trono a un hombre que cambiaba de color con tanta rapidez, y que además era un *bon vivant* y un mujeriego notorio.

Sabía a quién se dirigían las miradas del pueblo de Francia si por alguna desgracia (que Catalina lucharía con todas sus fuerzas por evitar) los hijos de la casa de Valois perdían su derecho al trono. Era a ese joven que, al menos en París, no podía hacer ningún daño. En cierto modo había sido el líder de la masacre, pero nadie en París lo culpaba por ello. Se decía que sólo obedecía las órdenes del rey y de la reina madre. Al fin y al cabo, ¡qué bueno era ser popular entre las clases bajas! Los errores se disimulaban y las virtudes se exaltaban.

Sí, París se deleitaría al ver a su héroe en el trono, aunque su derecho a éste era un poco incierto.

Catalina meditaba profundamente. Había que adaptar la política a los acontecimientos; y las circunstancias alteraban los casos. Ahora le parecía que no habría estado mal permitir que Margot y Enrique de Guisa se casaran cuando los dos lo deseaban, aunque entonces parecía muy desacertado. Pero en vista del giro de los acontecimientos, y de la reciente actuación de Navarra, un matrimonio entre Margot y Guisa parecía más deseable que el de Margot y Navarra. Naturalmente, el Papa no opondría dificultades, y Felipe de España quedaría satisfecho. Guisa era conocido en España y en Roma como uno de los más leales católicos de Francia. ¿Por qué no un doble divorcio? Guisa se divorciaría de su mujer;

161

Margot de su marido, y los dos enamorados podrían casarse finalmente. Catalina sonrió con ironía. Parecía una de esas felices oportunidades en que los personajes principales podían ser felices y actuar con sensatez al mismo tiempo.

Catalina habló del asunto con el embajador español, que quedó favorablemente impresionado. Luego Catalina mandó llamar a su hija y tuvo lugar una de esas entrevistas privadas a que estaban acostumbrados los hijos de Catalina.

—Hija mía, sabes que siempre pienso en tu bienestar..., en tu posición..., tu futuro... ¿Quizá no sabías que también me preocupa tu felicidad?

Margot se inclinaba hacia lo sombrío. También ella había cambiado. Como mujer casada y como reina parecía haberse librado en parte de la influencia de su madre, casi como había sucedido con su hermano el rey.

—No, madame —respondió, disimulando cuidadosamente la insolencia—. No lo sabía.

A Catalina le habría gustado abofetear el rostro joven y vivaz.

—Bien, ahora lo sabrás. Este matrimonio, que era necesario, se ha convertido en un asunto trágico. Pero entiendes, ¿verdad, hija mía?, que era necesario cuando se realizó.

—Sí, madame —respondió Margot—. Había que atraer a los ingenuos hugonotes a una trampa, y para eso se realizó el matrimonio.

Catalina estaba decidida a no mostrar su ira.

—Querida mía, repites los escándalos de la corte, y deberías saber que los escándalos son sólo verdades a medias, y seguramente tendrás la inteligencia necesaria como para no creer todo lo que oyes. Ahora tengo buenas noticias para ti. Ese hombre con quien fue necesario casarte es indigno de ti. Es provinciano, burdo... Realmente, sus modales me molestan —Catalina soltó una brusca carcajada—. Y tú, que estás obligada a vivir en la intimidad con él, estarás doblemente molesta, supongo.

—Una se adapta —respondió Margot.

—¡Y qué adaptación necesitarás, pobre hija mía! Tú eres elegante. Tienes encanto y belleza. Eres de París. Es intolerable que debas aceptar las caricias de ese jabalí de Béarne. Hay alguien que es digno de ti. Un hombre que, como muchos te dirán en Francia, es el más reverenciado... después del rey y sus hermanos, naturalmente. ¿Adivinas a quién me refiero?

—A monsieur de Guisa. Pero...

—Querida, no tienes de qué avergonzarte. Tu madre conoce tu relación con ese caballero, y la comprende muy bien. En realidad siempre la ha comprendido. El es un príncipe y tú una princesa. Es muy natural que os améis.

Margot observaba atentamente a su madre; no lograba adivinar el propósito de la entrevista. Estaba segura de que su madre la estaba preparando para algún oscuro plan. Pero ¿cuál?

—Ahora me interesa tu felicidad, hija mía. Has servido a tu país casándote por razones de Estado. Entenderás que digo la verdad cuando afirmo que sólo me interesa tu felicidad, cuando te digo que ahora dispondré que te cases por amor.

—Madame, yo ya estoy casada, no comprendo.

—¡Mi querida niña, mi obediente hija! Recuerdo cuando te negabas a dar tu asentimiento en la ceremonia. Fuiste muy valiente. Y él estaba tan cerca, ¿verdad? El hombre que amabas... Bien, he decidido que no sigas viviendo en el tormento. Enrique de Guisa será tu esposo.

Margot se quedó estupefacta con la revelación.

—Madame..., no..., no entiendo cómo puede hacerse. Yo..., yo estoy casada con el rey de Navarra. Enrique de Guisa está casado con la viuda de Procien…

—Bien... ¡se «descasarán» y os casaréis entre vosotros!

Catalina esperaba lágrimas de alegría, expresiones de gratitud: en cambio, el rostro de Margot se puso duro y frío.

—Madame —replicó—, estoy casada con el rey de Navarra, y ese matrimonio tuvo lugar contra mi voluntad, pero ahora también sería contra mi voluntad... como decís... «descasarme» de él.

—Ah, vamos, Margot, tu rango como reina de Navarra no es muy bueno. ¿Te gustará ir con él a ese pequeño reino miserable, cuando llegue el momento? Hay duquesas que están en posición superior a la de algunas reinas... y la duquesa de Guisa sería una de ellas.

—Puede ser, pero Enrique de Guisa no me agrada, y no me casaré por segunda vez contra mi voluntad.

—¡Esto es pura perversidad! —exclamó Catalina con furia—. ¿Tú hablas así, después de haber dado un espectáculo con ese hombre?

—Tenéis razón, madame —respondió fríamente Margot—. Pero se pasa de una pasión a otra. Ya no amo a monsieur de Guisa, y nada me induciría a casarme con él, y puesto que me habéis dicho que es sólo vuestro deseo de que yo sea feliz lo que os mueve a hacerme estas sugerencias, no hay nada que agregar. Porque, sencillamente, ya no estoy enamorada de monsieur de Guisa. ¿Me dais vuestro permiso para retirarme ahora?

—Será lo mejor que puedas hacer, antes de que me tientes a hacer algo desagradable.

Cuando Margot se fue, Catalina permaneció en furioso silencio. Le resultaba imposible creer que Margot y Guisa ya no fueran amantes. Lo habían sido desde que podía recordarlo. ¡Qué maldición era su familia! El rey se había vuelto contra ella; a Alençon no lo quería ni podía confiar en él, Margot era demasiado despierta, demasiado astuta..., una pequeña espía que no vacilaría en actuar contra su familia, sólo en Enrique podía confiar.

Ordenó a una de sus espías que observara de cerca a Margot y a Guisa. Era verdad que ya no eran amantes. En el curso de estas investigaciones Catalina hizo un descubrimiento cuyo resultado fue la orden de que Carlota de Sauves se presentara ante ella. Estaba furiosa con esa muchacha.

—Madame —acusó—, parece que sois muy amiga del duque de Guisa.

Carlota se desconcertó, pero Catalina percibió de inmediato cierta complacencia en ella.

—No sabía que Vuestra Majestad vería mal esa amistad.

Catalina acarició uno de los amuletos de su brazalete. De manera que ésta era la explicación. Carlota se entregaba a una relación amorosa con Guisa, y Margot estaba celosa y enfadada.

Catalina dijo con brusquedad:

—No debéis hacer el amor con el duque, Carlota. Me disgustaría mucho que eso sucediera. Puedo hablaros francamente. La reina de Navarra está muy enamorada del duque.

—Vuestra Majestad... Ya no es así. Sé que la reina de Navarra ha declarado que ya no siente amistad hacia el duque de Guisa.

—Porque vos habéis intervenido, supongo.

—Ah, no, madame, ella le dio el *congé* antes de que él pusiera los ojos en mí. Monsieur de Guisa supone que ella se ha enamorado del rey de Navarra.

—Margot y Guisa tendrán que reconciliarse —respondió Catalina—. En cuanto a vos, madame, apartaos del duque. Nada de tener amores con él.

—Madame —contestó Carlota con astucia—, vuestra indicación llega un poco tarde.

—¡Mujerzuela! —exclamó Catalina—. Creo haberos dado instrucciones con respecto a Navarra.

—Pero sólo de atraerlo, madame. Eso era todo, y madame nada dijo sobre monsieur de Guisa.

—Bien, ahora tenéis mis instrucciones.

Carlota miró a Catalina bajo sus largas pestañas.

—Madame, tendréis que instruir también a monsieur de Guisa, porque me temo que de nada servirá lo que yo diga. Vuestra Majestad deberá darle instrucciones personales. De otro modo no creo que pueda interrumpirse lo que ya ha comenzado. Monsieur de Guisa no acepta órdenes de nadie..., excepto, por supuesto, de Vuestra Majestad.

Catalina guardó silencio, pensando con furia en el arrogante duque. ¿Cómo podía decirle a semejante hombre: «Vuestra relación con madame de Sauves debe interrumpirse de inmediaton»? Imaginaba la altanería con que arquearía las cejas, la frase cortés con que le comunicaría que ese asunto no le concernía.

De pronto se echó a reír.

—Retiraos —ordenó—. Ya veo que este asunto tendrá que seguir su propio curso. Pero, en el futuro, madame, me pediréis permiso antes de iniciar semejante *liaison*.

—Madame, no temáis que vuelva a proceder mal.

Catalina permaneció sentada, pensando en Carlota de Sauves. Era molesto pensar que los amores de una mujerzuela podían cambiar la política que la reina madre pensaba adoptar. Pero esas cosas sucedían a veces. Por lo tanto, Catalina decidió que por el momento tendría que postergar la idea de «descasar» a su hija.

Nuevamente había estallado la guerra civil entre católicos y hugonotes, y un ejército a las órdenes de Anjou fue a sitiar la fortaleza hugonota de La Rochelle.

Con el ejército católico estaban Guisa y su tío, el duque de Aumale, y Catalina se complacía en pensar en esos dos baluartes de su amado hijo; porque Catalina, incluso en lo referente a Enrique, tenía el hábito de mirar las cosas de frente, y hasta para ella era difícil creer que Enrique, con su afeminamiento y su carácter inestable, tuviera realmente la personalidad de un gran general. Era cierto que se le atribuían las victorias de Jarnac y Mont:contour, pero ¿las habría logrado si no fuera por los brillantes soldados que participaron en la campaña? Como príncipe de Valois y hermano del rey se había adjudicado el triunfo, pero Catalina sabía muy bien que no siempre el prestigio favorecía a quienes más lo merecían. Sin embargo, le complacía que su hijo disfrutara de la gloria y por lo tanto, de la aprobación de la gente. El recibía los honores de la victoria que seguramente se lograría en La Rochelle. Guisa y Aumale eran hombres de guerra, y Guisa atraería, sin el menor esfuerzo, como su padre, la ciega devoción que conducía a los hombres a la victoria.

Por lo tanto, en cierto modo era divertido enviar con el ejército a esos dos conversos al catolicismo, Navarra y Condé. Era una situación que poseía un tinte de ironía que divertía a Catalina; se complacía en pensar en esos dos conversos luchando contra los que antes eran sus amigos. Alençon también fue enviado con el ejército, porque ya era hora de que el joven recibiera su prueba de fuego, y, entretanto, no cometería travesuras.

Catalina tenía cifradas sus esperanzas en la pronta rendición de La Rochelle, pero en esto recibió una desilusión. La reciente masacre había fortalecido el espíritu de la gente de esa ciudad, de manera que los pocos heroicos soldados que quedaban pudieron resistir a un número superior a ellos. El ejército invasor quedó más desconcertado por el espíritu de los que estaban dentro de los muros de La Rochelle que por los disparos que llegaban desde las almenas: era como si esos valientes soldados dieran la ofensiva en lugar de encontrarse, como realmente sucedía, en una precaria posición de defensa.

Guisa y Aumale tenían el problema adicional de mantener la paz en su propio campo. Considerando la fuerte resistencia de La Rochelle, había sido una locura traer a Navarra y a Condé, porque ninguno de los dos tenía grandes ánimos para la batalla. Condé, que tenía cierta reputación como soldado, se mostraba aletargado e inútil, y Navarra divertido y perezoso, dedicando más tiempo a las mujeres que habían seguido al ejército que a la batalla.

En cuanto a Alençon, era una verdadera amenaza. Excesivamente dramático, ansioso por recibir la porción de prestigio a que le daba derecho su parentesco con el rey, era muy vanidoso y no servía de nada. Todo el día se oía cantar desde el otro lado de los muros de La Rochelle: cantaban himnos religiosos. Aparentemente se realizaban oficios religiosos sin cesar. Los supersticiosos católicos perdían entereza, y cada vez más, a medida que avanzaba el sitio. Corrió el rumor de que habían llegado gran cantidad de peces a las costas de La Rochelle, y que esto era una señal de que Dios deseaba protegerlos.

Guisa persuadió a Anjou de que lo mejor era atacar la ciudad y tomarla por la fuerza del gran número de invasores, antes de que los sitiados terminaran sus preparativos para la defensa; la idea de que Dios estaba de parte de los hugonotes no debía llegar a desmoralizar al ejército católico.

Anjou aceptó la idea, y se produjo ese histórico ataque en que unos pocos hugonotes ganaron la batalla a un gran ejército de católicos gracias a su simple decisión de no rendirse y a una fe incontrovertible en que recibían ayuda divina. Los que participaron en el ataque jamás lo olvidaron. Los hugonotes colgaron un espino en las escalinatas, para recordar a los católicos el espino florecido en el cementerio de Los Inocentes..., florecido por el demonio, decían.

Comenzó la batalla, pero los muros de la ciudad se mantuvieron firmes, y las mujeres mismas treparon a las torres y volcaron agua hirviente sobre los soldados. Y en cuanto había una pausa en la lucha, se oía a los ciudadanos de La Rochelle cantar preces a Dios.

«Que Dios se levante y disperse a Sus enemigos;
que ellos huyan ante El...»
«Así como el humo se desvanece, los dispersarás,
Señor, y los impíos se derretirán como la cera
en el fuego ante la presencia de Dios...»

Para los supersticiosos de abajo, esto era aterrorizante, en especial porque les parecía que los muros de La Rochelle resistían el ataque más de lo que podían resistirlo los muros de cualquier ciudad sin asistencia divina.

Y así fue como La Rochelle fue una derrota para los católicos y los muros de la ciudad se mantuvieron firmes contra cualquier ataque. Los católicos contaron sus muertos y heridos al son de las canciones triunfantes dentro de las murallas de la ciudad.

Alençon sufría por su pequeña estatura y su cara marcada de viruela. Le subían los colores por la furia, gritaba y llamaba a su hermano mariquita.

Anjou le respondía:

—Si no te retiras de aquí en diez segundos, te haré arrestar.

Entonces Alençon decidía que le convenía desaparecer. Sabía que su madre aprobaría cualquier cosa que decidiera Anjou, y que realmente se vería preso si no se cuidaba.

Al salir de la tienda de su hermano se encontró con Enrique de Navarra, que parecía estar paseándose por allí. Navarra le sonrió comprensivamente, y en ese momento Alençon estaba dispuesto a aceptar la comprensión de cualquiera.

—¿Has oído? —preguntó Alençon con ira.

—Era imposible no oír. ¡Qué insolencia! Olvida que si él es príncipe de Valois, tú también lo eres.

—Es bueno saber que alguien lo recuerda —respondió Alençon.

Enrique sonrió a la pequeña figura que tenía a su lado. Muchos pensaban que Alençon era ridículo, pero Navarra sabía que él mismo estaba en una posición precaria desde la masacre, y los hombres en su situación no desprecian ninguna amistad.

—Señor —continuó Enrique—, sería tonto olvidarlo cuando es posible que algún día vos mismo seáis rey.

A Alençon le gustó la idea, y más porque venía de este hombre, que era rey él mismo, aunque un poco eclipsado en esos momentos.

—Me falta mucho para llegar al trono —respondió sonriendo.

—No lo creo..., el hijo del rey no vivió..., ni creo que viviría ningún hijo suyo. Y cuando el rey muera...

—Está mi arrogante hermano, que acaba de insultarme.

—Sí. Pero es difícil que tenga descendientes. Y entonces... —Enrique de Navarra palmeó la espalda de Alençon con energía bearnesa que casi lo hizo caer; pero al pequeño duque no le molestaban esas acciones cuando iban acompañadas de palabras tan gratificantes. Si se pasan por alto sus modales un tanto provincianos, no es mal tipo este Navarra.

Dieron unos pasos con actitud amigable.

—Y así llegará vuestro momento —prosiguió Navarra finalmente—. Estoy seguro, mi señor duque.

Alençon miró de frente a su pariente.

—¿Eres más feliz ahora que te has convertido en católico? —preguntó.

Entonces Enrique de Navarra hizo algo sorprendente. Cerró un ojo y volvió a abrirlo con gran rapidez. En Navarra había algo de mundano, de experimentado, que hacía desear a Alençon ser como él. Alençon, no. Sabía que el guiño de Navarra se refería al rey, a Anjou y a la reina madre. A Alençon le habría gustado burlarse con la misma desenvoltura. Le devolvió el guiño.

—Entonces..., ¿no eres realmente católico?

—Soy católico hoy —respondió Navarra—. ¿Quién sabe lo que seré mañana?

Alençon rió con complicidad.

—Por mi parte, a veces me siento atraído por la fe hugonota —aventuró.

—Quizá como yo, querrías ser un hugonote-católico.

Alençon rió con Navarra, y se pusieron a hablar de mujeres, un tema que a Alençon le interesaba tanto como a Navarra.

Muy pronto se hicieron amigos. Navarra mostraba esa mezcla de respeto por un hombre que algún día podía ser rey, y *camaraderie* por un tipo a quien reconocía como igual a él.

Fueron semanas difíciles en La Rochelle. Anjou y Guisa advertían la creciente amistad entre ese par de sospechosos y se preguntaban qué resultados tendría. Condé y Navarra, alentados por Alençon, que era ahora su reconocido aliado, amenazaban con desertar. El ejército estaba a punto de desintegrarse cuando Catalina y sus consejeros decidieron que era el momento de hacer la paz. El rey de Polonia había muerto, y los polacos habían proclamado a Anjou como su nuevo rey, de manera que era urgente llamarlo a París. De manera que habría que dejar en paz a la ciudad de La Rochelle por un tiempo. Se concedió la libertad de culto a los hugonotes y el derecho de celebrar bodas y bautismos en sus casas siempre que no asistieran más de diez personas. La guerra había llegado a otra agitada pausa.

Mientras cabalgaban hacia una cacería, Catalina observaba a su hijo y se preguntaba cuánto tiempo viviría. Su enfermedad pulmonar se había agravado tanto que sufría casi constantemente de dificultades respiratorias. Tocaba su cuerno con más frecuencia de la necesaria, y Paré le había dicho que ese esfuerzo le sería nocivo.

Pero cuando Carlos estaba en uno de esos momentos de violencia, no le importaba qué le hacía bien o mal.

No puede vivir mucho tiempo más, pensó Catalina.

Sin embargo, la situación era alarmante, a pesar de que tenía su lado positivo. El hijo de Carlos había muerto, como Catalina suponía que sucedería. Desde el día del nacimiento del niño supo que podía librarlo tranquilamente a su destino; pero, inexplicablemente, Marie Touchet le había dado un hijo sano y la reina estaba nuevamente embarazada. ¿Y si la reina tenía un hijo sano, como Marie? Entonces después de la muerte del rey habría otra regencia... y, peor aún, se terminarían los sueños de su querido Enrique de acceder al trono. Catalina nunca permitiría que eso sucediera.

—Hijo mío —le dijo, sabiendo cómo lo irritaban los comentarios sobre su salud cuando estaba en ciertos estados de ánimo—, así te fatigas mucho.

El volvió hacia ella sus ojos iracundos.

—Madame, yo sé lo que debo hacer.

Se iniciaba uno de sus períodos violentos. Ella, que lo conocía bien, observaba los síntomas. Poco rato después su látigo caería sobre su caballo, sus perros y los cazadores que se atrevieran a acercarse. Catalina veía la espuma en su boca y oía la agudeza histérica en su voz.

—¿Qué les pasa a todos? —gritó Carlos—. Mi caballo no quiere correr. Mis perros parecen dormidos, y mis hombres son un montón de haraganes. ¡Por Dios! —y su látigo cayó sobre el flanco de su caballo.

Catalina lo miraba, sonriendo apenas. Bien, pensó. Enloquece al caballo. Hazlo salir a la carrera, que te arroje al suelo y termine con tu locura y contigo, porque estoy harta de ti, y es hora de que Enrique sea rey.

Sus miradas se encontraron, y, temiendo que él adivinara sus pensamientos, Catalina dijo:

—*He*, hijo mío, ¿por qué te enfureces así con tus caballos y tus perros, y con estos hombres que sólo desean complacerte, y eres tan blando con tus enemigos?

—¡Tan blando! —exclamó él.

—¿Por qué no te enfureces con esos malvados de La Rochelle que causan muertes y sufrimientos a nuestro ejército?

El rey frunció el entrecejo.

—Guerra..., guerras... Siempre guerras. Siempre sangre derramada en estas tierras —miró con odio a Catalina y comenzó a gritar—: ¿Y quién provoca todo eso? Dímelo —gritó a sus hombres—: ¿Quién lo provoca? ¿Eh? Ustedes, ustedes, díganmelo. ¿Quién causa toda la miseria en estas tierras? Respóndanme. ¿No tienen lengua? Ya veremos..., ya veremos..., y si las tienen se las cortaremos, ya que no les sirven para nada —levantó el látigo y castigó a sus perros—. ¿Quién provoca toda esta miseria? —luego volvió sus fieros ojos enloquecidos hacia su madre—. Lo sabemos —gritó—. ¡Todos lo saben! Sois vos, madame... Vos, con vuestro genio malvado. Vos sois la causa de todo.

Luego clavó sus espuelas en el caballo y salió al galope... desandando el camino que habían hecho.

Los cazadores miraron con pesar a Catalina, pero ella sonreía con calma.

—Su Majestad no está de humor hoy —dijo—. Vamos, adelante. Hemos venido a cazar. Pues cacemos.

Y mientas avanzaba pensaba:

—Esto es una rebelión. Me desconoce... aun frente a sus más humildes sirvientes. Esto no puede continuar.

nto que esta partida mía es como una de esas
e la corte con las que tanto gozas —se volvió
—. Creo que tu alegría es sincera porque es una
legría. Querida madre, eres experta en brindar
a comedia además de usar la máscara.
sabía que tu inteligencia te diría algo de esto —
cia él—. Tal vez vayas a Polonia, querido mío,
ado, tal vez no vayas.
mo? ¿Es posible cambiar de planes en una eta-
zada?
duda puedes imaginar circunstancias en que
eben cambiar.
ahogó una exclamación, y guardaron silencio
dos. Luego Catalina continuó:
por alguna mala casualidad, llegas a esa tie-
ten la seguridad de que estarás allí por poco

leine oyó esas palabras y tembló. Madeleine se
de haberse convertido en tan buena espía. Debía
a, porque el buen Dios otorgaba dones espe-
madres cuando sus hijos pequeños estaban en
la siempre se había considerado madre del rey.
nzó a vigilar lo que le daban de comer y beber
no le era posible probar todo lo que él comía.
ía ella, su nodriza, sentarse a su lado en las
anquetes de los varios palacios donde se hos-
u ansiedad creció hasta que se decidió confiar
al rey.
dió verlo a solas y él le concedió el permiso con
.
e —comenzó Madeleine—, sé que me amáis.
besó la mano con ternura.
ro que sí, querida Madelon.
onces escuchad con atención lo que voy a deci-
ue en este grupo hay quienes desean acortar
a.
s se sobresaltó. Su temor a la muerte era más
nunca.
ué has descubierto? —preguntó.

No permitiré que me trate así. ¡Sin duda, Carlos, has vivido demasiado tiempo!

Cuando llegó a palacio se enteró de que ya habían
llegado los embajadores de Polonia.

Anjou estaba de pésimo humor. No toleraba la idea
de que lo enviaran a Polonia. ¿Cómo soportaría alguien
como él la vida en ese país bárbaro? Desde que se cansara de Renée de Châteauneuf, había comenzado una
relación con la princesa de Condé, la esposa del joven
Condé. Declaró que no podía tolerar la idea de separarse de ella.

La situación era alarmante, porque el rey había dicho
claramente que Anjou debía aceptar el trono de Polonia.
Su madre haría todo lo posible para frustrar al rey, pero
Anjou sabía que su influencia sobre Carlos disminuía a ojos
vistas. Carlos consideraba a Anjou como su enemigo, y
deseaba que partiera lo antes posible; además se decía que
al rey no le molestaría que su madre acompañara a Polonia a su hijo favorito.

Catalina fue a ver a Anjou, que estaba en sus aposentos, furioso, con tres de sus hombres. Los tres jóvenes lloraban ante la perspectiva de perder a su benefac-
tor o, en cualquier caso, de tener que abandonar el país
civilizado que era Francia para trasladarse a la bárbara
Polonia.

—El rey se ha obstinado —dijo Catalina—. Decla-
ra que debes ir. De nada sirve llorar. Debemos pensar qué
podemos hacer —sus ojos se fijaron en la mesa de su hijo,
llena de frascos de perfume y cosméticos. Contempló la
figura elegante de su hijo y pensó: ¿qué dirán esos bárbaros de su elegancia, de los jóvenes que lo acompañan, de
su preocupación por su propia belleza?

De pronto se echó a reír.

—Hijo mío, esos hombres de Polonia te encontrarán muy extraño, muy distinto de ellos. No creo que quieran que te muestres a tus súbditos polacos. Preferirán que
envíes a un delegado que gobierne por ti..., alguien que sea

rudo, grosero, más parecido a ellos mismos. Ya lo tengo. Te pondremos más elegante que de costumbre, si es posible. Pintaremos más tu cara, perfumaremos más tu cuerpo. Les demostraremos que no puedes vivir entre ellos. Entonces llevaré a uno de nuestros hombres corpulentos y rudos..., un hombre que esos salvajes puedan entender.

Anjou sonrió:

—Querida madre, ¿qué haría yo sin ti?

Se abrazaron cálidamente y por el momento Catalina se sintió feliz.

Anjou tenía la chaqueta abierta en el cuello y llevaba un collar de perlas. Sus orejas estaban cargadas de perlas; su cabello rizado en la forma más elegante; se pintó el rostro con más vivacidad que de costumbre.

Los jóvenes aplaudieron y aseguraron que había resaltado su belleza.

Catalina rió.

—Me gustaría verles la cara cuando te miren.

Cuando Anjou se presentó ante los embajadores polacos, éstos lo observaron con asombro, olvidando por el momento la etiqueta para saludar al nuevo rey.

Anjou sonreía con sarcasmo mientras el rey lo miraba con ira; algunos de los cortesanos no pudieron contener la risa. Jamás se había visto a Anjou con un aspecto tan distinto del que debía tener un rey, y nunca, dijeron algunos, más parecido a una cortesana.

Pero ahora los polacos se habían repuesto de su sorpresa y besaban la mano perfumada. Era obvio que jamás habían visto a nadie como su nuevo rey, pero en lugar de estar disgustados por su apariencia, parecían encantados con ella. No podían apartar sus ojos de él y reían de placer cada vez que les hablaba. Murmuraban entre ellos que nunca en su vida habían visto a un ser tan maravilloso.

Catalina observaba todo desesperada.

—Un rey con mucha verdad —declaró uno de los polacos en su defectuoso francés.

—Nuestra gente nunca lo dejará marcharse, madame —dijo otro a Catalina—. Jamás han visto a otro como él. Amarán a su rey.

—No puedo decir que realmente haya descubierto un complot. Es una sensación..., una advertencia. Soy como una madre para ti, Charlot, y sé que estás en peligro.

—¿Crees que alguien trata de envenenarme, Madelon?

—Estoy segura. No estoy siempre contigo para supervisar lo que comes y bebes, y eso me causa mucha ansiedad. Se me ocurre que sería mucho más fácil matarte en un viaje como éste, que en la corte donde estás rodeado de amigos y médicos.

—Madelon, habla con franqueza.

—Hay quienes están molestos porque monsieur Anjou nos deja, y que además piensan evitarlo. Hay quienes preferirían verlo en tu lugar, y quienes desearían que no estuvieses más con nosotros.

Carlos se arrojó en los brazos de la nodriza.

—¡Ay, Dios mío! —gritó—. Sé que dices la verdad, querida nodriza. Ojalá fueras realmente mi madre. ¿Qué puedo hacer? Ay, Madelon... —miró furtivamente a su alrededor—. Monsieur de Coligny era mi amigo. El dijo que ella era mi genio malvado. Me lo advirtió, como tú ahora. ¡Ojalá hubiera seguido su consejo! No me habrían empujado a esa terrible matanza de inocentes... a ese derramamiento de sangre. No puedo escapar de eso, Madelon. Me persigue... continuamente.

—Debes eliminarlo de tu mente, querido. No fue culpa tuya. Ahora pensemos en el peligro que te amenaza.

—Madelon, ¿qué puedo hacer? Si se decide que habrá un *morceau Italianizé* para mí, así será y yo no podré impedirlo.

—No es posible. Eres el rey. Es un hecho que olvidas a menudo, mi pequeño. Volvamos a París con aquellos en quienes confiamos. Debes anunciar tu intención de regresar de inmediato. La reina madre, sus mujeres y sus amigos, seguirán con monsieur le duc hasta Lorena. Y nosotros nos volveremos, felices y sin riesgos. Hazlo, mi Charlot, hazlo por complacer a la vieja Madelon que te ama como a su propio hijo y cuyo corazón se haría pedazos si te sucediera algo malo.

—Ay, Madelon —sollozó Carlos—, qué bueno es tener verdaderos amigos. No estoy solo, ¿verdad? Hay algunos que me aman. Hay sangre en mis manos, y algunos dicen que estoy loco, pero tengo buenos amigos, ¿no es cierto?

—Siempre tendrás a Madelon para amarte y cuidarte —respondió la nodriza.

Catalina se despidió de su amado hijo.

—Querido, debes ir, pero créeme que no estarás allá por mucho tiempo. Si hubiera sido por mi voluntad, jamás habrías ido.

Anjou tuvo que conformarse con eso. Suponía que la repentina decisión del rey de no acompañarlo hasta más allá de Vitry-sur-Marne, y su inmediato regreso a París con algunos amigos, se debía a que uno de éstos había descubierto los planes de su madre. Esto le recordó el hecho de que su madre no era todopoderosa. La gente sospechaba cada vez más de ella.

Lloró dramáticamente y declaró que era el hombre más desdichado del mundo.

—Debo dejar a la princesa que amo; debo dejar a mi madre, que es mi buena amiga; debo dejar mi casa y mi familia. ¡Ah, qué triste destino es ser rey!

Había deseado ser rey sobre todas las cosas, pero rey de Francia, no de Polonia. Sin embargo, no podía evitar disfrutar del papel del exiliado; lo actuaba con delicadeza y con lágrimas en los ojos, cuidando de no estropear su cutis ni enrojecer sus grandes ojos oscuros.

Pero cuando pasó la frontera francesa y entró en Flandes, cosa que necesariamente debía hacer para llegar a Polonia, comenzó a darse cuenta de que comenzaba una etapa realmente incómoda de su viaje. Entró en un pueblito con su *entourage* y, esperando ser admirado como durante las primeras etapas de su viaje, se preparó a sonreír con gracia a los lugareños reunidos, quienes, según le aseguraban sus caballeros, debían quedarse encantados como los súbditos polacos que ya lo habían visto.

Horrorizado observó que la mayoría de las personas que andaban por las calles no eran extranjeros, sino franceses..., hombres y mujeres que recientemente habían escapado de Francia para escapar a la persecución católica en la que tan activamente habla participado Anjou.

Le gritaban al verlo pasar:

—¡Ah, allí va! ¡El relamido, el mariquita! Pero no tan relamido ni tan mariquita como para no mancharse las manos con la sangre de martires. ¿Dónde estabais, monsieur, el veintitrés de agosto? El veinticuatro... El veinticinco... Responded. Responded.

Anjou miró a la gente, horrorizado. Le arrojaban barro y estiércol, y él se espantaba de olerlo en sus hermosas ropas. Lo único que podían hacer él y sus hombres era clavar espuelas en sus caballos y escapar de las risas irónicas de los refugiados franceses.

Fue un viaje muy desagradable. Anjou temía entrar en las ciudades, odiaba la incomodidad de la travesía. Anhelaba estar con su encantadora amante, gozar del lujo de París.

—¿Y adónde vamos? —protestaba—. A alguna tierra extranjera. ¡Cómo podré existir entre esos salvajes! Mi madre me prometió que no estaría lejos de casa mucho tiempo, pero ¿cómo podrá evitarlo? Ahora mi hermano la ignora. ¡Con cuánta descortesía nos dejó continuar solos el viaje! Ella ya no tiene poder alguno sobre él. El está celoso de mí... y por eso me destierra. ¡Y puede ser... para siempre!

Pero al desdichado Anjou le esperaban peores sorpresas. El elector palatino lo recibió con cortesía; no podía hacer otra cosa, puesto que en esos momentos no estaban en guerra con Francia; pero Anjou, recordando la recepción que le dieran los refugiados franceses en esa tierra protestante, deseaba llegar a Polonia lo antes posible.

—Realmente nos hacéis un honor —declaró el elector, pero actuó como si no se tratara de un honor que él apreciara mucho. El y sus compatriotas, con sus vestimentas simples, hacían que Anjou se sintiera ridículo como jamás se había sentido en su patria, y mientras le rendían los honores que se le debían, se las arreglaban para transmitirle que ni por un momento olvidaban el día de San Bartolomé y lo acusaban como uno de los responsables de la masacre.

Cuando terminó el banquete de recepción, el elector mismo condujo a Anjou a sus aposentos. Estaba poco iluminado y sólo cuando Anjou quedó allí con sus asistentes advirtió los murales. Tomó una vela para estudiarlos más de cerca, y por poco la dejó caer con un grito de horror al verlos. Era un cuadro que representaba una plaza de París, llena de cadáveres apilados. En primer plano había un cadáver sin cabeza, y una serie de hombres y mujeres que lo miraban, sonrientes, con las sonrisas más diabólicas que jamás se hubieran pintado, y todos llevaban sombreros con cruces blancas.

Anjou se estremeció y se apartó, pero otro cuadro atrajo de inmediato su mirada. Nuevamente París, mostrando horrores más temibles que los de antes. Luego pasó a un cuadro sobre Lyon, y luego a otro, con el mismo tema, sobre Ruán.

Las cuatro paredes estaban cubiertas con pinturas sobre la masacre de San Bartolomé, y tan realistas que Anjou se estremeció, sintiendo que se encontraba en las calles pintadas allí y que los horrores proseguían.

Se volvió hacia sus hombres, pero estaban tan conmocionados como él y no podían ofrecerle consuelo.

—¿Qué pensarán hacer con nosotros? —susurró uno de ellos.

—¡Tratan de desalentarnos! —gritó Anjou—. De hacernos saber que no han olvidado. Si no es más que eso, no nos sucederá nada malo.

Se arrojó en la cama, pero no podía dormir. Ordenó que apagaran las velas; pero con el recinto en la oscuridad las pinturas parecían más nítidas que antes, ya que la imaginación, ayudada por la memoria, podía conjurar escenas con más rapidez que el excelente artista contratado por el elector para perturbar a sus huéspedes.

—¡Encended las velas! —gritó Anjou—. No soporto la oscuridad. ¿Cuántas horas faltan hasta el amanecer?

Sabía que faltaban muchas horas para que pudiera abandonar ese maldito lugar.

No podía apartar sus ojos de los cuadros.

—Siento que estoy allí... en París... mirándolo... viéndolo todo. Ay, amigos míos, fue aún más terrible que esto. Pero ¡qué real parece la sangre en los cuadros!... ¡Ah, cuánta sangre derramamos en París! Nadie podrá olvidarlo.

Sus amigos le aseguraron que él no era el culpable.

—Otros fueron los responsables. Nada podíais hacer para evitarlo.

Pero si a Anjou le faltaba coraje, no le faltaba imaginación, y esos cuadros evocaban muchos recuerdos como para que pudiera conservar la paz del espíritu. Para él no hubo sueño esa noche. Dio vueltas y vueltas en la cama, impidió dormir a sus amigos, hizo que le hablaran, que lo entretuvieran. Los hizo apagar las velas, luego encenderlas otra vez. No sabía si prefería ver los cuadros o sentirlos mover en la oscuridad.

Se levantó varias horas antes del amanecer.

—No puedo descansar —dijo—, y creo que nunca podré hacerlo hasta que haya escrito lo que sucedió esa noche. El mundo debe saberlo. Escribiré una confesión. No me disculparé, porque soy tan culpable como los demás. La escribiré ahora... ya mismo. No puedo esperar.

Cuando le trajeron material para escribir, tomó una de las velas encendidas y abrió la puerta de un guardarropa.

—Escribiré aquí dentro —anunció—. Cuando haya terminado quizá sea de mañana. Entonces abandonaremos este lugar y seguiremos hacia Cracovia lo más rápido posible.

Miró dentro del guardarropa y dio un paso atrás. Le pareció que había un hombre de pie en el guardarropa, un hombre alto, de aspecto noble, que lo miraba con ojos severos y altivos.

—¡Coligny! —gritó Anjou, y cayó de rodillas, arrojando al suelo la vela ya apagada—. ¡Ay, Coligny, has vuelto de entre los muertos... para perseguirme...!

Sus amigos se acercaron con velas encendidas. Palidecieron al ver lo que había visto Anjou. Algunos se cubrieron los ojos para eliminar la visión. Pero un hombre, más audaz que los otros, alzó la vela para iluminar el rostro de quienes los demás creían ser el fantasma de Coligny.

—*Mon Dieu!* Es el almirante, y parece vivo... Pero no es más que un cuadro.

Anjou volvió a la habitación y dedicó el resto de la noche a escribir lo que llamaba su confesión.

Al día siguiente salió a toda prisa de la ciudad; no deseaba permanecer en una tierra donde se le hacían bromas tan crueles.

Pero había aprendido algo, la masacre de San Bartolomé no sería olvidada mientras quedaran hombres en la tierra, y los que participaran en ella serían mirados con horror por millones y millones de personas.

Anjou tenía fiebre alta al llegar a Cracovia.

Margot estaba inquieta. Su romance con monsieur Léran, tan encantador desde que ella le salvara la vida en la noche de la masacre, estaba agotándose, y Margot descubría que, aunque durante muchos años había sido fiel a Enrique de Guisa, semejante fidelidad a largo plazo no se repetiría. A veces aún deseaba al apuesto duque, y lo habría atraído nuevamente a no ser por su relación con Carlota de Sauves. Conocía demasiado bien a Carlota; Carlota nunca liberaba a un hombre hasta que se cansaba de él, y Margot sentía que amaría a Guisa con tanta constancia como lo había amado ella. Sorprendentemente, Carlota parecía estar enamorada, porque había cambiado: lucía una belleza más suave. Margot percibía que esto tenía que ver con Enrique de Guisa y estaba celosa, pero su orgullo era más fuerte que sus celos.

Sabía que al negarse a divorciarse de Navarra y casarse con Guisa había herido profundamente a su ex amante. Jamás le perdonaría el insulto; lo recordaría como recordaba la muerte de su padre que creía obra de Coligny. Ya no la miraba, no le dedicaba esas tiernas y amorosas sonrisas. Si acaso la percibía, era sólo para mostrarle qué absorbido estaba en sus nuevos amores, qué deliciosa encontraba a Carlota de Sauves.

Insatisfecha, celosa y aburrida, Margot buscaba a su alrededor alguna nueva excitación. Quizá necesitaba un nuevo amante. Pero ¿quién podría ser? Ninguno la atraía especialmente; si elegia a uno por sus modales encantadores, antes de darse cuenta de lo que hacía lo comparaba con Enrique de Guisa, y una vez más comenzaba la lucha entre el deseo y el orgullo.

Suponía que no era tarde para pedir el divorcio y casarse con él. Sin duda él consentiría; para monsieur de Guisa la ambición siempre estaba primero; pero ¿se casaría ella para satisfacer su ambición? ¡Y si continuaba su *liaison* con Carlota de Sauves después del matrimonio!

No, Margot había jurado terminar con Enrique de Guisa, y lo había hecho. Debería encontrar otro amante, otra excitación. Pero ahora, ¿qué excitación había? Máscaras, ballets... nada de nuevo para ella; ya no se entusiasmaba con un vestido nuevo, una nueva peluca o un peinado complicado. En cuanto a amantes, en primer lugar tendría que enamorarse, y ¿cómo podía enamorarse a voluntad?

Estaba en uno de esos estados de inquietud cuando una de sus mujeres, madame de Moissons, que siempre había estado ansiosa por servirla desde que Margot salvara la vida de su marido en la masacre, pidió hablar con ella en privado.

Madame de Moissons, que había sufrido grandes terrores cuando peligraba la vida de su marido, temía constantemente que hubiera nuevos levantamientos. Este temor la llevaba ahora a buscar la ayuda de Margot.

—Deseo hablar a solas con Vuestra Majestad, si queréis concederme ese honor.

Margot, percibiendo por la actitud de la mujer que estaba muy perturbada, se lo concedió de inmediato.

Cuando estuvieron a solas, madame de Moissons estalló.

—No sé si hago bien en revelar a Vuestra Majestad lo que he descubierto, pero Vuestra Majestad sabrá qué hacer con ello. Tiene que ver con el rey de Navarra y el duque de Alençon. Piensan huir, unirse a un ejército hugonote y tomar la ofensiva contra el ejército católico.

—No es posible que sean tan tontos.

—Sin embargo, así es, madame. Eso es lo que planean. Madame, ¿podéis hablar con ellos, tratar de detenerlos? Hundirán una vez más a Francia en la guerra civil. Correrá más sangre, y ¿quién sabe cómo terminará todo?

—Son como niños irresponsables. ¿Y cuándo se pondrá en práctica este complot?

—Lo antes posible, madame. Pero al rey de Navarra le cuesta desprenderse de madame de Sauves que, como sabéis, lo atrae profundamente.

Margot fue acometida de furiosos celos, pero respondió con calma:

—Dejad esto por mi cuenta. Desbarataré el complot.

—Madame, no querría causar problemas al rey de Navarra, que siempre ha sido tan bueno con mi marido.

—No correrá peligro —aseguró Margot, y despidió a la mujer.

Cuando estuvo sola se arrojó en la cama y dio furiosos puñetazos a los almohadones. Ella, Margarita, princesa de Francia y reina de Navarra, se sentía vilmente usada. Su amante la había dejado por madame de Sauves; y su estúpido marido hacía planes peligrosos y luego vacilaba en ponerlos en práctica por amor a la misma mujer. Enrique de Guisa había jurado amarla siempre y ahora parecía haberla olvidado; ella y su marido pensaban ser aliados, y ahora ella se enteraba de que él hacía planes con Alençon sin que ella lo supiera. No sabía quién la enfurecía más, si Guisa, Navarra o Carlota de Sauves.

Actuó impulsivamente, como solía. Se levantó de la cama y fue a ver al rey.

Él estaba con la reina madre y Margot pidió hablar con ellos a solas.

—He descubierto un complot —anunció.

Prestaron atención. Ninguno de los dos confiaba en ella, pero además de excitada parecía furiosa.

—Te escuchamos, querida —dijo Catalina, y la voz de su madre calmó a Margot. ¿Qué estaba haciendo? Traicionando a su marido y a su hermano. Se asustó. No quería dañar a ninguno de los dos; en ese momento descubrió que les tenía afecto.

Trató de contemporizar.

—Si os digo lo que he descubierto, ¿prometéis no dañar a las dos personas más comprometidas?

—De acuerdo —respondió Catalina.

—Carlos, quiero tu palabra —continuó Margot—. He descubierto algo que tengo el deber de decirte, pero sólo lo haré si me prometes, por tu sagrado honor como rey de Francia, que no dañarás a los implicados.

—Doy mi palabra —respondió el rey.

Catalina sonrió con ironía. ¡De manera que no bastaba con la palabra de ella! Parecía que todos sus hijos se ponían contra ella.

—Mi marido y Alençon proyectan huir de París, unirse con sus amigos y formar un ejército que intentan oponer al vuestro.

El rey comenzó a transpirar, le castañeteaban los dientes.

—¿Tienes pruebas de esto? —preguntó Catalina.

—No. Sólo lo he oído decir. Si buscáis en sus aposentos, seguramente encontraréis pruebas.

—Haremos investigar sus aposentos de inmediato —dijo Catalina—. Has procedido bien, hija mía.

—¿Y sigue en pie tu promesa de no dañarlos?

—Querida Margarita, ¿piensas que dañaría a mi propio hijo, y a alguien que se ha convertido en mi hijo al casarse contigo... por más travesuras que hagan? Bien, no hay tiempo que perder.

Catalina actuó con su energía de costumbre. Convirtió a Navarra y a Alençon en prisioneros suyos a resultas de lo descubierto; pero no fueron confinados en calabozos, sino que siguieron viviendo, bajo vigilancia, en el palacio.

Enrique de Guisa se enfrentó a la reina madre.

—Su amistad comenzó en La Rochelle. No la comprendo. No hacen buena pareja. Hay que hacer algo para separarlos. Los dos están llenos de malas intenciones. Este complot lo prueba. Madame, hay que hacer algo de inmediato.

Catalina lo observó. Le temía, como temía a casi todo el mundo en Francia, pero ese tranquilo coraje que él tenía, la apostura de su presencia, incluso a ella le inspiraban admiración. Entonces la invadió un pensamiento completamente desleal. Deseó que este Enrique fuera su Enrique. Lo habría amado con devoción y juntos habrían ejercido todo el poder en Francia. Pero no era su hijo, y por eso le molestaba su arrogancia, su insolencia al decirle lo que tenía que hacer, como si él fuera el amo y ella una sirvienta favorita.

De acuerdo con sus hábitos, disimuló su resentimiento y adoptó una expresión de humildad.

—Tenéis razón, monsieur de Guisa. Confiad en que después de esto haré lo posible por destruir esa amistad antinatural.

—Madame, no confío en el rey de Navarra. No creo que sea tan tonto como quiere hacernos creer. Actúa como un hombre frívolo, que sólo piensa en las mujeres.

—Ah, un hombre puede pensar en mujeres y en política al mismo tiempo, ¿verdad?

Guisa ignoró el dardo y continuó:

—Estoy seguro de que su actitud es falsa. Habrá que mantenerlo bajo estricta vigilancia. En cuanto al duque de Alençon... —Guisa se encogió de hombros.

—Hablad con franqueza —dijo Catalina—. Aunque es mi hijo sé que está lleno de malas intenciones y que hay que vigilarlo.

—Si no hubiéramos tenido la buena suerte de descubrir el complot, esos dos habrían logrado sus propósitos. Todavía hay bastantes hugonotes en el país como para causarnos problemas, madame.

—Realmente es afortunado que lo hayamos descubierto a tiempo. Se lo debemos a madame de Sauves, ¿lo sabíais?

El duque arqueó las cejas, y Catalina, que lo conocía bien, supo que su corazón comenzaba a latir con más rapidez al oír mencionar el nombre de su amante en relación con este asunto.

—Como sabéis —continuó Catalina—, al rey de Navarra le interesan más las mujeres que la política. Le resultaba difícil separarse de esa dama; de otro modo se habría ido antes de que descubriéramos sus planes. Sus vacilaciones lo traicionaron, monsieur.

—Debemos estar agradecidos por ello, madame.

—Realmente muy agradecidos a esa bella dama que es, según parece, irresistible para muchos.

—Madame, lo primero que debemos hacer es crear un obstáculo en la relación de Alençon y Navarra.

—Dejad eso a mi cargo, monsieur.

—¿Cómo lo lograréis?

—Todavía no estoy segura, pero estoy meditando seriamente el problema. Ya veréis cómo hago para separar a esos dos, y cómo lo logro muy pronto. Ahora os ruego que me disculpéis, pero debo pediros que os retiréis, porque tengo cosas que hacer y no puedo abandonarlas más tiempo.

En cuanto él se fue, y a pesar de que estaba sola, Catalina se echó a reír.

—Ah, monsieur de Guisa —rió—, ya veréis cómo separo a esos dos.

Fue hasta la puerta, llamó al enano y le ordenó que fuera a buscar a madame de Sauves.

—Y cuando llegue ocúpate de que nos dejen solas —agregó.

Carlota vino de inmediato.

—Puedes sentarte, querida —dijo Catalina—. Y ahora dime: ¿cómo anda tu asunto con el rey de Navarra?

—Como ordenó Vuestra Majestad.

—Debes ser bruja, Carlota, para conseguir que ese hombre te ronde sin recibir satisfacción.

—He actuado de acuerdo con las instrucciones de Vuestra Majestad.

—¡Pobre Navarra! Debe de estar triste esta noche. Seguramente sabéis que ha estado cometiendo travesuras que tendremos que castigar. Sería una idea encantadora que alegraras su cautiverio esta noche.

Carlota palideció.

—Pero, madame... Yo...

—¡Qué! ¡Otro compromiso! Nada temas. Me ocuparé de que tu marido, el barón, esté ocupado en otras cosas y no te haga preguntas molestas.

—Madame —tartamudeó Carlota—, ¿no podría yo...?

Catalina lanzó una carcajada.

—¡Qué! ¿Algo que hacer con un caballero que no es tu marido?

Carlota no respondió.

—Dime, Carlota, ¿es monsieur de Guisa? Es tan encantador, y por la forma en que lo persiguen las mujeres debe ser buen amante. Pero creo que siempre te he explicado que antes del amor está el deber.

—Sí, madame.

—Bien, esta noche tu deber es alegrar al pobre rey de Navarra cautivo. Y ahora... nada más. He hablado. Puedes marcharte, Carlota.

Cuando Carlota llegó a la puerta, Catalina la llamó.

—Y ven a verme mañana, Carlota. Tendré otras instrucciones para darte.

Carlota corrió a sus habitaciones, fue a su lecho, se encerró en él corriendo los cortinajes, se arrojó de bruces y sollozó amargamente. Por primera vez en su vida tuvo asco del *Escadron* y deseó escapar de él. Lloró un rato, perdida en sus desdichados pensamientos hasta que, percibiendo sin saber cómo que era observada, dio vuelta la cabeza y se apartó con horror de los cortinajes entreabiertos. Allí estaba Catalina, mirándola, y sus ojos parecían diabólicos; pero cuando habló su voz era casi tierna y desmentía la crueldad de sus ojos.

—No te apenes, Carlota. Monsieur de Guisa tendrá que aprender a comprender tan rápidamente como monsieur de Sauves. Y de noche todos los hombres son iguales... o al menos eso me dicen.

Los cortinajes se cerraron, y Catalina se alejó silenciosamente como había llegado.

Margot contempló a su marido, que estaba tendido en la cama. La puerta estaba cerrada y afuera había miembros de la guardia del rey. Margot estaba furiosa con él. Se le veía tan poco elegante allí tendido; no tenía gracia. Sus cabellos, no muy limpios, seguramente mancharían la bella almohada.

—No deberían permitirte usar cosas bellas —dijo Margot—. Deberías dormir en un establo.

—Hay establos muy cómodos. Y los caballos pueden ser mejor compañía que ciertas esposas.

Ella alzó la cabeza con altivez.

—No sólo eres rudo y grosero..., eso puedo aceptarlo y perdonarlo..., lo imperdonable es tu estupidez.

—La llamas estupidez porque fracasó. Si hubiera triunfado la habrías llamado inteligencia. Y si no hubiera sido por ti, no habría fracasado.*Ventre de biche!* No me faltan ganas de azotarte por esto.

—Te verías en una prisión menos cómoda que ésta si cometieras semejante tontería.

—No temas, soy demasiado perezoso. Azotar a una fiera como tú requiere mucha energía, y yo no pienso gastar energía en ti.

—Por favor, reserva tus modales groseros para tus campesinas.

—Lo haré si me lo permites. ¿Por qué no te trasladas a otros aposentos más confortables?

—Porque quiero hablar contigo.

—Espero una visita.

—¿La esposa de uno de los jardineros, o una muchacha de la cocina?

—Hasta ahora no has adivinado. Prueba otra vez.

—¡No pienso gastar energía en eso! Esposa de jardinero o muchacha de cocina, me da lo mismo. No me interesan tus groseros amores. Lo que me enfurece es que hayas entrado en una conspiración así sin decirme nada.

—No te concernía.

—Concierne a Navarra, y yo soy la reina de Navarra.

—Sólo en tanto yo te lo permita.

—¡Cómo te atreves!

—Madame, me sorprendéis. Actuáis como espía; ponéis en peligro a vuestro marido y a su reino, y luego venis a decirme que mi reino es vuestro.

—Pensaba que habíamos decidido ser aliados.

—Así es, pero tú pareces una aliada muy dudosa.

—¡Y tú conspiras en semejantes cosas sin decírmelo!

—Si hubiera tenido éxito, habría vuelto a buscarte. ¿Y cómo puedes llamarme aliado cuando me traicionas tan descaradamente?

—Eres un indolente y un tonto. Parece que no sabes qué fuerzas se pondrían contra ti.

—Sobrestimas a monsieur de Guisa. Los que nos oponemos a él y a sus propios católicos lo estimamos menos que tú. Te entregas demasiado a tus relaciones amorosas, querida. Crees que tu amante es un dios. No es más que un hombre. ¿Acaso no es por esa razón que lo amas? Nunca serás feliz en el amor hasta que hayas aprendido a amar como yo. He tenido cientos de relaciones amorosas y jamás sentí remordimientos por ninguna de ellas. Pero tú..., tú eres toda pasión, todo odio, todo deseo. Cuando tengamos más tiempo compararemos nuestras experiencias, pero esta noche espero una visita.

—Eres un animal provinciano. En cuanto a hablar contigo de mis relaciones amorosas, prefiero hacerlo con el muchacho del establo.

—¿O con una muchacha de cocina, o con la esposa del jardinero?

Ella se le acercó y le dio un furioso tirón de pelos. El estalló en carcajadas, y ella se sorprendió de encontrarse haciendo lo mismo.

—Ya ves —dijo él—, no podemos ser malos amigos. Tú me traicionas y yo te perdono. Hasta te perdono por estropearme el peinado, que no será tan elegante como el de tus hermanos, ni tan suavemente rizado como el de alguien que sería grosero, provinciano y salvaje mencionar ahora...

Ella le dio un fuerte golpe en la mejilla, que a él le encantó.

—Ay, Margot —exclamó abrazándola con tanta fuerza que la hizo gritar—, lamento tener que recibir una visita esta noche, porque os encuentro muy atractiva en esa actitud belicosa.

El la soltó y ella se puso de pie, porque había percibido un movimiento en el guardarropa de él.

—¿Quién está allí? —preguntó.

—Nadie —respondió él, y al mirarlo Margot comprobó que estaba tan sorprendido como ella. De inmediato se oyeron unos golpecitos en la puerta del guardarropa.

—¿Puedo entrar? —preguntó una voz que ambos reconocieron.

—Esta es mi visitante. No sabía que se había encerrado en el guardarropa. Alguien tiene que haberle dado una llave para que entrara así, seguramente tu madre. ¡Entra! —gritó.

Margot retrocedió de manera que quedó oculta tras los cortinajes del lecho.

Carlota de Sauves fue hacia la cama. Tenía una llave.

—Conseguí una llave para el cuarto de vestir. Me pareció la mejor manera de entrar.

Navarra respondió:

—Su Majestad es muy atenta, y muy generosa con sus llaves personales. Pero, querida, no importa cómo has venido, sino que hayas venido.

Margot salió de su escondite, y Carlota la miró con estupor.

—Nada temáis, madame de Sauves —dijo—. Ya me iba.

Carlota paseó la mirada de la mujer al marido.

—No..., no sabía que Vuestra Majestad estaría aquí... de otro modo...

Margot hizo un gesto con una mano.

—Debéis obedecer la orden real, ¿verdad? —y mientras lo decía echó una mirada de desprecio a Navarra, quien, a pesar de saber que esa mujer era una espía de su madre, de todas maneras la recibía—. Ya me iba. Que lo paséis bien, madame. Muy buenas noches a los dos.

—Muy buenas noches, querida esposa —respondió Navarra, sonriéndole con cinismo. Margot salió, percibiendo que apenas había llegado a la puerta cuando Navarra atrajo a Carlota hacia sí.

Margot estaba furiosa. Una no esperaba que su marido fuera fiel, pero sí que tuviera buenos modales.

Estaba aburrida; la monotonía de la vida le resultaba insoportable. Se le ocurrió que, a falta de algo mejor que hacer, podía ir a reconciliarse con su hermano; porque él, como su marido, estaría enfadado con ella, y como carecía del humor de Navarra, no se inclinaría a encontrar ninguna gracia en la situación.

Fue hacia sus aposentos, y la guardia del rey le abrió el paso. En una antecámara estaba sentado un joven alto y esbelto, quien se puso de pie e hizo una profunda reverencia al pasar Margot.

Margot le dedicó una sonrisa encantadora, porque notó de inmediato que era un joven excepcionalmente apuesto, y por su expresión era obvio que él estaba tan impresionado por los encantos de ella como ella por los de él. En realidad, esa clase de adoración era precisamente lo que Margot necesitaba en ese momento. Quedó prendada del joven de inmediato.

Lo estudió atentamente. Debía tener unos veinticinco años, o sea que era algo mayor que ella; tenía cabellos oscuros, largos y rizados; sus ojos eran de un azul profundo, y el contraste entre el cabello y los ojos atrajo a Margot. Su bigote no ocultaba sus labios sensibles, y su expresión era de melancolía, aunque algo mitigada por el placer del encuentro; un fuerte contraste con la rudeza del hombre que acababa de dejar Margot, muy agradable. Al inclinar la cabeza el joven apoyó una blanca mano sobre su chaqueta de terciopelo de un tono azul que combinaba con el de sus ojos, decorada con azabache negro.

—Creo que no os conozco, monsieur —dijo Margot.

La voz del joven era suave y melodiosa.

—En eso, madame, llevo ventajas a Vuestra Majestad.

—¿Entonces me conocéis?

—Madame. ¿Quién no conoce a la reina de Navarra?

—Parece que me habéis visto sin que yo os viera a vos.

—Sí, madame, y después de haberos visto nunca pude borrar vuestra imagen de mi mente.

Margot estaba excitada.

—Ah, monsieur, ¿y por qué debíais manteneros oculto?

Sus ojos melancólicos, de un notable azul, dieron la respuesta que ella esperaba, y sus labios la corroboraron.

—Eso, madame, no puedo decíroslo; os ruego que no me impongáis la violencia de responder.

—Veo que estáis al servicio de mi hermano; por lo tanto yo no tendría poder para daros órdenes.

—Madame, cualquier petición vuestra sería una orden para mí.

Ella sonrió.

—Sois de Provenza, lo reconozco por vuestro acento suave. Pero habéis aprendido a hablar como un parisién.

—Os equivocáis, madame. No eran halagos.

—¿Cuál es vuestro nombre?

—La Mole, madame;

—¿La Mole? ¿La Mole y nada más?

—Conde Boniface de La Mole, madame, vuestro servidor.

—¿Queréis decir servidor del duque de Alençon?

—Si pudiera encontrar algún modo de servir a su hermana, sería completamente feliz.

—Bien, podéis hacerlo de inmediato. Deseo ver a mi hermano.

—Está ocupado en este momento, madame, y lo estará durante algunas horas.

—Parece que se trata de alguna ocupación galante.

—Así es, madame.

—En ese caso no lo molestaré. A vos no os convendría interrumpirlo para decirle que su hermana desea verlo.

—Madame —respondió él tocando la empuñadura de su espada—, si me lo ordenarais, gustoso afrontaría la muerte.

Ella rió con frivolidad.

—No, monsieur le Comte, no permitiré que afrontéis la muerte. Creo que me resultáis más entretenido vivo que muerto.

Ella extendió la mano para que él se la besara, y él la besó con una mezcla de pasión y reverencia que deleitó a Margot.

—Adieu, monsieur.

—Me juzgáis audaz, madame, pero os abriré mi corazón. Viviré esperando nuestro próximo encuentro.

Margot se volvió y salió de la cámara. Sonreía, porque ya no estaba aburrida.

Catalina llamó a su presencia a Carlota de Sauves.

—Bien, Carlota. Espero que te haya agradado Navarra.

Carlota guardó silencio.

—No debe importarte —continuó Catalina—, que ayer haya sido testigo de tu pena. Te vi triste cuando te retiraste, y por lo tanto te seguí. Nunca trates de cerrar las puertas con llave para impedir entrar a tu reina, Carlota. Es inútil. No me gusta verte tan triste. Espero que no hayas estado triste con Navarra. ¡Pobre hombre! Ha esperado tanto tiempo. No me gustaría que se hubiera desilusionado.

—Madame, hice lo que me ordenasteis.

—Bien, espero que no hayáis tenido una pelea demasiado seria con monsieur de Guisa. De todas maneras a ese joven le hará bien saber que sólo es la mitad de importante de lo que cree ser. Te recuerdo, Carlota querida, que cuando ingresaste en el Escuadrón prometiste dejar de lado todo sentimentalismo, ¿no es así? Pero dejemos eso. Has actuado bien con Navarra. No deseo que tus amores con él progresen con demasiada rapidez. Navarra no debe esperar que le dediques todo tu tiempo libre. Hay otros a quienes prodigarás sonrisas.

Carlota esperaba con aprensión.

—No me refería a monsieur de Guisa. Si te reconcilias con él, debe saber que sólo puede disponer de tus horas de ocio. Tienes que hacer un trabajo serio, que no incluye pérdidas de tiempo con el joven duque. ¡No, Carlota! Porque hay otro que necesita de tu atención. Me refiero a mi hijo pequeño..., al menor? el pobre Alençon.

—Pero, madame, jamás me ha mirado.

—¿Quién tiene la culpa? Sólo tú. El es susceptible a la belleza femenina. Basta con que le sonrías un poco, lo halagues otro poco, y será tu esclavo.

—No estoy segura, madame. Está profundamente enamorado de...

—No me importa de quién. Apuesto a que en pocos días estará profundamente enamorado de Carlota de Sauves si esa dama se lo propone. En unos días espero oír que el duque de Navarra y el duque de Alençon se han distanciado porque están enamorados de la misma dama, y que ella dispensa sus favores equitativamente entre los dos para mantener encendida la pelea.

—Madame, es una tarea difícil, y...

—¡Tonterías! Será fácil para ti. Ya tienes a Navarra a tus pies. Alençon... será cosa fácil. Espero resultados, y sé que eres lo bastante inteligente como para no desilusionarme. Ahora vete.

Cuando estuvo sola Catalina se sonrió. La intriga, además de ser estimulante, con frecuencia era divertida si una tenía el humor adecuado para apreciar ese hecho. Monsieur de Guisa había sugerido con arrogancia que Catalina pusiera una cuña entre Alençon y Navarra, y hasta se había atrevido a dar una orden a la reina madre. Ella había tenido que obedecer la sugerencia, pero monsieur de Guisa no saldría del asunto sin cierta molestia. En cuanto Alençon comenzara a cortejar a Charlotte, y cuando él y Navarra comenzaran a sentir recíprocos celos y desconfianza, Guisa se daría cuenta de que la reina madre había usado a su amante como cuña. Era muy divertido, pero dudaba de que Guisa disfrutara de la broma; no tenía el humor del joven Navarra.

Pero su alegría no duró mucho tiempo. Había otros asuntos que no eran broma. Su amado hijo estaba lejos, en Polonia, y ella lo echaba de menos. Carlos se tornaba más obstinado y desconfiaba de su madre cada día más. De manera que la situación no la divertía mucho.

Carlos debía morir. Era algo que Catalina había prometido a Enrique y a sí misma. Pero la muerte del rey tendría que ser lenta. Catalina sabía que tenía todo a su favor. El estado físico del rey era tal, que cuando hablaba de él Paré se ponía muy serio. Tosía constantemente y escupía sangre. Sus accesos de violencia solían terminar en ataques de tos. Cuando Catalina lo observaba, retorciéndose en el suelo, con la chaqueta manchada de sangre, se decía que no duraría mucho tiempo.

Su esposa había dado a luz una niña. Era una bendición. Sin duda Carlos no tendría fuerzas para dar otro hijo a su esposa. Pero no podía estar seguro, y mientras Carlos viviera siempre habría motivos de ansiedad.

¿Para qué dejarlo vivir? En su armario Catalina tenía polvos y pociones que habían resuelto problemas semejantes y que podrían volver a ser útiles. Pero las muertes lentas no eran tan fáciles de lograr como las rápidas. Si sólo se tratara de dar una dosis, sería posible. En una y otra oportunidad... Pero dar dosis continuadas no era tan fácil.

Ni René ni Cosmo ni Lorenzo estarían muy deseosos de colaborar en la muerte de un rey. Además, Carlos estaba rodeado de ciertas mujeres, y aunque pareciese irónico cada una de esas mujeres, que en sí eran insignificantes, carentes de importancia y sumisas, permanecían al lado del rey como un ángel con una espada en llamas. Estaba su amante, la mansa Marie Touchet, su esposa Elizabeth, aún más mansa, y Madeleine, su nodriza. Todas sospechaban que la madre del rey trataba de acortar la vida de éste, y todas estaban dispuestas a salvarlo de ella.

Y, siempre cerca del rey, estaba monsieur Paré, ese hugonote que debió haber muerto durante aquella noche de agosto, que debía su vida al rey, y que en agradecimiento estaba dedicado a alargarle la vida.

Pero los peores obstáculos eran esas tres mujeres. Eran más eficaces que una guardia armada. ¿Y qué podía hacer una? ¿Eliminarlas? Catalina no tenía poder para hacerlo, porque el rey no lo permitiría; ahora era el amo. Habían logrado apartarlo de su madre.

El rey se debilitaba, y en todo París corrían rumores de que su madre era la responsable de su estado de salud. Pero seguía viviendo, para alegría de las tres mujeres que lo amaban y furia de su madre desnaturalizada.

La amiga de Margot, la liviana duquesa de Nevers, tenía un nuevo amante. La pequeña Henriette estaba tan enamorada que daba envidia a Margot .

Henriette confiaba sus experiencias a Margot.

—Es tan encantador... tan diferente. ¡Tan apuesto! ¡Tan audaz! Y está al servicio de vuestro hermano, monsieur d'Alençon.

Margot se puso alerta.

—¡No me digas! Cuéntame más.

—Tiene una hermosa piel y dientes muy blancos. Vierais cómo brillan cuando sonríe... y sonríe muy a menudo.

—¿Su nombre? —preguntó Margot.

—Annibale. Le Comte Annibale de Coconnas.

Margot suspiró con alivio.

—Lindo nombre. Así que está al servicio de mi hermano. ¡Qué extraño que el pobre Alençon que es tan poco atractivo, tenga hombres tan apuestos a su servicio! Cuéntame más.

—Se enfada con mucha facilidad, madame, y su cabello es rojizo. Tiene ojos dorados. Esta noche lo he invitado a cenar en mis aposentos. ¿Vuestra Majestad nos haría el honor de venir también?

A Margot le brillaron los ojos.

—¿Y si te descubren? Monsieur le duc de Nevers...

—Tiene sus propios asuntos que atender, como Vuestra Majestad bien sabe...

—No creo que deba ir —respondió Margot, decidiendo de inmediato que por nada del mundo se perdería eso, y que era justamente lo que necesitaba para romper la monotonía de sus días. Cualquier caballero de la suite de Alençon le interesaba, ya que con él podría hablar de ese fascinante La Mole.

—Si no venís, madame, no habrá cena, porque sólo se organizará en razón de la presencia de Vuestra Majestad.

—No comprendo —replicó Margot.

—Creo que debo decíroslo, aunque se supone que es un secreto. Un amigo de monsieur Coconnas está tan enamorado de Vuestra Majestad que ha caído en una profunda melancolía y no podrá comer ni beber hasta que os vea. Mi Annibale es un hombre muy bondadoso, muy compasivo, y...

—Ya basta con tu Annibale, Henriette. Ya sabemos que es encantador. Háblame más de la melancolía del otro caballero.

—Es muy apuesto, y parece que os ha visto y ha hablado con vos, y vos con él. Vos fuisteis tan amable que él alimenta una cierta esperanza... y su nombre es...

—Le Comte Boniface de La Mole —dijo Margot.

—¿Lo conocíais, madame?

—Como has dicho, Henriette, nos hemos conocido. Es encantador y tu Annibale es rudo comparado con él. La melancolía de que hablas es... muy profunda. Una siente que debe ser poeta, un soñador. Una desearía disipar esa melancolía. Sus ojos son de un azul asombroso. Es como una bella estatua griega. Ya pienso en él como en mi Jacinto.

—Si asistís a nuestra cena, madame, haréis muy feliz a vuestro Jacinto.

—Lo pensaré.

—Piensa ir a ver a Cosmo Ruggieri esta tarde, para pedirle un encantamiento que os haga asistir a la reunión de esta noche, y otro más que os haga mirarlo favorablemente.

—Pero, ¡qué insolencia! —exclamó Margot, encantada.

—Debéis perdonarlo, madame. Está tan enamorado. Y no puede comer ni dormir; Vuestra Majestad comprenderá que no puede seguir así.

—Esas son las historias que ellos nos cuentan, Henriette.

—Pero, madame, ésta es la verdadera. Annibale lo jura. La Mole os ha visto con frecuencia. Jamás pierde oportunidad de veros. Pero os amaba desde lejos... y ahora... desde que le hablasteis...

—Henriette, esta tarde iremos a ver a Ruggieri, y haremos que nos esconda, para oír lo que dice este joven.

Las dos frívolas muchachas se echaron a reír. Margot abrazó a su joven amiga. La deleitaba la perspectiva de una aventura amorosa que seguramente sería de las más deliciosas que había tenido. Era precisamente lo que necesitaba para conservar su orgullo intacto y molestar al duque de Guisa.

Ocultas bajo grandes capas, Margot y Henriette salieron del Louvre hacia la casa de los hermanos Ruggieri.

Margot dejó que Henriette entrara primero en la tienda, ya que seguramente el dependiente la reconocería con menos facilidad que a Margot.

La tienda era pequeña y oscura y olía a los perfumes y cosméticos que allí podían comprar quienes los quisieran. La tarea secreta de estos siniestros hermanos se realizaba fuera de la tienda.

El aprendiz se adelantó e hizo una reverencia, porque a pesar de sus capas era evidente que estas damas eran de alto rango.

—Mi señora desea ver a tu amo —anunció Henriette. El joven, con otra reverencia, dijo que comunicaría la llegada de las señoras a su amo, y enseguida regresó con Cosmo Ruggieri. Margot se desprendió de su capa y Cosmo dijo de inmediato: —por favor síganme por aquí.

Una vez que las dos jóvenes mujeres pasaron con él por la puerta del fondo de la tienda, Ruggieri la cerró con llave, y les pidió que lo siguieran. Las condujo por una escalera, abrió una puerta en un corredor con tapices sencillos en las paredes.

—¿Qué puedo hacer por vos, majestad? —preguntó Cosmo.

Las dos reían de tal manera que no podían contestarle. Finalmente Margot dijo:

—Esta tarde vendrá aquí un joven conde a pedirte un encantamiento. Está enamorado, y queremos oír lo que te dice. Ubícanos en un lugar desde donde podamos mirarlo sin ser vistas. Sé que a menudo escondes allí a mi madre. Sé que en la pared hay muchos agujeros y escondites secretos desde donde se puede observar lo que sucede en alguna de tus cámaras. Debes llevar a este joven a uno de esos lugares secretos, y la duquesa y yo miraremos. Si te niegas entenderé que no quieres complacerme.

Como Cosmo en realidad deseaba complacer a la joven reina de Navarra, que era una persona demasiado importante para desatender, respondió sonriendo:

—Es posible, siempre que vosotras, señoras, no tengáis inconveniente en permanecer escondidas en un lugar algo incómodo, quizá por algún tiempo, porque tendréis que estar allí desde antes de la llegada del caballero.

—Llévanos ahora mismo a ese escondite —ordenó Margot.

Cosmo hizo una reverencia y las condujo por un corredor a una pequeña habitación. Al entrar Henriette oprimió el brazo de Margot y Margot le sonrió con ironía, advirtiendo su temor supersticioso. Margot misma estaba totalmente encantada con lo que vendría.

Estaban en el laboratorio de los hermanos Ruggieri. Las paredes estaban cubiertas por paneles y en la habitación había una serie de objetos siniestros. En un banco había un esqueleto humano del cual Henriette no podía apartar los ojos. Los signos del Zodíaco adornaban el techo, y en los paneles de madera había unos signos cabalísticos cuidadosamente dibujados. En una pared colgaba un espejo oscuro donde las dos jóvenes vieron sus imágenes, grises y fantasmales, bajo dos cráneos humanos que parecían colgar del techo. Una caldera humeaba sobre un fuego y el humo formaba círculos en la habitación en formas que a Margot y Henriette les parecieron fantásticas. Sobre una gran mesa había ilustraciones de las estrellas y los planetas, una balanza, instrumentos extraños, figuras de cera, varios recipientes donde se veían cadáveres de animalitos, o partes de sus cuerpos, en diversos grados de descomposición. La luz de dos lámparas de aceite fijadas a la pared no llegaba a iluminar los rincones del cuarto, de manera que éste parecía extenderse más allá de donde alcanzaba la mirada. El aceite perfumado de las lámparas luchaba en vano por imponerse a los objetos de olores desagradables que había en el cuarto.

Cosmo abrió una puerta en la pared, tan bien hecha que no parecía ser una puerta en absoluto.

—Podéis esperar allí —indicó—. Os mostraré una ventana por donde podréis ver y oír lo que se dice en este cuarto.

Entraron en el guardarropa y Cosmo cerró la puerta. Henriette reía de placer y excitación, y las dos hablaron en susurros durante los veinte minutos de espera hasta la llegada de La Mole.

Entretanto Cosmo había ido a buscar a su hermano Lorenzo.

—La reina de Navarra y la duquesa de Nevers están aquí —le dijo—. Están en el armario del laboratorio pequeño a la espera de un joven, que según creo es un amante de la reina. Quizá sólo sea una más de sus aventuras, pero la reina madre querrá estar informada. En cuanto termine la entrevista, iré al Louvre a contarle lo sucedido.

Cosmo sonreía al hacer pasar a Boniface de La Mole a su laboratorio. Margot lo observaba con deleite. Era más atractivo de lo que recordaba; y qué elegante parecía en ese ambiente siniestro del taller del alquimista.

Cosmo preguntó:

—¿Deseáis consultarme sobre el futuro, señor?

—Deseo que fabriques alguna magia para mí.

—¡Ah! Primero debo saber vuestro nombre.

—¿Es necesario?

—Ya lo creo, monsieur. Estamos aquí recluidos entre cuatro paredes, y vos no contaréis a nadie que pueda usarlo en contra vuestra que habéis venido a buscar magia por amor. ¿Es por amor, monsieur?

—Es por amor —respondió el joven con tono de lamento.

—No estéis tan triste. Estoy seguro de que tendremos éxito. ¿Vuestro nombre, monsieur?

—Comte Boniface de La Mole.

—¿Y el nombre de la dama sobre quién queréis influir?

—Eso no puedo decirlo.

—Bien, señor. Veremos qué podemos hacer sin su nombre. ¿Vuestros deseos?

—Quiero que con tu magia asegures que yo la vea esta noche. Hay una fiesta donde deseo que esté presente.

Cosmo removió lo que había dentro de la caldera, y observando el humo que ascendía respondió:

—La veréis esta noche. Irá a la fiesta.

El Comte perdió un poco su melancolía.

—Qué maravilloso. Magnífico —pero pronto le volvió la tristeza—. Es una dama de alto rango. Nunca pondrá sus ojos en mí.

—Os dejáis vencer muy fácilmente, monsieur. Hay formas de tocar el corazón de las mujeres más duras.

—¿Quieres decir...?

—Hagamos una imagen de vuestra amada. Le horadaréis el corazón y creo que podréis estar seguro del éxito.

—Te ruego que hagas rápidamente esa imagen.

—Es muy fácil de hacer, monsieur. Por favor, tomad asiento.

—Cosmo tomó un trozo de cera, la derritió en un recipiente que tenía para esos fines, y modeló con ella una figura humana.

—Bien, *monsieur le Comte*, esto no se parece a vuestra dama, ¿verdad? ¿Podemos agregar algún rasgo distintivo? Debemos estar seguros de que horadamos el corazón de la dama que corresponde. Decidme, ¿cómo puedo distinguirla de otras damas?

—No hay ninguna tan hermosa como ella.

—La belleza no es suficiente. Para los ojos del enamorado, su amada es siempre la más bella del mundo.

—Pero no hay dudas sobre la belleza de esta dama. Es...

—Parece que no encontráis las palabras, monsieur. Quizá pueda yo distinguirla por su atavío... por algún adorno. Mirad: la envolveré en una capa real. Le pondré una corona en la cabeza.

—Monsieur —gritó el conde—, realmente sois un mago.

Cosmo rió mientras modelaba la capa y la corona.

—Ahora tenemos a nuestra dama. Tomaré este alfiler —Cosmo tomó el alfiler y lo puso al fuego—. En poco tiempo estará al rojo. Bien. Ya está. Tomadlo, hundidlo en el corazón de la dama y expresad vuestro deseo.

La Mole hundió el alfiler en la figura de cera.

—Bien, monsieur. Eso es todo. Llevaos la figura. Mientras la tengáis con vosotros, con el alfiler clavado en el corazón, no podréis fracasar.

La Mole envolvió la figura en un pañuelo de seda y la escondió con actitud reverente en su chaqueta.

—Tengo una gran deuda con vos —dijo.

—Entonces vayamos a la sala a discutir el pago —respondió Cosmo—. Soy pobre y no puedo regalar mi trabajo.

Cinco minutos después Margot y Henriette salieron sin ruido a la calle; poco después Cosmo fue al Louvre y pidió una audiencia con la reina madre. El asunto parecía de poca importancia, declaró, pero como a ella le gustaba estar informada sobre todo lo que sucedía, él había pensado que debía comunicarle lo sucedido en su casa ese día. El Comte de La Mole estaba profundamente enamorado de la reina Margot y se le había dado una figura de cera de ella con el corazón atravesado por un alfiler.

—¡Otro amante! —rió Catalina—, Dios mío, esta hija mía me asombra cada día más. ¡Y Boniface de La Mole! Creo que es un caballero de la suite del duque de Alençon. Gracias, Cosmo. Un asunto de poca importancia, creo, pero no te equivocas al suponer que estas pequeñas aventuras galantes me divierten.

Margot era feliz. La cena fue un éxito, y luego vinieron muchos otros encuentros. Estaba muy ocupada; debía arreglar muchas citas secretas, escribir cartas de amor.

Catalina no estaba tan contenta. El rey seguía viviendo y ella no sabía qué hacer. Enrique seguía en Polonia; cuando Catalina lo pensaba, su ira contra Carlos, que había insistido en que fuera, era tan grande que Catalina perdía algo de su habitual cautela. Pero Carlos seguía rodeado por sus tres mansas guardianas.

Carlota de Sauves no había tenido tanto éxito como esperaba Catalina en el asunto Navarra-Alençon. El pequeño duque se había enamorado de la dama, como esperaba Catalina, pero no se había logrado el efecto final. Aunque los dos hombres se sentían atraídos por la misma mujer, su amistad continuaba. Tal vez algo estaba sucediendo, algo tan vital que no sería modificado por los celos provenientes de un asunto amoroso.

Guisa tenía razón en sospechar de Navarra. En la naturaleza de este hombre había dos aspectos. Uno era el de un hombre joven amante de los placeres, haragán y afectuoso; pero había que considerar el otro. ¿Era la ambición lo que fermentaba detrás de esos ojos astutos? Sus amores eran superficiales. No era capaz de afectos profundos y no tenía religión. Catalina creía ver algunas de sus propias características en el duque de Navarra, y eso lo hacía formidable. ¿Qué era lo que esperaba? Después de Enrique y Alençon, si éstos no tenían hijos, sería rey de Francia. Ni un provinciano perezoso podía ser indiferente a semejante perspectiva. ¿Era posible que un hijo de Juana de Navarra fuera sólo un tonto amante de los placeres? ¿Qué tramaba con Alençon? Era lógico suponer que Alençon tramaba alguna maldad, porque las maldades eran tan necesarias para un hombre de su naturaleza como las mujeres para alguien como Navarra. Catalina se sentía muy perturbada por la amistad entre los dos hombres.

Afortunadamente, Margot estaba totalmente ocupada con La Mole. Catalina sentía que comprendía a su hija: si le daban un amante estaba contenta. Margot era inteligente, tal vez la más inteligente de la familia, y aprendía con rapidez. Tenía ingenio, pero su sensualidad la traicionaba con sus incesantes demandas, y malgastaba su capacidad en intrigas con sus numerosos amantes. Margot era un poco libertina... tan desvergonzada ahora con La Mole como antes con de Guisa. Carecía de discreción. Debería hacer algún intento de mantener estos nuevos amores en secreto. Las notas que enviaba a su nuevo amante eran muy reveladoras, como parecía ser todo lo que escribía Margot. A esa altura ya debía saber que todas las notas que circulaban en palacio eran leídas por su madre, incluso aquellas que sólo se referían a devaneos amorosos.

Catalina tenía sus espías en la suite de Alençon; también los tenía entre las mujeres de Margot. Como cosa de rutina había leído todas las notas intercambiadas por su hija y La Mole desde la comunicación de Ruggieri.

Una de las mujeres, que había sido amante de Alençon y que ahora, desde el creciente enamoramiento de Alençon por madame de Sauves, tenía una relación con uno de los hombres de Alençon que se ocupaba de llevar los mensajes de La Mole a Margot, fue a preguntar si la reina madre le concedería una audiencia.

Catalina la concedió, y cuando estuvieron solas, la mujer le mostró una serie de cartas.

—¡Más cartas! —exclamó Catalina—. Nuestro melancólico Jacinto está tan enamorado de su pluma como de nuestra hija.

—Madame, algunas de estas cartas le fueron dadas a mi amigo por monsieur de La Mole y otras por monsieur Coconnas. Hay una de La Mole para la reina de Navarra, y para madame de Nevers de Coconnas. Las otras deben ser llevadas a personas que viven fuera de París.

—¡Qué! ¿Nuestros jóvenes amantes se han comprometido en otras relaciones amorosas? Lo pasarán mal cuando nuestras jóvenes damas descubran sus infidelidades. Las miraré y te las devolveré, nuevamente selladas, en poco tiempo. Ahora puedes irte. Deja que todo, por trivial que parezca, pase por mi escrutinio.

—Todo será traído a Vuestra Majestad.

Al quedar sola Catalina examinó las cartas. Era un agradable pasatiempo... leer cartas destinadas a otras personas. Había una carta de La Mole a Margot, en que expresaba su constante devoción y sus esperanzas con respecto al futuro. Ella debía encontrarse con él esa tarde en una esquina de la rue de la Vannerie y rue Monton. El estaba muy impaciente. Otra carta más: era para madame Nevers de Coconnas. El le expresaba su constante devoción, adoración, esperanzas para el futuro; recordaba a madame Nevers que debían encontrarse en una casa de la esquina de la rue Vannerie y rue Monton esa tarde...

Catalina rió. Bien, que esos tontos perdieran su tiempo. De esa manera no interferirían en los asuntos de Estado.

Bien, a ver las cartas que debían salir de París. Ambas estaban escritas con la letra de La Mole y de Coconnas. Catalina rompió los sellos y leyó, y enseguida fue invadida por una furia helada. Había estado leyendo esas estúpidas cartas de amor mientras cartas como la que ahora tenía en sus manos salían de palacio sin su conocimiento. Sin duda estas cartas habían caído en sus manos por un pequeño descuido de los amantes. ¿Cuánto tiempo hacía que la engañaban? Estas no eran las frases almibaradas de los amantes, sino claras enunciaciones de una conspiración, y no se dirigían a unas tontas mujeres, sino nada menos que a los mariscales Montgomery y Cossé.

Catalina siguió leyendo, y aunque su expresión no cambió, en su mente había ideas de asesinato. Esto era una traición. Explicaba esa amistad entre Navarra y Alençon que no había podido romper Carlota. Esos dos estaban juntos en esto. Ella los había mantenido en semicautiverio y entretanto ellos planeaban escapar, unirse a Montgomery y Cossé y reunir un ejército hugonote para marchar sobre París.

El vanidoso Alençon sin duda pensaba que su hermano no viviría mucho más y, con Enrique lejos, en Polonia, contemplaba su posibilidad de ascenso al trono. Sin duda Navarra estaba preparado a esperar, y entretanto a aliarse con Alençon.

La furia de Catalina disminuyó. La suerte la ayudaba. ¡Qué agradecida estaba a sus queridos Cosmo y Lorenzo Ruggieri, que habían despertado su interés por el amante de su hija!

Margot y Henriette, envueltas en sus capas, salieron sigilosamente del Louvre hacia la casa de la esquina de la rue de la Vannerie y rue Monton. Se quitaron las máscaras en cuanto la *concierge* las hizo pasar.

—¿Los caballeros han llegado? —preguntó Margot a la mujer.

—No, madame. Aún no.

Subieron a una habitación donde había una mesa puesta para cuatro. En ella se habían servido bocados exquisitos y los mejores vinos de Francia. Un banquete digno de la reina y sus amigos. Margot miró la mesa con placer, pero estaba inquieta.

—¿No hay un mensaje que explique por qué se han demorado? —preguntó a la mujer.

—No, madame.

Cuando Margot la despidió, Henriette dijo:

—¡Vamos, Margot, no creerás que han dejado de amarnos!

—Si así fuera, habrían llegado muy temprano. Estarían muy caballerescos, muy ansiosos por asegurarnos su fidelidad.

—Estaban muy ansiosos por asegurárnosla la última vez que los vimos.

—No puedo creer que mi Jacinto me engañe. Algo debe de haber sucedido para que se demoraran... eso es todo.

—Tu hermano no sería quien los detuviese. Sabe que vienen a encontrarse con nosotras y está demasiado ansioso por complacerte.

—Puede haber sido algo sin importancia. Ven, bebamos una copa de vino y te sentirás mejor —Margot sirvió el vino y alcanzó la copa a Henriette.

—Estaré muy enfadada cuando lleguen —dijo Henriette—. Margot, no piensas que tu marido puede haberlos detenido, ¿verdad?

—¿Por qué lo haría?

—Por celos.

—No sabe lo que significan los celos. «No te interpongas en mis placeres», dice, «y yo no me interpondré en los tuyos» —se volvió hacia su amiga—. Quizás el duque de Nevers...

—Sólo habría detenido a Annibale. Eso no disculpa a La Mole. Ambos llegan tarde. ¿Quizá monsieur de Guisa...?

A Margot le encantaba la posibilidad de que su ex amante estuviera celoso. Eliminó rápidamente la idea. ¿Siempre debía ser así? ¿Siempre debía ella calcular el efecto de sus acciones en ese hombre?

—¡Tonterías! Eso está terminado. Escucha. Alguien sube por la escalera.

—Hacen muy poco ruido, Margot.

—¡Shhh! Quieren darnos una sorpresa.

Se oyó un golpecito en la puerta.

—¡Adelante! —gritó Margot. Y con gran desilusión vio que quien entraba era la *concierge*, y no los amantes.

—Madame, abajo hay una dama que dice que debe hablar con vosotras de inmediato. ¿Le doy permiso para que suba? Dice que es muy importante. Trae noticias para vosotras.

—Que suba de inmediato —ordenó Margot—. Y segundos después una de sus asistentes entraba en la habitación. La mujer estaba pálida y por su expresión era obvio que las noticias que traía no eran muy buenas.

Se arrodilló ante Margot y exclamó:

—Madame, lamento ser la portadora de esta noticia. Monsieur de La Mole y monsieur Coconnas no pueden venir a reunirse con las señoras.

—¿Por qué no? —preguntó Margot—. ¿Por qué te han enviado a ti en cambio?

—Están presos, madame. Ya han sido enviados a los calabozos de Vincennes, y allá están también el duque de Alençon y el rey de Navarra. Se dice que también han sido arrestados los mariscales Montgomery y Cossé. Dicen que el rey ha descubierto un complot.

Henriette cayó en un diván, cubriéndose la cara con las manos. Margot la miró con rostro inexpresivo. ¿Por qué, por qué no abandonaban sus estúpidas conspiraciones y se conformaban con el amor?

Margot fue a Vincennes sin pérdida de tiempo. Sabía que no le permitirían hablar con su amante, que estaba alojado en los calabozos bajo el castillo, pero sería fácil hablar con su marido, que estaba alojado en sus aposentos.

Navarra estaba tranquilo.

—¿Por qué eres tan estúpido? —preguntó Margot.

—Querida mía, no fui yo el estúpido, sino esos idiotas enamorados de ti y de Henriette de Nevers. Fue por descuido de ellos que ciertas cartas que no iban dirigidas a vosotras cayeron en manos de tu madre.

—¿Crees que esta vez escaparás al castigo?

—Es algo que me da que pensar.

—¡Qué tonto fuiste al tratar de huir por segunda vez!

—Si no hubiera sido por tu interferencia no habría sido necesaria una segunda vez. Si tú no lo hubieras impedido, tu hermano y yo seríamos ahora hombres libres.

—Pero sois tan irresponsables, los dos. Habéis comprometido a esos dos hombres en vuestras conspiraciones, y ellos son quienes sufrirán por ello.

—¡Querida Margot! Siempre tan solícita con tus amantes. Me haces desear ser uno de ellos.

—No perdamos tiempo. ¿Qué podemos hacer?

El se encogió de hombros y ella se enfureció.

—No te quedes allí sonriendo, como si esto no tuviera importancia. Hay otras personas en peligro.

—Di «La Mole», no digas «otras personas». Es más amable... y es lo que quieres decir.

—Debes admitir que tú y mi hermano sois responsables de esto.

—No es del todo cierto, querida. Había una carta con letra de La Mole; otra con letra de Coconnas. Esas cartas demuestran que esos dos hombres están profundamente comprometidos y que saben perfectamente lo que planeamos.

—Debes salvarlos —dijo Margot.

—Puedes estar segura de que haré lo posible.

—Debemos negar que hubiera una conspiración. Eso es posible, ¿verdad?

—Siempre podemos negarlo —respondió Navarra—. Aunque nos enfrenten con las pruebas podemos negarlo.

—No creo que te importe ni tu vida ni la de los otros.

—Quizá sea mejor morir joven que llegar a viejo. Muchas veces lo pienso.

—Me vuelves loca. Escucha: redactaré un documento que presentaré a los delegados si hay alguna señal de que te vayan a hacer un juicio.

—¡Tú... escribir en mi defensa!

—¿Por qué no? Soy tu esposa. Y escribo bastante bien. Juro que puedo presentar tu caso con tanta simpatía y comprensión como para que quienes te creyeron culpable crean en tu inocencia.

El le sonrió.

—Margot, creo que hay algo de cierto en esto. Escribes con inteligencia. Cuando leo tus informes de lo que sucede aquí, en la corte, me inclino a creer que eres una pobre e inocente mujer, erróneamente juzgada. Y virtuosa. ¡A pesar de todo lo que sé! Sí, si puedes contar tan bonitas historias sobre ti misma, ¿por qué no sobre mí? Bien, redacta ese documento. Me pongo en tus manos. Diré lo que tú aconsejes.

Uno de los guardias llamaba a la puerta.

—Adelante —dijo Margot.

—Viene la reina madre —anunció el guardia.

—No me encontrará aquí —dijo Margot—. Pero recuerda lo que te he dicho. No confieses nada. Es imperativo que recuerdes que aunque tú y mi hermano podéis escapar al castigo, quizá no suceda lo mismo con esos dos pobres hombres cuyos servicios tan descuidadamente habéis contratado.

—Mi amor —respondió Navarra—, ten por seguro que lo recordaré.

Ahora que Catalina había decidido cómo actuar ante la rebelión de su hijo y su yerno, no tardó en poner su plan en acción. No deseaba que la noticia del complot se difundiera. Sabía que habría cierta difusión, pero trataría de que fuera lo más pequeña posible.

Montgomery y Cossé estaban arrestados y por el momento no podían hacer más daño. Catalina pensaba que tendría que asegurarse de que no volvieran a hacerlo jamás. Podían ser asesinados mientras estaban en la cárcel. Todavía no, por supuesto. Habría que usar mucha cautela con hombres tan conocidos. Haría circular la noticia de que estaban enfermos, y luego de que habían muerto de esa enfermedad.

No deseaba que los hugonotes supiesen que el complot de sus dirigentes había estado tan cerca de tener éxito. No deseaba que supiesen que Alençon y Navarra se consideraban a sí mismos líderes de los hugonotes. Se había comunicado su conversión, y Catalina deseaba que la población protestante de Francia siguiera mirándolos con desprecio. Por lo tanto el complot debía seguir en secreto el mayor tiempo posible.

Pero la gente no debía llegar a pensar que era posible conspirar contra el rey y la reina madre y escapar, porque no era conveniente que el país se enterara de sus planes. Les daría un ejemplo, y ya tenía a los chivos expiatorios. Eran La Mole y Coconnas. Los que rodeaban a Alençon y Navarra sabrían por qué los dos hombres habían caído en desgracia. Pero el mundo externo debía pensar que era por alguna otra razón.

¡Qué sabiduría la de obtener información hasta de los más pequeños detalles! Porque, ¿quién podía estar seguro de que una pequeña cosa no proporcionaría la clave de lo que uno buscaba?

Cuando ordenó el arresto de La Mole y Coconnas, Catalina dijo a sus guardias:

—Arresten a esos dos hombres. En poder del Comte de La Mole encontrarán una pequeña figura de cera. Esa figura de cera tiene una capa real, y la figura tiene también una corona en la cabeza. Si La Mole no tiene esa figura consigo, busquen en sus aposentos hasta encontrarla.

La figura fue encontrada en posesión de La Mole, y ahora, envuelta en un pañuelo de seda, estaba en manos de Catalina.

Cuando se la trajeron fue de inmediato a ver al rey.

Carlos estaba cada vez peor, y cada día aparecía un nuevo síntoma. Ya no podía caminar, y lo transportaban en una litera. Cada vez que lo veía, Catalina se preguntaba: ¿Envío un mensaje a Polonia? Si hubiera estado segura de poder hacer con él lo que deseaba, hacía rato que habría enviado ese mensaje. Pero el rey conservaba a su lado a esas tres mujeres y no les habría permitido apartarse de él aunque lo hubiesen deseado. Marie Touchet, la reina, o Madeleine estaban siempre con él. Sólo aquello que ellas habían supervisado cuidadosamente en su preparación llegaba a sus labios. ¡Qué terrible situación la de Catalina, una reina que era así tratada por tres insignificantes mujeres!

La pequeña figura de cera le daba lo que necesitaba; justificaba lo que pensaba hacer. Pondría en sus manos las vidas de esos dos hombres cuyas muertes ella había decidido, y explicaría a la Touchet, a esa estúpida nodriza y a la esposa de Carlos por qué declinaba tan rápidamente la salud del rey.

—Debo hablar contigo, hijo mío. Es algo de la mayor importancia.

Miró a Marie, que temblaba ante su presencia, pero su hijo se aferraba a la mano de su amante.

—No te vayas, Marie —ordenó.

Catalina sonrió fríamente a la muchacha temblorosa.

—No, no debes irte, Marie, porque amas a mi hijo tanto como yo, y por eso te amo yo también. Y necesitará que estés a su lado, junto conmigo, mientras se entera del complot que he descubierto contra su vida.

—¿De qué complot se trata? —preguntó el rey con desconfianza.

A modo de respuesta Catalina desplegó el pañuelo y mostró su contenido al rey.

—¡Una figura de cera! —exclamó Marie.

—¿Ves a quién representa? —preguntó Catalina.

—Lleva una corona —gritó el rey—. ¡Soy yo!

—Así es. ¿Y ves este alfiler que atraviesa el corazón de la figura? Sabes lo que eso significa, hijo mío. Ya sabes por qué, en estas últimas semanas, tu estado de salud ha declinado así.

—¡Es magia! Alguien ha estado tratando de matarme.

—No siempre has confiado en tu madre. Tus enemigos han murmurado contra ella y tú te complacías en creerles. Bien, Carlos, te perdono. Sólo te pido que recuerdes que fue tu madre quien, a través de sus esfuerzos por defenderte, ha descubierto este complot contra ti.

Le temblaron los labios y las lágrimas rodaron por sus mejillas; pronto estuvo sollozando en brazos de Marie.

—Ten valor, mi amo querido —susurró Marie—. Tu madre ha descubierto este complot, y seguramente también a sus autores.

—Dices bien, Marie. Esos malvados están presos —respondió Catalina.

—¿Quiénes son? —preguntó Carlos.

—El Comte de la Mole y el Comte Coconnas.

—Morirán —declaró Carlos.

—Ya lo creo —replicó Catalina—. Esto es traición. Serán juzgados por conspirar contra tu vida. Aunque hay poca necesidad de un juicio. Estos hombres son culpables. La Mole tenía esta imagen en su poder cuando fue arrestado.

—Morirán —asintió Carlos—. Todos... todos los que hayan participado en este complot contra mí.

Catalina lo miró. En esos días estaba demasiado débil para la violencia. Se había desplomado en su sillón como un viejo, y le temblaban los labios. En sus ojos brillaba la locura y las lágrimas corrían por sus mejillas.

Catalina dejó a Marie consolándolo y fue de inmediato a Vincennes. Allí hizo traer a Alençon a los aposentos de Navarra y despidió a todos los guardias y asistentes. Los enfrentó con una sonrisa fría.

—Bien, messieurs, vuestra segunda infamia ha sido descubierta. He aquí una bonita situación. ¿Qué preparáis? ¿Una guerra civil? Estáis locos. ¿Pretendéis ser amigos, verdad? Hijo mío, ¿por qué crees que te ayuda Enrique de Navarra? ¿Por qué trabaja contigo Alençon, Navarra? ¡Qué par de estúpidos sois! Ahora, al grano. Fuisteis imbéciles al participar en una conspiración tan estéril, tan absurda. Ahora quiero que me digáis que si alguno ha denunciado que participabais de este complot, mentía. Vosotros no sabíais nada de esto, ¿verdad?

Alençon no la entendía. Comenzó a gritar.

—¡Hubo un complot! Me mantienen en semicautiverio. ¿Crees que lo toleraré? Soy hermano del rey y me tratan como a un cualquiera. No lo toleraré, lo juro. Estoy decidido a obtener lo que me corresponde. Un día seré rey de este reino; entonces, madame... ya veréis.

—Como siempre —interrumpió Catalina—, hablas sin pensar, sin cuidado. Así que serás rey de Francia, ¿eh, hijo mío? Primero asegúrate de que tus hermanos... tus dos hermanos... no te hagan pagar el precio de tu traición.

Se volvió hacia Navarra. Sería más fácil hacer razonar a este joven insolente; ya advertía la expresión astuta en su rostro. El había captado sus intenciones. He aquí una forma de salir del enredo, decían sus ojos vivaces, ¡aprovechémosla!

—Han corrido rumores falsos sobre vosotros —dijo Catalina.

Navarra asintió.

—Sí, madame. Han corrido rumores falsos sobre nosotros.

—Veo que al menos vos tenéis sentido común, monsieur, y me siento agradecida por ello. Tengo conmigo un documento, y deseo que ambos lo firméis. Niega vuestra relación con cualquier complot, si es que lo hubo. Lo firmaréis aquí. Ven, hijo mío.

Navarra tomó el documento y lo estudió.

—Debemos firmar —dijo firmemente a Alençon—, porque si un complot falla, lo mejor es negarlo.

Margot sufría una aguda ansiedad.

El comprender lo que pasaba le había resultado especialmente terrible porque se había enterado en forma repentina. Los rumores del complot de Navarra y Alençon contra la corona se extendieron con demasiada rapidez como para que nadie pudiera ignorarlos, y habría una investigación. Navarra salió con facilidad del asunto, gracias a la inteligente defensa que su esposa preparó para él. En ciertos momentos la frivolidad de Margot daba paso a su brillante inteligencia. A no ser por la intensa preocupación por sus amantes, habría sido una brillante estadista. Pero siempre la gobernaban sus emociones, y cuando escribió ese lúcido documento, no lo hizo por amor a su marido, a quien sabía que su madre no querría eliminar en esos momentos, sino por el apuesto conde de quien estaba enamorada.

Navarra y Alençon habían sido liberados, pero seguían en semiconfinamiento. Por lo tanto Margot esperaba la pronta liberación de su amado.

Pero eso no sucedió, y para su horror Margot se enteró de que La Mole y Coconnas serían juzgados por otros cargos. Margot no podía imaginar cuáles eran esos cargos, pero no tardó en descubrirlos, porque la noticia se difundió por toda la corte. La Mole y Coconnas estaban acusados de conspirar contra la vida del rey.

Fueron juzgados y condenados a muerte. Se dijo que habían fabricado una figura de cera y que le habían atravesado el corazón con un alfiler al rojo, y todos sabían que esto significaba que habían apelado a la ayuda del demonio para producir la muerte de Carlos. Y eso era traición en el más alto grado.

Fue imposible mantener fuera del caso a quien había fabricado la imagen, y Cosmo Ruggieri, instruido por Catalina, fue arrestado y admitió haber hecho la imagen para la Mole y Coconnas. Dijo que era la imagen del rey.

—Vinieron a pedirme la imagen de una persona real —declaró.

—¿Y tú adivinaste a qué persona real se refería? Cosmo asintió con un gesto.

—Debiste haber sospechado que era para un propósito avieso ya que también proporcionaste los alfileres para perforarle el corazón.

La Mole y Coconnas juraron que la imagen no representaba al rey, sino a una dama de quien estaba enamorado La Mole.

—¡Una dama con capa real y corona! Vamos, señor, pensáis que somos tontos. Sin duda es una efigie de su Majestad.

—Es la imagen de la dama que amo, y que esperaba conquistar —insistió La Mole.

—¿El nombre de la dama?

Catalina tenía razón al suponer que no habría peligro en hacer esa pregunta. La Mole, con sus ideas sobre la galantería y la caballería, nunca permitiría que el escándalo tocara el nombre de su amante.

Suspiró y dijo que era una dama a quien había conocido al viajar a otro país.

—¿Qué país? Y el nombre de la dama... esa dama real.

Pero La Mole se negó a mencionar el nombre. Era obcecado, y los jueces dijeron (como esperaba Catalina) que su incapacidad de contestar revelaba su culpa. Por lo tanto, junto con su cómplice Coconnas, fue condenado a ser llevado de la prisión a la plaza de Grève, para morir allí decapitado como un traidor; por su participación en el asunto, Cosmo Ruggieri fue condenado a galeras de por vida.

Margot apeló al rey. Se arrojó de rodillas ante él.

—Sire, os ruego que me escuchéis. Se acusa injustamente al Comte de La Mole. Puedo deciros todo lo que queráis saber sobre la imagen. Ah, sire, querido hermano, no era vuestra imagen, sino la mía.

El rey era presa de esa histeria que siempre lo acometía cuando temía a un asesinato. No confiaba en su hermana. Sabía que La Mole había sido su amante, y sabía que antes ella había trabajado para Enrique de Guisa contra él mismo. Ahora creía que su único pensamiento era salvar a su amante, y que no le importaba mentir para salvarlo.

Le ordenó que se retirara o la haría arrestar. Le gritó que no le creía.

Desesperada, Margot fue a ver a su madre.

—Tú sabes la verdad sobre esto. Tienes que saberla. Debes ayudarme.

Catalina sonrió con tristeza.

—Si pudiera ayudarte, hija mía, lo haría. Pero tú te enamoras tan profundamente de algunos hombres... No ves en ellos ninguna maldad en tanto los deseas. Lo mismo te pasó con monsieur de Guisa. ¿Recuerdas? —Catalina rió—. Bien, ahora es con monsieur de La Mole. Te niegas a considerar el importante hecho de que estos hombres son traidores, porque sólo te importa su belleza.

—La Mole no es un traidor.

—¡Cómo! ¿No es traidor un hombre que conspira contra la vida de su rey?

—No conspiró. La imagen de cera era mía. Lo juro. Cosmo Ruggieri sabía que era mía. ¿Por qué mintió? —Margot miró a su madre con una terrible sospecha. Dijo en voz baja—: Es un gran favorito tuyo, ese Ruggieri. Todo este juicio ha sido una estúpida farsa. Permitiste que sentenciaran a Ruggieri, pero le aseguraste que nunca vería las galeras como esclavo. Lo han hecho perdonar; lo has enviado junto con su hermano para que siga trabajando para ti. Podrías salvar a esos dos hombres como salvaste a Ruggieri.

—Si me convenciera de su inocencia...

—¡No finjas ante mí! ¡Sabes que son inocentes! Es posible que hayan participado en un complot junto con mi marido y mi hermano. Pero son hombres de mi hermano.

¿Cómo podían evitar comprometerse si recibían órdenes? Pero sabes que son inocentes de esta acusación de conspirar contra la vida del rey.

—¡Lamentablemente no lo parecían en el juicio! La Mole dijo que la imagen era de una dama, y no quiso dar su nombre. Fue una estupidez.

—¡Es un tonto caballero! ¡Como si a mí me importara que mencionara mi nombre! ¿Qué es mi reputación comparada con su vida?

—Me espantas, hija mía. Tu reputación como hija de Francia y reina de Navarra es de la mayor importancia. Además, deberías elegir amantes menos caballerosos.

—¿Es verdad entonces que sabías que la imagen era mía?

Catalina se encogió de hombros.

—Debemos aceptar el veredicto de los jueces, hija mía.

Cuando Margot se fue, Catalina llamó a Maddalena.

—Ocúpate de que vigilen de cerca a la reina de Navarra —ordenó—. Que todas sus cartas lleguen a mí... sin falta... que nada salga de aquí sin que yo lo vea. Que se informe sobre todas sus acciones en cuanto se produzcan.

Margot llevó a Henriette a su *ruelle* y lloraron juntas.

—Pero de nada sirve llorar, Henriette —gritó Margot—. Hay que hacer algo. Yo no me quedaré tranquila mientras nuestros amados están en tan terrible situación.

—Pero, Margot, ¿qué podemos hacer?

—He pensado en algo que podemos intentar.

—¡Margot! ¿Qué es?

—Sabes que nosotras andamos en el coche sin que nadie nos detenga. Los guardias nunca miran dentro de mi carruaje cuando reconocen las armas reales que lleva. Creo que podríamos hacer esto: nos vestiremos con dos trajes y dos capas cada una, y enmascaradas, entraremos con mi coche en Vincennes.

—¿Sí? ¿Sí? —gritó Henriette.

—En primer lugar me aseguraré de que puedo sobornar a los carceleros —los ojos de Margot se llenaron de lágrimas. Era una aventura que le encantaba—. No será difícil. Creo que podremos hacerlo. Visitaremos a nuestros amantes. Tú irás al calabozo de Annibale y yo al de Boniface. Allí, con toda velocidad, nos quitaremos una de las capas y uno de los vestidos. La Mole se pondrá los míos y Coconnas los tuyos.

—No les quedarán muy bien —dijo Henriette.

—Buscaremos los más grandes que tengamos en nuestros guardarropas. Seguramente encontraremos algo adecuado. Ellos se cubrirán la cabeza con la capa, y se pondrán las máscaras que les llevaremos. Y luego, con aire seguro, saldremos de los calabozos y del castillo e iremos hacia el coche. Será sencillo porque pensarán que los hombres son mujeres que hemos llevado con nosotras. Partiremos en el coche... saldremos de París... y habremos desaparecido antes de que se den cuenta de lo sucedido. Debemos tener asegurados a los carceleros. El resto será fácil, siempre que procedamos con calma.

—Estoy ansiosa por comenzar —dijo nerviosamente Henriette—. No puedo esperar.

—Tienes que dominar tu impaciencia. Hay que proceder con cuidado. Primero hablaremos con los carceleros. Tendremos que ofrecerles una gran suma, ya que ellos mismos deberán escapar después.

—¿Un soborno? ¿Cómo conseguiremos todo el dinero necesario?

—Tenemos nuestras joyas. ¿Qué son algunos diamantes y esmeraldas comparados con las vidas de nuestros amados?

—Tienes razón.

—Quizá mañana —dijo Margot—. Sí, lo haremos mañana y esta tarde iré a Vincennes en mi coche y tú vendrás conmigo. Advertirás sobre nuestro plan a Coconnas y yo haré lo mismo con La Mole. Será un ensayo de nuestra gran aventura. Pero primero veré a los carceleros, y si son los hombres que supongo que son, todo será fácil. Henriette, debemos tener éxito mañana.

—Si no moriré de pena —respondió Henriette.

En el coche que avanzaba rumbo a Vincennes iban las dos jóvenes, tensas y nerviosas. Henriette se envolvió con sus capas y se estremeció. Tocó la máscara que llevaba para cubrir la cara de su amante.

Margot también temblaba de excitación.

—¡Si lo lográramos! —murmuró Henriette por sexta vez, mientras le castañeteaban los dientes.

—No digas «si», Henriette. Lo lograremos. Debemos lograrlo. Tienes que poner cara de desesperación, porque de otro modo al entrar aquí se darán cuenta de que planeamos algo. Todo está arreglado. Hay caballos ensillados para los carceleros. Tú tienes tus joyas, yo las mías. Es muy simple. No creo que sea la primera vez que hayan salido prisioneros de aquí vestidos con ropas de mujer. En menos de una hora estaremos en camino —Margot hablaba sin cesar, porque eso calmaba su propio nerviosismo—. Bien, Henriette, no debe haber demora alguna en el calabozo. En cuanto lo hayan cerrado después de entrar tú, te quitas la capa y el vestido superior. Coconnas y tú no debéis tardar más de unos minutos en prepararos. Nos encontraremos frente a los calabozos y saldremos rápidamente del castillo. ¡Ah, no seas tonta! Claro que lo haremos. Es tan simple.

El coche se había detenido.

—Bien, Henriette, arriba ese ánimo. Pon cara triste. Recuerda que verás a tu amante por última vez... eso pensarán ellos... porque mañana lo ejecutarán. Piensa cómo te sentirías si no fuera por nuestro plan... y pon cara de tristeza. Mírame... así, ¿ves? Me reiría a carcajadas cuando pienso que los burlaremos a todos. Vamos, Henriette, ¿lista? Sólo necesitamos coraje y calma.

El cochero les abrió la puerta. Su rostro estaba grave. Tenía órdenes: dos damas saldrían del coche; cuatro volverían a él, y en cuanto subieran él debería galopar a toda velocidad hasta una posada donde lo esperarían caballos de recambio.

Todo estaba cuidadosamente planeado; y el que estaba al servicio de la reina de Navarra debía estar preparado para hacer cosas extrañas.

Hacía mucho frío dentro de los gruesos muros del castillo. Los guardias saludaron a la reina y a su amiga con oscura galantería. Conocían su relación con los prisioneros de los calabozos de abajo, y derramaron una lágrima romántica por las sufrientes damas. Muchos de ellos habrían estado dispuestos a afrontar algún castigo por permitir que la hermosa reina y la duquesa dijeran el último adiós a sus amantes condenados. En sus ojos se leía la simpatía gálica por todos los amantes al contemplar a las desdichadas y hermosas damas.

Un carcelero silencioso abrió la puerta de la celda, miró a Margot con tristeza. ¡Qué asustados están todos! Pensó ella. Todos menos yo misma.

Y al entrar en la celda sólo sentía la alegría de la aventura y la segura esperanza del éxito; sentía que el suspenso y las penas de las últimas semanas casi valían la pena, puesto que le permitían disfrutar de este momento supremo de ofrecer la vida por su amante.

La puerta se cerró tras ella.

—Mi amor... —susurró Margot—, mi Jacinto...

Sus ojos se habían acostumbrado a las penumbras, y vio algo que parecía un bulto en el suelo.

—¿Dónde estás? —gritó, alarmada—. ¿Dónde estás?

El bulto se movió apenas. Fue hacia él y se arrodilló a su lado.

Mi amor.... querido... —murmuró y apartó la tosca manta. Allí estaba él, el rostro pálido, como la muerte, los húmedos rizos negros pegados a la frente.

Margot gritó con angustia:

—¿Qué te sucede? ¿Qué ha pasado?

El la contempló en silencio.

—¡Ah, Dios! —exclamó ella—. Sangre... sangre en el suelo... en la manta... sangre por todas partes... su sangre...

Con la mayor delicadeza levantó un poco más la manta; lanzó un grito al ver esas piernas y esos pies quebrados y sangrantes.

Comprendió. Le habían aplicado la tortura de la bota; le habían roto sus hermosas piernas y nunca podría volver a caminar. Habían anulado su magnífico plan de salvarlo.

—¡Ay, querido mío! —gritó—. ¿Qué puedo hacer? ¿Qué puedo hacer para ayudarte?

Ahora él era consciente de la presencia de ella, porque se veía una tenue sonrisa en sus labios.

Murmuraba algo, y ella se inclinó para captar sus palabras.

—Has venido... —decía—. Queridísima... Es suficiente. Es todo lo que pido... No te has olvidado...

Ella acercó su rostro al de él y él trató de levantar una mano para tocarla, pero el esfuerzo fue superior a sus fuerzas y trajo un estertor agónico a sus labios y sudor a su frente.

—No debes moverte. Ah, querido, ¿qué puedo hacer? ¿Por qué vine tan tarde?

El volvió a hablar.

—Has venido... Es suficiente.

El carcelero entró silenciosamente en la celda.

—Madame, debéis marcharos. Ay, madame, cuánto lo siento, pero llegó la orden y debí obedecerla. Yo no podía hacer nada... nada...

Ella asintió.

—Llegó la orden —repitió; y le pareció ver el rostro sonriente de su madre—. Comprendo. Comprendo.

Henriette esperaba en el corredor; tenía un pañuelo sobre los ojos.

—¿Annibale también? —murmuró Margot.

Henriette asintió.

Y juntas fueron hacia el carruaje. No fue necesario que las dos desesperadas mujeres fingieran que habían dado el último adiós a sus amantes.

La multitud se había reunido frente el Hôtel de la Ville en la Place de Grèves para presenciar la ejecución de los dos hombres que habían conspirado contra la vida del rey. Esta ejecución había atraído mucho público porque se decía que los dos condenados habían sido grandes amantes; uno de nada menos que la reina de Navarra, y el otro de una dama de alcurnia también muy alta: la duquesa de Navarra.

La multitud protestaba. La responsable era la reina madre. Todos los males y los pesares de Francia provenían de ella. Se escribían libros sobre ella. Algunos decían que estaba celosa de su hija, y que por eso había torturado cruelmente al amante de Margot y había decidido destruirlo. Se decían cosas terribles sobre la reina madre. En todas las ceremonias públicas otras emociones daban paso al odio hacia ella.

—Hizo un imagen de cera del rey...

—¡Ah! Ya es hora de que muera, ese loco.

—¡Shhh! No sabes quién nos está escuchando... Y si muere, ¿qué? ¿Quién lo seguirá? ¿Nuestro elegante caballero de Polonia? ¿El pequeño Alençon? Son un montón de víboras.

Se oyó el ruido de ruedas de carreta, y por un momento reinó silencio en la plaza.

Luego alguien susurró:

—Dicen que fue cruelmente torturado. Con la bota. Los dos han sido torturados... La Mole y Coconnas. No pueden caminar hacia su ejecución.

—Pobres caballeros. Pobres hermosos caballeros.

—¿Hasta cuándo permitiremos que esa mujer gobierne nuestra tierra?

Pero las carretas se habían detenido, y los hombres eran llevados al cadalso.

La apretada multitud miraba; algunos sollozaban abiertamente. Parecía tan cruel que esos hombres murieran por haber hecho una imagen de cera de alguien que de todas maneras estaba casi muerto. A pesar de que habían sido torturados, conservaban signos de una gran elegancia.

El verdugo hizo una señal a los hombres que transportaban a La Mole para que lo colocaran en el cadalso.

—Ha llegado vuestra hora, monsieur —murmuró.

—Estoy preparado —respondió La Mole—. Adieu, querida mía —susurró.

El verdugo lo colocó donde le pareció conveniente.

—¿No tenéis nada que decir, monsieur?

—Nada, nada, pero te ruego que le des mi mensaje a la reina de Navarra. Te ruego que le digas que su nombre fue lo último que pasó por mis labios. Ay, Margarita... mi reina, mi amor...

Apoyó la cabeza en la losa y esperó el golpe del verdugo.

Un profundo suspiro surgió de la multitud.

Era el turno de Coconnas. Primero el breve y terrible silencio, luego las palabras murmuradas, el destello de la espada, y la cabeza de Coconnas cayó junto a la de su amigo en la paja manchada de sangre.

Catalina triunfaba. No había dudas de que el rey se moría. Ya no tenía fuerzas ni para ser transportado en una litera. No podía salir de su habitación.

Era el mes de mayo y el aposento estaba lleno de sol. Junto al lecho del rey estaba la pequeña reina, fingiendo que estaba resfriada para poder enjugarse de tanto en tanto sus lágrimas. El rostro de Madeleine estaba distorsionado por el dolor. Marie Touchet lo contemplaba, pálida y llena de pena. Estas mujeres que lo habían protegido sabían que el final no estaba lejos.

Margot también miraba, pero Catalina sabía que no pensaba en el rey. Aún estaba, como Catalina se decía a sí misma, «temporalmente destrozada» por el asunto de La Mole. ¡Qué criatura compleja era Margot! El documento que había presentado recientemente en favor de su marido asombró a Catalina. Se dio cuenta de que su hija era una de las personas más inteligentes de la corte. Tenía el cerebro de un abogado, y monsieur Paré decía que si ella lo hubiera querido habría sido la más brillante de sus alumnas. Su mente era activa y llena de astucia; tenía la mente de los Médicis, pero había heredado muchas características de su abuelo, Francisco I, y su sensualidad era tan dominante que se imponía sobre todas sus otras características. Pasaba muchas horas ante su escritorio; era una soñadora y tenía una imaginación tan vivaz que debía estar continuamente inventando aventuras, cuando no ocurrían en la realidad, y ella misma, ya fuera en la realidad o en la ficción, debía ser siempre la heroína. Escribía regularmente sus memorias, y éstas eran, y Catalina lo sabía, versiones muy coloridas de lo que realmente sucedía en la corte, en las que Margot siempre aparecía como la figura central del romance y la intriga.

Al mirar a su hija ahora, Catalina pensó cómo, después de la ejecución, había pedido que le trajeran las cabezas de los dos jóvenes, y ahora ella y la frívola Henriette de Nevers las habían hecho embalsamar y colocar en cascos muy lujosos y pasaban horas acariciándolas, recordando pasados placeres, rizando los cabellos en esas cabezas muertas y sollozando con amargo placer

Ahora había poco que temer de Carlos. Su hijo había muerto, y su segundo retoño era una niña que no podía ser obstáculo para que Enrique accediera al trono. Carlos no podía durar muchas horas. Alençon y Navarra estaban en semicautiverio; Montgomery y Cossé serían eliminados en la primera oportunidad. ¿Para qué demorarse? Pasó de la cámara del moribundo a la suya y envió por seis de sus hombres de mayor confianza.

Cuando estuvieron en su presencia les ordenó:

—Vayan lo más rápido posible a Polonia. El rey está muerto... o tan cerca de la muerte que da lo mismo. ¡Viva el rey Enrique III!

Cuando se fueron sonrió con satisfacción. Había llegado el momento tan largamente esperado. Su amado Enrique sería rey.

Pero en su recinto el rey se aferraba a la vida.

Lloraba débilmente en brazos de Madeleine.

—Ah, Dios mío —murmuraba—, ¡cuánta sangre! ¡Cuántos asesinatos! Ah, Dios mío... perdóname. Dios, ten piedad de mi alma. No sé dónde estoy. Marie, Madeleine... no me abandones. No me abandones ni por un instante. Dime dónde estoy.

—En mis brazos, mi muy querido —respondió Madeleine—. A salvo, en mis brazos.

Marie estaba al otro lado de la cama; Carlos le tomó una mano.

—¿Qué será de este país? —dijo. Su voz se alzó hasta un chillido y decayó en forma lamentable—. ¿Y qué será de mí? Dios puso en mis manos el destino de este gran país. Nada de lo que digáis puede alterar ese hecho.

—Por favor, querido, mi Charlot —lo calmaba Madeleine—, que los asesinatos y la sangre caigan sobre la cabeza de aquellos que te obligaron a llevarlos a cabo... sobre tus malos consejeros, sire.

Al levantar la mirada Madeleine vio los fríos ojos de Catalina clavados en ella; la boca helada de Catalina sonreía ligeramente. Carlos era consciente de la presencia de su madre y levantó una mano como para mantenerla a distancia.

—Madame —dijo—, espero que cuidéis de mi esposa y de mi hija.

—Ten la seguridad de que serán cuidadas, hijo mío.

—Y de Marie... y su hijo...

—Tú te has ocupado de ellos, Carlos. Prometo que no les sucederá nada malo.

Catalina sonrió a Marie, la pobre y mansa Marie. Había causado pocos problemas excepto en esas últimas semanas en que ella, junto con Madeleine, se negó tercamente a apartarse del lado del rey. Pero ahora eso quedaba olvidado, porque el rey se estaba muriendo, que era lo que deseaba Catalina. No tenía importancia si había vivido unas semanas más de lo previsto; lo que contaba era su muerte. Que Marie viviera en paz; no era lo suficientemente importante como para tenerla en cuenta. Carlos había hecho duque de Angoulême a su hijo, de manera que Marie, la hija de un juez de provincia, no tenía nada de qué quejarse.

—Cuidaré a tu reina y a su hijita. Me ocuparé de que Marie y su hijo estén bien. Nada temas. Me ocuparé de estos asuntos.

El la miró con desconfianza y pidió que llamaran a Navarra.

Navarra fue traído por los guardias, que lo esperaron fuera de la cámara del rey.

—Conspiraste contra mí —dijo el rey—. Fuiste poco bondadoso. Sin embargo confío en ti... como no puedo con-

fiar en mis hermanos. Es porque en ti hay algo simple...
algo que transmite honestidad. Me alegro de que hayas
venido a decirme adiós. Te mandé llamar por alguna razón,
pero no recuerdo cuál era. Estás rodeado de enemigos. Lo
sé. Tienes que tener cuidado. Aquí hay alguien en quien
no debes confiar. A mí me lo advirtieron, pero creo que la
advertencia me llegó demasiado tarde. Quizá no sea
demasiado tarde para ti. No confíes... —volvió los ojos
hacia su madre, y la miró como si no pudiera apartar la
mirada de ella—. No confíes... —recomenzó. Le templa-
ban los labios y Marie debió inclinarse para limpiarle la
espuma de los labios.

—Te fatigas, hijo mío —dijo Catalina.

—No. Lo diré. Lo diré. Es la verdad, y porque es la
verdad debo decirla. Hermano... Navarra... cuida a mi reina y a mi hija. Cuida a Marie y a su hijo. Te encomiendo
el cuidado de Madeleine. Porque tú eres el único en quien
me atrevo a confiar. Promételo. Promételo.

Navarra, que lloraba con facilidad, sollozaba sin disi-
mulos. Besó la mano del rey.

—Sire, lo juro. Los defenderé toda mi vida.

—Te lo agradezco, hermano. Es extraño que seas el
único en quien confío... tú, que has conspirado contra la
corona. Pero de veras confío en ti. Ruega a Dios por mí.
Adiós, hermano. Adiós. Miró a su madre y agregó:

—Me alegro de no tener un hijo varón que deba usar
la corona de Francia después de mí.

Después de esta declaración se dejó caer en el
lecho; estaba invadido por el agotamiento.

Son sus últimas palabras, pensó Catalina. Y ahora...
esto que he deseado durante tantos años peligrosos y amargos... esto por lo que he trabajado, conspirado y matado...
sucede. Mi rey Carlos, el loco, está muerto, y mi hijo adorado debe prepararse para el trono.

4

El rey de Polonia estaba agotado. Reclinado en sus almohadones, se hacía abanicar por dos de sus jóvenes favoritos: du Guast, el más querido de todos, y el divertido Villequier. Otros estaban sentados cerca de su lecho; uno eligiéndole las mejores golosinas; otro admirando el corte de su chaqueta ante el espejo veneciano que el rey se había hecho traer de Francia. El rey sonrió a todos. No estaba realmente insatisfecho de su pequeño reino. Era gratificante ser amado como lo amaban sus súbditos. Le bastaba salir a la calle para verse rodeado de admiradores que consideraban un privilegio poder mirarlo, porque nunca habían visto a alguien tan magnífico como este rey pintado y perfumado. A veces llevaba ropas de mujer, y con ellas parecía más fantástico, se veía distinto de los demás hombres; así, pensaban los polacos, debía ser un rey.

Se había deteriorado mucho desde que saliera de Francia. Había perdido hasta la ligera energía de su adolescencia, se había vuelto más egoísta, más dependiente del lujo. Ahora fingía estar exhausto porque debía atender cuestiones de Estado. Detestaba las reuniones con sus ministros; las asambleas lo aburrían. Continuamente les aseguraba que podían reunirse sin su presencia. Debían comprender, decía, que había recibido una educación delicada y que venía de la bella y civilizada tierra de Francia, de la corte más intelectual del mundo. El no era un bárbaro. Necesitaba música para calmarse, no asambleas molestas; debía escuchar la poesía que lo deleitaba, no las arengas de los políticos que lo fatigaban.

El conde Tenczynski, su principal ministro, se inclinó ante él, deleitado por los dulces perfumes y el *décor* sensual de los aposentos del rey, admirando, como todos sus compatriotas, el aire de lujo y civilización que el francés Enrique había traído a su tierra.

—Y por eso, querido Tenczynski, estoy agotado —dijo el rey—. Estoy cansado. Debéis conducir vuestra política sin mí —se volvió hacia el caballero que comía golosinas —. Una para mí, querido. Glotón, ¿te las comerás todas tú?

—Sólo las probaba, majestad, para ver cuáles serían adecuadas para vuestro paladar.

El caballero puso la golosina en la boca real, y su amo le palmeó cariñosamente la mano.

Tenczynski murmuró:

—No queremos fatigar a Vuestra Majestad. Si Vuestra Majestad desea que prosigamos solos...

Enrique hizo un movimiento con su bella mano.

—Eso es lo que deseo, querido Tenczynski. Volved a vuestra asamblea y cuando terminéis venid y os hablaremos sobre ese hermoso baile que daremos mañana por la noche.

Tenczynski se encogió de hombros y rió.

—Un baile... ¿mañana por la noche?

—Un baile, mi querido Tenczynski, como jamás habréis visto. Ahora retiraos, y cuando volváis para mi *coucher* os hablaré sobre él y sobre la ropa que pienso ponerme.

—Vuestra Majestad merece el mayor aprecio de sus súbditos —respondió Tenczynski con una profunda reverencia.

Cuando se fue, Enrique bostezó. Decidió bromear con sus jóvenes hablando de la princesa de Condé.

—¡Pensar que hace seis meses que no poso los ojos en su bello rostro!

Los jóvenes se pusieron de mal humor, pero sabían que el rey bromeaba. No estaban realmente perturbados, ni el rey deseaba realmente a la princesa. No era más que un juego entre ellos.

—No os enfadéis. Y dadme otro dulce. Escribiré a la princesa esta noche.

—Os fatigáis escribiendo a la princesa —respondió du Guast.

—Te equivocas, amigo mío. Me estimula escribir a la princesa.

Villequier pidió:

—Dejadlo para mañana, queridísimo sire, y hablemos de vuestra toilette para el baile.

El rey no pudo resistir la tentación.

—Iré de seda verde, vestido como una mujer. Mi traje tendrá un gran escote y usaré esmeraldas y perlas. Y ahora... papel y pluma, por favor. Podéis hablar entre vosotros de lo que vais a usar, pero no os excedáis.

Vieron que estaba decidido a escribir a la princesa, y por lo tanto le trajeron los materiales que pedía. Pidió su estilete enjoyado, y cuando se lo trajeron se pinchó un dedo, contemplado por los jóvenes que lo miraban con pena. Luego comenzó a escribir a la princesa de Condé con su propia sangre, una afectación que le encantaba.

«Cuando leas esta carta, amada mía, debes saber que fue escrita con la sangre real de Valois, la sangre de quien ahora ocupa el trono de Polonia. ¡Ah, ojalá fuera el de Francia! ¿Y por qué? ¿Porque es mayor honor? No, mi querida. Porque si yo fuera rey de Francia, tú estarías a mi lado.»

Mientras escribía, du Guast entró en la cámara; estaba excitado, pero Enrique no levantó la mirada. Pensó que el favorito interrumpía su escritura por celos, con cualquier pretexto.

—Sire —anunció du Guast—. Hay un mensajero afuera. Trae grandes noticias .

—¡Un mensajero! —Enrique dejó de lado la carta de amor—. ¿Qué noticias?

—Grandes noticias, señor, de Francia.

—Tráelo. Tráelo en seguida.

Cuando hicieron entrar al hombre, éste se arrodilló ante el rey con gran reverencia. Después de besar la delicada mano, dijo:

—¡Viva el rey Enrique III de Francia!

Enrique levantó una mano y sonrió.

—Así que mi hermano ha muerto por fin... Y a ti te envía mi madre... ¡Bienvenido! ¿Tienes otras noticias para mí?

—No, sire, excepto que la reina madre os urge a regresar a Francia lo antes posible.

El rey palmeó el hombro del mensajero.

—Mis asistentes te darán de comer y de beber por haber traído estas noticias. Cuidad de que esté bien atendido.

Cuando quedaron solos Enrique se tendió de espaldas, con los brazos detrás de la cabeza, sonriendo a sus jóvenes.

—¡Por fin! —gritó el impetuoso Villequier—. Lo que tanto esperabamos ha sucedido.

—Debo regresar a Francia de inmediato —declaró el rey.

—¡Esta misma noche! —gritó Villequier.

—Sire —intervino el más tranquilo du Guast—. No será necesario. Los polacos saben que ahora no pueden deteneros. Reunid a los ministros y explicadles lo que ha sucedido. Haced vuestros planes para la partida. Estaréis listo en un día o dos. Si os vais esta noche parecería que estáis huyendo.

Enrique frunció el ceño a du Guast. Ya se había imaginado a sí mismo y a sus compañeros saliendo del palacio sigilosamente, dirigiéndose hacia Francia a toda prisa. Sonrió a Villequier, porque le gustaba la sugerencia de ese caballero.

—Tratarán de detenerme —dijo—. Sabes cuánto me aman. Les he dicho que habrá un gran baile mañana por la noche, y no me permitirán irme hasta que haya terminado.

Que tengan su baile —aconsejó du Guast—. Será una ceremonia de despedida. Explicadles que aunque sigáis

232

siendo rey de Polonia, es necesario que vayáis de inmediato a Francia para mostraros al pueblo y para arreglar asuntos de Estado de los que, como rey, sois responsable.

—Pero, querido, sabes que de ahora en adelante tendré que vivir en Francia. Un rey de Francia no puede vivir en Polonia.

—Ellos no lo saben, sire. Podéis comunicárselo más tarde.

—No estoy de acuerdo con él —dijo Villequier, que estaba impaciente por pisar suelo francés—. Debemos partir para Francia ahora mismo... esta noche. ¿No es eso lo que ordena la reina madre?

—Creo que tienes razón, querido Villequier —dijo Enrique—. Sí, eso es lo que haré. Bien, mis queridos, hagamos nuestros planes. Haced ensillar caballos. Una vez que los asistentes se acuesten a dormir, yo me levantaré, me vestiré rápidamente, y no perderemos un momento. Saldremos hacia nuestra amada Francia.

Du Guast insistió cansadamente:

—Esta acción dramática es innecesaria.

Enrique no le prestó atención. Se había acostumbrado a darse todos los gustos durante su reinado en Polonia. Le gustaba actuar de forma extravagante y completamente imprevista. No le importaba hacer tonterías; le gustaba hacer cosas que lo asombraran a él y a los demás. Du Guast, reconociendo su actitud, comprendió que era inútil oponerse.

—¡Anhelo la civilización de Francia! —exclamó Enrique—. Lo único que lamentaré dejar atrás son las joyas de la corona de Polonia.

—Pero pertenecen a Vuestra Majestad —respondió Villequier—. Esas joyas son vuestras, ya estéis en Francia o en Polonia. Llevadlas con vos, sire.

Enrique besó lánguidamente las mejillas de Villequier.

—Me haces muy feliz, amigo mío. No habría soportado separarme de esas joyas.

Se dispersaron para hacer los preparativos, y cuando llegó la hora del *coucher* ya estaban listos para partir.

Tenczynski presidió la ceremonia mientras los otros nobles polacos sonreían de placer, como siempre en presencia del rey. Enrique se tendió en el lecho y charló un rato.

Bostezó.

—De veras estoy cansado esta noche. He trabajado tanto en los preparativos del baile.

—Entonces —dijo Tenczynski—, dejaremos descansar a Vuestra Majestad.

Enrique cerró los ojos, y se cerraron los cortinajes alrededor de su lecho. Todos salieron del dormitorio y el palacio quedó en completo silencio.

Media hora después, como habían arreglado, sus caballeros entraron en la habitación, vestidos y con botas. Ayudaron a vestirse al rey, tomaron las joyas de la corona, se dirigieron al lugar donde estaban ensillados los caballos, y salieron sin el menor ruido de Cracovia.

Los excitaba sentirse perseguidos. Avanzaron velozmente pero sin mucho sentido de dirección, y después de cabalgar algunas horas, se encontraron a orillas del Vístula, sin saber muy bien cómo habían llegado hasta ese lugar ni hacia dónde debían dirigirse.

Se miraron con consternación. No era parte de los planes del rey que se perdieran.

—Entremos en el bosque —dijo du Guast—. Es posible que allí encontremos un guía.

Eso hicieron, hasta llegar a la cabaña de un leñador, donde Villequier, poniendo su daga contra la garganta del hombre, lo obligó a que abandonara a su familia y los condujera a la frontera. Allí los esperaba Tenczynski con trescientos tártaros.

Du Guast no pudo reprimir una sonrisa de triunfo, porque al menos quedaba probada su declaración, que esta actuación dramática sería inútil.

Tenczynski cayó de rodillas ante el rey.

—Os he seguido, sire, para rogaros que volváis a Cracovia. Vuestros súbditos están sumidos en el pesar porque los habéis abandonado. Volved, sire, y recibiréis una gran bienvenida. Vuestros súbditos seguirán tan obedientes y amantes como siempre.

—Mi querido conde —respondió Enrique—, debéis saber que he sido convocado desde mi país nativo. La corona francesa me pertenece por herencia. No creáis que, como debo ir ahora a Francia, no regresaré a Polonia... un país que he llegado a amar. Permitidme que arregle mis asuntos en Francia y volveré.

—Sire, en Francia no encontraréis súbditos tan obedientes y amantes como los que puede ofreceros Polonia.

—Querido Tenczynski, me conmovéis profundamente. Pero no me pidáis que vuelva con vosotros ahora. Un poco de gracia... es todo lo que os pido. ¿Pensáis que podré vivir lejos de nuestra querida Polonia? Debéis volver a Cracovia y ocupar mi lugar hasta que volvamos a vernos. Tened la seguridad, querido conde, de que volveré antes de lo que pensáis.

Con gran gesto Tenczynski se hizo una herida en un brazo con su espada y dejó caer la sangre sobre un brazalete.

—Esta es mi sangre, sire, en este adorno. Os ruego que lo llevéis con vos. Os recordará constantemente que mi sangre es vuestra si la necesitáis.

Enrique se quitó uno de sus anillos de diamantes y se le entregó al conde en retribución por el brazalete.

—Llevadlo en mi memoria.

—¿Y puedo decir a nuestros súbditos que pronto estaréis de regreso con nosotros, que esto no es más que una breve visita a Francia, sire?

—Podéis decírselo —respondió Enrique.

Tenczynski lloró mientras los tártaros los miraban con desconcierto. Enrique y su comitiva atravesaron la frontera.

—¡A nuestra amada Francia! —gritó Enrique—. Para nunca volver a pisar esta tierra de bárbaros.

Pero Enrique descubrió que, una vez que dejó atrás Polonia, ya no tenía tanta prisa por volver a su tierra natal. Ser rey implicaba muchas responsabilidades que no tenía demasiadas ganas de asumir, y gobernar a Francia no sería tan sencillo como fingir que gobernaba a Polonia. Pensó con irritación en esos agotadores hugonotes y católicos que siempre estaban creando problemas; pensó en la dominación de su madre, la perversidad de su hermano y la astucia de su hermana. Por lo tanto era agradable demorarse por el camino.

En Viena hubo una gran recepción para el nuevo rey de Francia. No podía marcharse a toda prisa después de semejante recepción, quedaría muy mal. Y la recepción que se le brindó en la hermosa Venecia hizo palidecer a la de Viena por comparación.

¡Qué delicia poder reclinarse en una góndola dorada impulsada por seis gondoleros con turbantes turcos, mientras los venecianos admiraban su brillante figura adornada con las joyas polacas!

No podía separarse de Venecia. Era muy susceptible a la belleza, y deslizarse por el gran canal, contemplar a las bellezas venecianas que lo saludaban desde las ventanas iluminadas, estar nuevamente con escritores y artistas, le daba un exquisito placer. ¿Cómo había soportado esos meses en una tierra salvaje? Dejó que los artistas pintaran su retrato; vagó por el Rialto disfrazado de ciudadano común, compró perfumes como no había podido comprar desde lo que él llamaba trágicamente «su exilio». Y compró también muchas joyas.

—Queridos —dijo a sus asistentes mientras lo perfumaban con sus recientes adquisiciones y colgaban las nuevas joyas de su cuello—, ¿no es extraordinario estar nuevamente en un país civilizado?

Comenzaron a llegar despachos urgentes de la reina madre. Ella había salido con su comitiva y lo esperaba en la frontera. Escribía que el pueblo estaba muy ansioso por recibir a su nuevo rey.

Enrique hizo una mueca. No estaba seguro de la bienvenida que recibiría en Francia. No podía olvidar a esos franceses insultantes que llenaban las calles de las ciudades flamencas y lo imprecaban y le arrojaban barro e inmundicias.

Pero las llamadas de Catalina no podían desatenderse por más tiempo, y Enrique supo que debía despedirse de la querida gente de Venecia y continuar su camino hacia la frontera.

Cuando por fin se encontraron, Catalina lo abrazó con fervor.

—¡Querido mío, por fin!

—¡Madre! Hace días y noches que no duermo por mi deseo de verte. El exilio fue terrible, madre, terrible y trágico.

—Ahora ya ha terminado, querido mío. Estás en tu tierra. Eres rey de Francia. No necesito decirte cuánto he anhelado este día.

Lo estudiaba con ansiedad. Enrique parecía haber envejecido seis años en el curso de seis meses. Así sucedía con estos hijos suyos. Llegaban a la madurez en la adolescencia y eran viejos poco después de los veinte años. Catalina tuvo miedo de que enfermara como Francisco y como Carlos.

Le explicó que admiraba su aspecto saludable, porque sabía que Enrique no toleraba las críticas, en particular de su aspecto.

—Se te ve más joven que cuando te fuiste, querido. Luego me contarás sobre ese terrible exilio.

Dijo que había traído con ella a Navarra y a Alençon.

—Están bajo estricta vigilancia —dijo—. Los hago viajar en mi coche y siempre comparten mi alojamiento. Es necesario observar a esos dos.

Catalina cabalgó junto a Enrique en la entrada triunfal a Lyon. De ahora en adelante será así, decidió. Siempre estaré junto a él, y juntos gobernaremos Francia.

Lyon traía recuerdos amargos a Catalina. Recordó otra entrada en esa ciudad, ¡ah, tanto tiempo antes! Ahora era feliz. Su hijo Enrique nunca la trataría como la había tratado su esposo Enrique. Esta era la relación más feliz de su vida.

Mientras la comitiva real descansaba en Lyon, Catalina recibió la noticia de que la princesa de Condé había muerto; Catalina se sorprendió de su propia pena al pensar en el dolor que esa noticia causaría a Enrique. Le ocultó la noticia el mayor tiempo posible.

La forma de demostrar su dolor fue la típica del rey; usó la muerte de su amante para dar celos a sus favoritos.

Declaró que tenía el corazón destrozado. ¡Ah, qué destino cruel! Había vivido con la sola esperanza de reunirse con su amada. ¡Y después de todos estos meses de exilio la había perdido!

Se encerró en sus habitaciones; se vistió de luto riguroso: terciopelo negro adornado con diamantes, y dijo que los diamantes no eran sus piedras favoritas. Necesitaba color para hacer resaltar el tono de su piel y sus ojos.

—Ya veis cómo la amaba; sólo uso estas oscuras ropas para ella. Ah, mi corazón está realmente destrozado.

Catalina protestó:

—Querido, no debes permanecer aquí. Hace mucho tiempo que faltas de París. Hay que pensar en tu coronación. Cuanto antes se realice, mejor. Insisto.

El respondió con aire juguetón.

—Tú insistes, madre, pero ahora yo soy el amo, ¿verdad?

Y pasaron dos meses antes de que Catalina pudiera inducirlo a seguir viaje, y aun entonces no quiso ir más allá de Avignon.

Catalina pronto comprendió que sus felices planes de compartir el trono con Enrique no serían tan fáciles de realizar. La consultaba poco. Ella sabía que siempre había sido enormemente despilfarrador, pero nunca como ahora. Siempre le había gustado hacer cosas inesperadas, pero antes éstas tenían una pizca de humor; ahora eran simplemente estupideces. Catalina culpaba a los jóvenes que lo rodeaban: tendría que quebrar su influencia lo antes posible.

Había trabado relación con una joven que el astuto cardenal de Lorena había puesto ante sus ojos. Catalina suponía que el cardenal trataba de ganar la confianza del rey, para poder dominarlo como otrora había dominado al pobre y enfermizo Francisco. Louise de Vaudemont era una joven rubia que pertenecía a la familia Lorena.

Al principio Enrique no se interesó demasiado por la muchacha, porque decía estar aún destrozado por la pérdida de la princesa de Condé, pero después de un tiempo se le ocurrió que debía tener una amante, y tanto daba Louise de Vaudemont como cualquier otra. Ya era la amante de Francisco de Luxemburgo; por lo tanto no haría demasiadas demandas al rey; por lo tanto era también muy digna de ocupar el lugar de la princesa de Condé. La princesa tenía un marido: Louise tenía un amante, y eso era muy conveniente cuando un hombre se cansaba de hacer el amor.

No tenía prisa por dejar Avignon. Deseaba postergar su llegada a París; no amaba a su ciudad, y siempre que andaba por sus calles sentía el antagonismo de la gente. No apreciaban su belleza, ni la de sus caballeros. Había aceptado a Louise porque pensaba que sería bueno que la gente pensara que él era lo suficientemente normal como para amar a una mujer. Pero no quería pensar en París; se ponía desagradable cada vez que alguien mencionaba la ciudad.

—Avignon es una ciudad encantadora —decía—. Quedémonos aquí un poco más. Ya pasaremos mucho tiempo en París.

Se unió a la nueva hermandad del *Battus*.

—Quiero que mi pueblo sepa que soy un hombre serio, un hombre profundamente religioso.

El *Battus* era una secta cuyos miembros se vestían con sacos, usaban máscaras y andaban por la calle azotándose unos a otros; llevaban los pies y los hombros desnudos y llevaban antorchas y crucifijos como si estuvieran haciendo una penitencia. A Enrique le entusiasmaba el *Battus*. Todos sus jóvenes debían incorporarse a la secta. Le daba una tal sensación de espiritualidad, decía el rey, y era celestial sentir el látigo en los hombros. Llevaba joyas con calaveras en las ropas, y hasta en los lazos de sus zapatos.

Navarra ingresó en la orden. Se divertía azotando al rey y a sus favoritos, pero se las arreglaba para que no lo azotaran a él. «*Chacun à son gout!*», decía el incorregible Navarra.

El cardenal de Lorena también entró en la orden, porque deseaba sobre todas las cosas gozar del favor y la confianza del rey.

Catalina observaba esos juegos con horror.

No es nada, se decía. Ha esperado tanto tiempo. Ahora el triunfo se le ha ido a la cabeza. Pronto se aburrirá de esta tontería, y entonces él y yo gobernaremos juntos.

Catalina estaba cenando cuando, sin previo aviso, tuvo la misteriosa noción de que el cardenal de Lorena había muerto.

Hizo una pausa en el acto de llevar una copa a sus labios para decir:

—Ahora tendremos paz, porque el cardenal de Lorena ha muerto, y se dice que él era quien la impedía.

Una de sus mujeres respondió:

—Madame, vi al cardenal hace unos días. En una procesión del *Battus*. Iba descalzo y con los hombros descubiertos. Entonces estaba muy bien.

—Está muerto —insistió Catalina—. Fue un gran prelado —sonrió con astucia—. Hemos sufrido una gran pérdida —vio los ojos de Maddalena fijos en ella y obligó a la mujer a acercarse, diciéndole—: ¡Hoy ha muerto el más malvado de los hombres, gracias a todos los santos!

Luego dejó caer su vaso y miró hacia adelante.

—¡Por Dios! Allí está. ¡Allí está el cardenal!

Maddalena respondió, castañeteándole los dientes.

—¡Madame, nosotros no lo vemos!

Catalina se reclinó en su asiento. Estaba tranquila mientras decía:

—Ha sido una visión. Las he tenido varias veces en mi vida. No dudo de que durante el día de hoy nos informarán sobre la muerte de ese viejo.

Sus mujeres no podían olvidar el incidente. Hablaban de ello en susurros. Recordaban cuando la reina les había hablado de la muerte del príncipe de Condé en Jarnac y de la victoria de su hijo en ese campo de batalla. A kilómetros de distancia, veía todo eso como si estuviera sucediendo ante sus ojos.

—La reina madre no es del todo humana —decían—. Eso es lo que nos aterroriza a todos.

Más tarde, cuando llevaron a Catalina la noticia de la muerte del cardenal, respondió:

—No me traéis ninguna noticia. Lo vi en el momento en que dejó este mundo para ascender al paraíso —y agregó para sí misma—: O más bien para bajar al infierno, si es que existe ese lugar.

Esa noche se desató una furiosa tormenta, y Catalina, insomne, no podía apartar de su mente el recuerdo de ese hombre que había dominado a su hijo, el rey Francisco II, y había ensombrecido la vida del muchacho. Recordaba tantos incidentes del pasado, los comentarios astutos, mortales de ese hombre, su determinación de llevar al poder su casa, la cobardía que lo había llevado a usar una cota de malla bajo sus ropas de cardenal. Recordaba que, de todos los hombres de Francia, él había sido su mayor enemigo; un hombre malvado, un hombre de contrastes, un hombre de iglesia dispuesto a pagar cualquier precio al hombre o la mujer que pudiera pensar en un nuevo método de excitar sus gustos eróticos, capaz de ubicar cualquier cita de los clásicos, excelente en dar respuestas agudas, y cuanto más *risqué* fueran éstas, más le gustaban. Pensó en cómo, durante sus últimos años, cuando debía sentir próxima la muerte, la había mirado con un nuevo afecto, por considerarla tan malvada que a su lado se sentía inocente. Lo imaginaba ante Dios, confesando:

—Sí, yo hice eso, soy culpable de aquello, pero, Señor, piensa en aquella pecadora más grande que fue la reina Catalina, y verás que no soy más que un principiante en el pecado.

Esta escena imaginaria la hizo reír en voz alta.

Pero cuando la tormenta comenzó a sacudir las paredes del *château*, y era imposible aislar el ruido del viento y los incesantes latigazos de la lluvia, la acometió un miedo terrible y pensó que el cardenal estaba en la habitación. Tocó su brazalete y repitió unas palabras mágicas que le había enseñado René; pero aun con los ojos cerrados veía el largo rostro astuto del cardenal, con esas facciones finas que antes de haber quedado marcadas por la depravación eran tan hermosas; veía los ojos con las ojeras oscuras; veía esos labios en movimiento. Y pensó: quiere llevarme con él. Quiere que esté sentada junto a él en el juicio. Quiere decir: «Compáranos. He aquí la mujer más malvada que haya vivido jamás. ¡Tú no la ves, roja por sus pecados, y piensas mal de mí!»

Era una fantasía ridícula, no creía en ese juicio. Pero no podía olvidar al cardenal, y le parecía verlo allí, entre las colgaduras a los pies de su cama.

Finalmente no pudo tolerar más la tensión y llamó a sus mujeres. Ellas acudieron, asombradas.

—Enciendan velas —ordenó—. El cardenal está aquí. Las luces y la presencia de vosotras lo llevará de vuelta al Hades.

Finalmente el rey accedió a partir de Avignon hacia Reims.

—Debes ser coronado rey de Francia lo antes posible —decía Catalina.

Se acercaba uno de los días más grandes de su vida: el día en que su preferido sería coronado rey de Francia. No tenía tiempo para temores caprichosos y había dejado de pensar en el cardenal de Lorena, aunque durante varias noches después de su muerte hizo que sus mujeres la acompañaran hasta el amanecer. El hombre a quien llamaban *Le tigre de la France*, el lascivo, el chupasangre, el enemigo de Dios, pronto fue olvidado, aunque casi inmediatamente después de su muerte se contaron historias sobre él. Los hugonotes declararon que la gran tormenta que estalló en la noche de su muerte había sido desatada por las brujas en su Sabat, para llevar su alma al eterno tormento. También se decía que estaba muy perturbado antes de morir, y que sentía a los espíritus malos alrededor de su lecho, esperando a que su alma se liberara. Los católicos contaban una historia diferente. Para ellos la tormenta había sido enviada por Dios para mostrar su ira contra un país que no apreciaba a un buen católico como había sido el cardenal; Dios se lo había llevado, ya que su país no lo apreciaba. Decían que al morir había hablado con la voz de los ángeles. Dos ángeles habían estado en la cabecera de su lecho y dos a los pies para ocuparse de transportar su alma.

—Sería bueno saber quién ganó finalmente el alma negra de ese hombre —declaró con cinismo Catalina—, si los demonios o los ángeles. Pero estoy segura de que creará un terrible conflicto en el cielo o en el infierno, como hizo en Francia. ¡Basta! Dejémoslo en su paz o en su tormento, porque se ha ido, y los que nos interesan son los que quedan.

Y fueron a Reims, donde Enrique asombró a su madre con su determinación de casarse de inmediato.

Catalina se horrorizó.

—Si quieres casarte, hijo mío, buscaremos una novia digna de ti. Pero habrá que hacer negociaciones. En primer lugar debemos ocuparnos de tu coronación.

—Pienso casarme dos días después de mi coronación.

—Eso... eso es imposible.

—Conmigo —replicó con arrogancia Enrique—, pocas cosas son imposibles. Y menos aún un matrimonio.

—Enrique, querido, creo que no entiendes la dignidad de tu posición. Como rey de Francia.

—Como rey de Francia, yo y sólo yo decidiré cuándo me casaré. Louise está ansiosa por convertirse en mi reina, y no veo motivos para demoras.

—¡Louise! —gritó Catalina horrorizada.

—Estamos enamorados —declaró Enrique, acariciándose los rizos.

Catalina lo miró, estupefacta. ¿Qué le había sucedido a su hijo en los meses transcurridos en Polonia? Se preguntó con terror si no estaría atacado de la misma locura que atormentara al pobre Carlos.

—Eres el rey —protestó—. Debes tener un matrimonio digno de ti.

—Debo casarme y tener hijos, madre. Mira, si muero mañana, Alençon subirá al trono. Nunca permitiremos que suceda semejante calamidad en Francia.

—Debes tener hijos, sí... Pero también debes casarte con alguien a la altura de tu rango.

El le besó la mano.

—Mi rango es tal —respondió—, que exalta a cualquiera a quien yo eleve a él. La boda tendrá lugar inmediatamente después de la coronación. El pueblo estará contento.

Catalina veía el gesto petulante en sus labios; sabía que él desafiaba su intento de frustrarlo. Era incapaz de despertar miedo en él, como lograba tan fácilmente con sus otros hijos. No debía desesperar, debía tratar de gobernar con astucia. ¿Por qué no? Lo había hecho antes con tanto éxito. Pero qué alarmante era descubrir esta irresponsabilidad que en él, por su posición, casi representaba una locura.

La coronación no se realizó sin tropiezos. Enrique protestó por la forma en que le colocaban la corona en la cabeza. Decía que lo lastimaba, y movía la cabeza como un niño hasta que casi la hizo caer. Tenía que aprender a controlar su mal humor en público, pensó Catalina. ¿Qué le habían hecho esos polacos? Lo habían cambiado. No debía comportarse ante sus súbditos franceses como lo había hecho ante aquellos bárbaros. Ante los polacos era una brillante excentricidad; para los franceses un ridículo perverso. Los temores de Catalina crecían con cada manifestación de la perversión de su hijo. Ahora la gente decía que el incidente durante la coronación era un mal presagio.

—¿Vieron como casi se cayó la corona de su frívola cabeza? No reinará mucho tiempo. Fue una señal. Una señal de que no debe preocuparnos mucho.

Esto era malo. Un rey debía ser popular, al menos durante la coronación. A Enrique le enfurecía la actitud malhumorada de su pueblo. Los polacos estaban orgullosos de él. ¿Qué sucedía con los franceses que no podían sentir lo mismo?

Inmediatamente después de la coronación la desconcertada población se enteró de que el rey se casaría casi de inmediato.

Su conducta se había vuelto intolerable, y él tan arrogante, tan vanidoso, que no le importaba lo que su pueblo pensara de él. Insistió en que la Iglesia modificara sus costumbres y la boda fuera celebrada por la noche.

—Porque —explicó—, nos vestiremos a la luz del día, y necesitaremos todo el día para ocuparnos de nuestras vestimentas y nuestras joyas.

La Iglesia estaba furiosa; el pueblo se sentía insultado. No sólo había tomado el rey esta decisión repentina, sino que la esposa que había elegido era la amante de Francisco de Luxemburgo.

Los franceses comenzaban a despreciar a este rey pintado y perfumado que no parecía estar seguro de si era un hombre o una mujer.

Comètió una indiscreción más al llamar a su presencia a Francisco de Luxemburgo.

—Primo —comenzó, y lo dijo en presencia de tanta gente que la historia pasó de Reims a París y circuló por toda Francia—. Voy a casarme con tu amante. A cambio te doy a mademoiselle de Châteauneuf, que era la mía. Tú te casarás con mi amante y yo con la tuya, porque es una situación muy picante, que me divierte y que divertirá a mi pueblo.

Francisco de Luxemburgo, completamente sorprendido por la propuesta, hizo una profunda reverencia y respondió:

—Sire, realmente me alegro de que mi amada sea llamada a semejante gloria y honor. Sin embargo os ruego que me dispenséis de casarme con mademoiselle de Châteauneuf.

Enrique frunció el entrecejo.

—¿Por qué? Mademoiselle de Châteauneuf era bastante buena para mí. Por lo tanto será bastante buena para ti.

—Así es, sire. Pero os pido tiempo para considerar un asunto que, como admitirá Vuestra Majestad, es de mucha importancia.

—No puedo darte tiempo —respondió el arrogante rey—. Insisto en que tu matrimonio con mademoiselle de Châteauneuf se realice en seguida. Deseo dos rápidas bodas. Es una situación romántica y picante que me divierte, y que hará que el pueblo comprenda al hombre que es su rey.

Enrique se casó con gran pompa con Louise de Vaudemont, pero Francisco de Luxemburgo desapareció de sus aposentos poco después de la conversación con el rey, y luego se descubrió que había huido sin demoras a Luxemburgo.

Enrique se encogió de hombros; estaba demasiado ocupado con las ropas y las joyas que usaría como para pensar demasiado en su pariente. Pero la gente sacudía la cabeza con rechazo y se preguntaba qué esperaba a un país con semejante hombre como rey.

—¿Hemos terminado con un loco para poner a otro en su lugar? Son víboras, estos Valois. ¿Qué se puede esperar? ¡Recuerden quién es su madre!

Y de la coronación y la boda en Reims Enrique pasó a su ciudad capital, para entregarse allí a más orgías, más procesiones de los *Battus* por las calles.

Los parisienses observaban de mal humor las travesuras de su rey. Les parecía que sólo podían derivar males del reinado de Enrique III, que los gobernaría con la Jezabel italiana a su lado.

El rey prosiguió con su existencia frívola sin percibir las tormentas que se alzaban junto a él. Catalina lo observaba y le daba consejos que él fingía escuchar pero que luego desatendía. Tenía a sus jóvenes especiales siempre a su alrededor; el pueblo de París comenzaba a llamarlos sus *mignons*. Había cuatro a quienes parecía favorecer más que a otros; du Guast, Caylus, y los duques de Joyeuse y Epernon. Casi nunca se apartaban del lado del rey; disfrutaban de su confianza y compartían sus placeres. Catalina los oía reír a menudo mientras planeaban alguna diversión o hablaban de los nuevos estilos en ropas y joyas o se contaban las travesuras de sus perros falderos.

En todo París la gente se impacientaba. Dos veranos fríos seguidos habían provocado gran escasez de trigo. Los hugonotes, tan seguros de que Dios estaba de su lado como

246

los católicos de que estaba del suyo, aseguraban que esto era una consecuencia de la masacre. Un mal que sin duda podía atribuirse a la masacre eran las manadas de lobos que invadían la campiña; los había atraído la gran carnicería y esperaban más. Los hugonotes habían sido inteligentes e industriosos mercaderes y Francia echaba de menos la prosperidad que habían creado. Las epidemias diezmaban la tierra; los leprosos vagaban por el campo, difundiendo su terrible mal, y seguían las perpetuas luchas entre los hugonotes y los católicos que quedaban.

Además el rey necesitaba dinero, y declaraba que debía conseguirlo.

El y sus favoritos habían planeado muchos divertidos entretenimientos, pero éstos serían costosos. La gente pagaba ahora altos impuestos, y en particular la gente de París murmuraba contra el rey. Estaban cerca de él y veían las extravagantes procesiones; los invitados con costosas vestimentas, los grandes banquetes que tenían lugar en el palacio del Louvre.

Jamás habían odiado a nadie como odiaban a este rey y a su madre; pero era a Catalina a quien acusaban por la conducta del rey, como continuarían acusándola de todos los males que asolaban a Francia. Despreciaban al rey; temían y odiaban a su madre.

La gente de París tenía hambre, y con el hambre dejaban de cuidarse. Escribían en las paredes, circulaban groseras bromas sobre el rey y su madre, sobre Alençon y la reina Margot. Francia estaba al borde de la revuelta, que se insinuaba en pequeñas erupciones. En una oportunidad el carruaje en que viajaban la reina y Margot fue detenido por los estudiantes, quienes ordenaron bajar a las dos mujeres. Ellas lo hicieron, comprendiendo que sería peligroso desobedecer. Los estudiantes gritaron groserías a la reina madre y algunos metieron la mano en el vestido de Margot. Sólo la altiva actitud de las dos damas evitó mayores manoseos. Desplegando una dignidad que llenó de admiración a los revoltosos, volvieron a subir al carruaje y siguieron el viaje. En otra oportunidad el rey se detuvo a ver la feria de Saint-Germain, y encontró el lugar lleno de estudiantes que remedaban a los *mignons* con largas camisas y frunces grotescos hechos con papel blanco. Andaban por la ciudad llamándose *mignons*, acariciándose y jugueteando unos con otros. Los *mignons* que acompañaban al rey lloraron de furia, y la única forma de calmarlos fue arrestar a los estudiantes. Catalina hizo que fuesen rápidamente liberados; pero la alarmó la irresponsabilidad de Enrique.

Los ciudadanos seguían al rey con gritos cuando éste aparecía en las calles, y aun cuando participaba en una procesión:

—¡Mantienes a cuatro pordioseros! —era la pulla más popular, usada especialmente cuando iba en compañía de sus cuatro favoritos.

La gente gritaba:

—Peina a su esposa. Le elige los vestidos. ¿Quién es este Enrique III? ¿Es un hombre o una mujer?

—*Concierge du Palais!* —gritaban los niños, imitando a los mayores.

Los más despiertos se divertían inventando historias sobre la ridícula conducta del rey. Otros hablaban sin cesar de la villanía de la reina madre. La ciudad descubría que odiaba a la casa de Valois, y ninguno de sus miembros escapaba a sus vilipendios. Se decía que Alençon y Margot eran culpables de incesto. Margot tomaba nuevos amantes con tanta frecuencia como tomaba sus comidas. Tenía cien vestidos distintos en sus armarios, y todos costaban una fortuna, y tenía pajes de cabellos rubios con el solo propósito de usar sus cabelleras para hacerse pelucas.

—¿Cuánto tiempo más nos gobernarán estas víboras? —protestaba la gente—. ¿Cuánto tiempo más les permitiremos que nos empobrezcan con sus despilfarros?

Y así se anticipaba el desastre que se avecinaba. Había una lucha constante entre católicos y hugonotes, que se odiaban entre sí casi tanto como odiaban a la familia real.

Llegó agosto, caluroso y asfixiante. La mugre de las calles y el hedor de las alcantarillas hacía que la gente se quedara en sus casas. Crecía el número de mendigos, se los veía tendidos en el empedrado, enfermos y moribundos; y los carteristas hacían buenos negocios en los mercados. Fuera de la ciudad abundaban los asaltantes, y se cometían asesinatos por unos pocos francos.

En agosto llegó el aniversario de un día que jamás se olvidaría.

Todos los años, y por muchos años más, los hugonotes permanecían despiertos toda la noche del veintitrés, esperando el toque a rebato, recordando a los caídos, temblando ante la idea de que pudieran llamarlos a compartir el destino de aquellos mártires.

En París algunos chistosos católicos hicieron cundir el pánico entre la población hugonota haciendo marcas de tiza en las puertas de algunos hugonotes importantes. Los hombres preparaban sus espadas y sus armas de fuego. Era una peligrosa época del año.

La víspera y el día de San Bartolomé pasaron sin novedades; pero pocos días después algunos hugonotes que estaban *en prêche* en una de sus casas, encontraron al salir un grupo de católicos en la puerta. Un audaz se había atrevido a ponerse una cruz blanca en el sombrero. Sólo venían a bromear, pero los aterrorizados hugonotes alzaban bien la cabeza y rezaban mientras pasaban por la calle. Si no hubieran rezado, nada habría sucedido, pero ni católicos ni hugonotes toleraban ver rezar a sus rivales. Dios era su aliado; no podían tolerar que los otros apelaran a él. Alguien arrojó una piedra y recibió la misma respuesta, y se desató una riña que terminó en tragedia para varios antes de ser sofocada.

Una delegación de hugonotes fue a palacio a pedir audiencia al rey y los hicieron esperar, porque el rey estaba jugando a las volteretas con algunos de sus jóvenes. No era un juego rudo, como aquel en que descollaba su abuelo, Francisco I, y en el que había perdido la vida su padre Enrique II, sino un juego tranquilo con los participantes vestidos de mujeres. Y cuando el juego terminó, el rey dijo que estaba demasiado cansado para recibir a la delegación.

Los hugonotes murmuraron contra el rey.

—¡Esta es la ciudad de Babilonia! ¡De Sodoma y Gomorra! El señor no descansará hasta haber destruido esta ciudad.

Los pobres se amontonaban en las esquinas, pero cuando se encendían las luces en el palacio se acercaban todo lo que podían y trataban de ver lo que sucedía adentro. Veían algo de los fantásticos bailes en que el rey danzaba con vestidos escotados y collares de perlas al cuello; lo veían en banquetes donde todos los hombres estaban vestidos de mujeres, y todas las mujeres de hombres. Sabían que la seda de esos atavíos había sido comprada especialmente y que había costado cien mil francos. Para pagar todo eso París soportaba enormes impuestos.

Había muchos alrededor del rey que protestaban: Catalina misma, los Guisa, el mariscal Tavannes.

—Sólo los tontos gastan el dinero en tonterías —dijo audazmente Tavannes.

—¡Hijo mío, ten cuidado! Si has de darte estos placeres, que sea en secreto. No permitas que el pueblo vea tus diversiones mientras se muere de hambre. No es posible continuar de esta manera.

—Soy el rey —decía Enrique—. Para mí todas las cosas son posibles.

Entre tanto una ciudad descontenta, hambrienta, contemplaba los despilfarros de un rey al cual odiaba.

Louis Bérenger du Guast rizaba los cabellos de su amo. Charlaba sobre cosas triviales mientras lo hacía, pero realmente no pensaba en el aspecto de su amo. Du Guast era distinto de los otros *mignons* porque era un hombre políticamente ambicioso; deseaba una posición oficial, y si esto significaba aparecer como un joven afeminado que amaba las ropas bellas, los perfumes, los perros falderos a su amo, estaba dispuesto a hacer lo que se requiriera de él.

Ya había logrado provocar una riña entre el rey y su hermana Margot, porque reconocía a Margot como aliada de Alençon, que era el peor de sus enemigos. Du Guast había acusado a Margot, ante el rey y la corte, de visitar el dormitorio de uno de los caballeros del *entourage* de Alençon. Margot lo negó calurosamente, pero el rey estaba más dispuesto a creer en su favorito que a su hermana; como la reputación de Margot era tal que era fácil creer que hubiera cometido esa indiscreción, también otros creían que du Guast tenía razón. Desde entonces Margot se alió aún más con Alençon, lo cual significaba que había crecido su amistad con su marido.

El rey sufría de molestias en el oído similares a las que habían provocado la muerte de su hermano Francisco, y a du Guast se le ocurrió que tal vez en el palacio hubiera alguien que estaba tratando de terminar con la vida del rey. Cuando se pensó en veneno, todos lo asociaron con la reina madre, pero descartaron la idea porque era inconcebible que ella quisiera eliminar a su hijo favorito, a su «todo», como ella lo llamaba. Entonces, ¿quién? Obviamente Alençon ascendería al trono.

Otro hecho perturbaba a du Guast. Le atraía profundamente madame de Sauves, y él tampoco le resultaba rechazable a ella, según lo demostraba ella misma. Siguió reteniendo a otros amantes, entre ellos Guisa, Navarra y Alençon, y esto enojaba a du Guast, a quien le gustaba estar siempre en primer lugar, tanto con su amante como con su amo. Pero a Alençon le temía más que a nadie, porque si el rey moría y Alençon ocupaba su lugar, él, du Guast, caería muy bajo.

—¿Cómo está hoy vuestro oído, querido sire? —preguntó du Guast en un susurro.

—Me duele mucho. ¿Está hinchado? Cúbrelo con mis cabellos para disimularlo.

—Queridísimo sire, deseo hablar con vos a solas.

Caylus y Epernon pusieron mala cara.

—Es de la mayor importancia, sire —insistió du Guast.

Enrique asintió. A veces no era tan tonto como se pensaba, y el abandono de sus deberes se debía a veces a su debilidad física. Había perdido gran parte de la virilidad de su adolescencia y el ejercicio físico lo agotaba realmente. Tenía la fragilidad física y la constitución débil que habían acortado las vidas de sus dos hermanos mayores; pero su mente era más alerta que las de aquellos. Como todos los Médicis-Valois poseía una naturaleza compleja, y los rasgos heredados de su madre se combinaban mal con los de sus progenitores Valois. Podía ser un perverso tonto y despilfarrador, pero, como su abuelo paterno, era un amante de todo lo artístico; como su padre, de mentalidad lenta pero con condiciones de estadista, era capaz de afrontar asuntos de importancia.

De manera que ahora despidió a los demás asistentes y escuchó lo que du Guast tenía que decirle.

—Querido sire, vuestro oído... me preocupa.

—¿Qué quieres decir?

—Vuestro hermano Francisco murió de una afección al oído, sire, y algunos dicen que apresuraron su fin.

—¡Dios mío! ¿Insinúas que alguien trata de liberarse de mí?

—Bien puede ser.

—Pero... mi madre me ama.

—No pensaba en vuestra madre, sire.

—¿Alençon? —murmuró el rey.

—¿Quién si no, sire? Es vuestro enemigo.

—¿Qué podemos hacer? Debemos actuar con rapidez. Llamaré a mi madre. Ella sabrá qué hacer.

Pero du Guast no le permitió llamar a Catalina. Ella jamás estaría de acuerdo con matar a Alençon... el único heredero que quedaba de la casa de Valois.

—Podemos arreglarnos sin ella, sire. Encargar a otro que haga el trabajo. Como sabéis, todo lo que concierne a Vuestra Majestad me concierne a mí. Paso las noches en vela pensando cómo serviros mejor.

—¡Louis, mi amado!

—Mi adorado soberano. He estado pensando; hay alguien más que odia a Alençon.

—¿Quién, querido mío?

—Navarra.

—¡Navarra! ¡Si son aliados!

—Lo eran. Pero ahora riñen. Por una mujer. La otra noche se pelearon cuerpo a cuerpo. Navarra hace sus chistes crueles. Colocó un objeto pesado sobre la puerta de la dama, de manera que cuando Alençon fue a verla el objeto le cayó en la cabeza. *¡Ma foi!* Deberíais haber visto cómo quedó Alençon, que de todos modos nunca fue muy apuesto, como bien sabe Vuestra Majestad...

—Me alegro de oírlo. Qué pena que no lo desnucó además de amoratarle ese feo rostro.

—Hubo problemas por este asunto. Podría haber sido una lucha a muerte. Pero conocéis a Navarra, señor; se retuerce y juega hasta que, antes de que Alençon se diera cuenta de lo que sucedía, había convertido todo el asunto en algo ridículo. Pero lo cierto, sire, es que ambos están enamorados de la misma mujer y se pelean por ella.

—Esta madame de Sauves parece una mujer muy deseable —comentó el rey mirando de reojo a du Guast, porque había oído los rumores.

—Uno se divierte —respondió el favorito—. Nuestra Majestad también goza con su pequeña *chasse de palais*. Aunque, sire, sabéis cómo las damas os cansan, y que si amáis a una, aunque sea por unos minutos, luego debéis guardar cama durante varios días.

—No hablemos de nuestros pecadillos, Louis, los dos los cometemos.

—Querido sire, mi relación con madame de Sauves tiene el único propósito de descubrir a través de ella lo que traman contra vos vuestros enemigos.

—Eres un buen amigo, querido mío. Dime más sobre Navarra y Alençon.

—Se pelean. Hay una perpetua riña entre los dos. Alençon es un tonto, no así Navarra, aunque finge serlo. Señor, éste es mi plan: llamad a Navarra a vuestra presencia y explicadle que vuestro hermano se ha puesto muy pesado. Decidle que tiene permiso para hacer con él lo que quiera. No sólo eliminará a un rival amoroso, sino que quedará bien situado para ascender directamente al trono si Vuestra Majestad no deja herederos.

—Dejaré herederos —respondió el rey—. Iré a Notre Dame con la reina a pedir a Dios que nos ayude en ese aspecto. Además sería peligroso hablar a Navarra de su posible sucesión al trono, ¿verdad?

—Sería el siguiente en la sucesión... si se eliminara a Alençon... sólo hasta que Vuestra Majestad tenga herederos. Sólo se le recordaría lo que ya sabe, y sire, qué bueno sería que os librarais de Alençon. Es vuestro mayor enemigo. Me gustaría que todos vuestros enemigos fueran eliminados, pero es aconsejable comenzar por los más peligrosos. Creo que ése era el procedimiento de vuestra madre; y admitiréis que es una artista en el terreno de eliminar personas.

—Tienes razón. Como de costumbre, querido mío, tienes razón. Manda llamar a Navarra.

Navarra fue traído ante el rey, y Enrique le dijo:

—Hermano, ven y cuéntame los golpes que le diste a Alençon. Du Guast me ha hablado del incidente y me pareció graciosísimo.

Navarra habló sin ceremonias. Cuando era un poco insolente en presencia de sus superiores y se lo hacían notar, respondía:

—Ah, pero yo soy un provinciano, un tosco bearnés —y tenían que disculparlo—. No es más que un provinciano, un tosco bearnés —decían, mientras él les brindaba su astuta sonrisa perezosa.

Cuando le contaron la historia, el rey comentó:

—Madame de Sauves se ha interpuesto entre tú y Alençon, que en otro tiempo erais grandes amigos.

—Una pequeña rivalidad de amores, sire —respondió Navarra con ligereza—. Nada, si la amistad es realmente profunda.

—Alençon no es un verdadero amigo tuyo. Nunca ha tenido amigos en su vida.

Navarra se encogió de hombros y sonrió al rey.

—Querido Navarra, ¿por qué no te libras de este rival en amores? ¡Piensa! Si lo quitas del camino nadie se interpondrá en tu acceso al trono, y no necesitarás poner trampas en las puertas de tu amante. El amante y el heredero al trono saldrían triunfantes.

Navarra entrecerró los ojos.

—¿Qué queréis decir, sire? ¿Esto es una orden?

—No es una orden, pero puedes tomarlo como una sugerencia.

—¡Ah, sire! Siempre he salido triunfante en mis litigios. Nunca he necesitado métodos crueles para lograrlo. En cuanto a ser heredero al trono, Vuestra Majestad sabe muy bien que no es posible. Todos saben que Vuestra Majestad y la reina ruegan a Dios por un heredero. ¿Cómo puede el señor desoír las plegarias de dos personas tan devotas? Además no me tienta un trono tan importante. El que tengo es suficiente para mí. Vuestra Majestad me dispensará que le diga que cuanto más grande es el honor, más grandes son los problemas. Semejante honor no parece valer la pena de un asesinato.

—Eres un gran tonto, Navarra, —replicó el rey.

—Puede ser. Pero siempre hay cierta sabiduría en las tonterías. No protestaré si Vuestra Majestad me llama «tonto». Quizá sea un tonto que no quiere cargar con un asesinato en su conciencia.

Catalina advirtió que la corte estaba dividida en dos campos: en uno estaban Enrique y sus *mignons*; en el otro Alençon y sus partidarios. Margot se movía en la periferia del campo de su hermano Alençon, y había tomado como amante a uno de sus hombres, el audaz y peligroso Louis de Clermont d'Amboise, Lord de Bussy, llamado «el valiente Bussy» como resultado de sus hazañas. Ese hombre era la réplica masculina de Margot, ya que siempre andaba a la búsqueda de aventuras amorosas o de otra índole, y siendo un hombre de Alençon era contrario a los *mignons* del rey.

Navarra estaba solo, pero estaba dispuesto (según sabía Catalina a través de Carlota) a aliarse con Alençon si le resultaba ventajoso, aunque sus perpetuas riñas por Carlota los hacían con más frecuencia enemigos que amigos. Margot había hecho varios esfuerzos por zanjar las diferencias entre su hermano y su marido, y por influencia de Bussy era ahora gran partidaria de la alianza Navarra-Alençon. Margot era peligrosa, y Catalina lo sabía. Muy astuta e inteligente, pero impredecible porque se dejaba gobernar por sus emociones y siempre estaba dispuesta a aplicar su agudo ingenio a la causa seguida por su amante del momento.

En ese momento parecía que los acontecimientos estaban en contra de Catalina. Acababan de anunciarle la muerte de su hija Claudia. Nunca había amado a esa hija, pero sentía que sus retoños iban cayendo uno a uno como ramas podridas del árbol familiar. De su gran prole sólo quedaban tres ahora: su amado rey, el maligno Alençon y la peligrosa Margot. El rey envejecía; era antinatural que un joven que aún no tenía veinticinco años se cansara tan fácilmente, mostrara tan pronto signos de vejez. Alençon sufría de un mal en el pecho. ¿Es que sus hijos no podían vivir hasta una edad razonable, traer al mundo hijos sanos? Se dijo que no debía deprimirse indebidamente por la muerte de Claudia, ni por el excesivo apego de su hijo a sus *mignons*. Debía ejercer toda su influencia para apartarlo de esos caballeros, y el que más la perturbaba era du Guast. Debía encontrar la forma de eliminarlo lo antes posible. No se atrevía a administrarle uno de sus *morceaux*, porque Enrique sospecharía inmediatamente de ella si lo hacía, y nunca le perdonaría haber envenenado a uno de sus favoritos. Tendría que crear problemas a du Guast en ese otro campo a través de algún acontecimiento trivial que, como en otras oportunidades, sirviera a sus propósitos. Tal vez se lo proporcionara el amante de Margot. Recordó que en otra oportunidad La Mole le había sido útil. Debía olvidar su pena por el abandono de su hijo; ganarse nuevamente su afecto y su confianza.

Se quedó muy afectada cuando se enteró de que Enrique había ordenado que ciertos documentos de Estado le fuesen traídos sin que pasaran previamente por su inspección. Seguramente du Guast había sugerido esto, y era muy peligroso, porque de esa manera ella perdería acceso a los secretos de Estado. Cuando descubrió esta traición sintió más pena que ira, tal era el amor que tenía por su hijo y el deseo de ganar su afecto.

Escribió a Enrique de inmediato:

«Debes permitirme que me entere de tus asuntos. No lo pido para controlarlos sino porque, si andan bien, mi corazón estará tranquilo, y si andan mal es posible que yo pueda hacer algo por ayudarte. Eres mi "todo", pero a pesar de que me amas no confías totalmente en mí. Perdona que te hable con franqueza, pero si ya no confías en mí no deseo seguir viviendo. No me importa mucho la vida desde que murió tu padre, y sólo he seguido viviendo para servirte a ti y a Dios.»

Poco después de escribir esto, sonrió. Había muy poco de cierto en sus palabras. Era verdad que la había apenado la falta de confianza en Enrique, pero deseaba fervientemente vivir, aunque para conservar su poder tuviese que actuar contra él.

Bien, éstos eran los campos rivales: Enrique y sus *mignons* en uno, y Margot, Alençon, Bussy y Navarra en el otro. Era como la vieja contienda entre los Borbones y los Guisa. Eso le recordó que no debía dejar de vigilar a Enrique de Guisa, porque sólo estaba temporalmente eclipsado.

El viejo estímulo actuaba dentro de ella. La discordia entre los dos campos debía ser el orden del día.

—En cuanto a vos, monsieur du Guast —murmuró—, aprovechad lo que os queda de vuestro paso por la tierra, porque no creo, pequeño *mignon*, que lo disfrutéis mucho más...

Du Guast advirtió rápidamente que la persona más peligrosa del campo opuesto era Margot. Por lo tanto planeó desacreditarla lo más posible para que fuera necesario desterrarla de la corte.

La oportunidad se presentó cuando du Guast supo que Margot visitaría una casa, no lejos del Louvre, donde se encontraría con su amante. Pensó que si podía sorprenderlos sería fácil hacerlos eliminar de la corte.

Dispuso que él y el rey, junto con Navarra y un asistente de du Guast, estuvieran en ese sector de la ciudad durante la cita de Margot con su amante. Todo se hizo perfectamente a tiempo; el carruaje del rey pasó lentamente junto a la casa, y el hombre de du Guast, instruido por su amo, dijo a Navarra:

—Esa es la casa del valiente Bussy. Os apuesto, señor, a que si entráis en ella ahora sorprenderéis a vuestra esposa con él.

Hasta el haragán provinciano debía demostrar cierta indignación ante semejante sugerencia; el resultado fue que retó a duelo a quien había hecho una sugerencia tan insultante para Margot y todos entraron en la casa a comprobar la verdad. Allí encontraron una cama desordenada, con sábanas negras como las que prefería Margot, y un pesado perfume en el aire, pero no había señales de Margot ni de su amante.

—¡Han estado aquí! —gritó el rey—. Tardamos demasiado en entrar. Alguien les advirtió que vendríamos y escaparon.

Navarra, consciente de los ojos burlones del rey y de du Guast, tomó por la garganta al hombre de du Guast y lo sacudió.

—No te permitiré que hagas acusaciones contra mi esposa —exclamó.

El rey intervino con languidez:

—Nada de violencia, os lo ruego. Este es el perfume que usa Margot. A mí no me gusta. ¿Y a ti, querido Louis? Contiene demasiado almizcle. Lo reconocería en cualquier parte como el perfume de Margot. No hay duda de que ha estado aquí. Le han avisado a tiempo para que huyera.

Navarra se encogió de hombros. Le parecía una tontería defender la reputación de Margot cuando ella misma se preocupaba tan poco por conservarla. Todos sabían que era amante de Bussy. ¿Para qué hacer tanto escándalo porque habían concertado una cita en una oportunidad en particular?

Pero el rey, con du Guast a su lado, no dejaría pasar el asunto así sin más. Fingió gran furia contra su hermana, dijo que la reprendería severamente, y a su regreso al Louvre fue directamente a ver a su madre.

—Necesito tu ayuda —le dijo.

Catalina sonrió con satisfacción; pensaba que se trataría de algún asunto sin importancia, pero se alegró de que acudiese a ella en lugar de hablar con du Guast.

—Tiene que ver con tu hija.

—¿Qué ha hecho Margot?

—Se comporta como una cortesana.

—No es un gran descubrimiento, hijo mío. Si hubieras acudido a mí, te habría informado sobre su conducta. Le diré que proceda con más discreción.

—Quiero que te enfades realmente con ella.

—Lo haré, si tú lo ordenas.

—Lo ordeno. Haré que venga a verte en seguida.

—Dime qué ha sucedido. Debo saberlo todo.

—Andábamos por la calle cuando pasamos frente a la casa donde ella se comporta indecorosamente.

—¿Quiénes estaban contigo?

—Era un grupo organizado por Louis. Ibamos a ver a Caylus.

¡Louis!, pensó Catalina. ¡Monsieur Louis Bérenger du Guast! ¡De manera que éste es tu trabajo!

—Muy bien, hijo mío. Haré como dices —y pensó: tal vez esto ofrezca una oportunidad. ¿Quién sabe? ¡Será bueno buscarla!

Margot, sin aliento por haber tenido que volver tan de prisa a palacio, apenas tuvo tiempo de componerse cuando le dijeron que su madre deseaba verla de inmediato.

Al dirigirse a los aposentos de Catalina, se encontró frente a frente con Enrique de Guisa. Se sintió excitada como siempre que se encontraba con él. Lo miró con desprecio, pensando: ha envejecido desde que era mi amante; ahora es padre de varios niños. Ya no es el joven monsieur de Guisa, aunque siga siendo apuesto.

El le sonrió. Ella deseó que él no le sonriera así. Recordaba demasiado bien esas sonrisas.

—Te buscaba —dijo él.

Ella guardó silencio, las cejas arqueadas, los ojos altivos, la expresión fría.

—Quería advertirte algo. Ven aquí.

La tomó del brazo y la hizo entrar en una pequeña cámara. Ella se sentía furiosa por no poder olvidar otras oportunidades en que habían estado en pequeñas cámaras como ésta.

Guisa cerró la puerta sin ruido y dijo:

—El rey está enfadado contigo. Tu madre también. No vayas a verla todavía. Espera que su ira se calme.

—Es muy amable de vuestra parte, monsieur de Guisa, que os ocupéis de mis asuntos.

—Siempre lo haría. Espero que me permitas ayudarte cuando tus cosas no anden bien.

Ella rió.

—¿Cómo podría ser? No tienes lugar en mis asuntos.

—¡Lamentablemente! Es algo que me da mucha pena. Sin embargo puedo advertirte cuando veo que estás en peligro. Es un privilegio del que aún puedo disfrutar, aunque se me nieguen otros. Te ruego que no vayas ahora a ver a tu madre. ¿Recuerdas aquella oportunidad en que entre tu madre y Carlos por poco te mataron?

—Es algo, monsieur, que he aprendido a olvidar, porque me da mucha vergüenza.

—Pero debes recordarlo, aunque no recuerdes quién fue tu compañero en la aventura... Debes sacar provecho de ella. Y debes sacar provecho ahora.

Ella deseaba que él no le hablara con voz tan tierna. Sabía que bastaría que ella se arrojara en sus brazos para retomar los hilos de aquella pasión. ¿De qué sirve fingir, decían sus ojos, que cualquier hombre puede complacerte como yo, que cualquier mujer puede complacerme como tú? Terminemos con esta tontería. Vuelve conmigo. Aún ahora puede que no sea tarde para ese divorcio. Cásate conmigo y juntos gobernaremos Francia.

Ahora ella veía claramente su intención. Para monsieur de Guisa la ambición estaba primero, el amor después. ¿Qué tenía ella que no tuviera Carlota de Sauves?

La respuesta era simple: sangre real. Ella era una princesa de Francia.

Bussy era un hombre agradabble, muy agradable, se dijo Margot. Era divertido, viril, apasionado... buen amante. No tan totalmente dedicado a ella como monsieur de La Mole, pero en todo caso era más divertido que aquel melancólico caballero cuya cabeza había olvidado mirar desde hacía muchos meses. Tal vez nunca volvería a amar como había amado a monsieur de Guisa, ni a sufrir como había sufrido por él.

—Ah, monsieur de Guisa —rió—, ¿por qué fingís que lo lamentáis? Mi hermano está enfadado conmigo. Mi madre desea castigarme. Mi hermano menor odia a mi hermano mayor. Somos una familia que trabaja contra sí misma. No somos como la familia Guisa, ¿eh? Tenemos nuestras pasiones, nuestros celos, nuestros odios, nuestros amores. No tenemos la arrolladora ambición de los Guisa y los Lorena. ¿Creéis que no os he observado durante estas semanas terribles? No estéis tan satisfecho con vos mismo. No era vuestra belleza lo que admiraba, sino vuestra astucia. Andáis por París... Sois el rey de París... ¡La gente casi besa el borde de vuestra capa! Los he visto. Sois discreto. Cuando gritan «*Vive le bon duc de Guisa!*», los instáis a gritar: «*Vive le Roi!*» Pero os conozco bien. Sé lo que pasa por vuestra mente. Sé por qué estáis tan ansioso por esta pobre gente. Sé por qué les ofrecéis limosnas y simpatía. Os he visto estrechar una mano sucia con lágrimas en los ojos. Se dice que el gran duque de Guisa nunca deja de dar la mano a un hombre, ya sea un príncipe o un mendigo. Es amigo de todos, amigo de los pobres, y sin embargo el más grande aristócrata de Francia. Los he oído: «¡Ah!», dicen, «he aquí un verdadero caballero, no como esos bufones que son los Valois». Y lloran por el gran caballero. Hacen algo más que llorar... Lo miran, con grandes esperanzas, y se preguntan si llegará a ser rey.

—¡Margot! —gritó él—. ¡Qué dices! ¡Esto es una locura!

—¿Una locura? Tenéis razón. Contened vuestra locura, monsieur, antes de que sea demasiado tarde.

Apuntáis demasiado alto, mi señor duque... tanto en política como en matrimonio. Ahora, dejadme pasar.

Salió sonriendo. Lo había alarmado. Lo dejaba preguntándose si no habría actuado con demasiada rapidez. ¿Otros habrían notado su pequeño juego?

Luego ella tuvo ganas de llorar, y susurró para sí:

—No, nadie lo ha notado. Has sido muy inteligente, querido. Sólo Margot lo advierte; sólo Margot se da cuenta de todo lo que haces aunque pretenda ignorarlo.

Margot fue a ver a su madre. Ella despidió a todos sus asistentes y comenzó a atacarla, esta vez con palabras, que no podían dañarla; sus pensamientos estaban concentrados en monsieur de Guisa.

Du Guast no se conformó con la reprimenda a Margot. Deseaba desacreditarla por completo, y que en la corte la reconocieran como a una casquivana que sólo podía traer deshonor al campo al que pertenecía. Quería que todos supieran, y en particular la reina madre, que cuando pedía un favor al rey éste sería concedido con seguridad.

Por lo tanto, aseguró du Guast al rey, tendría que haber más reprimendas en público.

Enrique fue a ver a su madre.

—No puedo permitir que mi hermana se comporte así. Todo París habla de su libertinaje. Hay que exiliarla de la corte.

—En París siempre se habla de un hijo mío. Hablan también de ti, y hasta de una pobre mujer débil como yo, de la misma forma traicionera.

—Debes hablar nuevamente con ella.

Pero Catalina no haría eso. Margot ya no era simplemente una muchacha impetuosa. Participaba en los complots de su marido y su hermano menor; era despierta y astuta y debía ser tratada con el respeto que exigían sus cualidades.

—Los incendiarios han encendido tu mente, hijo mío. No entiendo a la gente de hoy. Cuando yo era joven hablaba libremente con todo el mundo, y todos los hombres de buena crianza que seguían a tu padre y a tus tíos eran vistos en mis habitaciones todos los días. Bussy ve a mi hija en tu presencia y en la del marido de ella. ¿Qué mal hay en ello? En este asunto actúas mal, hijo mío. Ya la has insultado de manera tal que ella difícilmente te perdonará.

Enrique se asombró de que su madre pareciera actuar a favor de Margot más bien que en su contra.

—Yo sólo repito lo que otros dicen —dijo Enrique.

—¿Quiénes son esos otros? ¡Gente que quiere llevar de las orejas a tu familia!

Esto se dijo ante la presencia de los asistentes; cuando Catalina quedó sola con su hijo tuvo algo más que decirle sobre el tema.

—No es la moral de tu hermana lo que te preocupa. Es ese amante que tiene. Estimula a Alençon y alimenta las ambiciones de tu hermano. Sería mejor eliminar a Bussy de la corte que a tu hermana.

—Lo haré. Se marchará.

Catalina lo tomó de un brazo y acercó su rostro al de él.

—Hay que actuar con sutileza, hijo mío. Hay varias formas de exiliar. Para un asesino sería fácil detectar a Bussy en un grupo. Sabes que a causa de una herida reciente lleva el brazo en cabestrillo, y que usa un pañuelo de fina seda del color de la flor de columbino. Eso lo convierte en un blanco fácil.

—Tienes razón —respondió Enrique—. Cuando se trata de liberarte de una molestia, siempre tienes buenas ideas.

—Nunca olvides que trabajo para ti, querido mío.

Pensó: en cuanto me libre de ese odioso du Guast, será mío otra vez.

Catalina esperó las noticias. ¿Qué vendría después de la muerte de Bussy? La muerte de du Guast, porque todos creerían que ese hombre era el responsable del asesinato, y Bussy tenía demasiados amigos como para permitir la huida de su asesino. Nadie sospecharía que la reina madre tenía algo que ver con su muerte, y ella consolaría a su adorado de la pérdida de su favorito.

Pero las cosas no resultaron de acuerdo con su plan.

Esa noche du Guast envió trescientos hombres de su regimiento sardo a esperar en el camino que Bussy debía recorrer desde su alojamiento hasta el palacio, y los hombres estaban divididos en grupos de manera que era imposible que Bussy no fuera visto por alguno de ellos. Bussy estaba con un grupo de amigos cuando los atacaron varios soldados, pero Bussy era uno de los mejores espadachines de París, y aunque tenía un brazo en cabestrillo hizo gala de su habilidad y dejó varios soldados muertos. La escena sólo estaba iluminada por los *flambeaux*, y como uno de los hombres de Bussy también llevaba el brazo en cabestrillo y envuelto en un pañuelo del mismo color que el de su amo, uno de los soldados lo confundió con Bussy, dio cuenta de él, lo dejó tendido en el empedrado, y dio por finalizada la tarea.

Entretanto el Louvre estaba conmocionado por el regreso de uno de los hombres de Bussy que había escapado durante la batalla. Alençon se puso furioso y se preparaba a salir en defensa de Bussy, cuando éste mismo llegó a palacio, herido pero no de gravedad.

Margot estaba allí con su madre y su hermano. Impetuosamente, a la vista de todos ellos, abrazó a su amante.

—No ha sido nada —declaró Bussy—. Apenas una riña. Mataron a algunos de los nuestros, pero nosotros matamos al doble de los de ellos.

Este asunto sacó cosas a la luz. El rey ordenó el arresto de Bussy, y Alençon fue puesto bajo vigilancia más estricta.

Catalina comenzó a hacer un juego con gran cautela. Ofreció simpatía y apoyo a Alençon.

—El rey se deja gobernar por su favorito —dijo—, y su favorito es el responsable de estos problemas. Ya ves que no está mejor conmigo que contigo, porque a la vez que te persigue, aleja al rey de mí.

A Alençon y Margot les pareció razonable que su madre deseara ayudarlos, ya que debía odiar a du Guast tanto como ellos.

Catalina dijo al rey:

—Es lamentable que los hombres como monsieur du Guast no hayan sido más cuidadosos. Pero al menos Bussy y tu hermano están bajo control. Sería conveniente exiliar a Bussy. Convenceré a Alençon de que lo deje ir, para que no haya más problemas entre tu hermano y tú.

Catalina comunicó esto a Alençon y éste, suponiendo que si su amigo permanecía en París no faltarían medios de asesinarlo, accedió a que se alejara, al menos por un tiempo, aunque la pérdida de este amigo debilitaba notablemente su posición. En cuanto a Margot, estaba furiosa por haber perdido a su amante; culpaba a du Guast, y juraba que se lo haría pagar en cuanto pudiera.

Catalina ofreció su simpatía a Margot y a Alençon.

—De Bussy es un hombre agradable —declaró—. Un caballero divertido. El mejor espadachín de París.

A Alençon le dijo:

—Habría sido un buen amigo para ti, hijo mío, si hubieras podido conservarlo a tu lado. Ya sabes a quién debes culpar por su exilio.

—¡A du Guast! —exclamaron al unísono Margot y Alençon.

—Se ha vuelto demasiado importante —dijo Catalina—. Tiene hechizado al rey. No habrá manera de romper el hechizo mientras ese hombre viva.

—Sería bueno —sugirió Margot—, que alguien disparara contra él como él pretendía hacer con de Bussy.

—Sí —asintió Catalina—. Pero esas empresas fallan con frecuencia. Recordad el caso de Coligny. Y el de Bussy mismo. Hay métodos mejores. Esperemos que algún día este hombre sea estrangulado en su cama. Entonces no habría error posible. Un asesino... escondido en su cuarto. Entonces, durante el sueño... Bien, nadie sabría quién fue el asesino, y eso es importante ya que ese hombre es favorito del rey.

Margot y Alençon guardaban silencio. Comprendían. Catalina quería quitar del paso a du Guast, pero en vista de la devoción que le profesaba el rey y el deseo de Catalina de no ofender a su amado, deseaba que pareciera que no tenía participación en el asesinato.

—Sin duda sería un placer enterarse de que fue asesinado en su lecho —dijo Margot.

Catalina los dejó para que discutieran el plan que les había sugerido. No sabía que sus hijos planeaban otra cosa.

Alençon no toleraría estar en semicautiverio. Estaba impaciente. Margot llamó a Navarra, y hablaron los tres juntos.

—Es muy necesario que zanjéis vuestras diferencias —les dijo—. Madame de Sauves es muy hermosa, lo admito, pero está mucho más interesada en Enrique de Guisa y en du Guast que en vosotros. Además, ¿no veis que du Guast ha intimado con ella para descubrir todo lo que desee sobre vosotros? Sois tontos, los dos. Dejáis que esa mujer os lleve por la nariz.

—Creo que el amor te ha llevado a ti por la nariz más de una vez —replicó Navarra.

—Puede que en mi juventud haya sido así pero yo crezco, monsieur. Aprendo de la experiencia. Pero, para este asunto que es tan importante... debéis daros prisa. Debéis escapar. Mientras estéis aquí el rey os perseguirá, matará a vuestros caballeros, como casi mató a de Bussy. Tú, hermano mío, no estás tan restringido como para no poder visitar a tu amante; entonces, usaremos a esa mujer como ella te ha usado a ti. Irás a visitarla en tu coche. Cuando llegues a su casa ella estará ocupada con mi marido y (Margot echó una mirada a Navarra) no tendrá tiempo de decirle a nadie que está pasando la noche con él. El la detendrá mientras tú, hermano mío, vas al fondo de la casa donde encontrarás caballos preparados para ti, junto con algunos de tus mejores amigos. Será simple si los dos tratáis de que salga bien.

Navarra le dio una palmada en la espalda.

—¡Con qué inteligente mujer me he casado! —exclamó—. Lo que más me gusta, Alençon, es la forma en que arregla mi cita con tu amante.

Alençon puso mala cara a su rival en amores, pero los dos decidieron que el plan era bueno y que lo llevarían a cabo.

Cuando se enteró de la huida de su hermano, el rey se puso furioso, y la primera persona que mandó llamar fue su hermana.

—¡No creas que te burlarás de mí! —gritó—. ¿Dónde está Alençon?

—No lo sé, sire.

—Me lo dirás. Te haré azotar. No toleraré tu insolencia. ¿Cuándo lo viste por última vez?

—Hoy no lo he visto.

—¡A perseguirlo! —gritó el rey a sus hombres—. Tráiganmelo de vuelta. Le enseñaré a burlarse de mí.

—Cálmate, querido —dijo Catalina, que estaba a su lado—. Nada ganarás entregándote a esas furias. Lo encontrarás, no temas.

—Mi hermana no dirá dónde está. Han sido grandes amigos... Más que amigos, si he de creer lo que se dice. Y lo creo. No hay nada demasiado inmoral para que lo acometan estos dos.

—¡Vamos, hijo mío! Siempre se habla mal de nosotros. Lo mismo decían de ti y de tu hermana. ¿Recuerdas cuando os queríais tanto?

—Fui tonto si alguna vez la quise. Es una libertina astuta y mentirosa.

—Aprendemos de nuestros errores —replicó Catalina—. A veces volvemos la espalda a nuestros verdaderos amigos y confiamos en nuestros enemigos...

—Madre, ¿qué hago? ¡Debo encontrarlo!

Ella sonrió con ternura:

—No temas. Esta no es la calamidad que tus amigos quieren hacerte creer que es. Yo me ocuparé de que no provoque nada malo. En cuanto a tu hermana...

Hizo una pausa y prosiguió:

—Estoy segura de que no sabe nada de esto. Puedes retirarte, Margot. Tu hermano se disculpa por juzgarte mal.

Margot estaba encantada de quedar libre. Se sentía eufórica. Alençon se había ido. Luego le tocaría el turno a Navarra.

Catalina fue a los aposentos de su hija. Navarra estaba con ella.

—Es el favorito del rey quien le provoca estas furias —declaró Catalina—. Me extraña que dejen vivir a du Guast. Muchos querrían eliminarlo. Hay muchos crímenes en el país; dicen que asesinan a un hombre por unos pocos francos. ¿Y du Guast sigue viviendo? Qué extraños son los designios de Dios.

—Quizás el hombre no viva mucho tiempo más —respondió Navarra—. Porque si bien los designios de Dios son oscuros, los hombres y las mujeres actúan de forma más transparente.

Catalina se sentía incómoda bajo el agudo escrutinio del que era objeto.

Fue a los aposentos que su hijo había vaciado recientemente. Allí encontró a algunos de sus más íntimos amigos. Se llevó una mano a los ojos para enjugárselos.

—Perdonadme, amigos míos. Estáis ante una madre acongojada. Ruego a los santos que protejan a monsieur D'Alençon.

—¿Es verdad, madame —preguntó uno—, que el rey ha amenazado su vida?

—¡No! Esa es la clase de historia que se cuenta en el extranjero. Me temo que mi hijo está rodeado de malos consejeros. Ruego a Dios que lo libere de los hombres malos. Quizá lo hará, porque los *mignons* son sus enemigos. Me asombra que él, ¡sabéis, amigos míos, que me refiero al mayor y más destructivo de ellos!, no haya sido ya asesinado en su cama. Porque, ¿quién descubriría al asesino? Estoy segura que monsieur D'Alençon estaría más seguro de lo que está si se cometiera ese acto; estoy segura de que brindaría sus favores a quien lo liberara de ese enemigo. Pero, hablo demasiado. Estoy segura, señores, de que esta noche rogaréis por la seguridad de mi hijo menor.

Los dejó, enjugándose los ojos al salir.

Du Guast estaba en la cama. Eran las diez de la noche y estaba cansado. Oía los primeros vientos de octubre arrancando las hojas de las ramas y agitando los cortinajes de su dormitorio.

Estaba satisfecho de su vida, porque consideraba que el rey se movería de acuerdo con sus indicaciones. El rey adoraba a su favorito y du Guast se hacía más rico cada día. Su última adquisición eran unas vestiduras de obispo que había vendido por vastas sumas. Podía llamarse a sí mismo «el rey sin corona de Francia». Le divertía pensar en hombres tan importantes como Guisa y Navarra, que no contaban mucho comparados con Louis Bérenger du Guast. Pero era más gratificante contemplar a la reina madre que a cualesquiera de los demás en este aspecto.

Estaba cansado y prefería el sueño incluso a estas amables perspectivas.

Se adormeció, pero se despertó casi de inmediato al oír unos gemidos junto a su cama. Abrió los ojos, sobresaltado, y trató de ver en la oscuridad. Pensó que tal vez había soñado.

Cerró nuevamente los ojos, pero los abrió rápidamente al oír moverse los cortinajes de su lecho. Alcanzó a ver las sombras de varios hombres junto a él. Uno de ellos le tapó la boca antes de que pudiera gritar.

No tuvo tiempo de volver a complacerse pensando en sus riquezas, ni en calcular si los príncipes de Navarra y de Guisa no estaban mejor que él, ni en si el poder de la reina madre no continuaba, en realidad, intacto.

Sólo había tiempo para morir.

La reina recuperó tranquilamente su control del rey quien, invadido por la pena, declaró que nada podía compensarlo por la muerte de su favorito. Epernon, Joyeuse y Caylus trataron de despertar su interés por las joyas y la ropa, mientras luchaban entre ellos por ocupar el lugar del favorito, vacío después de la muerte de du Guast. Los que brindaban mayor consuelo al rey eran sus perros falderos, y él y su esposa, la reina, recorrían los alrededores de París buscando otros nuevos para agregar a su colección; pero el rey se quejaba de que dondequiera que iba recordaba a su amado muerto; y la gente le gritaba cosas groseras y obscenas cuando pasaba con su carruaje.

Acusaba a Margot por el asesinato de du Guast, y su odio hacia su hermana era intenso. Catalina, temiendo que la hiciera asesinar, sugirió que se la mantuviera prisionera, como rehén de Alençon.

—Si la mantenemos bajo llave, sabremos que no está ayudando a Alençon. Además, Alençon la quiere, y no procederá de forma demasiado impulsiva si sabe que ella tendrá que responder por lo que él haga.

Enrique asintió.

—Bien, que la encierren.

Era como en los viejos tiempos, pensó Catalina. Con sólo liberarse de du Guast, ella y Enrique pudieron retomar su vieja relación. ¡Qué tonta había sido, y qué distinta de lo habitual, al perder ánimo de esa manera! Siempre podía obtener control sobre sus hijos con una acción cuidadosa.

Enrique mejoró un poco; ya no estaba tan apenado, y brindaba muchas atenciones a Epernon. Catalina debía vigilar a ese joven y cuidar de que no ganara mucha influencia; no sería tan sencillo eliminar a otro de sus favoritos.

Pero, ¡qué familia difícil la suya! Alençon estaba decidido a vengarse, decidido a llegar al poder; ahora reunía un ejército y estaba en contacto con los dos Montgomery, Thoré y Méru; convocaba a los súbditos de Navarra. Había escrito varias cartas a personas de la corte, que lamentablemente no cayeron en manos de Catalina, y el objeto de esas cartas era desacreditar al rey y a su madre.

«Tuve que escapar», escribía, «no sólo para recuperar mi libertad sino porque llegaron a mis oídos noticias de que Su Majestad pensaba atender a ciertos consejos inspirados en el modelo de César Borgia.»

Esto era una puñalada dirigida a su madre, porque se decía que el conocimiento que ella tenía de los *morceaux italianizés* le venía de los Borgia.

Alençon también escribió que había oído las noticias que circulaban sobre Montgomery y Cossé, que estaban presos desde que fueran arrestados por el asunto de La Mole y Coconnas. Hubo órdenes de estrangular a estos hombres en sus calabozos, pero los carceleros se negaron a cumplirlas. Tampoco aceptaron administrar el *morceau* cualquiera fuera el origen de la orden.

«Yo he huido por milagro», escribía Alençon. «Hay espías en mi campo. Anoche, durante la cena, me ofrecieron vino. Estaba muy bien mezclado, era dulce y delicioso, pero cuando se lo di a probar a Thoré comentó que era excesivamente dulce, y lo mismo me pareció a mí. No bebí más, ni permití que mis amigos lo hicieran; luego nos sentimos muy mal, pero nos salvamos por la gracia de Dios y los buenos medicamentos que nos dieron. Amigo mío, ya ves por qué tuve que dejar la corte de mi hermano.»

El rey se enfurecía contra su hermano. Extremó el cautiverio de Margot y Navarra; dijo a su madre que había que terminar con esa intolerable situación.

Catalina dijo que pediría a Alençon que la viera, y como señal de buena fe llevaría a Margot con ella. Pediría a su hijo menor que hiciese las paces con su hermano, explicándole lo malo que era que los miembros de una familia estuvieran desunidos.

—Ve, madre —dijo el rey—. Tú sola eres lo suficientemente inteligente como para ocuparte de un asunto como éste.

Ella lo besó con ternura.

—¿Te das cuenta, hijo mío, qué cerca está tu bien de mi corazón?

—Sí —respondió él.

Catalina sintió que recuperaba toda su energía, y muy pronto, con Margot y su comitiva, salió hacia Blois, donde se había decidido que tuviera lugar el encuentro.

Alençon estaba siniestro. Catalina lo miró con cierta tristeza. Estaba un poco avergonzada de este hijo suyo. Era muy vanidoso y tenía pocas cualidades. La mente de Catalina se volvió hacia Enrique de Guisa y pensó fugazmente qué diferente habría sido todo si ese joven hubiera sido su hijo.

Alençon había asumido el aire de un conquistador, y le explicó sus exigencias, como si ella fuera un vasallo de un Estado derrotado.

Catalina rió abiertamente.

—¿Te das cuenta, hijo mío, de que eres un rebelde contra el rey, y que sólo porque eres mi hijo he venido a hablar contigo de esta manera?

—Un rebelde con un ejército detrás, madame.

—Si no fueras mi hijo y hermano del rey no te atreverías a hablarme así. Habrías perdido la cabeza mucho antes.

—Hubo un buen intento de envenenarme con el vino, madame.

—Eso sólo fue una fantasía de tu parte. Una fantasía alimentada por una conciencia culpable.

—Entonces, monsieur Thoré, yo mismo y cualquiera de los presentes que probaron ese vino eran personas muy imaginativas, madame.

Catalina se negó a mostrar su impaciencia.

—Ahora, hijo mío, he venido a razonar contigo. Tu hermana está aquí, y sé que te alegrarás de verla. ¿Volverás a París y tratarás de vivir en un razonable entendimiento con tu hermano?

—Madame, sé que habéis enviado hombres a capturarme y a llevarme de vuelta como prisionero. Eso fracasó, entonces vinisteis a tratar de convencerme de que volviera, pero veo que sería un prisionero al llegar a París.

—Te has comportado como un traidor a Francia. Sé que has escrito a Isabel de Inglaterra y al elector de Brandeburgo, pidiéndoles ayuda.

—Hay muchos franceses que no me llamarían traidor a Francia.

Catalina se dejó invadir por la impaciencia.

—¿Tú... un hugonote? ¿Y por qué? —Rió en voz alta y con ironía—. Sólo porque tu hermano es católico. Si él hubiera apoyado a los hugonotes con toda seguridad te hubieras puesto del lado de los católicos. No puedes engañar a tu madre. Quieres el trono de tu hermano, y no te importa si te ayudarán los hugonotes o los católicos. Bien, ¿qué otras sugerencias tienes para hacer?

—Deseo que me den esta ciudad de Blois. Aquí estableceré mi residencia.

—¿Una Blois hostil? —exclamó Catalina—. ¡Otra La Rochelle!

—Madame, hay muchos hombres dispuestos a servirme. Los mariscales Montgomery y Cossé, a quienes tratasteis de asesinar, sin éxito, ¡gracias a Dios!, deben ser liberados de inmediato.

—Consideraré estos asuntos —respondió Catalina—. Y se retiró a sus aposentos pensando cómo manejar a este hijo a quien despreciaba y que parecía odiarla, y que, sin embargo, a causa de la poca popularidad de su hermano se estaba convirtiendo en una potencia en el país. Finalmente decidió que los mariscales debían ser liberados. Era imposible, después de todos los rumores, asesinarlos en la prisión. Tendría que aplacar al rey de alguna manera.

Mientras pensaba en la propuesta de su hijo con respecto a Blois, llegaron noticias de que Thoré y Méru habían comenzado a luchar en el sur. Afortunadamente estaba Guisa para enfrentarse con ellos. Lo hizo con absoluto éxito en Dormans, y la batalla terminó con una derrota tal para los hugonotes que Alençon ya no pudo seguir discutiendo.

Las calles de París estaban llenas. Mendigos y vagabundos habían venido desde kilómetros a la redonda para participar de la ocasión. Los pobres parecían menos desalentados. Se decía que era un gran día en la historia de Francia.

El rey estaba ante la ventana de sus aposentos en el Louvre. Se le veía de mal humor y furioso. Era cierto que se había restituido la paz en un momento importante para él y para los católicos, pero el corazón del rey estaba lleno de celos y alejaba a puntapiés a sus perros falderos cuando se le acercaban. Sus *mignons* no podían hacer nada para distraerlo.

En las calles oía gritar a la gente. Así deberían gritar por su rey; pero nunca gritaban de esa manera por Enrique III. No se oían obscenidades contra el hombre que ahora avanzaba entre ellos.

Atravesó Saint Antoine. Llevaba una cabeza a cualesquiera de sus hombres. Cabalgaba con gracia natural y dignidad, y lo ovacionaban los comerciantes, las mujeres que se asomaban por las ventanas para tratar de ver su hermoso rostro, los mendigos, los estudiantes, los rateros.

—*Vive le bon duc!*

Y así llegó directamente desde Dormans, y cuando la gente vio las heridas que había recibido en la batalla, enloquecieron de alegría, porque les parecía que era una señal del cielo. La mejilla de Enrique de Guisa mostraba una cicatriz que muchos declaraban ser idéntica a la que había llevado con tanto orgullo en los últimos años de su vida Francisco de Guisa, *le Balafré*.

La gente gritaba hasta enloquecer.

—*Vive le Balafré!* ¡Mirad! ¡Es un milagro! ¡*Le Balafré* ha regresado!

Besaban el borde de su capa. Luchaban por acercarse a él para tocarlo con sus rosarios. Muchos lloraban, y las lágrimas corrían por las mejillas del duque. El ojo sobre la cicatriz lagrimeaba cuando se emocionaba, como le sucedía a su padre, mientras que el otro ojo parecía sonreír a la gente que se amontonaba a su alrededor.

—¡Es el gran duque Francisco que ha bajado del cielo para salvarnos! —gritaban los supersticiosos—. Es una señal, un presagio. Los días malos están llegando a su fin, *le Balafré* nos ha mirado desde el cielo y ha visto nuestros sufrimientos. Nos da a su hijo para que nos salve de la miseria, para que nos salve de las víboras Valois. ¡Viva el de la cicatriz! Es una señal del cielo.

En el Louvre el rey escuchaba, furioso, las aclamaciones de la turba.

Entretanto, el duque seguía avanzando. Se preguntaba si realmente había oído gritar a alguien entre la multitud:

—A Reims, monseigneur! A Reims con *le Balafré*!

Había consternación en todo el Louvre porque Enrique de Navarra había desaparecido y sus caballeros no te-nían noticias de él. La noche anterior no había vuelto para su *coucher*. Lo esperaron algunas horas, comunicaron su ausencia al rey y a Catalina, pero no se perturbaron demasiado, conociendo los hábitos amorosos de su amo. Se le buscó en el palacio, pero discretamente, siguiendo instrucciones de Catalina. Era imposible encontrar a Navarra.

El rey amenazó con hacer levantar de la cama a Margot, que sufría de una enfermedad que la había debilitado mucho. Catalina protestó.

—No demuestren su preocupación. No dejen que la gente sepa que dan tanta importancia a este hombre.

Después de un tiempo el rey permitió que su madre lo calmara y la búsqueda secreta continuó, pero sin éxito.

Enrique, con su reina y su madre, fue como de costumbre a Saint Chapelle, a asistir a la misa, sin dar señales de ansiedad. Al salir de la iglesia, Catalina se sobresaltó al sentir un ligero toque en su brazo, se volvió y se encontró frente a frente con el rostro burlón de Navarra.

—Madame —dijo éste con una profunda reverencia—. Os presento a alguien que habéis echado de menos, y por quien os habéis desesperado. Catalina rió con alivio.

—¡Ah! No es que estuviéramos demasiado preocupados, hijo mío. Bien sabemos que puedes cuidarte solo.

El rey frunció el entrecejo a su cuñado pero estaba demasiado aliviado como para enfadarse. Catalina pensó: alguna aventura romántica, sin duda. Qué tontos fuimos al afanarnos por Navarra. Es demasiado perezoso como para preocuparse demasiado por asuntos de Estado. Le gusta la vida aquí en la corte, entre las damas, aunque esté restringido. Quizá su desaparición fue sólo un chiste. Sería típico de él. Es un bromista, eso es todo.

Dos días más tarde Navarra sugirió que formaran un grupo para ir a cazar en el bosque de Bondy, cerca de París. Navarra dijo que podían visitar la feria de Saint-Germain por la mañana antes de salir de caza.

A nadie le pareció extraña la sugerencia. Navarra estaba rodeado por los hombres de Guisa además de dos hombres de la guardia del rey, cuya obligación era acompañarlo a todas partes donde fuese. Catalina los vio partir: Navarra y Guisa cabalgaban juntos. Preferiría, decía Navarra a Guisa, que cabalgaras de incógnito, porque esta adoración que te brinda la gente de París puede ser muy molesta.

—Las cicatrices de la batalla los divierten.

—*Le Balafré fils!* —gritó Navarra—. *Vive le Balafré!* La gente ha modificado sus gritos. En cierta época sólo se oía un nombre en París: Jezabel. Y ahora es siempre le Balafré. Esta gente necesita aborrecer o adorar. Nunca hacen las cosas a medias, estas damas y caballeros de París.

—El amigo de hoy es el enemigo de mañana —replicó Guisa con ligereza—. No hay que atribuir demasiada importancia a los gritos de la turba.

—Ah, pero la turba de París siempre te ha sido fiel. He oído decir que eres el rey de París. Bonito titulo. «¡El rey de París!» Os sienta bien, monsieur.

Guisa estaba contento. Era lo suficientemente humano como para disfrutar de los halagos, y, además, comenzaba a preguntarse si esa demostración de amistad significaba que Navarra pensaba en unir su destino al suyo. Guisa no tenía muy alta opinión de la estabilidad de Navarra, pero la amistad es siempre bien venida cuando alguien está lleno de proyectos como lo estaba el duque de Guisa.

Fueron a la feria del brazo.

—¡Mira! —gritó Navarra—. La gente hasta me quiere a mí esta mañana. Es porque ven que su héroe es mi amigo, y cualquier amigo de monsieur de Guisa es amigo de ellos. Me gusta mi nueva popularidad.

Hizo reverencias, sonrió, miró a las mujeres y se divirtió a su manera despreocupada.

Había calmado de tal manera la desconfianza de Guisa, que sólo cuando logró sacar al duque de la feria éste se dio cuenta de que sus seguidores habían quedado atrás, en medio de la multitud, y estaba rodeado de una docena de los bearneses de Navarra, y los dos guardias.

—¿Vendréis ahora a cazar conmigo en el bosque, monsieur de Guisa?

Guisa vaciló.

—Ah, vamos. No esperemos a esos hombres vuestros, o el día habrá terminado antes que salgamos —se volvió hacia sus seguidores y les dijo con una risa que contenía cierta burla—: Señores, ¿llevamos a monsieur de Guisa por la fuerza, si no quiere venir de buen grado?

Guisa miró el rostro burlón y se preguntó qué había detrás de la sonrisa de Navarra. Se daba cuenta de que no sería conveniente ir al bosque con Navarra y sus hombres, acompañados sólo por los dos guardias del rey, en quienes podría confiar en caso de emergencia.

—Reuniré a mis hombres —respondió Guisa con desconfianza, y saldremos a cazar lo antes posible.

—Entretanto —dijo Navarra—, nosotros seguiremos adelante. No os retraséis demasiado. Y salió al galope seguido por sus hombres y por los dos guardias, dejando atrás al preocupado duque. Guisa se encogió de hombros. No era su responsabilidad sino la de los guardias del rey, monsieur de Martin y Lieutenant Salungue, cuidar a Navarra. Entretanto Navarra mismo estaba encantado de la forma en que había logrado eludir a Guisa y a sus hombres. Miró a los dos guardias. Caballeros encantadores, pensó, pero la reina madre no se sentiría muy feliz si supiera que hoy iré a cazar sin monsieur de Guisa y sus asistentes.

Cuando comenzó la cacería, sus pensamientos estaban más concentrados en los guardias que en las presas; en cuanto a sus hombres, lo observaban con ojos alertas, esperando la señal que significaría que debían liberarse de los guardias y escapar con su amo.

Uno de sus hombres se le acercó mientras cabalgaban por el bosque.

—Podemos liberarnos de esos dos enseguida, señor.

—No —respondió Navarra—. No les hagan daño, porque son caballeros encantadores, y he llegado a quererlos mientras estuve bajo su cuidado. Olvidemos la fuerza de nuestros brazos y hagamos trabajar a nuestros cerebros.

Era el mes de febrero, y Navarra sabía que pronto oscurecería; el cielo ya estaba sombrío, y casi había llegado la fría noche. Habían salido tarde y el tiempo pasaba rápidamente. Los guardias no parecían advertirlo; les daba gran placer la cacería, y Navarra había eliminado su desconfianza con la broma de unos días atrás. Como Navarra había pensado, no se necesitó mucha astucia para conseguir que cabalgaran a toda velociad detrás de la presa, mantenerse atrás, y luego salir al galope en dirección opuesta. Cuando Navarra y sus seguidores llegaron al borde del bosque no se detuvieron a felicitarse en la primera etapa de su huida. Cabalgaron toda la noche y al amanecer habían llegado a Poissy, donde cruzaron el Sena y continuaron hacia el Loire. Sólo cuando se sintió lo suficientemente lejos de París como para que ya no pudieran darle alcance, Navarra se detuvo. Estalló en una sonora carcajada, que imitaron sus seguidores.

—¡Por fin libre! Amigos míos, me alegro de que hayamos dejado atrás a París. Mi madre murió allí, el almirante de Coligny, también. Muchos de nuestros mejores servidores murieron allí. Dudo de que tuvieran ningún deseo de tratarme mejor a mí. No volveré a París a menos que me arrastren. Hay dos cosas que he dejado atrás... La misa y mi mujer —hizo una mueca—. Trataré de vivir sin la primera. En cuanto a la segunda, no volveré a recibirla.

Era la alegría de sentirse libre de París, libre de la misa y de su mujer.

—Las he perdido —dijo—. Tendré que vivir sin ellas, y, amigos míos, estrictamente entre nosotros, creo que recibiré felicitaciones por esas pérdidas más bien que condolencias.

Margot permanecía en sus aposentos. Había guardias frente a sus puertas. Sabía que el rey deseaba dañarla y que probablemente vivía gracias a su madre. Aunque sus hijos le causaban una aguda ansiedad, Catalina deseaba protegerlos. Le quedaban tres y sólo a través de ellos podía retener su poder. Margot tenía plena conciencia de ello.

—Debo mi vida a que soy útil a mi madre —decía a sus amigas—. No deben temer que me dé el *morceau italianizé*.

Margot estaba más enfadada con su marido que con ninguna otra persona. El no le había comunicado su plan de escapar. Alençon logró huir por la ingenuidad de Margot: lo habían planeado juntos, de manera que Margot se enfurecía de que Navarra se hubiese ido sin una palabra, pero Margot se preguntaba qué podía esperarse de semejante cerdo.

Pasaba su tiempo leyendo y escribiendo. Escribía en sus memorias todos los incidentes que recordaba, y los relatos eran bastante coloridos y ensalzaban su propia figura. Pero ¡qué placer encontraba en sus escritos! «No lamento mi enfermedad», decía, «no lamento mi cautiverio, porque he descubierto algo que nunca perderé en mi vida. Mientras pueda leer y escribir no lamentaré nada que me reduzca a estas dos ocupaciones».

Ahora había una persona en quien se interesaba más que en ninguna otra. Ordenaba a sus espías que le trajeran todas las noticias relacionadas con este hombre. Pensaba en él, con cinismo, según se aseguraba a sí misma y a los demás, y no se confesaba ni a sí misma que le habría encantado participar de sus intrigas.

En las calles se cantaba una nueva canción:

«La virtud, grandeza, sabiduría
de aquel duque, triunfante cerca y lejos,
hace encogerse de temor a los hombres,
y fructificar a la Iglesia Católica de Dios.
Vestido con su armadura se mueve como
Marte enloquecido.
El tembloroso hugonote se inclina bajo su
mirada;
su buena lanza defiende a la Santa Iglesia,
su mirada es siempre tierna para aquellos
que ama...»

El duque estaba alerta; alimentaba cuidadosamente su inmensa popularidad. En la mente del héroe de París había grandes planes. Ahora estaba a la cabeza de la Liga de París, esa gran federación que contaba en sus filas con muchos miembros de la nobleza y del grupo jesuita, cuyo objeto era proteger la fe católica contra todos aquellos que la atacaban. Se decía que el rey era un libertino y un tonto. No podía confiarse en que la reina madre trabajase para los católicos; por lo tanto debía haber una Liga, una liga católica para proteger a los católicos de toda Francia. Pero la Liga no se preocupaba sólo por conservar la fe católica. En los últimos años los impuestos eran excesivos y la Liga declaró su deseo de recuperar para el pueblo los derechos que había perdido.

La Liga apeló al país más poderoso de Europa para que le brindara ayuda. Sus miembros no dudaban de que el sombrío Felipe les brindaría ayuda si se presentaba la necesidad. Margot sabía que el rey aún no había aprendido a temer a la Liga; estaba demasiado preocupado por sus banquetes, sus perros falderos, y sus favoritos. Pero, ¿y Catalina? ¿Sería posible que ella no entendiera tan totalmente como lo entendía Margot, al hombre que había colocado a la cabeza de la Liga? Era un Guisa, y por lo tanto ambicioso. Pero, ¿percibía Catalina hasta dónde podía llevarlo esa ambición?

Margot pensaba que no. Por más inteligente que fuera su madre, creía firmemente en el derecho divino al trono de los reyes y de las reinas, de manera que no se le ocurría que alguien tan alejado de la línea de sucesión pudiese aspirar al trono. Catalina no se permitía pensar que Enrique podía morir. Y después de Enrique, de todas maneras quedaba Alençon. Pero Alençon se había aliado con los hugonotes, y después de Alençon había otro hugonote: Navarra. Uno de los objetos de la Liga, que hasta el momento no había intervenido en los asuntos de Estado en ningún grado, era, y Margot estaba segura de ello, evitar que ningún rey hugonote subiera al trono.

Continuamente Margot pensaba en Guisa, pero rara vez lo mencionaba en sus memorias, porque no deseaba registrar por escrito su profunda preocupación por ese hombre. Si alguna vez lo mencionaba, era de forma casual:

«Monsieur de Mayenne ha engordado mucho; en cuanto a monsieur de Guisa, es padre de muchos hijos porque tiene una esposa muy fértil. Lleva una cicatriz en el rostro y su cabello ha encanecido mucho. Ha envejecido rápidamente.»

Margot se alegró cuando le entregaron una carta en secreto, y descubrió que era de su marido. Sonrió con cinismo al leerla. El no fingía amor por ella. Recordaba que eran aliados, y que ella era una espía muy inteligente, y pensaba que sería útil que lo mantuviera informado de todo lo que sucedía en la corte.

El sabía muy bien, pensó Margot, que cualquier carta que le escribiera sería descubierta; los espías de mi madre y mi hermano están en todas partes. Sin duda el resultado sería la muerte. Pero, ¿qué le importa? Habría perdido a una espía útil. ¡Qué lástima! Pero no sería algo por lo que derramaría muchas lágrimas. ¡No, monsieur de Navarra! ¡Buscad vuestros espías en otra parte!

Pero eventualmente comenzó a cansarse de leer y escribir sus memorias y contemplar la extraña conducta de monsieur de Guisa; y comenzó a considerar cómo podría enviar cartas secretamente a Navarra, y esa peligrosa tarea la sacó del aburrimiento. Ya se sentía incapaz de resistir la tentación de comenzar la aventura.

La reina estaba desesperada, porque el rey estaba otra vez en manos de sus favoritos, y una vez más había dado órdenes de que los despachos fueran directamente a sus manos sin pasar por ninguna otra. Esto hería a Catalina más de lo soportable, porque para sus planes era fatal que la mantuvieran en la ignorancia de lo que sucedía. Carlos nunca la había dejado a un lado de forma tan tajante como Enrique ahora, y cuando Catalina pensaba en todas sus esperanzas con este hijo, en cómo había trabajado para él y luchado contra sus enemigos, lo único que le quedaba era llorar.

La joven reina Louise encontró a Catalina llorando, y estupefacta ante este espectáculo se arrodilló a besar la mano de su suegra y a consolarla como pudiera.

—Todo lo que hago le parece mal —gimió Catalina—. Y yo he trabajado tanto para él...

—El lo sabe —respondió Louise—. Sólo que en este momento hay otros que están en desacuerdo con vos.

—¡Escucha sus consejos y desoye los míos! —gritó Catalina.

—Madame, es tan firmemente católico. No quiere demostrar la blandura que vos tuvisteis con los hugonotes.

Catalina rió con desprecio.

—¿Crees que estos nuevos amigos lo ayudarán en la guerra? Saben mucho sobre el rizado de sus cabellos o las pinturas para su rostro, y saben más que yo sobre el corte de una manga de chaqueta... pero cuando se trate de la guerra, ¿qué harán? ¿Lo ayudarán a encontrar un camino seguro entre monsieur de Guisa con los católicos y Navarra, Condé y sus hugonotes?

Catalina se calmó enseguida. Estaba asombrada de haberse mostrado tan francamente ante la pequeña reina, que sólo sabía criar perros falderos.

—Bien, hija mía, eres una buena muchacha, y yo te quiero mucho.

—Me gustaría poder ayudaros, madame.

—Dale un hijo varón al rey. Eso lo complacería más que nada en el mundo.

—¡Ah, madame! ¡Ojalá fuera posible!

Catalina la despidió, y trató de mejorar su rostro con un toque de polvo y carmín en los labios.

¿Qué le sucedía? ¿Estaba envejeciendo, perdiendo sus facultades? Estaba tan gorda que ya no podía moverse con soltura. Cada invierno sufría de reumatismo. Se miró al espejo y se encogió de hombros. Sus ojos, a pesar de todo, conservaban esa fiera determinación, y Catalina sabía que no se apagarían muy pronto. Nunca se permitiría perder el poder, porque entonces, ¿qué significaría la vida para ella? No era creyente, como aquella enemiga suya, Juana de Navarra, que todo lo esperaba en una vida después de la muerte. Debía afrontar la verdad. Sus hijos, de quienes había dependido desde la muerte de su marido, eran un grupo de traidores. Debía admitir que el poder, la más preciosa de las posesiones que el mundo podía ofrecer a las que eran como ella, era difícil de lograr y, una vez logrado, difícil de conservar.

Alençon, a quien ella había abandonado en el pasado y dejado de lado por considerarlo poco importante, se convertía ahora en un verdadero problema: era traicionero, vanidoso, y quería llevar la corona. Si llegaba a ser rey de Francia sería difícil de controlar. Y luego Margot, igualmente traicionera, trabajaba a la vez con Alençon contra su hermano el rey y contra su madre. Ahora servía de espía a su marido. Catalina trataba de que el rey no se enterara de esto, porque si se enteraba querría la muerte de Margot. Catalina estaría de acuerdo con el rey en que Margot era una amenaza para la paz espiritual de su madre y en que le ocasionaba muchos momentos de ansiedad, pero como sólo le quedaban tres hijos para darle poder no podía admitir la eliminación de ninguno de ellos. Y ahora Enrique, el preferido de su madre, su «todo», rompía su alianza con ella y se entregaba a un grupo de tontos babosos.

Catalina había casado a uno de ellos, Villequier, que había estado con Enrique en Polonia, con una de las mujeres de su *Escadron Volant*. Se sorprendía del éxito de esa aventura. La mujer tenía órdenes de vigilar a su marido y apartarlo de los placeres a que se había entregado hasta entonces. Villequier estaba encantado con su bonita esposa, y parecía haberse convertido en un marido completamente normal. ¡Si al menos pudiera aplicar el mismo tratamiento a más integrantes de ese grupo dc afeminados!

No debía desesperar. Siempre habría formas de arreglar las cosas. Debía luchar contra esa sensación de laxitud que suele acompañar a la vejez.

Mirando retrospectivamente, le parecía que en su pasado sólo había guerras... las agotadoras guerras religiosas, los estallidos de violencia, los continuos derramamientos de sangre, eslabonados por períodos de incierta paz.

Pero, ¿había cambiado la escena? Algo hervía en las calles de la ciudad. ¿Alguna vez se había visto tanta miseria entre los pobres como en esos momentos? ¿Tantos enemigos del trono? ¿Qué pensaban Guisa y los católicos? ¿Y aquella astuta criatura de Béarne? ¡Ah, qué lástima que ya no pudiese vigilarlo! ¿Qué nuevos complots nacerían en la mente febril y arrogante de Alençon?

Estaba sentada, meditando, cuando el rey fue a verla. Enrique tenía el rostro blanco de furia y le temblaban los labios. Catalina se llenó de ternura, porque aunque fuera en esta oportunidad el hijo llevaba sus problemas a su madre.

—¡Madre! —gritó— ¡Qué procesión he planeado! Pensábamos ir a Notre Dame a rogar por un hijo. Yo había diseñado nuestra ropa. Sería de color púrpura, con toques de verde; hermosísima.

—Sí, querido. Pero, ¿por qué estás tan enfadado?

—El consejo me niega el dinero para la ropa. ¡Cómo se atreven! ¿Es para impedirnos que tengamos un hijo? No es extraño que no tengamos un heredero. ¿Qué sentirá Dios al ver la tacañería de mi consejo? ¡Es un insulto a El!

—Pero, ¿de dónde sacarías el dinero, hijo mío? La ropa costará mucho. Y luego están todos los jaeces, que son imprescindibles.

—La gente disfrutará del espectáculo. Por lo tanto debe pagarlo.

Ella lo llevó hasta la ventana.

—Mira allá afuera, hijo mío. Mira París. No hace falta que mires muy lejos. ¿Ves ese bulto tendido contra la pared? Te apuesto todo lo que costaría tu ceremonia, hasta el último franco, a que es un hombre o una mujer que se está muriendo de hambre.

El dio un puntapié.

—Esos son unos pocos. En París hay comerciantes ricos. Los hugonotes son buenos hombres de negocios, ¿verdad? ¿Por qué amasan riquezas para luchar contra mí?

Ella lo miró con pena.

—Ah, hijo mío, no escuches malos consejos. Si aprecias tu corona, ten cuidado. No debes exponer tus deseos al mundo. Mira a monsieur de Guisa y aprende de él. ¿Qué hace? Anda por París. Expresa simpatía por los sufrimientos de los pobres. Distribuye grandes sumas como limosna. Los pobres gritan: «¡Que el buen Dios ayude al gran duque!» con más frecuencia que sus padrenuestros. Para ellos él es ya uno de los santos.

—¿Entonces desearíais que yo imitara a Enrique de Guisa, madame?

Catalina se echó a reír.

—¡San Enrique de Guisa! Hay muy poco de santo en ese hombre. Lo que sucede es que lleva un halo imaginario con tanto encanto, tanta seguridad que hace creer a la gente de París que trabaja para la Liga católica y para ellos, cuando en realidad lo único que le interesa es el bien de monsieur de Guisa. Esa es su inteligencia, hijo mío.

—Madame, ya que admiráis a monsieur de Guisa y despreciáis a vuestro hijo, sería mejor que unierais vuestro destino con el suyo.

Ella lo miró con tristeza.

—No me comprendes, hijo mío. Lo haría matar mañana mismo si de esa manera pudiera ayudarte.

—No lo parece —replicó el rey con terquedad—. Y si estás preparada para hacer tanto por mí, ¿por qué no los convences de que me den el dinero para la procesión?

—Porque sería insensato. No puedes desfilar por la calle con hermosas ropas entre mendigos con harapos. ¿No lo comprendes?

—Sé que estás del lado de ellos y en contra mía.

Estalló en lágrimas, y Catalina veía, por las huellas en su rostro, que había llorado también ante el consejo.

¿Qué puedo hacer?, se preguntó. El rey de Francia gimotea para que le regalen juguetes, mientras la gente en la calle se muere de hambre y murmura contra él, mientras París nos mira con aire sombrío cada vez que aparecemos.

¿Es así como se comportan las grandes ciudades cuando el país está al borde de una revolución?

5

En los meses que siguieron, Catalina continuó muy preocupada por sus hijos.

Alençon, después de huir de París, dirigió con éxito una campaña en Flandes; pero Catalina sabía que su hijo era demasiado vanidoso, demasiado egoísta como para servir bien a una causa, aunque en esta oportunidad los hugonotes pudieran engañarse y creer que habían encontrado en el hermano del rey a un hombre a quien podían seguir. Fue necesario hacer la paz con Alençon, y Catalina se ocupó de ello. Ese mes de mayo se firmó la *Paix de Monsieur*, así llamada en honor de Alençon, monsieur, el hermano del rey. Pero, se preguntaba Catalina, ¿qué significaban para Francia estos breves períodos de paz?... Apenas altos en la pelea para que los grandes ejércitos pudieran volver a reunirse. El rey detestaba que su hermano recibiera honores, y aunque fingía ayudar a Alençon (porque Alençon luchaba a la vez contra el rey y a favor de éste) le dificultaba las cosas todo lo que podía. Siempre había sido así entre esos hermanos: Carlos había odiado a Enrique de la misma manera; los celos entre ellos eran mucho más intensos que su amor a Francia. Ahora Alençon había recibido el título de duque de Anjou, concedido por el rey que ya no lo necesitaba, puesto que tenía el de rey de Francia.

Si al menos pudieran trabajar juntos, pensaba Catalina, ¡qué fuertes seríamos!

Pero estos hijos suyos eran en parte Médicis: no podían proceder con rectitud .

Margot había rogado al rey que le permitiera reunirse con su marido, porque, dijo, ése era el lugar de una esposa. Decía que la habían casado con Enrique de Navarra contra su voluntad, y ahora, contra su voluntad, la mantenían lejos de él. Una de las fantasías favoritas de Margot era que su marido anhelaba su compañía, aunque Catalina suponía que, puesto que Enrique había expresado su deseo de tenerla consigo, debía ser porque quería tener vigilada a esta revoltosa.

Catalina y el rey decidieron que sería insensato permitir a Margot que volviera con su marido, pero le permitieron acompañar a la princesa de la Roche sur-Yonne a Spa, a las curas termales. Margot había estado enferma y sufría de erisipela en el brazo, de manera que se pensó que las aguas le harían bien, y como todo lo que ella deseaba era un cambio, un poco de diversión, la perspectiva del viaje por Flandes a Spa la complacía tanto como la del viaje a Béarne.

Ahora Margot estaba de regreso en la corte, pero decía que había tenido muchas aventuras interesantes en sus viajes. Había renovado su amistad con Bussy D'Amboise, cuya galantería le resultó deliciosa. Nunca se cansaba de contar cómo él, el más grande espadachín de Francia, participaba constantemente en duelos, y una vez que desarmaba a sus adversarios les decía, como un héroe de cuento de hadas, que les perdonaría la vida si buscaban a la más bella princesa del mundo, se arrojaban a sus pies y le agradecían, porque Bussy les había perdonado la vida sólo por ella. Era evidente que Margot estaba encantada de haber renovado su amistad con el audaz Bussy.

Hubo otras aventuras: una incluía un encuentro con don Juan de Austria, héroe de Lepanto e hijo ilegítimo del Emperador Carlos de España, y medio hermano de Felipe. Fue encantador con Margot y ella creyó que lo había conquistado, porque Margot, que había tenido tantos amantes, estaba convencida de que cualquier hombre que la miraba y le sonreía estaba a punto de enamorarse de ella.

Estuvo encantada con don Juan hasta que sus espías le informaron que él era espía de su hermano, el rey de Francia, y que por lo tanto no podía ser amigo de ella y su otro hermano, el nuevo duque de Anjou; también se enteró de que mientras ella se divertía en Flandes, don Juan de Austria hacía planes para tomarla prisionera.

Fue un golpe para su dignidad, pero pronto lo olvidó en la excitación de su viaje hacia Francia, y si don Juan no la apreciaba en lo que valía, muchos otros sí.

Ahora se había logrado la paz, la paz de Bergerac, y Margot y Anjou estaban nuevamente en la corte. Margot pedía otra vez que le permitieran reunirse con su marido, y otra vez el rey se negaba a esta petición. En la familia habían estallado las viejas peleas: Catalina y el rey en un campo, Margot y Anjou en el otro. De estos cuatro Catalina era la única que tenía el buen sentido de ocultar sus sentimientos.

Para gran placer del rey, los *mignons* se deleitaban en insultar a Anjou; y el clímax llegó cuando se celebró la boda de un noble de la corte.

Anjou había hecho a la novia el honor de bailar con ella, y estaba encantado con la felicidad de ella por haber tenido como pareja de baile a una persona tan importante como él. Ella hablaba con la reticencia y la reverencia adecuadas a la categoría de él, y Anjou era feliz, se sentía muy importante: héroe de batallas, galán de las damas, hermano del rey, y alguien que algún día bien podría sentarse en el trono de Francia. Pero su placer se interrumpió bruscamente cuando pasó junto a un grupo de los favoritos del rey.

Epernon dijo en voz audible, no sólo para el pequeño duque de Anjou y su compañera, sino también para los que estaban cerca:

—¡Pobre novia! Es de veras encantadora. Sólo pierde la gracia por estar bailando con ese simio.

La cara marcada de viruela de Anjou se puso de color púrpura.

Para completar el insulto, Caylus dijo en voz alta a Epernon:

—En su lugar yo no usaría ese color. Con su fea piel lo único que le quedaría bien sería el gris torcaz. Insignificante, lo sé, pero adecuado.

—Qué pena que no pueda crecer unos centímetros —continuó Joyeuse—. Es como un niño... que juega a ser grande.

Anjou interrumpió la danza y llevó la mano a su espada; enseguida advirtió el rostro amenazador del rey, que estaba dispuesto a arrestar a cualquiera que atacara a sus favoritos, y al darse cuenta de que si asumía cualquier actitud agresiva iría a parar al calabozo, salió del salón de baile con toda la dignidad posible en esas circunstancias.

Al salir, oyó decir al rey:

—Seguid bailando, amigos míos. Nada de importancia ha sucedido. Ninguna persona de importancia ha dejado el salón.

Anjou se paseaba por sus aposentos, temblando de furia. No toleraría esto. Abandonaría la corte. Mostraría a ese hermano suyo que no estaba tan seguro en el trono como creía.

A la mañana siguiente se levantó temprano y envió una nota al rey, pidiéndole permiso para salir de caza por unos días.

El rey no contestó la nota, pero durante el resto del día pensó en su hermano con odio y temor, y cuando todos en el palacio se acostaron a dormir, su ansiedad creció de tal manera que fue al dormitorio de su madre y se sentó al borde de su cama, la despertó, le confió sus temores con respecto a su hermano y su convicción de que ya no se podía esperar más para actuar.

—Está a punto de cometer algún desatino, estoy seguro.

—Querido, ése no es un motivo para preocuparse a estas horas. Siempre está a punto de cometer un desatino.

—Dice que quiere salir de París, ir a cazar. Es una treta. Recuerda cuando Navarra salió a cazar, y nunca volvimos a saber de él... aunque lo tenemos muy en cuenta. Me gustaría que aún lo tuviéramos bajo vigilancia.

—A mí también.

—Tuve razón en negarle el permiso a monsieur para ir a cazar, ¿no es cierto?

—Sí, ya lo creo.

—Fue por consejo de esos amigos que según vos, madame, me aconsejan mal.

Catalina suspiró.

—¿Qué es lo que deseas a estas horas, hijo mío?

—Ir a sus aposentos, atraparlo desprevenido, y descubrir nuevas traiciones.

—Yo esperaba que tus relaciones con tu hermano hubiesen mejorado. Si no hubiera sido por la desagradable escena de anoche él habría estado dispuesto a avenirse contigo. Fue inadecuado que tus amigos se mofaran de él porque no es tan apuesto como tú.

—No fue por su fealdad que mis amigos lo atacaron, sino por su traición. ¿Vendréis conmigo, madame, o llevo a Epernon?

—Iré.

Catalina se puso una bata y juntos fueron a los aposentos de Anjou.

El rey despidió perentoriamente a los asistentes de Anjou.

—¿Qué significa esto? —preguntó Anjou, levantándose sobresaltado de su lecho.

—Significa que sospechamos más traiciones —respondió el rey.

Mientras hablaba abrió un cofre que había cerca de la cama y esparció el contenido por el suelo. Catalina miraba a uno y a otro. ¡Tontos!, pensaba. La unión hace la fuerza.

No había nada importante en el cofre.

—¡Levántate! —gritó el rey—. Revisaremos la cama.

Anjou tomó rápidamente un papel que había bajo su almohada y lo estrujó en la mano.

—¡Ah! —gritó el rey—. Es ese. Dadme ese papel, monsieur.

—¡No! —gritó su hermano.

Anjou trató de tomar su espada, pero Catalina dio un grito de alarma, y antes de que ninguno de los dos llegara a tocar el arma, ella ya la tenía en sus manos.

—Si no me das ese papel en seguida te enviaré a la Bastilla —amenazó el rey—. Madame, os ruego, llamad a los guardias.

Anjou arrojó el papel al suelo. El rey lo recogió y lo leyó mientras Anjou estallaba en una risa burlona. Era una carta de amor a Anjou de Carlota de Sauves.

El rey, con el rostro enrojecido por la mortificación, arrojó el papel a su hermano. Catalina lo recogió y lo leyó. Sonrió: ya lo había leído antes.

Pero el rey estaba seguro de que había un complot, aunque él no hubiese podido descubrirlo.

—Lo tendremos bajo llave —dijo fieramente—. En sus propios aposentos, sí, pero con llave y cerrojo.

Salió a grandes pasos, seguido de Catalina; llamó al guardia y le dijo que los aposentos de monsieur debían mantenerse con llave, porque el caballero era un prisionero.

Lo primero que hizo Anjou cuando se fueron su madre y su hermano fue ordenar a uno de los guardias que pidiera a su hermana que fuera a verlo de inmediato.

Margot fue, y los dos hermanos lloraron uno en brazos del otro, pero no había pena en sus lágrimas. Estaban furiosos, y decididos a vengarse del tirano.

La pelea había recomenzado con toda la vieja ira.

Esta no es la forma, dijo Catalina al rey; pero los *mignons* estaban encantados con la pelea. Odiaban a Margot, temían a Anjou y les encantaba la riña.

Sin embargo Catalina deseó que hubiera una reconciliación y finalmente logró que ambas partes la aceptaran. Para eso organizó una de esas farsas (en algún baile, o banquete) en que los enemigos se besaron y se prometieron amistad eterna con el corazón lleno de odio, mientras los tontos miraban y decían «todo anda bien» y los cínicos mostraban sonrisas de placer y se burlaban internamente.

Poco después Margot planeó la huida de su hermano. El plan era dramático, como cualquier plan de Margot, y en cuanto lo concibió se moría de impaciencia por llevarlo a cabo.

—Esta vez tendremos que tener mucho cuidado —dijo Margot a una de ellas—. Estos planes suelen llegar a oídos de mi madre. Si descubriera lo que tenemos pensado, todo se tornaría muy difícil; pero si descubre los medios que pienso emplear, sería imposible de lograr.

Catalina descubrió algo del plan, pero, afortunadamente, no sabía nada del método ni de la fecha en que pensaban llevarlo a cabo.

Había guardias en todas las salidas del palacio: todas las escaleras estaban vigiladas.

Catalina mandó llamar a su hija y la interrogó exhaustivamente.

—¿Sabes, hija mía, que he dado mi palabra al rey de que monsieur no se escapará, de que no habrá intento de huida?

—Sí, madame.

—Estoy un poco perpleja. Hay mucho movimiento entre tus aposentos y los de tu hermano.

—Nos queremos, madame.

—De forma correcta, espero.

Margot tenía una expresión inocente.

—Madame, ¿cómo podría ser incorrecto el cariño entre hermano y hermana?

—Sabes muy bien cómo podría serlo. Sabes que hay quienes dicen que tu amor por Anjou es de esa clase.

—Madame —respondió Margot con malicia—, habéis estado escuchando a los *mignons* de su majestad.

—Me alegro de que sólo sean habladurías, querida. ¿Qué planes se traman para que monsieur salga de la corte?

—¿Planes, madame? ¿Me atreveré a decir por segunda vez que habéis estado escuchando habladurías?

Catalina tomó de un brazo a su hija, que se sacudió de dolor. Ahora se parecía más a esa joven Margot que temía a su madre. No ha cambiado mucho, pensó Catalina. Aún puede tenerme miedo.

—Puedes decirlo, hija mía, pero yo a veces pienso que hay cierta verdad en las habladurías.

—Madame, ¿no pensáis que si mi hermano hubiera tramado un plan para huir me lo hubiera confiado? Soy su mejor amiga. Jamás haría nada sin consultarme. Si escapara, yo respondería de ello con mi vida.

—¡Piensa en lo que estás diciendo! Es muy posible que debas responder por ello con tu vida.

—Estaría dispuesta a ello —respondió Margot con dignidad.

La conversación habría sido alarmante para algunos, pero no para Margot. Pensaba que, ya que su madre sospechaba un complot, lo mejor sería llevarlo a cabo lo antes posible. Esa misma noche, decidió. En cuanto a responder por ello con su vida, ése podría ser el deseo del rey, pero su madre nunca lo permitiría. ¡Y todo porque soy la esposa de ese marido errante que tengo!, pensó Margot con una risita. ¡Todo porque algún día seré reina de Francia! Marido mío, ¡sirves para algo!

Fue tranquilamente a su habitación y se llevó a cabo su *coucher*. Anjou, con dos de sus amigos, estaba en su *ruelle*. No estaba bajo vigilancia muy estricta, porque el palacio estaba muy rodeado, y se le permitía ir desde sus aposentos a los de su hermana o a los de su amante. Esa noche supondrían que estaba con esta última, y no totalmente vestido y con botas en el diván cubierto de raso de la *ruelle* de Margot.

Margot estaba en la cama, muy excitada, esperando que cesaran los ruidos en el palacio, y que se produjera ese silencio que indicaba que todos se habían acostado.

Finalmente, cuando quedó todo en calma, saltó de la cama y ordenó a sus mujeres que la ayudaran a coger una larga cuerda de un armario. La cuerda había entrado secretamente en palacio, traída por un joven que solía traer la ropa limpia de Margot de la casa de la lavandera, y que estaba dispuesto a morir con tal de servir a esa bella y romántica reina de Navarra. Margot había atado a esta cuerda un pesado tablón, y todo esto se deslizó hacia afuera por la ventana.

Anjou descendió por la cuerda, seguido de sus dos caballeros. Luego Margot y sus mujeres izaron la cuerda.

Margot casi se ahogaba de risa, pero no quería ser oída. Estas aventuras eran el deleite de su vida. Pero recordó a sus mujeres que tendrían que deshacerse inmediatamente de la cuerda, porque en cuanto se descubriera la huida de Anjou revisarían sus aposentos y la cuerda las denunciaría y revelaría el método que había utilizado Anjou.

—¿Quién sabe cuándo volveremos a necesitar esa cuerda? —dijo Margot—. Pero, sin duda, si yo llego a necesitar una, encontraré a un joven adorador que me la traiga. Ahora... destruyamos la evidencia, amigas mías.

Quemar la soga fue más difícil de lo que había supuesto Margot. Era tan gruesa que resultaba imposible cortarla, y hubo que llevarla al fuego gradualmente. Era un trabajo lento y, en un estallido de impaciencia, Margot ordenó a sus mujeres que arrojaran todo el resto de la cuerda a las llamas.

—Cuanto más se alcen las llamas, antes arderá.

Tuvo razón cuando dijo que habría grandes llamas. Las llamas rugían en la chimenea. Las mujeres trataron de echar un poco de agua al fuego, pero sin resultado, y se quedaron mirando con aprensión lo que habían hecho.

De pronto hubo fuertes golpes en la puerta. Era uno de los guardias de afuera que había visto humo y llamas saliendo de la chimenea.

Por un momento hubo pánico en los aposentos de las damas, pero Margot se recuperó con rapidez.

—Id a la puerta —ordenó—, pero no lo dejéis entrar. Bajo ningún concepto.

—Madame, despertará a todo el palacio.

—Decidle que habéis hecho un fuego demasiado grande. Que yo estoy durmiendo y no os atrevéis a despertarme. Decidle que se vaya si no quiere perjudicaros, y que tenéis el fuego bajo control.

Margot escuchó los murmullos en la puerta. El hombre se alejó y las asustadas mujeres volvieron a su lado. Pero Margot se sentó, haciendo esfuerzos por ahogar la risa. Nada era tan divertido como el peligro.

Observaron el intenso fuego que rugía en la chimenea.

—Roguemos que el guardia no muestre las llamas a los demás. Esperemos que nadie advierta el humo. Si lo descubren y todos despiertan en el palacio, con seguridad mañana yo seré una prisionera y mi hermano será capturado.

Pero las acompañó la suerte. La soga se había convertido en una masa informe antes de que la chimenea estuviera totalmente encendida, y después de unos momentos de gran ansiedad, las conspiradoras supieron que no serían descubiertas por el fuego en la chimenea.

—Ya debe de estar lejos —dijo Margot—. Vayamos a nuestras camas. ¡Recordad! Debemos fingir que ésta ha sido una noche normal.

Pero Margot no disfrutó mucho tiempo de la tranquilidad. Antes de la madrugada fue despertada por fuertes golpes a la puerta. Al abrirla una de sus mujeres descubrió, aterrorizada, que los que llamaban eran dos guardias del rey.

—¿Qué queréis? —preguntó—. ¿Cómo os atrevéis a llamar a esta hora a la puerta de los aposentos de la reina?

—Ordenes del rey. La reina de Navarra debe presentarse en sus aposentos sin demora.

Margot se levantó. Observó que apenas comenzaba a aclarar. Todo había marchado bien. Anjou ya habría llegado al lugar donde Bussy lo esperaba con caballos listos para él, y estarían a kilómetros de distancia. No tenía miedo. Comenzaba a confiar en su mente llena de recursos, en su capacidad para resolver una emergencia.

Su madre estaba en los aposentos de su hermano, y los dos la miraron con malevolencia cuanto entró. El rostro del rey estaba lívido. Se le veía viejo a esta hora del día en que aún no se había ocupado de su toilette.

—Bien —dijo fríamente Catalina—. Aquí está la que no cumple sus promesas, la que colaboró en la huida de su hermano.

—¡Traidora! —gritó el rey, sin la contención de su madre, pero sin aterrorizar a Margot como había logrado Catalina—. Te haré encerrar. No se te permitirá salir en libertad... para traicionarme, para ayudar a mis enemigos. Te haré azotar. Te...

Catalina posó una mano en su brazo, para contenerlo; se acercó a Margot .

—Tu hermano ha escapado —dijo—. ¿Y supongo que tú no has olvidado nuestra conversación de ayer...?

—No, madame —respondió Margot con ojos inocentes—. Estoy tan asombrada como vos.

—¡No mientas! —gritó el rey.

—Dios no permita que mienta a mi rey. Pero no creo que Vuestra Majestad deba preocuparse demasiado.

—¡No preocuparme! Ha escapado otra vez. Ha ido a reunir un ejército para ponerlo contra mí.

—No, sire. En cierta medida yo era su confidente, y puedo deciros que su único deseo era llevar a cabo su plan para los Países Bajos. Si ha huido es para eso. Y eso, como sabe Vuestra Majestad, incrementaría vuestra grandeza.

Margot bajó los ojos mientras Catalina la estudiaba.

¡Qué inteligente es!, pensaba Catalina. Claro que ha ayudado a escapar a su hermano. Claro que es culpable. Pero sabía conservar la calma en momentos de peligro; sabía pensar con rapidez y decir lo que convenía. Sin duda, en cierta medida, había logrado calmar a su hermano hablándole de ese sueño que fuera el de Coligny y que encantaba a todos: el de un imperio francés. Si Anjou había escapado porque quería luchar por su país contra otro, y no para desatar una guerra civil, su huida no era algo tan terrible.

—Permitamos que tu hermana vuelva a sus aposentos —sugirió Catalina—. Pronto sabremos si es verdad lo que ha dicho. Si es así, todo andará bien. Si no, ya sabremos cómo actuar.

Margot había tenido razón al decir que Anjou deseaba escapar de la corte para hacer la guerra con Flandes. Llegaron noticias de algunos éxitos que había obtenido allí. Los protestantes lo convirtieron de inmediato en su líder; él aceptó el papel con alegría, y a su manera grandilocuente les prometió devoción, declarando que haría todo lo posible por ayudarlos a recuperar su libertad. Los flamencos se le unieron, declarando que creían en él. Catalina esperó los resultados, no sin escepticismo. Los flamencos habían sufrido cruelmente en manos de los españoles y no tenían líder. ¿Podría ese hijo suyo, débil y vanidoso, darles la victoria a la que hombres más grandes no habían podido llevarlo? Catalina no tenía tan alta opinión de la capacidad de Anjou como él mismo y los flamencos parecían tener. Sólo quedaba esperar noticias, y entretanto en la corte había mucho de qué preocuparse. El mayor motivo de ansiedad eran los *mignons*.

Andaban por la corte, estaban en todas partes, ocupaban todos los puestos importantes. Siempre había alguno cerca del rey para aconsejarlo, para volverlo contra su madre.

En el pasado, cuando Catalina deseaba humillar a los Borbones, pedía ayuda a los Guisa, y cuando deseaba actuar contra los Guisa acudía a los Borbones; en la crisis actual, como los enemigos naturales de los *mignons* eran los Guisa, recurrió a los Guisa.

Mientras esperaba a Enrique de Guisa pensó mucho en él. Ultimamente no lo había recordado mucho porque tenía otras cosas en qué pensar, pero le llamaba la atención que los Guisa hubieran estado tan quietos en los últimos tiempos. No era propio de esa gente inquieta mantenerse a un lado. ¿Qué era lo que les exigía tanta atención? ¿La Liga católica? Catalina rió ante la idea. Enrique de Guisa era como todos los demás, un fanático. Mientras luchaban por mantener su lugar en la tierra, pensaban en otro en el cielo. Y en eso fallaban. Para obtener el poder y conservarlo se necesitaba toda la habilidad de que era capaz una persona. Catalina podía nombrar a una larga lista de personas que habían fracasado por pensar demasiado en el cielo y muy poco en la tierra; a la cabeza de esa lista estaría el nombre de Gaspar de Coligny. De manera que monsieur de Guisa estaba muy ocupado con la Liga católica, a través de la cual pensaba conservar la fe católica en Francia... hasta el punto de que se conformaba con permanecer a un lado mientras otros gobernaban el país.

Pero ¿qué importancia tenía eso? Lo que le preocupaba ahora era eliminar a los *mignons*.

Guisa se arrodilló y le besó la mano.

—Os hemos visto poco últimamente —dijo Catalina—. Eso no me gusta. Querido duque, quizá la vejez me vuelva sentimental, pero estaba a punto de decir que os veo como a uno de mis hijos.

—Vuestra Majestad es bondadosa.

—Bien, ¿no te criaste con ellos? Muchas veces presencié peleas entre tú y mis hijos... hubo una pequeña amistad entre tú y mi hija. Ah, pero los días de la infancia se han ido. Tú y yo, sabemos, somos iguales en muchas cosas. Quizá por eso siento ternura por ti; porque sentimos ternura hacia los que piensan igual que nosotros.

—¿A qué se refiere Vuestra Majestad?

—Principalmente a la religión. Soy tan buena católica como tú.

—Me alegro de oírlo —respondió el duque no sin un atisbo de sarcasmo.

—Sería para regocijarse si yo pudiera decir lo mismo sobre toda la nación, ¿eh, monsieur?

—Ah, sí.

—Pero está esa guerra de Flandes... —Catalina se alzó de hombros expresivamente.

Al duque le brillaron los ojos.

—Parecería, madame, que algunos que ocupan altas posiciones apoyan a los enemigos del catolicismo; y siempre he sostenido, madame, que los enemigos del catolicismo son los enemigos de Francia.

—Monsieur, hablad en voz baja. En otra época yo tenía cierta influencia en lo que se hacía en este reino. Ya no. Hay algunos caballeros que gobiernan al rey, y quienes gobiernan al rey gobiernan a Francia.

Guisa hizo un gesto afirmativo y respondió:

—Madame, os digo esto confidencialmente, y comprenderéis que no implica una traición; los amigos del rey están poniendo al pueblo contra él.

Catalina tomó un delicado pañuelo de su bolsillo y lo llevó a sus ojos.

—Monsieur de Guisa, tenéis razón. ¡Si consiguiera a algún patriota que eliminara a esos caballeros! ¿No es posible?

—Madame, estoy seguro de que si lo hubiera, vos lo conoceríais mejor que yo.

Catalina no dio señales de haber entendido el insulto.

—Si yo fuera hombre —dijo—, sabría qué hacer.

—Madame —persistió el muy arrogante joven—, se sabe que vuestra habilidad es mayor que la de cualquier hombre.

Ella sonrió.

—Sois muy amable. Soy una madre que ha cuidado sus hijos... quizá con demasiado celo, con demasiada ansiedad. Quedé viuda, monsieur, con niños pequeños de qué ocuparme. ¿Qué puedo hacer? ¿Puedo desafiar a estos... a estos traidores de Francia?

—No con la espada, madame —admitió Guisa.

—Claro que no. Pero otros podrían. ¿Comprendéis que estos hombres trabajan contra Francia... y contra la Liga?

—Sí.

—Perdonadme, monsieur, pero me asombra que los hayáis dejado vivir tanto tiempo.

—Madame, ¿cuál sería la reacción del rey ante la muerte de... sus queridos?

—Pena, por supuesto, pero a un niño hay que arrancarle un juguete peligroso, monsieur, aunque luego el niño llore largo rato. A la postre, es para su bien.

—Consideremos cuidadosamente este asunto, madame —dijo Guisa.

Catalina sonrió. Sintió que había ganado. Había visto la expresión de Guisa cuando ella mencionó la Liga. Guisa se preguntaba si esto significaba que Catalina había comprendido la importancia de la Liga. Si así era, y si ella pensaba que la Liga se convertiría en un movimiento tan fuerte como él se lo había propuesto, seguramente Catalina había pensado jugarse el todo por él, porque siempre deseaba estar al lado de los más poderosos.

Le resultaba difícil ocultar sus emociones. La cicatriz que llevaba era como la de su padre en más de un sentido. El ojo sobre la cicatriz lagrimeaba con cualquier emoción. Ah, monsieur *le Balafré*, pensó Catalina, esa cicatriz te ha servido de mucho en las calles de París, pero puede traicionarte ante los que leen tus pensamientos.

Catalina estaba sentada ante la ventana, contemplando la noche de primavera y pensando cuánto tiempo pasaría antes de que Guisa entrara en acción.

No tuvo que esperar mucho.

Por la mañana temprano, en el día que siguió a su conversación con Guisa, oyó gritos bajo su ventana mientras estaba en la cama. Su asistente vino a decirle que una multitud se dirigía a palacio. Aparentemente traían a alguien.

—Un duelo, seguramente —sonrió Catalina—. Dios mío, ¿por qué no elegirán un momento más adecuado para zanjar sus diferencias?

Debe de ser algún caballero importante, madame, a juzgar por las multitudes.

Catalina no se apresuró a levantarse, y fue durante su *lever* que el rey irrumpió en sus aposentos como si estuviera loco. Se había puesto descuidadamente algunas ropas, y su rostro pálido estaba surcado de lágrimas.

Se arrojó a los pies de Catalina, llorando amargamente.

—Querido, querido mío, ¿qué ha sucedido?

—Madame, una tragedia terrible. Unos malhechores han atacado a mis amigos. Es demasiado terrible como para contarlo. Me moriré de dolor. ¡Rápido! Vístete. Ven a ver a mi pobre Caylus. Temo por él. Creo que no vivirá. Paré está con él pero... tiemblo. Maugiron está muerto. Ah, gracias a Dios que esos malvados asesinos no han escapado.

—Querido, vuelve con el pobre Caylus. Yo iré lo más rápido que pueda. El querrá que estés a su lado.

El rey asintió y volvió junto a Caylus.

Catalina se enteró de la historia por las mujeres a quienes había mandado a recogerla.

Tres caballeros de la suite de Guisa; messieurs d'Entrangues, Riberac y Schomberg, paseaban cerca de Los Tournelles a la madrugada, cuando tres de los *mignons*: Caylus, Maugiron y Livarot pasaron por allí.

—¿Sólo esos tres? —preguntó Catalina.

—Sí, señora.

Catalina se irritó. Tendrían que haber sido Epernon y Joyeuse.

Riberac gritó un insulto a los *mignons*. Estos creyeron que venían de la turba de París; como ya estaban acostumbrados a recibirlos, no hicieron caso; pero cuando se oyeron más frases y los *mignons* advirtieron que venían de nobles, fue imposible dejarlas pasar. Además uno de los caballeros, d'Entrangues, se acercaba con la espada desenvainada.

—¿Entonces la señorita no puede pelear? —preguntó burlonamente.

Entonces Livarot, el mejor espadachín de los *mignons*, desenvainó su espada y comenzó la pelea. La lucha fue desesperada, porque al ver que luchaban por sus vidas, los *mignons* perdieron sus modales afeminados y resistieron fieramente. A Maugiron lo mataron frente a Les Tournelles; Schomberg también perdió la vida. Riberac recibió tales heridas que difícilmente se recuperaría. Caylus, como sabía la reina madre, se encontraba muy mal.

Catalina fue de prisa a los aposentos de su hijo, donde éste había instalado al herido Caylus. Catalina se sintió mejor al ver al hombre. Sin duda esas heridas serían fatales.

—Esto es terrible —dijo—. Hijo mío, mi corazón sangra por ti como las heridas de este pobre caballero, porque sé cuánto lo amas.

El rey le tomó la mano y Catalina se alegró, porque en su dolor se acercaba a ella. Además era agradable que no sospechara de ella en absoluto. Una vez que lo haya liberado de estos malditos hombres, pensó, será mío.

Caylus resistió unos días, durante los cuales el rey jamás se apartó de su lecho. Enrique lloraba continuamente implorando a su amado que no muriera, rogando a los cirujanos que salvaran la vida de una persona cuyo bienestar le importaba más que el propio (según declaró). Pero no pudo hacerse nada para salvar a Caylus.

Para el rey hubo bastante satisfacción en el hecho de que los guisardos, Riberac y Schomberg, también habían perdido la vida. Dos guisardos por dos *mignons* era un intercambio justo. Esto enseñó a todos que un *mignon*, si se le provocaba, podía pelear tan bien como cualquiera.

Mientras lloraba por su amigo moribundo, el rey juraba venganza al hombre que estaba detrás de este hecho. Su madre le rogó que no expresara en voz alta esas amenazas.

—¿Entonces apoyáis a Guisa, madame? —preguntó el rey.

—Apoyo a un hombre y a uno solo, como bien sabes, y es para protegerlo que le pido que guarde silencio. Véngate con el guisardo que queda, con d'Entrangues, si lo deseas, pero si respetas tu vida no sugieras ni por un momento que Enrique de Guisa estuvo detrás de esto. No hables descuidadamente de lo que le harás a ese hombre.

—¿Entonces debo permitir que siga armando complots contra mis amigos?

—Hijo querido, ¿aún no has aprendido, a pesar de todas mis enseñanzas, que cuando conspiras contra los grandes debes hacerlo en secreto?

—Madame, os juro que jamás olvidaré al responsable de esto.

—Comprendo, hijo mío, pero te ruego que recuerdes quién es ese hombre. Recuerda la posición que tiene en este país... en particular en París... y guárdate tus pensamientos. Tú y yo somos uno solo, hijo mío. Tu bien es mi bien, tus deseos los míos.

Pensando que decía la verdad, la abrazó cálidamente.

—Madre, no podría reinar sin ti.

Entonces hubo verdaderas lágrimas en los ojos de Catalina; era uno de los escasos momentos de verdadera felicidad en su vida.

Caylus murió y el rey le quitó tiernamente de las orejas los aros que él mismo le había regalado. Hizo cortar los cabellos de la cabeza de su amigo muerto y los puso en una caja junto con los de Maugiron, para contemplarlos, dijo, en los años que vinieran, cuando llorara a sus amigos muertos que nunca olvidaría.

Aproximadamente un mes más tarde otro de los *mignons,* Saint-Mesgrin, fue asesinado por hombres enmascarados al salir del Louvre una noche.

La furia del rey fue intensa. Lloró en brazos de su madre. Se sospechaba que de Guisa había encargado el asesinato, pero Catalina persuadió a su hijo de que no diera señales de que lo sospechaba.

Por esa época se cometió un asesinato más. Ocurrió durante un baile y ante la vista de los huéspedes. Esta vez el asesino fue Villequier, un hombre que alguna vez fuera gran favorito del rey y que lo había acompañado a Polonia. Catalina misma había apartado a Villequier del rey casándolo con una de las integrantes de su *Escadron Volant,* quien había recibido órdenes de apartar a su marido de la influencia del rey. Ello lo hizo con tanta eficacia que, como era necesario que continuara con sus deberes como miembro de la banda de Catalina, su marido se puso celoso; y allí, frente a toda la corte, le hundió un puñal en el pecho.

Casi no había día en que no se librara un duelo en las calles de París. Los viajeros corrían más peligro en los caminos que el que jamás habían corrido en épocas anteriores. La vida era menos apreciada en tanto los alimentos eran cada vez más caros. A Catalina la perturbaba que los demás apreciaran tan poco la vida como ella.

Las promesas de Anjou a los flamencos no se materializaron. Felipe de España respondió a esas promesas del arrogante duque enviando a Flandes a Alejandro Farnese, el gran duque de Parma, con un ejército vengador. Como Anjou buscaba una victoria fácil no deseaba enfrentarse con Parma; por lo tanto dejó a los flamencos que se cuidaran solos. Convencido de que ya había ganado los laureles de gran general y podía conformarse con eso, volvió a Francia.

Ahora Catalina gozaba una vez más de la confianza del rey. Los *mignons* que quedaban volvieron a interesarse más en ropas, cosméticos, joyas y perros falderos que en política. Los guisardos habían hecho un buen trabajo.

Hubo un par de levantamientos en distintas partes del país; Margot solicitaba otra vez que se le permitiera reunirse con su marido; Navarra dijo que la recibiría a ella y a su madre, y parecía conveniente que Catalina viajara a Nérac, en parte para devolver su hija a su marido, y en parte para calmar toda rebelión en las provincias que atravesara. Además podía interrogar a Navarra mismo y enterarse, en nombre del rey, de cómo andaban las cosas en Béarne.

Margot, encantada ante la perspectiva de un viaje que podía ser divertido, hizo sus preparativos con entusiasmo; Catalina los hizo con menos entusiasmo, pero con igual cuidado. Decidió llevar con ella a Carlota de Sauves para el caso de que fuera necesario reavivar esa vieja pasión, pero como necesitaba una espía cerca de Navarra, y tal vez la vieja *liaison* no podría renovarse, llevó también a una hermosa muchacha llamada la Belle Dayelle. Esta muchacha era una griega que, junto con su hermano, había logrado escapar de Chipre ocho o nueve años antes, cuando los venecianos se apoderaron de Chipre quitándosela a los turcos. A Catalina le impresionó la belleza de la muchacha e hizo que su hermano entrara al servicio del duque de Anjou, que en esa época era Alençon, mientras ella tomaba a su servicio a la muchacha. Con sus hermosos ojos almendrados, esta muchacha era encantadora, y su exótica belleza la distinguía de las mujeres francesas. Una buena reserva para Navarra, pensó Catalina, en caso de que éste se hubiera cansado de su antiguo amor.

Margot se tendió en la litera que ella misma había diseñado. Era una litera como jamás se había visto antes; pero Margot estaba decidida a impresionar a los súbditos que nunca la habían visto antes. Los pilares estaban cubiertos de terciopelo escarlata, y el forro decorado con bordados de oro. Inscripciones en italiano y español se habían tallado en el vidrio y bordado en el forro. Se referían al sol y a sus poderes, porque Margot no había olvidado que uno de los poetas de la corte, que estaba enamorado de ella, la había comparado, por su belleza, su ingenio y su encanto, con el sol de la corte de Francia.

Pero Margot no se conformaba con tenderse en su litera y pensar en el efecto que su belleza y su magnificencia tendrían sobre sus súbditos. Tenía que divertirse durante el viaje. Pensó en los hombres que la acompañarían, a ella y a su madre: el cardenal de Borbón y el duque de Montpensier, ambos parientes de su marido; uno era demasiado viejo; el otro demasiado fanáticamente católico para ser un buen amante. Estaban Gui de Faur y el Sieur de Pybrac. Se detuvo allí, porque aunque Pybrac era un joven serio, era muy apuesto. Quizá demasiado serio como para pensar en convertirse en amante de Margot, pero, ¿acaso ella no podía seducirlo, apartarlo de su seriedad? Era absurdo que ese joven, que era bastante apuesto, pensara que no existía nada aparte de su trabajo de canciller.

Por suerte siempre tenía una pluma cerca, de manera que le escribió, estrictamente sobre asuntos de Estado, porque pensaba que no convenía apresurar las cosas con Pybrac.

Catalina, en su litera, estaba un poco triste. Los rigores del viaje le recordaban que se estaba poniendo un poco vieja para semejantes empresas. No tenía la menor consideración hacia los sufrimientos de otros, y se decidió a dominar los propios. Antes había podido ignorar sus pequeños malestares, pero ahora no era tan fácil. Su reumatismo llegaba puntualmente todos los inviernos y ya no podía reírse de él como en otras oportunidades.

—Ah, eso —decía—. Es mi *rente*. Llega puntualmente con los primeros fríos.

Pero ahora la obligaba a pensar en él, y a veces era lo suficientemente intenso como para impedirle caminar, de manera que tenía que ir montada en una mula. Esto la hacía reír, porque sabía que como era demasiado gorda y pesada para el animal haría una figura ridícula, pero siempre estaba dispuesta a reírse de sí misma.

—Ahora parezco el viejo y gordo mariscal de Cossé —declaraba—. Ojalá pudiera verme mi hijo, el rey, porque no hay nada en el mundo que me guste tanto como oír su risa.

Se preocupaba por Enrique. ¿Qué estaría haciendo ahora? ¿Había hecho bien en dejarlo? ¿Qué estaría planeando monsieur de Guisa? ¿Esa Liga suya no se estaría tornando muy poderosa? No confiaba en su yerno. Llevaba con ella a un buen grupo de hombres, todos los cuales, estaba segura, pelearían por su hijo. También la acompañaban varias mujeres del *Escadron*, a quienes podría usar para sus fines. ¡Si al menos pudiera confiar en que su hija trabajara para ella! Pero, ¿cómo se podía confiar en Margot? Sólo deseaba intrigar con sus amantes. Sin duda en esos momentos planeaba una campaña de amor.

Y así era, efectivamente. Margot había recibido una nota de Pybrac en la que le decía que su único deseo era servir a su dueña.

Esa carta deleitó a Margot. Le respondió diciéndole cuánto lo admiraba. Sugería que él podía convertirse en alguien más íntimo para ella que un simple canciller.

Cuando Pybrac recibió la carta se aterrorizó. Había oído muchas historias de su tumultuosa dama, pero no creía que una criatura tan brillante pudiera poner sus ojos en él. La carta que había escrito a la reina era la de un servidor, no la de un amante. Recordó lo que había sucedido a otro amante de Margot, el Comte de La Mole. A él le cuadraba entrar en una órbita tan peligrosa.

Por lo tanto no respondió a la cálida y seductora carta de Margot, y cuando ella le preguntó por qué, contestó que no había pensado que su misiva sería tomada como una carta de amor; quizá la había escrito con exageraciones, pero explicó que el estilo epistolar era exagerado, y que él se limitaba a seguir el estilo de la época. Cuando dijo que la amaba, quiso decir que la amaba como a su reina; cuando dijo que estaba dispuesto a servirla, era sólo en el papel de canciller. Rogaba que lo disculpara por no haber respondido la carta de inmediato, pero había estado enfermo y no había podido hacerlo.

Cuando Margot recibió la carta se puso furiosa. No podía creer que se le negara nadie a quien ella había elegido como amante. Impetuosamente, sin consideración alguna por Pybrac, respondió:

«Vuestra enfermedad no es una excusa para no haber contestado mi carta. Supongo que esta enfermedad y la responsabilidad de ocuparos de mis sellos os han dañado la salud. Yo me preocupo tanto por vuestra salud, querido Pybrac, como vos por la mía, de manera que os ruego que me devolváis los sellos.»

Después de este rechazo Margot quedó un poco abatida; se preguntó si disfrutaría de su nueva vida; ya pensaba con nostalgia en la corte de París donde los modales de los hombres eran tan elegantes como sus ropas; pensó en su grosero marido y pensó en Enrique de Guisa.

Luego lloró un poco y a través de sus lágrimas contempló la magnificencia de su litera.

—Si me hubieran dejado casarme con el hombre que amaba —murmuró—, ¡qué diferente habría sido mi vida! ¡Pero soy la princesa más desdichada del mundo!

Navarra estaba encantado ante la perspectiva de volver a ver a su mujer. Sin duda era una revoltosa, pero nunca dejaba de divertirlo. Sabía perfectamente que el objeto de esta visita era espiarlo, y estaba bien preparado para ello.

Margot no estaba tan ansiosa por el encuentro. Había insistido mucho en él mientras estaba en París, y la perspectiva del viaje le parecía interesante. Pero ahora que todo se realizaba, se preguntaba cómo haría para adaptarse a una corte más modesta como era la de su marido, si ya sentía nostalgias de la corte francesa. Aún sufría por el rechazo de su ex canciller, y comenzaba a pensar que había sido tonta al obligarlo a que renunciara a su cargo, porque todos se enteraron de la razón del despido del joven.

Cuando llegaron a Tolosa dijo que no se sentía bien y que no estaba en condiciones de acompañar a su madre al lugar del encuentro; se tomaría un pequeño descanso e iría, luego, con sus asistentes.

Navarra la buscaba en vano, mientras Catalina lo abrazaba y lo felicitaba por su buen aspecto. En su tosco estilo bearnés él le dijo que ella, en cambio, no se encontraba de tan buen aspecto como la última vez que él la viera, y si el viaje no habría sido demasiado penoso para ella. La miró con su habitual malicia y agregó que apreciaba el honor de su visita, pero que temía que el viaje la hubiera fatigado mucho y que esperaba que ella no tuviera demasiadas ocupaciones durante su estancia en sus dominios.

—Ah —respondió Catalina—, sólo he venido a acompañar a mi hija y a admirar vuestros paisajes, que son hermosos.

Luego Navarra preguntó por su esposa y se le explicó lo de su indisposición.

—Entonces, madame, me disculparéis si voy a su encuentro. Ansío verla.

Catalina le dio permiso, porque supuso que si no se lo daba iría igualmente a verla.

Navarra entró sin ceremonias en las habitaciones de Margot y la encontró con sus mujeres, probándose un vestido nuevo.

La levantó en brazos y le dio sonoros besos. Margot frunció la nariz; él no olía demasiado bien, y ella advirtió de inmediato que se había producido un cierto deterioro en su apariencia desde que él abandonara la corte francesa.

—No te esperaba —dijo con frialdad—. ¿No te han dicho que estaba indispuesta?

—Tu indisposición sería excelente salud para otros, querida esposa. No dudé de que tu indisposición sería alguna nueva moda de París.

Ella percibió el antiguo resentimiento, pero estaba mezclado con un cierto atractivo; esa rudeza era incitante después de los cumplidos sin sentido de los galanes de la corte.

—¡Más hermosa que nunca! —exclamó Navarra—. He pensado mucho en ti, Margot.

—Y en otras. En la corte nos enteramos de lo que sucede en Béarne, ¿sabes?

—¡Dondequiera que voy hay noticias! Así es ser rey.

—Donde quiera que vas hay un escándalo.

—¡Una pelea hoy no, por favor! Ven, te llevaré a Tolosa.

En realidad ella no estaba insatisfecha, le gustaba que él hubiese ido a buscarla.

—Seguramente fuiste muy poco galante con mi madre —dijo Margot.

—Vine a verte a ti, no a tu madre.

Pero luego Margot estuvo menos contenta con él. Al verlo en su medio natural se daba cuenta de que durante su estancia en la corte de París se había comportado con gran elegancia, según sus propias luces. Ahora que estaba en su propio país él sentía que podía actuar con naturalidad y lo hacía, para horror de Margot y de su madre y de todos los que estaban acostumbrados a la corte de París. En cierto modo se había transformado en un campesino bearnés; se mezclaba con los humildes de sus ciudades y pueblos; lanzaba groseros juramentos, y parecía que lo único que podía encontrar de atractivo en él una princesa exigente eran su ingenio y su astucia.

Al llegar a la corte de Nérac, Margot se enteró de que la amante favorita de su marido era una tal Fleurette, la hija de uno de sus jardineros. Traían a la muchacha al palacio cada vez que él la requería; se oía cómo le silbaba groseramente desde una ventana, o se le veía jugar con ella en los jardines. Una conducta insufrible para Catalina y su hija. Navarra lo sabía, y se divertía buscando nuevas formas de escandalizarlas. Se apasionó (o al menos fingió apasionarse) por la ayuda de cámara de Margot; y solía ir a la panadería de la ciudad para un tierno tête-à-tête con la *boulangère*, Pictone Pancoussaire.

Margot estaba tan furiosa que quería volver de inmediato a París. En realidad la conducta de Navarra era una excusa como cualquier otra. Sabía que seguiría sintiéndose fuera de lugar en esta pequeña corte, que parecía bárbara comparada con el ceremonial observado en París, Blois o Chenonceaux. Pero Catalina la calmaba, y contenía con esfuerzo el impulso de decir a su hija que no hacían este viaje para puro placer de Margot.

Catalina supervisaba a su banda de damas: pronto comenzarían a hacer su trabajo. Entretanto el cerdo de Béarne podía demostrarles que nada le importaban los modales y los estilos de París. Que se divirtiera con su Fleurette y su Picotine. No sería por mucho tiempo. Dayelle ya había alzado sus bellos ojos almendrados hacia el rey de Navarra, y aunque él parecía estar absorbido por sus amantes más humildes, de vez en cuando echaba una mirada a la bella griega. Catalina pensaba que al ser Navarra hijo de Antonio de Borbón y Juana de Navarra, debía tener algo de buen gusto. Catalina confiaba en que Dayelle, o, si no Dayelle, Carlota de Sauves o alguna otra de sus bellas damas, terminaría por apartar al rey de sus humildes compañeras de juegos.

Catalina dirigió la atención de Margot hacia un hombre a quien éste había favorecido un año antes, cuando estaban juntos en París. Era un apuesto noble llamado du Luc. A Margot le agradaron las atenciones de este caballero; y esto, pensaba Catalina, la mantendría entretenida en Nérac por un tiempo.

Margot se concentró en estos amores. Asombraba a sus súbditos, y sólo los más puritanos la miraban como a una mala mujer. Su amor por la vida cautivaba a casi todos, y ahora que tenía a alguien que, aunque fuera temporalmente, la satisfacía, esos deseos de vivir se hacían aparentes para todos. ¿Qué le importaban los puritanos? Sólo le importaban aquellos que la admiraban. Aparecía en público vestida con trajes diseñados por ella... trajes que habrían desconcertado a la corte de Francia misma. Aparecía con pelucas rojas, con pelucas rubias, y a veces sin peluca, mostrando sus abundantes cabellos oscuros, más hermosos que cualquier peluca. Bailaba con trajes de raso blanco, de terciopelo rojo, de tela de oro y plata; su favorito era el terciopelo rojo color clavel. Se adornaba con joyas y plumas. Era la magnífica, la fantástica reina de Navarra. Una vez apareció en una función con un traje que había requerido metros y metros de tela de oro, con un collar de cuatrocientas perlas. En su cabello brillaban diamantes, y se lucían plumas blancas. Con cada vestido, asumía otra personalidad. Con el traje de hilos de oro resaltaba su dignidad real; con el vestido de terciopelo color clavel bailaba como una loca, a veces brindando miradas amorosas a du Luc, a veces miradas especulativas al apuesto Enrique de la Tour, al Visconte de Turenne, que comenzaba a interesarle. Cantaba baladas románticas compuestas por ella misma; enseñaba a la gente de Nérac las danzas que estaban de moda en París... la pavana española y el *corrente* italiano.

Su madre la observaba, y observaba también a Dayelle y a Navarra.

A pesar de sí mismo a Navarra también lo atraía su esposa. Si ella lo hubiera deseado, podría haber usado su influencia sobre su marido. Ah, pensaba Catalina, si sólo me obedeciera. ¡Si fuera un miembro de mi *Escadron!* Pero la debilidad de Margot, a los ojos de su madre, era su falta de interés por todo lo que no fuesen sus deseos sexuales.

Cuando Margot volvió a su habitación después del baile en que encantó a todo el mundo con su vestido de terciopelo español, Navarra fue a verla. Ahora la encontraba más atractiva que a cualquier mujer de la corte. Le divertía Dayelle, quien sin duda estaba a las órdenes de la reina madre, esperando a que él pusiera sus ojos en ella, pero esta esposa suya, con su elegancia, su rápido ingenio y su arrogancia, era la persona más fascinante que había conocido, por más que le enfureciera admitirlo.

Decidió pasar la noche con ella.

Ella alzó lentamente los ojos y lo miró con ese desprecio al que él ya se había acostumbrado. Su deseo de ella disminuyó y sintió deseos de abofetearla. Era el rey de Navarra, y quería recordárselo; y aunque ella era la reina, llevaba ese título por él.

Se sentó en una butaca, con las rodillas separadas y una mano en cada rodilla.

Ella se estremeció ante esa actitud poco elegante, advirtió que él tenía la chaqueta roja manchada de vino. Ninguna cantidad de joyas y adornos podía disimular estos descuidos. Además Margot tenía otros planes y no deseaba estar con su marido esa noche.

El despidió a las asistentes de Margot y, cuando estuvieron solos, le apoyó las manos en los hombros. Ella se puso tiesa y frunció la nariz, preguntándose cuándo se habría lavado por última vez. Veía la suciedad bajo sus uñas; era más visible que todos los zafiros y rubíes que llevaba en los dedos.

—¡Qué encantador que París se digne a venir a Nérac! —exclamó él.

—Me alegro de que Vuestra Majestad esté contento.

El le levantó rudamente el rostro por el mentón, y la besó con fiereza. Ella no respondió. Lo había visto hacer el mismo gesto esa mañana con Xaintes, su ayuda de cámara.

—Parece que no os gustan mis besos, madame.

—Monsieur, yo no soy una sirvienta.

—Ah —replicó él oprimiéndole un hombro—. No debes tener celos. ¿Qué fue eso? Una pequeña diversión, nada más.

—Sugiero que esas diversiones deberían tener lugar en secreto.

—En París, quizá, porque en París todo es falso. Aquí en Nérac, si un rey desea besar a una doncella, está muy bien... tanto para el rey como para la doncella.

—No está tan bien para la reina.

—¡Qué! ¿Una reina puede tener celos de una sirvienta?

—No, monsieur. Pero puede ser sensible en cuanto à su dignidad, su honor.

—Das demasiada importancia a la dignidad y al honor. Vamos, no te quedes allí, pensando. Me gustaría verte alegre, como en el salón de baile. No debes preocuparte por unos cuantos besos. No debes preguntarte cuánto amo a esas amiguitas mías.

—No era eso lo que pensaba.

—¿En qué pensabas, entonces?

—En cuándo te habrías bañado por última vez.

—El rey de Nérac nunca se baña.

Ella se levantó y se apartó de él, espléndida con su traje de terciopelo y sus ojos tan brillantes como los diamantes de sus cabellos.

—Deberíamos tener hijos... —dijo él—. Henos aquí, un rey y una reina... y sin herederos que ofrecer a Navarra. Esto no puede seguir así. Tengo muchos hijos, muchas hijas, y ningún heredero para el trono de Navarra.

Ella se encogió de hombros.

—Estoy de acuerdo —respondió—, en que es una necesidad.

Guardó silencio unos momentos. No creía que ella pudiera tener hijos. Pensó en todos los amantes que había tenido... y nunca una señal de que tendría un hijo de uno de ellos. Enrique de Guisa era padre de una numerosa familia y como Enrique de Navarra decía, también él tenía muchos hijos, pero Margot, que había tenido miles de oportunidades, jamás había concebido uno. Sin embargo era joven, y necesitaban un heredero. Suspiró pero no hizo intento alguno de ocultar su rechazo.

—Sí —repitió finalmente—, es un deber necesario. Pero primero debo pedirte que me hagas un favor.

—¡Cualquier cosa! Cualquier cosa que pidas. ¿Qué es?

Ya verás. No te asustes. No te pediré que vuelvas a cambiar de religión. No. Es un favor muy pequeño.

Fue hasta la puerta y llamó a una de sus mujeres. Navarra las observaba, murmurando juntas. El gran atractivo de Margot estaba en sus acciones impetuosas. La mujer se fue y Margot volvió.

—Ven —dijo él—. Estoy impaciente. ¿Cuál es ese favor?

—Sólo esto. Que antes de acercarte a mí permitas que mi doncella te lave... aunque sea los pies.

El se quedó mirándola.

—¡Y a eso llamas favor!

—No te habría pedido semejante favor, si no pensara que el olor de tus pies puede provocarme un desmayo.

El se enfureció. Pensó en Fleurette, tan dispuesta a entregarse, en la ansiedad de la *boulangère*. ¡Y esta mujer se atrevía a pedirle que se lavara los pies antes de acercarse!

—Madame —respondió él tragándose su furia—, ¿debo recordaros una vez más que esto no es el Louvre?

—Lamentablemente no hace falta que me lo recuerdes. Hay muchas cosas que me lo recuerdan.

La mujer había vuelto. Puso en el suelo el recipiente de oro y esperó.

—Si prefieres que uno de tus caballeros haga este trabajo, puedes decirlo —sugirió Margot.

Por unos segundos Navarra se quedó mudo. Luego se volvió hacia la mujer:

—Sal de aquí —ordenó.

Ella no esperó. Escapó de inmediato.

Margot seguía de pie, erguida, envuelta en el traje de terciopelo como en una llama escarlata, con los ojos brillantes de sarcasmo, los labios burlones. ¡Está sucio!, decían esos ojos. Me ofendes.

El sintió el impulso de rasgar el vestido de terciopelo, de tomarla por la fuerza, pero sus iras nunca duraban mucho tiempo.

Se inclinó, tomó el recipiente y lo arrojó contra los cortinajes.

—Madame, ¿debo perfumarme? ¿Tenderme en sábanas de raso negro? ¿Bañarme con leche de burra? ¿Convertirme en uno de los mignons del rey de Francia? —comenzó a pasearse por la habitación.

—¡Ah, huelan mis pies! ¿No son encantadores? Este nuevo perfume es de René, el envenenador de la reina madre.

Su furia no había desaparecido del todo y se volvió hacia Margot.

—Madame, quiero recordaros que en estas tierras soy el rey. Si no quiero lavarme los pies, los pies sin lavar serán el orden del día. Os gustarán mis pies sin lavar, así como os gustan los pies perfumados de vuestro hermano. ¡Madame, aquí en Béarne somos hombres, no mariposas! ¿Os pido yo que renunciéis a vuestros baños, vuestros baños de leche que tan blanca dejan vuestra piel? ¡No! Entonces os ruego que no me hagáis imitar la moda decadente de la chiflada corte de vuestro hermano.

—Sólo lo pido si deseas acercarte a mí —respondió Margot—. La suciedad y el sudor de tu cuerpo son tan preciosos para ti que no te pido que renuncies a ellos... mientras no me los acerques.

—Madame —replicó él—, el precio que pedís es demasiado alto por algo que no me importa demasiado.

Y luego de estas palabras la dejó y fue a encontrarse con Dayelle. Margot estaba contenta. Envió una nota a du Luc con una de sus mujeres. Du Luc tenía la galantería, la caballerosidad de traer a Nérac los modales y las costumbres de París.

Durante la estancia en el reino de su yerno, Catalina sintió que recuperaba sus viejas fuerzas. Le molestaba el reumatismo, pero estaba de mejor ánimo. Había venido a ver qué hacía Enrique de Navarra tan lejos de la corte de Francia; a ver con qué recursos contaba; a diseminar a las integrantes del *Escadron* entre sus ministros para enterarse de sus secretos. Ostensiblemente había ido a lograr la paz entre el rey de Navarra y el rey de Francia, a convocar en Nérac una asamblea de católicos y hugonotes, y a hacer un nuevo intento de zanjar sus diferencias. Creía haber tenido cierto éxito. Como el camaleón, cambiaba de color según su entorno. Aquí, en Béarne, demostraba simpatía por los hugonotes. Hasta aprendió a hablar con el lenguaje simple que prefería esta gente, en lugar de usar el florido y complicado estilo de París. A veces esto era demasiado para su sentido del ridículo, y se encerraba en sus aposentos con sus damas, donde se divertía hablando con ellas en lo que llamaba «el lenguaje de Canaán», exagerando el estilo puritano, introduciendo cierto cinismo que la hacía llorar de risa. Pero al día siguiente hablaba con los hugonotes en su propia lengua, y sin asomo de burla.

¿Estarían olvidando ellos los rumores que habían oído sobre la reina? ¿Comenzarían a confiar en ella? La masacre de San Bartolomé era como una gran sombra a sus espaldas. ¿Alguna vez la olvidarían?

Ahora Margot tenía una profunda relación con Turenne. ¡Ah, si Margot pudiera ser inducida a ocuparse más de la política que del amor, qué gran aliada sería! Turenne era, después de Navarra, el hombre más importante de esa corte. Era sobrino de Montmorency, pariente de Navarra y su principal consejero. Era un hombre apasionado, y si no hubiera sido por Margot, Catalina habría puesto a alguna dama de su *Escadron* a seducirlo. ¡Qué hija perversa le había destinado la vida!

Pasaban los meses, y Catalina pensaba continuamente en el rey de Francia; a veces sus deseos de estar con él eran tales que sólo se calmaba expresando sus sentimientos en su correspondencia. A su amiga en quien confiaba, madame D'Uzès, a quien había dejado en la corte como espía suya para que la tuviera informada sobre las acciones del rey, le escribía: «Envíame noticias sobre el rey y la reina. Te envidio la alegría de poder verlos. Nunca he vivido tanto tiempo sin esa felicidad desde que nació mi hijo; porque cuando estuvo en Polonia pasó allí ocho meses, y ahora siete y medio que lo he dejado y faltan dos para que vuelva a verlo.»

Las asambleas entre católicos y hugonotes continuaban y se llegó a cierto acuerdo. Navarra le había asegurado que deseaba conservar con él a su esposa, y Margot declaró que se quedaría en el reino de su esposo. De manera que Catalina ya podía regresar a París.

Navarra estaba satisfecho con el acuerdo al que había llegado con la reina madre: ahora católicos y hugonotes ocupaban aproximadamente la misma posición en Francia; los hugonotes habían recibido diecinueve ciudades. Catalina se marchaba, y el rey estaba contentísimo, porque ni quería a la reina madre ni confiaba en ella. Se llevaba a Dayelle con ella, pero Navarra no lo lamentaba mucho porque había puesto sus ojos en otra dama, una criatura frágil y delicada, muy distinta de las robustas muchachas que solía elegir Navarra para que hicieran buena pareja con su físico. No, Navarra no lamentaba mucho la partida de la reina madre.

En cuanto a Margot, estaba tan absorbida en sus amores con Turenne que ya no recordaba sus deseos de volver a París. Así, sin que nadie lo lamentara, Catalina comenzó su viaje hacia el norte.

Pero sus dificultades no habían terminado. Hubo un intento de levantamiento contra la corona en Saluces, una ciudad bastante importante por su posición en la frontera entre Francia e Italia. Un tal Bellegarde, que era gobernador del dominio de Saluces, descendió hasta la ciudad capital y la fortificó contra los franceses.

Catalina viajaba por Dauphiné cuando se enteró de estas noticias, y mandó llamar a Bellegarde para que se encontrara con ella, pero él ignoró la llamada, entonces ordenó al duque de Saboya que le llevara a ese hombre, y después de una espera de semanas, en que su deseo de ver al rey la inquietaba y la deprimía, se enfrentó por fin con Bellegarde.

Lo recibió acompañada por el cardenal de Borbón, a él y al duque de Saboya.

Les habló con tristeza de las cualidades del rey, de cuánto había hecho por su pueblo, y de cómo la apenaba ver que había quienes no apreciaban su bondad. Lloró un poco. Recurrió a su ficción favorita: «¿Qué soy yo, sino una débil mujer? ¿Qué puedo deciros? ¿Cómo puedo enfrentarme a los traidores?»

Bellegarde se conmovió tanto con sus lágrimas y su elocuencia que llegó a llorar él mismo, pero cuando Catalina le preguntó qué pensaba hacer con Saluces, habló de las diferencias de religión entre la gente de allí y los franceses, e insistió en que había que tener en cuenta la voluntad del pueblo. El no era responsable de lo que sucedía, dijo. La gente lo había tomado como representante porque él era su gobernador.

—Monsieur —replicó Catalina, ya no como viuda desamparada—. He venido a arreglar este asunto y nada más. No me marcharé de esta ciudad... y vos tampoco, hasta que hayáis jurado fidelidad al rey. Si no lo hacéis... —se encogió de hombros y le dedicó una de esas sonrisas que jamás dejaban de aterrorizar a quienes las recibían.

El resultado de sus entrevistas con la reina madre fue que Bellegarde, en presencia del consejo, juró fidelidad al rey. Pero Catalina no quedó satisfecha con la conducta de este hombre. Lo rodeó de espías, y nada de lo que decía y hacía le pasaba inadvertido.

—No confío en un hombre que ha traicionado al rey —declaró al cardenal de Borbón—. No es conveniente.

Por cierto que no confiaba en Bellegarde. El hombre tuvo una muerte súbita. El día anterior había estado muy bien y había disfrutado de una buena comida y bebido vino.

Ahora Catalina era libre de volver a ver a su hijo.

Derramó auténticas lágrimas de alegría cuando abrazó una vez más su cuerpo perfumado.

Catalina advirtió que el tiempo no se había detenido en la corte durante su ausencia, y se preguntó si no habría sido mejor que se quedara en lugar de ir a intentar una paz entre católicos y hugonotes y a arreglar un matrimonio, cuyos miembros eran dos personas tan descuidadas e inmorales que no tenían más perspectivas de ser felices juntos que los católicos y los hugonotes.

La perturbaban las actividades de un hombre en quien no había pensado lo suficientemente durante los meses de su ausencia. No era conveniente olvidar la existencia del duque de Guisa.

Descubrió que la Liga católica había crecido enormemente desde que ella dejara París. Extendía sus raíces por toda Francia, y aparecían brotes en todas las ciudades. La apoyaban España y Roma. ¿Cuál era el objeto de esta Liga? No el que profesaba, sin duda. Profesaba la intención de lograr mejoras para la multitud, pero Catalina sospechaba que su proposito era dar poder a un hombre.

Catalina descubrió que las extravagancias del rey continuaban como siempre. Ahora sus favoritos eran Joyeuse y Epernon. Joyeuse era un tonto; pero no estaba tan segura con respecto a Epernon. Enrique había regalado cientos de sus abadías a esta gente, y ahora esos lugares estaban en su mayoría en manos de gente que nada tenía que ver con ellos. El *Battus* recorría las calles con sus fantásticas procesiones, y los banquetes del rey se habían convertido en un despilfarro intolerable.

Catalina también estaba aterrorizada de lo que haría ahora Anjou, su hijo menor; y cuando la reina Isabel declaró a Simiers, que estaba en Inglaterra tratando de persuadir a la reina de que aceptara un matrimonio francés, que no debía casarse con un hombre que no había visto, Catalina sintió que ésa era una preciosa opotunidad de liberar a Francia del revoltoso joven; si Isabel tenía la bondad de retenerlo, su madre se lo agradecería eternamente.

Anjou, siempre ansioso de nuevas aventuras, no despreció la idea de ir a Inglaterra, y así, un día de junio, cruzó el canal y llegó a la isla.

Catalina, con ayuda de sus espías, siguió la farsa de este noviazgo. Sabía que Isabel era tan astuta como ella, pero la inglesa poseía ciertas cualidades femeninas que para nada conocía Catalina. Catalina rió al contemplar a esa otra reina, cuya vanidad era su rasgo característico. Sabía de sus coqueteos con Leicester, quien, al perder las esperanzas de casarse con la reina y convertirse en rey de Inglaterra, se había casado en secreto con la condesa de Essex. Los espías de Catalina lograron esto convenciendo a Leicester de que el matrimonio francés ya estaba muy adelantado, y que no tenía esperanza alguna de casarse con Isabel, ya que ésta se había decidido por el duque de Anjou.

En cuanto a la forma en que su hijo de veintiséis años cortejaría a esa mujer de cuarenta y seis, lo dejó por cuenta de su hijo; al fin y al cabo él sabía bastante de mujeres.

De manera que Anjou entró disfrazado en Greenwich Palace, pidió permiso para ver a la reina, y una vez ante ella se arrojó a sus pies diciéndole que su admiración por ella lo dejaba sin habla.

A Isabel este método de cortejar le pareció fascinante, aunque hizo que sus compatriotas se burlaran de los franceses. Confió a sus damas (y Catalina se enteró de ello) de que el joven era mucho menos feo de lo que le habían dicho. Tenía nariz grande, admitió la reina, pero todos los Valois la tenían y ella no esperaba que él fuera distinto de otras personas de su familia; ya sabía que tenía la piel marcada por la viruela; era pequeño, sí, pero eso sólo le despertaba ternura. Le gustaban sus modales delicados; era audaz, pero le gustaba su audacia, y bailaba mejor que cualquier cortesano inglés.

Catalina sabía que la reina pelirroja se reía de su cortejante, lo mismo que la mayoría de sus cortesanos. En las calles los jóvenes galanes y aun los aprendices imitaban sus maneras afectadas provocando risas a su alrededor. Estos jóvenes habían adoptado las modas exageradas, copiadas, según decían, de «monseur», como llamaban a Anjou, y de su bonita comitiva. Catalina sabía que Anjou se enfurecería en cuanto se diera cuenta de que se reían de él, pero los ingleses, con su discreto humor, no se lo hacían evidente.

La reina lo mimaba como podría haber mimado a un mono, lo hacía aparecer con ella en público y lo llamaba «mi sapito».

Sabía, por supuesto, que la observaban. La halagaba el cortejo del extraño «monseur», pero no dejaba de calcular las ventajas y desventajas de semejante unión. ¡Una reina protestante de cuarenta y seis años que se casara con un católico de veinticinco! No era la unión más satisfactoria que pudiera pensarse, pero en tanto sus ministros la disuadían, ella lo miraba con aprobación, sólo porque deseaba que las galanterías del joven continuaran el mayor tiempo posible.

Catalina había visto una copia de la carta que Sir Philip Sydney había escrito a la reina sobre ese matrimonio. Era audaz, y Calalina deseó poder invitar a cenar al autor de la carta. No habría sobrevivido mucho tiempo a esa cena.

«Muy amada, temida, dulce y graciosa soberana: Los corazones de vuestro pueblo se amargarían, es más, se alienarían, al ver a quién pensáis tomar por marido, un francés y un papista que, como sabe hasta la gente más común, es el hijo de la Jezabel de nuestro tiempo, y cuyo hermano obligó a casarse a su hermana para facilitar la masacre de nuestros hermanos en religión. En tanto lleva el título de monsieur y es papista, no servirá de mucho para protegeros; y si llega a ser rey, sus defensas serán como la espada de Ajax, que más bien destruye que ayuda a quienes la usan.»

Esta es la carta que recibió la reina de Inglaterra, y que, como sabía Catalina, consideró muy seriamente. Pero un hombre de la Lincoln's Inn, un tal Stubbs, que se atrevió a presentar una protesta por escrito, y que había insultado al joven cortejante llamándolo «Poco hombre y poco príncipe» fue severamente castigado cortándosele la mano derecha. El mismo castigo fue aplicado al hombre que publicó lo que Stubbs había escrito.

Catalina estudió el escrito que había costado sus manos a estos dos hombres. Decía: «Este hombre es hijo de Enrique II, cuya familia, desde que se casó con Catalina de Italia, ha resistido el Evangelio y ha vivido en constantes luchas como Nerón y Domiciano. He aquí a un demonio de la corte de Francia que quiere casarse con la ninfa coronada de Inglaterra.»

Era típico de la reina de Inglaterra hacer castigar a estos hombres mientras consideraba seriamente la carta de

Sir Philip Sydney. Tal vez su verdadera razón para aparecer como que estaba encantada con la propuesta era que se preguntaba cuáles serían las reacciones de Francia, España y Roma si la rechazaba.

De manera que mantenía a su lado al joven cortejante, comportándose primero como una novia comprometida, luego apartándose como una joven modesta, lo cual era ridículo en una mujer de su edad que, a pesar de no haberse casado, no tenía una reputación inmaculada; se hizo construir un ornamento, enjoyado en forma de sapo al que demostraba devoción; bajaba sus pestañas amarillas sobre sus ojos astutos; se mostraba a veces ansiosa, otras indecisa, mientras esperaba el momento de enviar a su cortejante de vuelta al lugar de donde había venido.

Finalmente, asegurando al duque de Anjou que el corazón de una reina no pertenecía a su dueña y por eso no podía entregarlo, dijo a Anjou que los protestantes de Inglaterra y los católicos guisardos de Francia no querían al matrimonio, y como su deber era conservar la paz entre sus belicosos pueblos, lamentaba, ay, cuánto lamentaba que su pequeño sapo debiera irse. Le hizo un préstamo de dinero para su campaña en Flandes, se despidió de él cariñosamente, y lo envió a cruzar el canal en compañía de Leicester.

Entonces las dos reinas, Catalina e Isabel, las dos personalidades más poderosas de su tiempo, supieron que la boda no podría realizarse. Catalina estaba furiosa. La inglesa se había burlado de ella. Pero las dos reinas continuaron su amable correspondencia, con los corazones llenos de odio y desconfianza por la otra.

Hubo problemas, y llegaron con los vientos de Béarne. Porque, ¿qué otra cosa podía esperarse, pensó Catalina, en ese centro de tormentas que era Margot?

En efecto, Margot estaba reconciliada con la vida en su nuevo reino. Esto se debía especialmente a su satisfacción en sus amores con el conde de Turenne. Como era el ministro principal del reino, y el primer consejero del rey, había abundancia de planes políticos en los que podía participar Margot. Tuvo varios entredichos con la amante de Navarra, mademoiselle de Rebours, una criatura muy poco atractiva según Margot. Esa mujer delgada y enfermiza no podía mantener mucho tiempo su seducción sobre el rey, y como se complacía en proclamarse enemiga de la reina, Margot decidió que no lo fuera. Durante los breves intervalos en que no estaban haciendo el amor, ella y Turenne discutían la deposición de esta frágil muchacha que en esos momentos influía tanto sobre el rey.

Turenne llamó la atención de Margot hacia una muchacha que aún no tenía quince años, una criatura simple y deliciosa, Françoise, la hija de Pierre de Montmorency, Marqués de Thury y barón de Fosseuse. La niña vivía con su padre en Nérac, y Turenne la conocía desde su infancia. Sentía que esa muchacha sería irresistible para el rey: joven, fresca, encantadora y sana. Sería un gran cambio con respecto a mademoiselle de Rebours, ¡y seguramente el rey ya estaba cansado de los vapores de esta dama!

—Cuando vayamos a Nérac —dijo Margot—, debemos hacerle notar a la pequeña Fosseuse.

Las circunstancias los favorecieron. Cuando la corte salió de Pau para ir a Nérac, mademoiselle de Rebours estaba demasiado enferma para acompañarlos. Navarra la dejó con lágrimas y juramentos de fidelidad, pero en Nérac lo esperaba la pequeña Fosseuse y ante ese encanto y esa inocencia juvenil, a Navarra no le resultó difícil olvidar los juramentos que ya había hecho a tantas mujeres, tantas veces. Pocos días después se declaró esclavo de su nueva compañera de juegos.

Margot y Turenne suspiraron de alivio. Fosseuse era una dulce niña que sabía que debía sus progresos a la reina y al amante de ésta. Era lo suficientemente despierta como para comprender que si quería conservar el alto lugar que ocupaba debía estar en buenos términos con estos dos; y lo hizo, para satisfacción de todos los interesados.

En esa época Margot escribió en sus memorias: «Nuestra corte es tan bella y agradable que no echo de menos la de Francia: mi marido tiene un grupo de asistentes que son los caballeros más finos que jamás haya conocido en la corte; no hay nada que criticar en ellos, excepto que son hugonotes. Pero no se oye hablar a nadie de esta diversidad de religión. El rey y su hermana van por su lado a escuchar el sermón, y mi comitiva oye misa en una capilla en el parque; después todos nos reunimos y conversamos en los hermosos jardines con sus largos senderos, bordeados de laureles y cipreses, o en el parque que yo he hecho trazar, por caminos muy largos junto al río; pasamos el resto del día en toda clase de diversiones, en general jugamos a la pelota por la tarde y por la noche.»

Algunos de los hugonotes no estaban tan contentos. Murmuraban que su reina había traído vicios a la corte. Había implantado en el árbol puro los frutos de Babilonia.

Margot se encogía elegantemente de hombros. Era feliz, estaba en bastante buenas relaciones con su marido; había logrado hacer lo que quería con él a través de La Fosseuse; su tranquila cuñada, Catalina, no le daba mucho trabajo; mademoiselle de Rebours había perdido totalmente su poder; y monsieur de Turenne seguía complaciéndola.

Este paraíso fue invadido por mensajeros de París. El odio de su hermano seguía a Margot a Nérac.

Ninguna de las partes estaba satisfecha con la paz que la reina madre había logrado imponer. El rey de Francia sospechaba que su hermana era una mala influencia en la corte de Nérac; ahora deseaba no haberle permitido jamás que se reuniera con su marido, y buscaba los medios de hacerla volver. Sus mensajeros llevaron cartas a Navarra en las que le decían que en Francia se difundían historias malignas sobre la reina de Navarra. Las cartas hablaban de la conducta escandalosa de Margot que, se decía, ahora andaba en amores con Turenne. Se decía que no sólo tenían amores culpables, sino que participaban en peligrosos complots.

Navarra rió al leer estos documentos. Estaba menos satisfecho que el rey de Francia con la paz que se había conseguido. Por lo tanto estaba dispuesto a permitir que estallaran las hostilidades una vez más con la esperanza de lograr una nueva paz.

Llamó a Margot y a Turenne, y con fingido horror les mostró lo que el rey había escrito sobre ellos.

Los dos amantes estaban dispuestos a defenderse, pero pronto comprendieron que no era necesario. Navarra, demostrando claramente que creía todo lo que había dicho el rey francés, preguntó con tono burlón:

—¿Cómo puede un hombre permitir que se digan tales cosas sobre su virtuosa esposa? Este es un insulto que sólo puede ser respondido con la espada.

Turenne estuvo de acuerdo con el rey en que los términos de la paz eran insatisfactorios; y Margot estuvo de acuerdo con su amante. Poco tiempo después hubo otra guerra entre católicos y hugonotes, una guerra contra el pueblo de Francia, que se hacía pocas ilusiones sobre sus causas reales, y la llamaba irónicamente *La Guerre des Amoureux.*

En París, Catalina observaba los acontecimientos con creciente pesimismo, porque en esa guerra Navarra probó ser un soldado de quien habría que cuidarse en el futuro. Una a una las ciudades caían en su poder; era evidente que podía ganar esta Guerra de los Enamorados. En vista de ello era doblemente gratificante que no hubiera abandonado sus tonterías. Estaba tan enamorado de la pequeña Fosseuse, de esa chiquilla de poco más de quince años, que interrumpía la batalla para ir hacia ella, porque su deseo era tan urgente que adquiría mayor importancia que una victoria sobre los ejércitos de Francia. Perdió muchas buenas oportunidades por simple desatención. Por un lado, declaró neutral a Nérac; y el partido católico estuvo de acuerdo, siempre que Navarra no volviera allí mientras continuara la guerra; pero Fosseuse estaba en el Château de Nérac, y cuando Navarra deseaba a su amante, todo lo demás perdía importancia. En una oportunidad se supo que Navarra había roto su promesa y estaba en el castillo, y se dispararon balas de cañón dentro de él. Margot se enfureció ante la estupidez de su marido, pero Navarra lo tomó a risa. Era juego limpio, dijo, y estaba dispuesto a aceptar las consecuencias. Estaba con su amada Fosseuse: estaba dispuesto a arriesgar el castillo por esa satisfacción. Sólo la gran habilidad de sus soldados salvó el castillo en esa oportunidad.

Pero esto revelaba que Navarra, a pesar de ser un excelente soldado y un comandante genial, era fácil presa de su sensualidad. Catalina deseaba fervientemente que siguiera siendo así: las debilidades de los demás aumentaban su propia fuerza, y era gratificante observar que esta debilidad del rey de Navarra impedía que la guerra tuviera efectos desastrosos para el rey de Francia. Las hostilidades duraron alrededor de un año y medio, y podrían haber continuado si Anjou no hubiera propuesto, a través de su amistad con su cuñado, tratar de lograr una paz. Anjou seguía obsesionado con su sueño del imperio francés, que pensaba obtener a través de una guerra con Flandes. Le parecía una tontería que los franceses pelearan entre sí cuando podían luchar contra extranjeros por la gloria de Francia. Salió hacia Nérac, donde fue recibido con mucho afecto por Margot y con amistad por Navarra.

Se firmó la *Paix de Fleix*, pero ya nadie tenía mucha fe ahora en estos tratados de paz. Ya se habían hecho muchos. Eran puentes débiles, quebradizos, entre una y otra guerra.

Una vez en Nérac, Anjou no parecía tener demasiada prisa por marcharse. Declaró que le encantaba el lugar, pero pronto fue obvio que no le encantaba tanto el lugar como una de las damas que vivían allí. Anjou parecía tan inclinado a buscar problemas como su hermana Margot: la dama que lo sedujo no era otra que La Fosseuse, la amante del rey.

Esto resultó muy estimulante para la corte. Volvía la rivalidad, el juego con que se divertían antes los dos cuñados alrededor de madame de Sauves. Se hacían bromas, y a veces éstas eran de carácter tan pesado que podían llegar a ser peligrosas.

Fue Margot quien puso fin a esto. Un día llamó a su hermano y le habló con gran severidad.

—Querido hermano, sé que me amas.

Anjou la besó con ternura. Era muy susceptible a los halagos y la admiración, y Margot se ocupaba de que los recibiera en gran medida de ella.

—Me gustaría que tu amor por mí fuera de tal magnitud que trascendiera al que sientes por cualquier otra persona.

—Queridísima hermana, ¿para qué debes desear lo que ya tienes? No hay nadie a quien yo admire y adore tanto como a mi hermosísima hermana.

—¿Y La Fosseuse? —preguntó Margot.

El rió.

—Querida Margot... Sin duda eso es amor, pero un amor pasajero. Y mi amor por ti es eterno.

Ella lo abrazó y lo cubrió de caricias.

—Eso me deleita. Ahora sé que escucharás mi consejo. Aquí pierdes tu tiempo, querido hermano. Eres un gran general. La gloria de Francia está en tus manos. Debes buscar un imperio, no una mujer.

Margot se divertía apelando a las susceptibilidades de Anjou; le mostraba su imagen como fundador de imperios, como futuro rey de Francia, como el rey más grande que Francia hubiese tenido jamás. Y tan bien lo hizo, que poco después de esta conversación Anjou se separaba con mucha pena de La Fosseuse. Le explicó que lo llamaba el deber, que él era un hombre con una misión.

Partió de Nérac hacia Flandes donde reunió un ejército y entró en Cambrai; pero como de costumbre había planeado las acciones con poco cuidado, y Felipe de España no había estado ocioso. En pocos meses Anjou se encontró en difícil situación, ante el poder de España y sin dinero para continuar la campaña. Derrotado, fue a Inglaterra a pedir un préstamo a Isabel. Esta se lo concedió y volvió a Flandes a continuar la campaña.

Pero su partida de Nérac sólo significó una paz temporal para los de esa corte.

La Fosseuse estaba *enceinte*. Esto irritaba a Margot por dos razones: en primer lugar que la amante del rey podía tener un hijo y la reina no; en segundo lugar, con el embarazo de la sumisa niñita cambió y se volvió menos sumisa, ya no se conformaba con aceptar las órdenes de la reina. Además mademoiselle de Rebours, furiosa por haber perdido los favores del rey y haciendo responsable de ello a la reina, no perdía oportunidad de crear escándalos tanto sobre la reina como sobre La Fosseuse.

Si se llegaba a saber en todo el país que una hija de la gran Casa de Montmorency sería madre del bastardo del rey, entre muchos hugonotes habría disgusto e insatisfacción. En vista de todo esto, Margot decidió tomar el asunto en sus manos, según dijo, para bien de todos los afectados.

Llamó a su presencia a La Fosseuse, y cuando la niña se presentó, le dijo con amabilidad:

—Querida Fosseuse, esto ha sucedido y no se puede culpar a nadie por ello. Lo mejor será que tratemos de que no se difunda. Como sabes, sería muy dañino para todo el país que se supiera que darás a luz a ese bastardo. Los hugonotes son puritanos y no les gusta lo que ellos llaman inmoralidad entre sus líderes. Para bien del rey y para el tuyo, ya que no es adecuado para un miembro de tu familia tener un hijo no estando casada, te ofrezco esta solución: te propongo llevarte conmigo a nuestro muy recluido estado de Mas D'Agenais, que (quizás no lo sepas) está en Garonne entre Marmande y Tonneins. Allí tendrás al niño en el mayor secreto y nadie lo sabrá. Sugiero que cuando el rey y la corte salgan para una partida de caza los acompañemos parte del camino; luego tú y yo y nuestras damas y asistentes nos apartaremos del grupo del rey para ir a Mas D'Agenais.

La Fosseuse escuchó esta sugerencia y levantó sus ojos desconfiados hacia el rostro de la hija de Catalina de Médicis.

—Madame —respondió—, nada me induciría a acompañaros, a vos y a vuestras amigas a ningún lugar tranquilo.

Luego hizo una reverencia, dejó a la reina y fue a reunirse con su amante. Cuando él vio su desesperación, le preguntó qué había pasado.

—La reina... Trata de asesinarme.

—¿Qué dices? —preguntó con furia Navarra. Como su amante, pensaba que era posible que la hija de Catalina de Médicis quisiese eliminar a quienes la molestaban.

—Me propone que salgamos contigo y tus hombres para una partida de caza, y que en cierto punto del camino ella y yo y sus mujeres nos separemos y vayamos a un château aislado donde yo tendría a mi hijo. No iré. Sé que quiere asesinarme.

—*Ventre-saint-gris!* —gritó el rey—. Yo también creo que lo intentaría. No te asustes, mi amor. No iremos con ella.

Fue a los aposentos de Margot. Ella estaba reclinada en un diván, y lo miró con altiva dignidad, moviendo a un lado la cabeza en un mudo ruego de que no se acercara. Desde que ella le pidiera que se lavara los pies, él se solazaba con ellos; Margot estaba segura de que aún no se los había lavado.

Ignorando a las doncellas que la rodeaban, Navarra dijo:

—De manera que sigues a tu madre.

Ella arqueó las cejas con gesto interrogativo.

—¡Basta de miradas altivas, madame! ¿Qué es esto de llevar a La Fosseuse a un lugar aislado para asesinarla?

—No entiendo por qué mi ofrecimiento de ayuda se toma como un intento de asesinato.

—¿Tú... ayudarla?

—¿Por qué no? A tus hugonotes no les gustará enterarse de lo del bastardo. Recuerdo las dificultades de tu padre cuando su amante le dio un hijo. Nosotros los católicos somos menos rígidos, ¿sabes? Una pequeña confesión... y quedamos perdonados. Pero vosotros habéis elegido la religión más severa. Sólo quería ayudaros, a ti y a La Fosseuse.

—¿Asesinándola?

Margot se encogió de hombros.

—Bien, retiro mi ofrecimiento. Si eliges llevar una vida inmoral no puedes hacerlo en secreto. Quedarás expuesto a tus severos partidarios.

—¡Tú te atreves a hablarme de una vida inmoral!

—Al menos en la mía no hay complicaciones tan sórdidas.

—No alardees de tu esterilidad.

—No tengo motivo para avergonzarme de consecuencias desagradables. Lamento haber ofrecido ayuda. Sólo pensé que, como la reputación de esta corte me es tan cara como a ti, podía ayudar. Eso es todo.

—¿Cómo podrías ayudar? ¿Tu madre te dejó una selección de sus *morceaux* antes de irse?

Margot tomó un libro y se puso a leer. Su marido la miró unos segundos en furioso silencio; luego salió de la habitación a grandes pasos.

Estaba preocupado. Temía que sus amigos hugonotes se escandalizaran demasiado; y era verdad que estos severos sujetos no se oponían demasiado a la inmoralidad cuando quedaba oculta; pero si salía a la luz se retorcían las manos con horror. Pero Navarra seguía enamorado de su pequeña Fosseuse y no quería abandonarla.

Pasaron las semanas; ya no era posible ignorar el estado de la amante del rey. Navarra comenzó a pensar que se había apresurado demasiado al rechazar la ayuda de Margot.

Fue a verla cuando ella ya se había acostado, corrió los cortinajes de su lecho y la miró con expresión humilde.

—Necesito tu ayuda —declaró—. Quiero que te ocupes de La Fosseuse.

—No puedo hacer nada al respecto —respondió ella con placer—. En cierto momento ofrecí mi ayuda, pero fue groseramente rechazada. Ahora no quiero saber nada de ese asunto.

El le tomó la muñeca y la miró con ojos amenazantes.

—Obedecerás mis órdenes —dijo.

Margot no estaba insatisfecha. Ella y Turenne deseaban intensamente hacerse cargo de La Fosseuse, y en ese momento Margot decidió que llevaría a cabo su plan original; pero debía explotar la situación; debía divertirse un poco a costa de Navarra para vengarse del rechazo de su ofrecimiento. Quería negarse y ser persuadida. De manera que ahora sacudió la cabeza.

—¡Monsieur, me pedís a mí, una princesa de Francia y vuestra reina, que actúe como partera de esa mujerzuela que es vuestra amante!

—¿Por qué tanta dignidad ahora? Hace unas semanas, mi querida princesa de Francia, mi reina de Navarra, me solicitabas el privilegio de actuar como partera de mi amante.

—Mi buen corazón había vencido a mi sensatez —respondió ella.

—Tu buen corazón tendrá que repetir la acción, mi querida.

—Me insultas.

—Seguramente es lo único que mereces. Te ocuparás de La Fosseuse.

—No haré nada de eso.

El la tomó por un hombro, pero algo en la expresión de ella le hizo reír. Ella tenía dificultades en mantenerse seria.

—Eres la mujer más enloquecedora de Francia —declaró.

—Y vos, monsieur, sois el más tosco, el más grosero, el más odioso...

El la sacudió y la besó, y los dos rieron juntos.

—Nadie me divierte como tú. Es bueno divertirse. Si fueras menos inmoral, podría amarte.

—¡Ay! —suspiró Margot—. Si tuvieras otros hábitos de limpieza, podría amarte.

—Si tuvieras menos amantes...

—Si te bañaras de vez en cuando...

Ella volvió a reír y dijo:

—Basta de tonterías. Nada temas. Me ocuparé de esa muchacha.

—¡Mi dulce Margot!

La había abrazado, pero ella se echó atrás. El se miró los pies y dejó escapar una fuerte carcajada.

—Tanto te admiro que ahora te dejaré. Dile a Turenne que últimamente se baña tan a menudo que me recuerda a los señoritos del Louvre y que nada... nada en este mundo... me induciría a seguir su ejemplo.

Más tarde Margot habló de la situación con Turenne.

—Este será el fin de La Fosseuse, querido. Se arrepentirá de haber sido insolente conmigo.

—¿Qué piensas hacer? —preguntó su amante.

—¡Ah, querido, tú también! ¿Piensas como los demás? Lo veo en tus ojos. Te dices: «Esta es la hija de Catalina de Médicis.» Pero yo no asesinaría. En este caso sería tonto. Ahora que el rey ha sufrido tantas ansiedades por mademoiselle de Fosseuse, ya no está tan enamorado de ella. No le gusta padecer ansiedades. Al fin y al cabo, el deber de la amante de un rey es liberarlo de ansiedades, no creárselas. Fosseuse vendrá conmigo. No verá al rey en muchas semanas... y durante ese tiempo tú te ocuparás de que él vea a otras. Creo que es posible que la pequeña Fosseuse encuentre que alguien ha ocupado su lugar cuando vuelva a la corte. Si esto se difundiera en el extranjero, el rey estaría aún más disgustado. Y, ¿por qué no? Es ridículo tratar de mantener un asunto así en secreto. Querido, no podemos permitir que esta muchacha, que se ha mostrado tan arrogante, actúe así contra nosotros.

Turenne asintió. Había que buscar una nueva amante para el rey, porque era obvio que La Fosseuse había reinado demasiado tiempo.

Margot manejó muy satisfactoriamente el asunto, pero el destino la ayudó: el niño nació muerto. El pequeño asunto del rey estaba concluido, y también el efímero reinado de La Fosseuse, quien, con mucho desagrado, al volver a la corte, encontró al rey divirtiéndose con livianos amores; pero como ninguno parecía ser muy serio, La Fosseuse trató de recuperar su posición, y lo hubiera logrado si Diana D'Andousins, condesa de Gramont, a quien Navarra había amado cuando la condesa se casó y él un muchacho de catorce años, no hubiera reaparecido en su vida. Ella era la Corisanda de su juventud, y le encantó encontrarla más hermosa de lo que la recordaba.

Pero la historia del romance con mademoiselle Fosseuse siguió vivo aun después de haber terminado éste. Se habló de ella en todo el país, y las escenas ocurridas entre el rey y la reina de Navarra se exageraron hasta que parecía que en la corte de Francia no se hablaba de otra cosa que de las vergonzosas vidas vividas por los dos soberanos.

La gente de la calle hablaba de ello. Los parisienses se morían de frío y de hambre mientras comparaban sus vidas miserables con los despilfarros caprichosos de la familia real.

Catalina sufrió un rudo golpe de su vieja enemiga, España, y como siempre en esas oportunidades sintió la necesidad de actuar con rapidez y neutralizar a los enemigos que tenía más cerca, ya que era poco lo que podía hacer para disminuir el poder de su grande y perenne enemigo.

Fue un mal cálculo trágico de su parte, y el rey no se privaba de recordárselo. Había caído tan totalmente bajo la influencia de Epernon y Joyeuse que todo lo que éstos le decían le parecía bien, y si luego resultaba que estaba mal, el rey decidía que no tenía importancia. Pero cuando la madre, que lo había protegido desde la infancia y había llegado a cualquier cosa con tal de llevarlo al trono cometía un error, él era el primero en acusarla.

El rey de Portugal murió repentinamente y había dos hombres que pretendían el trono: los dos eran sobrinos de Felipe de España; uno se llamaba igual que su poderoso tío y el otro Antonio. Luego Catalina sorprendió a todo el mundo declarándose a sí misma aspirante al trono. Anunció que la familia del fallecido rey era ilegítima, y hurgando en el pasado encontró un antecesor de ella que habría estado relacionado con el trono de Portugal. Felipe trató el asunto con sarcasmo y Catalina, con gran indignación y con penosos gastos para Francia, envió una flota para apoyar su reclamo. Los franceses no eran buenos marinos, mientras que los españoles eran los mejores marinos del mundo después de los ingleses, y Catalina debió haber sabido que sus hombres no tenían la menor posibilidad de salir victoriosos. Su flota fue vencida en Terceira, y los bar cos que regresaron a Francia presentaban un aspecto lamentable. Felipe de España tomó el trono de Portugal para su tocayo, y el pueblo de Francia tuvo algo más en contra del rey y su madre: «Hemos pagado impuestos hasta morirnos de hambre para pagar sus tonterías. Asesina a los cortesanos con veneno y al pueblo con el hambre. ¿Cuánto tiempo más toleraremos a la italiana y a su nido de reptiles?»

Catalina se paraba ante las ventanas del Louvre y miraba hacia afuera; veía a la gente reunida, gesticulando; de vez en cuando alguien se volvía hacia el palacio y agitaba el puño. Oía lo que decían cuando se mezclaba con ellos en los mercados. «¡Jezabel! ¡La reina Jezabel! ¡Sólo que ni un perro comería sus carnes!»

Cantaban:

«Una, ruina de Israel;
La otra, ruina de Francia.»

Pero lo cantaban con odio, no con alegría, y era ese odio creciente lo que más temía Catalina. Era como un fuego bajo que en cualquier momento estallaría en llamas.

Debía observar a todos sus enemigos. ¿Y esos dos de Nérac? ¿Qué estarían tramando?

Habló con el rey mientras él jugaba con sus perros falderos.

—Hijo mío, debes hacer volver a la corte a tu hermana.

El rey la miró con disgusto.

—Se está mucho mejor sin ella.

—Puede ser, querido. Pero, ¿cómo podemos saber en qué anda mientras está lejos de nosotros?

—Hay que temer a Navarra más que a Margot.

—No estoy segura. Los dos son peligrosos. Invítalos a que vengan a visitarnos. Me gustaría que estuvieran aquí. Podría encontrar una mujer para él, y sabes que tengo medios para enterarme de todo lo que pasa a mi alrededor. No es tan fácil cuando están lejos. Lamentablemente mis tubos para escuchar no se extienden hasta Nérac.

—No vendrían aunque se les ordenara.

—Ella vendría, y tal vez logremos que contribuya a atraerlo a él.

—¿Los tendrías prisioneros aquí?

—Trataría de que él no escapara tan fácilmente como la última vez.

—¿Pero crees que ella vendría? ¿Recuerdas cómo insistió para irse?

—Querido hijo, Margot nunca es feliz mucho tiempo en el mismo lugar. Ahora escribe que no tiene nada de nuevo que contar, porque las noticias de Gasconia son como ese lugar. Eso significa que añora la corte de Francia. Quiere saber de París. ¡Con sólo pensar en el Sena se le llenan los ojos de lágrimas! ¿Crees que hay algún lugar aparte de la corte de Francia donde Margot se sentiría feliz mucho tiempo? Ten la seguridad de que ahora desea volver tanto como antes deseaba marcharse. No tendremos dificultad alguna en persuadirla a ella de que vuelva.

—Pero ¿y Navarra? ¿Le permitiría venir?

—Si le presentas las cosas como lo haría Margot, aceptaría. Sin duda ella se ofrecerá a actuar como espía de él aquí en la corte. Veríamos todo lo que ella le escribiera. Nuestra tarea sería lograr que ella lo convenciera de que viniera. Yo sugeriré que venga ella. Estoy segura de que se ha cansado de monsieur de Turenne. Me asombra que le haya sido fiel durante tanto tiempo. ¿Qué les hará a esos dos el aire de Béarne? Navarra fue fiel a La Fosseuse hasta que ella lo cansó con sus problemas; ahora dicen que muestra la misma fidelidad a Corisanda. Ah, sin duda Margot se habrá cansado de Turenne antes de eso. ¡Por eso será que dice que son tan aburridas las noticias de Gasconia!

—Bien —accedió el rey—. Invítalos a los dos. Me sentiré mejor si Navarra está aquí como prisionero mío.

—Envíales dinero. Dile que te gustaría verla. Sé cálido y cariñoso. No dudo de que así vendrá.

Catalina tenía razón. Aunque Navarra rechazó de plano su invitación, Margot estaba encantada de ir. Navarra recordó a Margot la repentina y misteriosa muerte de su madre, Juana de Navarra, en París.

—Recuerda a monsieur de Coligny —dijo—. Recuerda a cientos de mis amigos que murieron en París, donde habían ido a asistir a una boda.

Margot se encogió de hombros.

—Será mejor que vaya sola. Te mantendré informado de lo que sucede en la corte. Será bueno que te enteres de algo de lo que traman.

El estuvo de acuerdo, y Margot hizo sus preparativos para el viaje. Había otra razón, aparte de su aburrimiento en la corte de su marido y su poca tolerancia a estar demasiado tiempo en el mismo lugar, que le hacía desear volver a París. Cuando Anjou estaba en Nérac lo acompañaba un encantador caballero, miembro de su comitiva, un tal Jacques de Harlay, lord de Champvallon. Margot y él se sintieron mutuamente atraídos; tuvieron un par de tiernos encuentros; lamentablemente fueron sorprendidos en actitudes comprometedoras en uno de éstos por el mayor enemigo de Margot en la corte, un astuto y muy virtuoso hugonote llamado Agrippa d'Aubigné. D'Aubigné, un caballero de la cámara de Navarra, tenía tanta afición por escribir como Margot y, como ella, se deleitaba en hacer la crónica de los acontecimientos de sus días. Conocía bien las escrituras; creía que aquel que no tuviera pecados podía arrojar la primera piedra, y como estaba seguro de que él no tenía pecados, tenía por cierto una piedra muy grande que arrojar. Para semejante hombre una reina hermosa, fascinante y vivaz como Margot parecía la encarnación de todo mal; su odio a ella daba color a cuanto escribía; y no sólo empleaba su pluma contra ella.

En esa época Margot estaba profundamente relacionada con Turenne y no deseaba renunciar a él por Champvallon, que partiría de la corte de Nérac con Anjou; pero le escribía con frecuencia y en el estilo hiperbólico que solía emplear, incluso en sus cartas de amor.

«Adiós, mi sol», escribía, «hermoso milagro de la naturaleza. Te beso un millón de veces en tu hermosa boca amante».

Estas cartas no siempre iban en línea directa a la persona a quien estaban dirigidas, y la pasión de Margot por

Champvallon era conocida por otros aparte de los protagonistas.

Ahora, un poco cansada de monsieur de Turenne, Margot deseaba encontrarse con Champvallon en París.

Al llegar a la capital Margot, fue cálidamente recibida por Champvallon, pero no tan cálidamente por el rey y por su madre. Se dio cuenta de que la habían hecho ir para tenerla bajo vigilancia, y que no tenían intención de cambiar su actitud hacia ella.

Margot no se perturbó. Estaba en su amado París; estaba en la corte de Francia a la que pertenecía; le deleitaba el lugar donde se encontraba y muchos cortesanos comenzaron a decir que había vuelto el sol para alumbrarlos. Margot era el centro de bailes, y en esa época estaba profundamente enamorada de Champvallon y disfrutaba de la vida.

A veces se encontraba con Enrique de Guisa, y estos encuentros nunca dejaban de excitarla. Seguía siendo el amante de Carlota de Sauves, pero Margot sabía que sus ambiciosos planes para el futuro ocupaban más su mente que cualquier amante. A veces Margot deseaba preguntarle sobre las actividades de la Liga, sobre sus planes que, si todo hubiera marchado como Margot lo deseaba ardientemente, habrían sido también los planes de ella, sus sueños, sus esperanzas.

Pero estaba Champvallon para recordarle que había terminado con su vieja pasión por Enrique de Guisa. Para qué preocuparse si había tenido tantos amantes entretanto, y aún tendría tantos más.

Catalina instaba a Margot a que persuadiera a su marido de que fuera a París, pero Navarra seguía contestando con negativas. Catalina sabía que en cuanto Margot había llegado a la corte había comenzado a actuar como espía de su marido, pero eso le preocupaba poco porque estaba segura de que interceptaba toda su correspondencia.

Pocos meses después del regreso de Margot a la corte se produjo un incidente que enfureció al rey hasta el punto de decidirlo a vengarse.

Su amado *mignon*, Joyeuse, deseaba llegar a ser arzobispo de Narbonne y enviado a la Santa Sede, y aunque este joven sólo tenía veintiún años y le faltaban las calificaciones necesarias, solicitó ese honor al rey con tal encanto que éste fue incapaz de no arrojárselo como le hubiera arrojado un durazno confitado... aunque significaba que su querido debería ausentarse de la corte por un tiempo para ir a Roma. Mientras Joyeuse estaba en Roma, Enrique le envió despachos, pero el *courier* fue desviado de su ruta y muerto a tiros, y esos mensajes nunca llegaron.

El rey se enfureció y pensó en su madre, porque el método parecía propio de ella, pero luego pensó en su hermana, porque estaba ansioso por tener alguna acusación contra ella.

Quiso vengarse de ella en la forma que más la avergonzara y, actuando sin consultar a su madre, sino a sus queridos, eligió el baile de la corte como momento para llevar a cabo sus planes.

Margot estaba tan extraordinaria como siempre: llevaba los cabellos sueltos sobre los hombros y adornados con diamantes; su vestido era de terciopelo rojo.

Estaba bailando cuando el rey hizo señas a los músicos de que dejaran de tocar. Los bailarines guardaron silencio, preguntándose qué sucedería. El rey se acercó al lugar donde estaba su hermana.

—¡Miren! —gritó—. ¡Miren a esta libertina! Amigos míos, me avergüenzo de que sea mi hermana. No podría comenzar a enumerar sus crímenes contra ustedes. Son demasiados y yo, por suerte, no los conozco todos. Podría nombrar a cuarenta hombres que fueron sus amantes... pero, amigos míos, con eso no completaría la lista. Hay un tal Champvallon. ¿Sabéis que tuvo un hijo suyo, hace poco tiempo, aquí en París? Así es. Se las compuso para mantenerlo en secreto, pero no somos tan tontos, ni tan ciegos como ella piensa.

Los ojos de Margot llameaban.

—Tú... con tus *mignons* pintados... me llamas inmoral a mí...

El rey entrecerró los ojos, y Margot advirtió que dos de sus *mignons* se habían ubicado junto a ella. ¡Cuidado!, decían sus ojos. Nadie habla así al rey de Francia... ¡y sale vivo!

El miedo de Margot era más grande que su furia. Era la primera vez que se daba cuenta de la profundidad del odio de su hermano. Había sido tonta en perseguir a sus *mignons*, en mostrarles enemistad. Ahora veía cuánta razón tenía su marido al negarse a caer en la trampa de París. Margot supo que ése era el preludio de su arresto.

Miró a su madre en busca de ayuda.

Catalina la miraba en silencio. Estaba harta. Estos hijos suyos, con su estupidez, destruían todo lo que había hecho por ellos. Esta historia se contaría en todas las calles de París, deformada, agrandada; y otra vez saldría a luz la suma de iniquidades de la casa de Valois, con el resultado de que el total crecería para que los descontentos tuvieran más motivos de queja.

—Hermano —replicó Margot—. Te han contado mentiras. No tengo ningún hijo.

Catalina le susurró:

—No digas nada. Vete enseguida. Vete a tus aposentos. Es tu única posibilidad de escapar a la ira de tu hermano.

Margot hizo una reverencia y, con la cabeza alta, salió mientras los concurrentes, en silencio, le abrían paso.

Sus mujeres la rodearon en sus aposentos. ¿Y ahora?, se preguntaban entre ellas.

Margot estaba tendida en la cama, con miedo, pero disfrutando, como de costumbre, de una situación peligrosa, y aunque el rey la había acusado de tener un hijo ilegítimo, y esa noticia pronto se difundiría en todo París y en toda Francia, no estaba del todo descontenta. Lamentaba mucho su esterilidad, resultado de los pecados de sus dos abuelos; entonces, ya que no podía tener hijos, le agradaba que sospecharan que tenía uno.

Esa noche no sucedió nada, pero al despertar encontró sesenta arqueros en sus habitaciones. Era una indignidad sin sentido organizada por el rey, ya que no venían a arrestarla sino a ordenarle que «liberara a la ciudad de su presencia sin ninguna demora».

Como Champvallon, al enterarse de la escena en el salón de baile en la que se había mencionado su nombre, había huido a Alemania temiendo la venganza del rey, Margot decidió obedecer a su hermano sin demora, y salió ese mismo día para Gasconia.

El rey fue, encantado, a ver a su madre.

—¡Ya ves! He liberado rápidamente a la corte de esa espía. Como Epernon dijo desde el principio, fue un error traerla aquí.

Catalina sacudió la cabeza.

—Hijo mío, cómo me gustaría que escucharas mis consejos antes de actuar con tanta impulsividad. Es mucho mejor tener a esa persona peligrosa bajo nuestra vigilancia que lejos. Y creo que tu manera de despedirla fue muy inadecuada.

—Cuando he tomado una decisión actúo con rapidez —respondió el rey.

—A veces es preferible meditar un poco —dijo Catalina—. Ya veremos si tuviste razón o si debiste escuchar mi consejo y actuar con más cautela.

Pronto lo supieron. Navarra, al enterarse de la forma en que el rey había atacado a Margot, envió despachos diciéndole que no podía esperar que volviera a recibir a una esposa a quien el rey de Francia, su propio hermano, había escarnecido públicamente.

El hecho es que Corisanda estaba encinta, y como el rey de Navarra estaba ansioso por tener un heredero para sus dominios, deseaba casarse con ella. En sus cartas decía que debía recibir una separación por parte de la corte de Francia por haberse casado con semejante mujer. Quería el divorcio. ¡Qué diría Catalina, decía, si él recibía en Navarra a una mujer a quien el rey de Francia había infligido semejante escándalo público antes de expulsarla de su corte!

Catalina alzó sus ojos inexpresivos hacia el rostro de su hijo; pero el rey la ignoró y se negó a admitir que se había equivocado.

—¡Al diablo con Navarra! ¡Al diablo con la prostituta de su esposa! No habrá paz en Francia mientras esos dos sigan vivos.

—Debe volver con su marido —replicó Catalina—. Lo que ha hecho no puede alterarse. Querido hijo, tus amigos te aconsejaron que actuaras así, no por el bien de Francia, sino por celos. No debes permitir que los sentimientos personales influyan en el gobierno de un país.

El frunció el entrecejo. Eso era lo más que Catalina se atrevía a decir de sus *mignons*. Entretanto pensaba cómo haría para suprimir a esos dos, Joyeuse y Epernon, los más peligrosos de todos. Pero tantos de los *mignons* habían muerto, que Catalina pensó que sería peligroso que hubiera nuevos accidentes; y no podía soportar perder ese pequeño afecto, ese pequeño respeto que el rey aún sentía por ella.

Pero debía alegrarse. Incidentes como éste lo convencerían de que sus *mignons* sólo lo conducirían a hacer tonterías, y además demostraba claramente que el rey de Navarra se tornaba cada vez más astuto.

Iban y venían mensajeros entre las cortes de París y Nérac. El rey de Francia aplacaba al rey de Navarra. Ahora declaraba que no había querido decir lo que había dicho sobre su hermana, y que estaba mal informado; se daba cuenta de que muy a menudo las princesas virtuosas eran presas de calumnias.

Seguro en su pequeño reino, Navarra reía de alegría. Aunque adoraba, por el momento, a su hermosa Corisanda, y aunque ella le daría un hijo, no estaba totalmente seguro de que deseara perder a Margot, esa mujer tan divertida y sorprendente, y tal vez considerara volver a recibirla si el rey de Francia le ofrecía suficientes concesiones.

Finalmente decidió volver a recibirla, cuando el rey de Francia accedió a retirar sus guarniciones de varias ciudades cercanas a los dominios de Navarra.

Hubo consternación en todo el Louvre y en todo París. En la corte de Nérac había gran excitación como no

342

se había conocido antes. El rey de Navarra guardaba silencio, contemplando el futuro.

El duque de Anjou había enfermado de gravedad, y había pocas esperanzas de que se recuperase.

Margot lloraba por su hermano; lo había amado, según decían algunos, más de lo que una hermana debía amar a un hermano. Sin embargo, a pesar de su dolor, Margot estaba tan alerta como su marido y sus ministros. Si su hermano moría, en ningún lugar del mundo ese acontecimiento se consideraría tan importante como en Nérac.

En las calles de París se murmuraba contra la italiana.

—Dicen que Jezabel lo ha envenenado.

—Pero, ¿es posible? ¿A su propio hijo?

—¡Su propio hijo! ¿Y el pobre Francisco II? ¿Y el pobre Carlos, el loco? Te dirán que los mandó a la tumba antes de tiempo. Muchos han recibido sus venenos italianos... hijo, hija, prima... ¿qué le importa a ella? Es malvada... esta reina Jezabel de Francia.

Pero Catalina lamentaba sinceramente esta enfermedad de su hijo, y estaba realmente loca de ansiedad. ¡Anjou al borde de la muerte! ¿Y si se moría también Enrique? Estos hijos suyos no parecían poder llegar a la madurez. Enrique mismo había envejecido prematuramente. Si Enrique moría, Navarra le seguiría en la sucesión. Era cierto que Margot sería reina de Francia. Pero, ¿quién podía confiar en Margot? ¿Se podía confiar en Navarra?

La gente de la calle era estúpida al pensar que ella había envenenado a su hijo. No la comprendían. No sabían que sus asesinatos no eran verdaderos asesinatos; eran simples eliminaciones de gente molesta que interfería en el poder de la casa de Valois... ¡nada más! No había sentimientos personales en contra de aquellos que debían ser eliminados. ¿Acaso había asesinado ella a la mujer que le causara años de humillación y tortura en vida de su marido? ¡No! Diana de Poitiers se fue por su propia cuenta, porque cuando Catalina habría podido matarla, Diana había dejado de tener importancia.

Catalina sentía que era una mujer a quien comprendían muy mal. Pero las calumnias de la calle nunca la habían afectado. ¿Por qué se preocuparía por ellas ahora? ¿Sentiría este leve resentimiento porque se estaba haciendo vieja, porque a veces se fatigaba de la continua lucha por conservar el poder que había ganado?

Sus pensamientos fueron otra vez hacia su antiguo enemigo, Felipe de España. ¿Cómo reaccionaría ante la muerte de Anjou? ¿Qué haría para evitar que el hugonote rey de Navarra se convirtiera en rey de la Francia católica? Estaba segura de que él haría algo. Los Países Bajos no le causaban tantas preocupaciones como antes. Parma había trabajado bien para su amo; y meses antes el príncipe de Orange, ese baluarte de todos los protestantes, había sido asesinado. Así Louise, la hija de Coligny, que se había casado con el príncipe después de la muerte de Téligny, había perdido a sus dos maridos en circunstancias violentas. La esposa de Coligny, Jacqueline, aún estaba presa, y lo estaba desde la muerte de su marido. Catalina debía vigilar a esos hugonotes. Y también a Felipe de España. El pobre Anjou no había sido muy importante en vida, pero la muerte lo convertiría en la figura importante que siempre había deseado ser.

Llegó la noticia de la muerte de Anjou. Su débil organismo Valois no había podido soportar esa congestión pulmonar. Anjou había muerto... y Navarra era heredero del trono de Francia. Toda Europa estaba alerta. Un rey de Francia protestante alteraría el equilibrio del poder. Inglaterra se preparaba a enviar ayuda a los Países Bajos al mando de Leicester; y a pesar de la pérdida de su amado príncipe de Orange, el pueblo de los Países Bajos estaba lleno de esperanza. Felipe de España había vuelto su mirada ansiosa hacia París y pedía asambleas. Buscaba al único en Francia que, como bien sabía, jamás permitiría que el país fuera gobernado por un protestante, y Enrique de Guisa, jefe de la Liga católica, se convertía rápidamente en el hombre más importante de Francia.

Catalina esperaba con aprensión. Mantenía largas entrevistas secretas con el rey, pero el rey no estaba con ánimo para hablar de negocios, porque se había hecho traer una nueva colección de monos y cotorras, y estaba tratando de decidir con cuáles de sus amigos los compartiría. Debía prestar atención a sus perros y a las gracias de sus *mignons*. Ahora Epernon y Joyeuse eran rivales en sus afectos, y si hacía un regalo a Joyeuse, debía compensarlo con un regalo aún más valioso a Epernon, y eso sólo despertaba mayores celos en Joyeuse. Epernon había recibido el título de coronel-general de Francia; por lo tanto Epernon debió ser nombrado almirante de Francia; entonces hubo que dar a Joyeuse las gobernaciones de Metz, Verdun y Toul. Y así sucesivamente. Los hombres más ricos de Francia eran Epernon y Joyeuse, y si un día Joyeuse era el más rico, al día siguiente lo era Epernon.

Joyeuse, que había vuelto de Roma, deseaba casarse. Pidió una esposa rica, una mujer que le brindara honores.

—Vos tenéis esposa, querido sire, y sabéis que deseo parecerme a vos en todo lo posible.

El rey se divertía. Su querido deseaba una esposa, y esa esposa debía ser la hermana de la reina, que podía aportar una gran dote.

Joyeuse aplaudió de alegría y, junto con el rey y los otros *mignons* comenzaron a hacer planes para las festividades de la boda. Estas durarían dos semanas y costarían una fortuna. Eso no tenía importancia. A la gente de París le encantaban las festividades, y era cosa sabida que había que pagar para darse los gustos.

Así es como la gente presenció la boda de Joyeuse, y una vez que se casó Joyeuse, hubo que casar a Epernon.

El rey se exprimió los sesos para encontrar una esposa igualmente rica para su querido Epernon, y como la celebración de la boda sería tan pronto después de la de Joyeuse, el rey no sabía cómo haría para brindar semejante agasajo y que Epernon no se sintiera celoso. Lo logró en parte arrebatándole dinero al tesoro municipal, y pensó en una buena forma de aumentar el producto del robo: subió el precio de los juicios. El y sus queridos rieron juntos. Para un rey siempre había formas de encontrar dinero.

El Battus cobró importancia otra vez. El rey y sus *mignons* organizaban procesiones por las calles. Era tan divertido, después de las ceremonias en las que se presentaban con vestiduras enjoyadas, andar por la calle metidos en sacos. Ahora tenían sacos blancos, mucho más encantadores que los que usaban antes; y estaban muy hermosos con las calaveras bordadas en ellos.

El rey estaba entusiasmado. Mostraba al pueblo, después de las dispendiosas ceremonias de las bodas, que en el fondo el rey y sus amigos eran un grupo de jóvenes muy religiosos.

Catalina, incómoda, trataba de protestar como de costumbre. Sabía que ahora todos los ojos se volvían hacia París. Guillermo de Nassau los observaba desde Holanda; Enrique de Navarra observaba con astucia, como alguien que podía permitirse esperar; Felipe de España estaba alerta, y Enrique de Guisa estaba preparado. ¿Habrían tenido estos dos últimos comunicaciones secretas que Catalina no había podido interceptar?

Las ridículas ceremonias continuaban, mezcladas con lujosos festejos; los parisienses, temblando de frío, miraban por las ventanas del Louvre y veían al rey ataviado con un vestido de mujer de seda verde, y a sus *mignons* vestidos como damas de la corte.

París miraba, silenciosa y llena de furia, mientras en el aire de la ciudad se agitaba la revolución.

6

Catalina, sobreponiéndose a la fatiga de la edad, al reumatismo que la perseguía, cuidándose por primera vez en las comidas (hasta entonces no se había privado de nada que le gustara) encontró nuevas energías. Se acercaba el desastre. En cualquier momento podía perder su poder. Sabía que durante todos esos años había recorrido el país tratando de hacer la paz, eliminando enemigos, protegiendo la corona. Al hombre que se había contentado con su lugar en la vida, que no tenía ambiciones, lo había ignorado, y así él había podido continuar en secreto su trabajo y, como alguna criatura subterránea, había socavado los cimientos mismos del poder de Catalina, de manera que ya no se encontraba en terreno firme. Debía haber sabido que el hombre más ambicioso de Francia no perdería su ambición. Nunca debió haber apartado su atención de Enrique, duque de Guisa.

¿Qué planeaba? Su Liga se había convertido en la fuerza más poderosa de Francia, mientras la atención de aquellos que debían haberla observado se dirigía a problemas menores, y la Liga trabajaba contra el rey.

Catalina miró retrospectivamente los años de reinado de su hijo. Ese joven capaz aunque afeminado que fuera en su adolescencia había cambiado. El mejor aspecto de su naturaleza había desaparecido, y ahora, salvo en los fugaces momentos en que mostraba su inteligencia a través de una súbita captación de las cosas, era un ser decadente. Tenía mala salud, un organismo débil y un cierto cinismo que revelaba su convicción de que su vida no sería larga y que, por lo tanto, la usaría como le pareciera. Había desilusionado a su madre, y ella se sentía herida. En ciertos momentos había permitido que su amor por ese hijo desaparecido superara su amor por el poder. Debería haber recordado la lección que le enseñara, años antes, otro Enrique más inteligente; y ahora recordaba esos años de desdicha y humillación, de la inútil tortura de espiar a su marido y a la amante de éste por un agujero en el suelo; sólo infelicidad había sido el resultado de su autoagresión. Se asombraba de no haber aprendido qué fútil podía ser esa línea de conducta. Evidentemente no había aprendido esta lección ya que, tanto con este Enrique como con el otro, había permitido que sus emociones interfirieran en su plan de vida. La emoción no debía tener lugar alguno en la vida de Catalina de Médicis.

Ahora eso había terminado, pero se había necesitado la amenaza del desastre para mostrarle la tontería de sus actitudes. Amaba a su hijo, pero para Catalina era más importante conservar el poder que su afecto. Si era necesario, actuaría contra él.

Los acontecimientos se habían desarrollado sin que ella los controlara. ¿Dónde estaban sus espías? Sin duda habían hecho todo lo posible, pero los espías de Guisa eran mejores. Sin embargo, los espías de Catalina habían descubierto algo: que Enrique se había atrevido a comunicarse con España como si estuviera ya al frente del gobierno de Francia.

Ese viejo tonto, el cardenal de Borbón, hermano de aquel otro aún más tonto, Antonio de Borbón, que se había convertido en el hazmerreír de la corte de Catalina años atrás, ascendería al trono a la muerte de Enrique. Enrique aún era joven y el Borbón era viejo, entonces, ¿qué pensaban los Guisa? ¿Qué otros documentos secretos se habrían intercambiado Enrique de Guisa y Felipe de España? ¿Felipe realmente pensaría que Guisa tenía intención de mantenerse a un lado y dejar que el cardenal tomara la corona? Quizás Guisa pensaba gobernar a través del cardenal. Había una gran ventaja, como Catalina misma podía decir, en ser el poder detrás del trono.

El cardenal tenía sesenta y cuatro años. ¿Cómo podía esperarse que sobreviviera a Enrique? A menos que... Pero Catalina no podía creer que estuvieran tramando destruir a su hijo; debía olvidar que era una mujer enferma, llena de dolores, porque tenía mucho que hacer.

El Borbón, ardiente partidario de los Guisa, buen católico, había acordado ignorar la prioridad de su sobrino, Enrique de Navarra, y tomar él mismo el trono; había jurado que cuando fuera rey prohibiría toda práctica religiosa herética.

Catalina mandó llamar a Enrique de Guisa y le preguntó por qué se había comunicado con Felipe de España sin conocimiento ni consentimiento del rey.

Guisa se mostró arrogante, más arrogante que nunca, pensó Catalina. Era evidente que sabía más que ella lo que sucedía. Sus modales, aparte de su actitud aristocrática, bordeaban en la insolencia.

––Madame, Francia nunca toleraría un rey hugonote ––declaró––, y si el rey muere sin herederos (Dios no lo permita), el rey de Navarra sentirá que tiene derecho al trono a menos que el pueblo de Francia ya haya elegido un nuevo rey.

Ella lo contempló en pensativo silencio. El sol que entraba por la ventana enrejada brillaba sobre sus cabellos y los tornaba de oro y plata. Era más alto que cualquier hombre de la corte y su delgadez le daba fuerza; la cicatriz en su mejilla intensificaba su aspecto belicoso. Catalina no se asombraba que un hombre con semejante presencia tuviera a sus pies al pueblo de París. ¡El rey de París lo llamaban! Y nadie era tan tonto como para no comprender que cuando hablaba del futuro rey de Francia no se refería al viejo cardenal sesentón sino al apuesto duque de poco más de treinta años.

Catalina agregó:

––¡Os atrevéis a negociar con un país extranjero sin consultar los deseos de vuestro rey, monsieur!

—El rey se ocupa de otras cosas, madame. De la boda de Joyeuse, luego de la boda de Epernon. Yo quise acercarme al rey, pero me dijo que estaba muy ocupado con la elección de los trajes que usaría, y que no podía ocuparse de ninguna otra cosa.

¡Qué insolencia! ¡Qué arrogancia!, pensó Catalina; pero tenía una le ve sensación de placer. Si éste hubiera sido su hijo, ¡qué distinto habría sido todo! Entonces lo decidió: acompañaría en su camino al arrogante duque... al menos por un pequeño trecho. Al menos parecía la única solución sensata. Las cosas se le habían escapado demasiado de las manos como para poder ignorarlo, y ya que no podía mostrarse como su enemiga, debería mostrarse como su amiga.

—Bien, monsieur. Tenéis razón al decir que el pueblo de Francia nunca toleraría a un rey hugonote.

—Madame, me deleita que aprobéis mi acción.

Se inclinó a besarle la mano.

—Hijo mío —respondió ella con ternura—. ¡Sí! Te llamo hijo. ¿Acaso no te criaste con mis hijos? Hijo mío, éstos son días malos para Francia. El rey se entrega a sus placeres, rodeado de hombres frívolos. Tú y yo debemos trabajar juntos... por el bien de Francia.

—Tenéis razón, madame —respondió Guisa.

¡Por el bien de Francia!, pensó Catalina mientras lo miraba alejarse.

El es lo bastante inteligente como para saber que yo trabajaré por el bien de Catalina de Médicis y él por el bien de monsieur de Guisa.

—¡Santa Madre de Dios! —murmuró luego—. Nada de lo que ese hombre haga en el futuro deberá pasarme inadvertido.

Margot no era feliz en Béarne. La vida se había vuelto muy aburrida. Su marido la había recibido nuevamente, pero le había hecho ver que había tenido dudas al respecto.

Aún estaba enamorado de La Corisanda, que de ninguna manera era una estúpida como La Fosseuse, y Navarra había decidido que aunque Margot seguía siendo reina de Navarra, el que gobernaba era el rey.

—Has cambiado —le dijo ella—, desde que te acercaste un paso al trono de Francia.

—¡No! —respondió él. Soy el mismo hombre. Sigo sin lavarme los pies.

—Eso no me concierne —replicó ella.

—Me alegro de que te hayas vuelto más sensata —fue la respuesta—, porque yo no tengo intenciones de que te concierna.

Margot se puso furiosa.

Era una aclaración de que no se reanudarían sus esporádicas relaciones conyugales. El le informó descuidadamente que sólo la había aceptado nuevamente por las concesiones que le había hecho su hermano, que eran muy necesarias para él. Margot estaba furiosa y aburrida, buscaba un nuevo amante y ninguno de los hombres de la corte de su marido la complacía.

Llegaron noticias de que el Papa había excomulgado a Navarra por hereje, y se ofrecía a cualesquiera de sus súbditos retirar su juramento de fidelidad; además, por edicto de Roma, se negó a Navarra la sucesión al trono de Francia.

Los ojos de Navarra ardían de furia. Maldijo al Papa, maldijo al duque de Guisa, y maldijo a la reina madre. Estaba seriamente perturbado, porque sabía que el edicto de Roma tendría un gran peso en Francia. Se enfurecía contra su tío, el cardenal de Borbón, y decía que lo había traicionado.

Margot escuchaba, no sin simpatía.

—¡Soy el hijo de mi padre! Soy el heredero del trono de Francia. Mi tío se engaña si permite que Guisa y el Papa lo convenzan de que tiene razón. *Ventre Saint-Gris!* Si ese viejo estuviera aquí le cortaría la cabeza y la arrojaría por las almenas. Es una conspiración. Esto es obra de los Guisa, y tu madre está detrás de ellos.

—No creo que mi madre esté de acuerdo con esto.

—Está continuamente con Guisa en reunión. Esas son las noticias que llegan de París.

—Aún no conoces a mi madre. Aparentemente ella está de acuerdo con los Guisa; puede aplaudir todo lo que digan Felipe de España y el Papa de Roma; pero puedes estar seguro de que ha hecho sus propios planes, y mientras quede uno solo de sus hijos para ocupar el trono, nunca permanecerá voluntariamente a un lado dejando que otro lo tome.

—Ah —respondió él, sonriendo—, veo que tenéis los ojos en el trono, madame.

Ella le devolvió la sonrisa. Eran aliados. Debían serlo, puesto que sus intereses coincidían.

Navarra se puso más enérgico que nunca. No sólo publicó sus protestas en toda Francia, sino que las envió a Roma y a las puertas mismas del Vaticano.

Esta acción directa asombró a todos, y hasta el Papa expresó admiración por ese joven. Su audacia, declaró el Papa, hacía más necesario que se le vigilara de cerca.

Margot no se conformaba con representar el papel de consorte de este joven que parecía crecer en importancia ahora que el poder de España, Roma y Francia se dirigían contra él. Margot necesitaba excitación; no soportaba el aburrimiento. Escribió largas cartas a sus amigos de la corte francesa; su madre le escribía con tono amable y bondadoso, y Margot replicaba. Para Margot era muy fácil olvidar el pasado y todo lo que había sufrido en esas manos maternales. Comenzó a enviar descripciones de los principales acontecimientos en la corte de su marido.

Cualquier correspondencia con Catalina de Médicis parecía, a los ojos de los amigos de Navarra, un procedimiento peligroso, y uno de esos caballeros decidió decirle que su esposa actuaba como espía de la reina madre en Béarne. El furioso Enrique de Navarra decidió, ahora que había tanto en juego, ser doblemente cuidadoso, e hizo interceptar a uno de los correos que salían de Béarne hacia París. Este hombre, un tal Ferrand, fue llevado ante la presencia del rey, y con gran audacia, ante los ojos del rey, consiguió echar buena cantidad de papeles al fuego. Se quemaron antes de que pudieran ser recuperados. Le arrancaron las cartas que le quedaban, pero sólo eran cartas de Margot y sus mujeres a amantes que habían conocido en París.

Después de reír por varias epístolas reveladoras, Navarra hizo encarcelar a Ferrand y en un penoso interrogatorio consiguió que le confesara que la reina pensaba envenenarlo por la forma insultante en que la había tratado. Navarra se enfrentó con Margot:

—Estáis al descubierto, madame.

—¿En qué?

—Conozco vuestros planes malignos conmigo.

—No sé nada de planes malignos.

Margot estaba auténticamente sorprendida, ya que era inocente de todo cargo. No era una hábil envenenadora; cometía todos sus pecados impetuosamente. Además siempre se enfurecía cuando le hacían una acusación falsa, y cuando su marido le contó lo que Ferrand había dicho contra ella, su furia estalló.

—¿Cómo se atreve a sugerir tal cosa? Es cruel y estúpido.

—Estás en comunicación con tu madre, ¿verdad?

—¿Por qué no habría de estarlo?

—Ella se ha declarado a favor de la sucesión del cardenal.

—¡Qué tonto eres! Está a favor de mi sucesión, que debe ser la tuya. ¡Y eres lo suficientemente tonto como para pensar que te envenenaria!

—Eres la hija de tu madre.

—Soy también la hija de mi padre. No te amo; eso sería imposible. Pero me doy cuenta de que mi posición va unida a la tuya. No seas tan tonto como para creer la confesión de un hombre, arrancada con torturas. Tendrás que ser más agudo si quieres ganar aquello que es tuyo por derecho.

—Tu madre tiene continuas reuniones con Guisa. En mi opinión es ella quien, apoyada por la Liga, reclamará el trono.

Margot sonrió levemente. Sí, pensó. Y si todo hubiera marchado según mis deseos, yo estaría con él ahora.

Pensó en Guisa... alto, esbelto y todavía apuesto; algunos decían que más noble y más distinguido de lo que había sido aún en la flor de su juventud. Sintió un anhelo, un deseo de París, de una vida diferente. El matrimonio con el hombre que ahora se encontraba con ella había sido inevitable; pero más tarde hubo una oportunidad en que pudo liberarse de él. La rechazó por su ciego y estúpido orgullo.

Finalmente dijo:

—Tú has sospechado que yo quería asesinarte, y eso me resulta difícil de perdonar. Estoy harta de tu corte. Estoy cansada de tu gente. No me gusta tu amante, que es la verdadera reina de Navarra, y eso es algo que no me resulta fácil tolerar. Querría marcharme de Nérac por un tiempo.

—No irás a París.

—No pensaba en París. Durante la cuaresma un gran padre jesuita predicará en la catedral de Agen. ¿Me das permiso para ir allí?

El vaciló. Sería un alivio librarse de ella. ¿Qué sabía él del contenido de los documentos secretos interceptados al correo? ¿Cómo podía estar seguro de que, por estrechamente que se la vigilara, no lograría hacer salir informaciones importantes? Si se iba, él se ocuparía de que estuviera bien vigilada.

—Bien. Ve a Agen en la cuaresma. Doy mi consentimiento.

Ahora Margot estaba contenta. Pensaba: una vez que lo deje, no volveré jamás a él. ¿Por qué debo tolerar a un marido que se burla de mí... de una hija de Francia, el sol de la corte de París, la más hermosa de las princesas... cuando él no es más que un tosco provinciano?

Pero, ¿para qué preocuparse por un hombre que significaba tan poco para ella? Sus pensamientos estaban en otro... en el hombre que ella creía llegaría a ser rey de Francia, porque estaba destinado a la grandeza; los dioses lo habían hecho para eso.

Ahora Margot estaba mezclada en profundas intrigas, como le gustaba. Pondría a la ciudad de Agen a favor de la Liga católica. Demostraría a Francia y a Enrique de Guisa de parte de quién estaba.

Catalina veía claramente para quién había estado trabajando Enrique de Guisa todos esos años. Había decidido no depender totalmente de su popularidad. En el país circulaban rumores de que los Guisa demostraban tener más motivos para aspirar al trono que los Valois, y aunque estos rumores no parecían venir de Enrique de Guisa, Catalina sabía muy bien quién estaba detrás de ellos.

Se decía que: «La línea de los Capetos había sucedido a la administración temporal del reino de Carlomagno, pero no sucedió a la bendición apostólica que no pertenecía a ningún otro que a la posteridad de Carlomagno. La casa de Lorena surgió de los descendientes de Carlomagno, y como ciertos miembros de la línea de los Capetos estaban poseídos por un espíritu de desorientación o estupidez, mientras que otros eran herejes o excomulgados, era hora de restaurar la corona a sus nuevos herederos...»

Esto era ominoso. De manera que sería rey, no sólo por aclamación popular, sino por derecho. Catalina comenzaba a comprender que esto era típico de Guisa. Debía ser rey no sólo porque el pueblo lo deseaba, sino por que era heredero del trono. Como aristócrata de aristócratas, rendía culto a la ley y al orden, y el gobierno de las masas le daba náuseas.

A Catalina la perturbaba darse cuenta de que esto no sólo se decía en toda Francia, sino que el cardenal Pellevé, firme partidario de la Liga, le había dado su aprobación y que se había presentado la propuesta en Roma y en España. Supo que no se había equivocado al suponer que Guisa y sus partidarios no tenían la menor intención de permitir gobernar al cardenal de Borbón.

Mandó buscar a Guisa en seguida.

—Hay muchas cosas en este asunto de que la casa de Lorena desciende de Carlomagno —dijo—. Sabes de qué hablo, ¿verdad?

El duque admitió que había oído los rumores.

—Mi señor duque, creo que hay un camino que debemos tomar. Si es verdad que los Capetos han perdido su derecho al trono, tampoco lo tiene el cardenal de Borbón.

—Así es —respondió el duque; pero aparte de que le brillaba el ojo sobre la cicatriz no mostró signo alguno de emoción.

—Según esta nueva autoridad —continuó lentamente Catalina—, la Casa de Lorena debería gobernar Francia. Habrá quienes estén de acuerdo con esto, y quienes lo discutan.

—Siempre hay algunos que están con nosotros y otros en contra nuestra, madame.

—Y en algunos casos es conveniente aplacar a ambos lados. ¿Estáis de acuerdo?

El indicó que sí, preguntándose qué sugerencia ofrecería ella. Estaba seguro de que se refería a Margot. El se divorciaría, Margot también, y ese matrimonio que se había propuesto antes podría realizarse.

Catalina comprendió esta línea de pensamiento y dejó que él la siguiera. Luego habló:

—Pensaba en el hijo de mi pobre hija Claudia, un niño cuyos padres fueron un duque de Lorena y una hija de Valois. ¿Qué podría ser más adecuado? Los partidarios de mi casa estarían complacidos; los de la vuestra seguramente también.

Estupefacto, Guisa necesitó un par de segundos para recuperar la compostura.

—Madame —respondió—, es una propuesta excelente.

Intercambiaron sonrisas; pero ella sabía que a la muerte de Enrique III él no permitiría que subiera al trono otro que no fuera Enrique de Guisa, y él sabía que ella lo sabía.

Los acontecimientos se precipitaban en las vidas de los tres Enriques de Francia: Enrique III, Enrique de Guisa y Enrique el rey de Navarra.

El poder de Guisa aumentaba día a día. El tratado de Joinville, que Guisa y los principales católicos de Francia hicieron con Felipe de España, fue seguido por la promesa de Felipe de ceder tropas y dinero para la causa que defendía Guisa: la defensa de la fe, la eliminación de los herejes, y la supresión del derecho al trono de Enrique de Navarra. La Liga estaba en todas partes; surgía en pequeños grupos en todas las ciudades de Francia para luchar no sólo contra los hugonotes, sino también contra el trono. Guisa controlaba ahora un gran ejército, un sector del cual estaba dirigido por él mismo, otro por su hermano, el duque de Mayenne. Sin embargo el Papa sospechaba ahora que la Liga no se había formado tanto para apoyar al catolicismo como para apoyar y elevar a las Casas de Guisa y de Lorena. Veía que el arrogante que quería gobernar Francia no sería vasallo de Roma ni de España, porque ya había anunciado que los altos funcionarios de la iglesia serían designados por la Liga y no, como hasta entonces, por Roma. El Papa estaba alerta; tal vez el pequeño rey amante de los placeres sería más fácil de manejar que el belicoso Guisa.

Catalina, que observaba todo ansiosamente, había seguido a Guisa paso a paso, según sus planes. Ahora la Liga planteaba exigencias que el rey debía conceder o rechazar, y si las rechazaba, tendría que enfrentarse con el poderoso ejército de la Liga. El rey estaba furioso porque lo molestaban, pues estaba en medio de un encantador carnaval. Quería la paz para poder divertirse. De manera que dejó que Catalina tratara con Guisa. El rey debía obligar a todos sus súbditos a aceptar la fe católica, y las ciudades que habían sido concedidas a los hugonotes debían recuperarse para devolverlas a la Liga.

Catalina consideró la idea de jugarse por Navarra contra Guisa, de acuerdo a su habitual política, pero decidió que Guisa era su hombre. Los católicos estaban en alza, y si Felipe de España enviaba la ayuda prometida a Guisa, Navarra no tendría salvación.

Halagó al duque y trató de convencerlo de que era su aliada, mientras entre los dos mantenían la ficción de que el nieto de Catalina sería rey de Francia si moría el rey actual.

—Estoy vieja —dijo a Guisa—. Estoy cansada. He trabajado mucho toda mi vida y ahora necesito paz. Vos, mi querido duque, sois como un hijo para mí; sois mi ayudante, mi consejero.

Catalina caminaba con él, del brazo, y cuando hablaba de él lo llamaba afectuosamente *le bâton de ma vieillesse.*

Navarra observaba desde lejos, reuniendo a sus partidarios, esperando el momento en que les pediría que dieran pruebas de su fidelidad. Entre tanto las conocidas nubes de la guerra civil se amontonaban sobre Francia.

Margot, para alivio de su marido, había estado separada de él unos meses. Actuó con su habitual impetuosidad en Agen. Allí se instaló en el Château y declaró que había venido a tomar la ciudad para la Liga. Al principio la gente de la ciudad le demostró simpatía, quedaron fascinados por su vivacidad y su morena belleza; veían en ella a una princesa romántica que huía de un marido con quien la habían casado contra su voluntad, el marido que tenía una fe diferente de la suya. Pero pronto trascendieron historias escandalosas de lo que sucedía en el castillo. Se decía que había escenas de inimaginable inmoralidad entre Margot y algunos caballeros del castillo y sus mujeres no eran mejores que ella. La gente de Agen no quería ser «protegida», como decía Margot, por una mujer tan inmoral; ahora comenzaban a crecer las historias que hacía tanto tiempo circulaban sobre ella. Se tornaron amenazadoras, y finalmente Margot tuvo que marcharse de Agen, huyendo como su hermano había debido huir de Polonia... en forma más dramática de la necesaria. Salió a horcajadas en el caballo de su amante del momento, y lo mismo hicieron sus mujeres en los caballos de los oficiales de la corte. Lignerac la había llevado a su castillo en las montañas de Auvernia y la tenía allí como prisionera, porque estaba muy enamorado de ella y confiaba muy poco en su fidelidad. Allí fue obligada a permanecer la revoltosa prisionera, aunque se decía que trataba de evadir al viejo amante con varios nuevos.

Navarra podía sonreír ante las aventuras de Margot, pero su propia vida era demasiado activa en esos momentos como para ocuparse mucho de ella. Sabía que en la guerra civil, que parecía inevitable, Guisa y el rey de Francia serían aliados a pesar suyo, y que él sería opositor de ambos. Sabía que se encontraría ante una fuerza formidable, y por eso pidió que, más bien que hundir al país en otra guerra, Guisa lo enfrentara en un combate entre los dos, o si lo prefería, que hubiera un encuentro de diez hombres contra diez, o veinte contra veinte... podía discutirse el número.

«Me haría muy feliz», escribía, «liberar al rey, al precio de mi sangre, de los sufrimientos y pruebas que le esperan, y a su reino de problemas y confusiones, y su nobleza de la ruina, y a todo su pueblo de la miseria.»

El duque de Guisa replicó que debía declinar ese honor aunque lo apreciaba. Si se hubiera tratado de una reyerta privada entre los dos, con gusto habría aceptado la propuesta de Navarra, pero no se trataba de una pelea privada, sino de la causa de la verdadera religión contra la falsa. No podía resolverse con la lucha de dos hombres, aunque cada uno tuviera diez o veinte de su lado. Entonces Navarra supo que la guerra era inevitable, y poco tiempo después de hacer este ofrecimiento y recibir la respuesta de Guisa, comenzó la guerra de los tres Enriques.

Se llamó Guerra de los tres Enriques, aunque uno de estos tres Enriques, el de Francia, nunca quiso tener nada que ver con ella. Se enfurecía más con los triunfos de Guisa que con los de Navarra; estaba enfadado y celoso a causa de Guisa. Era una criatura extraña este rey de Francia. En sus primeros años no era de ningún modo estúpido, pero su amor por los *mignons* y por lo que representaban estos jóvenes había dañado su inteligencia. Esta aparecía, sin embargo, en algunas asambleas, donde demostraba por su agudeza de ingenio que había aprovechado bien las lecturas de los grandes libros de su época; pero la determinación de perseguir el placer a cualquier costo, su gran vanidad respecto de su apariencia personal, la dominación de esos jóvenes inútiles cuya elegancia, belleza y encanto lo habían seducido, todas estas cosas juntas casi habían logrado anular el lado intelectual de su carácter. Pero tenía sentido suficiente como para darse cuenta de que en esta guerra de los Enriques debía cuidarse más de su aliado, Enrique de Guisa, que de su enemigo, Enrique de Navarra.

Guisa luchaba en el norte contra los alemanes y los suizos que habían ido en ayuda de los hugonotes, y llegaron noticias de la tremenda victoria que había obtenido sobre esas tropas extranjeras. Sorprendió a los alemanes mientras dormían y los desmoralizó de tal manera que antes de que pudieran reponerse ya no había ejército alemán. Ante esto los suizos se asustaron y fue posible sobornarlos para que retrocedieran. El rey recibió la noticia de esta gran victoria. Pero era una victoria de Guisa; ni siquiera podía llamarse una victoria del rey.

En el sur los acontecimientos fueron muy favorables a las fuerzas del rey. Contra los consejos de Guisa y de su madre, el rey dio el comando de esas tropas a Joyeuse, que además de brillante *mignon* y novio, ahora quería ser soldado. Lloró y suplicó que le dieran el mando del ejército, y lo hizo tan seductoramente que el rey no pudo negárselo. Y así, con seis mil soldados, dos mil caballos y seis cañones, Joyeuse marchó a la Gironde a enfrentarse con el pequeño ejército al mando de Navarra.

Algunos miembros de ese diminuto ejército temblaban ante la perspectiva del ejército con que se encontrarían, pero cuando Enrique de Navarra se enteró de quién estaba al frente rió en voz alta.

Antes de que sus hombres entraran en la batalla, les habló en el lenguaje bearnés que, si bien podía ofender los oídos de las damas, era muy eficaz para levantar el ánimo de los soldados antes de la guerra.

—Amigos míos, he aquí un blanco diferente de vuestros pasados enemigos. Es un novio nuevecito con el dinero de su dote aún en sus cofres. ¿Os dejaréis vencer por este bello maestro de baile y sus *mignons*? ¡No! Son nuestros. Lo veo en vuestra ansiedad por luchar.

Miró a su alrededor los rostros de los hombres apenas coloreados por el amanecer. Sus ojos astutos parpadearon. Vencerían al maestro de baile aunque ellos tuvieran dos cañones y los otros muchos más, aunque ellos tuvieran quinientos hombres y Navarra veinte.

Y ahora el toque de espiritualidad que estos hombres sin duda necesitaban antes de ir a la guerra.

—Amigos míos —resumió—. Todo lo que sucede está en manos de Dios. Cantemos el verso número veinticuatro del salmo ciento quince.

Las voces se elevaron en el aire de la mañana:

«Este es el día que ha hecho el Señor,
Nos alegraremos y seremos felices en él.»

Apareció el sol en el horizonte y, antes de que estuviera alto en el cielo, Navarra, con bajas de veinticinco hombres, había infligido al enemigo una pérdida de tres mil.

Joyeuse, desconcertado, se vio rodeado de hugonotes y comprobó que lo reconocían. Recién venido de la corte, pensó que su belleza atraería a estos hombres como a otros; pero estos guerreros no veían a un hermoso *mignon;* veían a su enemigo, a un pecador de las ciudades de la llanura que había arrastrado al rey a increíbles despilfarros y tonterías.

Aterrorizado, Joyeuse gritó:

—¡Caballeros, no debéis matarme a mí! Podéis llevarme como rehén, y pedir una recompensa de cien mil coronas. El rey la pagaría. Les aseguro que sí.

Pasó un segundo, y luego sonó el disparo. Joyeuse abrió su hermosa boca con asombro antes de caer sangrando al suelo.

Esta fue la mayor victoria de los hugonotes, y todos sabían que se debía a la cualidad casi genial de su líder.

El ejército del rey era poderoso, y aun bajo el mando de Joyeuse habría obtenido la victoria. El descuidado Navarra podía dejar de lado su pereza, al fin y al cabo. Era un gran soldado. El indolente bromista era, después de todo, un gran rey.

Era evidente que el carácter del rey de Navarra había cambiado en los últimos tiempos. En ciertas oportunidades era un gran líder, pero casi inmediatamente volvía a ser el hombre que todos conocían. Era un hombre de contrastes, de una extraña y compleja naturaleza. El rudo bearnés de modales toscos y groseros odiaba ver sufrir; lo afectaba más que a cualquier hombre de su tiempo. Sin embargo, los sentimientos de horror y piedad que el sufrimiento despertaba en él eran tan fugaces que se desvanecerían si no actuaba en seguida. Ahora estos sentimientos lo invadían al ver la carnicería en el campo de batalla y le robaban la sensación de triunfo. Sus hombres se regocijaban mientras él lloraba por los caídos. Era un gran soldado que odiaba la guerra; era un hombre tosco y descuidado, amigo de los juegos violentos y que desorientaba a sus enemigos, pero que en ciertos momentos podía transformarse en alguien muy avanzado con respecto a sus tiempos y odiar la crueldad y el sufrimiento. No le entusiasmaba mucho la fiesta del vencedor que ahora se preparaba para él; pidió que se tuviera la mayor consideración con los caídos, y que se hiciera lo posible por aliviar a los heridos.

Sabía que no sólo había ganado una gran batalla sino una victoria moral. Podía seguir adelante mientras sus hombres se emborrachaban con el éxito, porque ahora estaban dispuestos a enfrentarse a cualquiera, incluso a Enrique de Guisa.

Pero este rey de Navarra se había convertido en el de antes: tenía un deseo y sólo uno. Ansiaba a su Corisanda: amar era tanto más satisfactorio que hacer la guerra, divertirse con una bella amante respondía más a sus gustos que presenciar una carnicería. Era un gran soldado, pero como amante era aún mejor, porque aunque como soldado conseguía triunfos, el amor no perdería encantos para él mientras le quedara vida en el cuerpo.

Y así, abandonando la gran victoria que había conseguido, se preparó a olvidar los asuntos militares para volver a Corisanda.

La guerra prosiguió; en algunas partes de Francia hubo pactos locales, en otras continuaba la batalla. El rey

362

de Francia, invadido por el dolor, debía conseguir nuevos entretenimientos para ahogar su pena por la pérdida de Joyeuse. El país se alzó, católicos y hugonotes juntos, contra los despilfarros del rey. El costo anual de mantener a sus pájaros y a sus perros, y el gran cuerpo de asistentes que se dedicaba únicamente a cuidar de ellos, era suficiente para alimentar a una ciudad durante ese período. Pagaba grandes sumas por miniaturas que le traían los artistas, pero cuando las tenía en sus manos las recortaba para pegarlas en las paredes. Se complacía en todos los lujos y comodidades que eran privilegio de su posición y descartaba con ligereza toda responsabilidad.

La Sorbona votó en secreto que se quitara la corona a un rey que no merecía llevarla. Guisa había hecho un viaje a Roma para conferenciar con el cardenal Pellevé, que apoyó su reclamo. Como resultado de estas dos acciones, siguió una tercera: la Liga presentó un ultimátum al rey. Debía establecer la inquisición en Francia mientras tomaba todas las medidas para eliminar a los hugonotes.

El rey se enfureció ante la arrogancia de los miembros de la Liga. Catalina le rogó que pidiera tiempo para considerar la propuesta. Por otra parte habló secretamente con Guisa y le confió que trabajaba para él y que haría todo lo posible para que Guisa y la Liga consiguieran sus fines.

En esa época sufría accesos de náuseas, y su reumatismo apenas le permitía caminar. La atacaba la gota; parecía el colmo de la mala suerte que, ahora que necesitaba de todas sus facultades, le fallara la salud de que había gozado toda la vida. Tenía casi sesenta y nueve años, que era bastante edad, pero su mente funcionaba a la perfección y maldecía a su cuerpo que le fallaba. Sus espías parecían menos alertas que antes; eso era porque ella misma estaba debilitándose. Ya no era la enérgica reina madre que se deslizaba por el palacio abriendo puertas con sus llaves secretas y apareciendo para tomar desprevenida a la gente. Ahora debía usar un bastón cuyo ruido la traicionaba, o ser transportada en una litera ya que el dolor en sus articulaciones era tan insoportable que ni el más estoico podía ignorarlo. La mataban los ataques de desvaneci-miento. Todos los que había gobernado con tanto éxito en su juventud ahora eran adultos. Los tres Enriques eran las figuras más importantes, y la reina madre, que alguna vez los tuviera de rodillas ante sí, había pasado a segundo pla-no; y no porque su mente se hubiera debilitado, no por-que fallaran sus propósitos, sino por la desastrosa deca-dencia de un cuerpo que se volvía senil mientras su mente conservaba todo su vigor.

Nunca había capitulado, ni capitularía ahora. Con-tinuaría con lo que había comenzado; conservaría el tro-no para Enrique, aunque él cometía la estupidez de apar-tarse de su madre y trataba de conservar el poder en un campo socavado por la ineptitud de sus favoritos, por la impudicia de Navarra y las secretas aspiraciones del duque de Guisa.

La casa de Valois nunca había estado en una situa-ción tan peligrosa como ahora, y esto, para Catalina, era una pesadilla. Lo que había temido más que a ninguna otra cosa estaba sucediendo, a menos que encontrara algún medio de evitarlo.

Felipe de España había ofrecido a Guisa trescientas mil coronas, seis mil *lanzknechts* y mil doscientas lanzas, para enviar en su ayuda en cuanto rompiera con el rey y estableciera la inquisición y la fe católica como existía en España.

Epernon, más inteligente que Joyeuse, no sufrió reve-ses en el campo de batalla. Sobornó a los mercenarios sui-zos, que habían luchado para los hugonotes, para que se unieran al ejército del rey y se integraran a las filas de la guardia suiza del rey en París. Ahora estaba a las puertas de París con los guardias, esperando que el rey lo llama-ra a la ciudad. Guisa había anunciado su intención de ir a París. Declaró haber oído que había un complot entre los hugonotes para alzarse y asesinar a los católicos en ven-ganza por la masacre de San Bartolomé. La respuesta del rey fue prohibir a Guisa que entrara a París.

Catalina, en ese magnífico palacio que ella misma se había mandado construir, estaba en la cama, demasiado débil para levantarse, con la mente torturada por el conocimiento de la catástrofe que se avecinaba.

El rey estaba en el Louvre, que estaba bien fortificado por la guardia suiza; el pueblo de París, estaba tenso, esperando. En esos momentos era una ciudad al borde del levantamiento.

Mientras los pensamientos de Catalina vagaban por esos senderos tenebrosos, uno de sus enanos, parado junto a una ventana, se volvió hacia ella con gran excitación.

—Madame —gritó—, el duque de Guisa viene hacia aquí.

Catalina se incorporó con esfuerzo.

—¡Tonterías! El rey ha prohibido al duque que entre en París. No se atrevería —pensaba: no puede ser. No puede ser. No debe ser. No se atrevería a venir. El rey está protegido por su guardia suiza, pero el pueblo de París dará apoyo al duque si aparece entre ellos ahora.

El nervioso enano daba saltos, palmeaba las manos, se tiraba de los pompones de su chaqueta roja.

—¡Pero, madame, juro que es el duque de Guisa!

—¡Llévatelo! —gritó Catalina—. Azótalo. ¡Le enseñaré a no decir mentiras!

El enano comenzó a gemir y a señalar la ventana; y ahora se le habían unido otros.

—Madame —anunció Maddalena—, no miente.

Catalina oía los gritos en las calles. De manera que Enrique de Guisa había ignorado la orden del rey.

Enrique de Guisa estaba decidido a ver al rey, porque al ordenar a Guisa que no entrara a París demostraba no estar al tanto de los acontecimientos. El último lugar que debía prohibirse al hombre que se veía como el futuro gobernante de París era su capital.

Guisa sabía que corría riesgos. Seguramente el rey estaría rodeado de enemigos. Por lo tanto decidió entrar en la ciudad disfrazado y presentarse a Catalina, que había declarado ser su amiga, para explicarle sus deseos e insistir en que lo acompañara al Louvre. Ella aún tenía cierta influencia sobre su estúpido hijo y podría mantener la paz entre ellos, mientras Guisa presentaba al rey las exigencias de la Liga. Pero aunque venía envuelto en una capa y con un sombrero que le cubría la cara, fue reconocido muy pronto, porque en el reino no había nadie de la estatura de Enrique de Guisa. Apenas había entrado en la ciudad cuando un joven corrió hacia él gritando:

—Monseigneur, mostraos al pueblo. Es el único espectáculo que desean ver.

Guisa se envolvió aún más en su capa y bajó un poco más el ala del sombrero, pero fue inútil; muchos lo reconocieron, y pronto lo rodeó una multitud.

—Es *le Balafré* mismo. Gracias a los santos viene a salvarnos.

La gente salió corriendo a la calle. Pronto se difundió la noticia de que su héroe estaba entre ellos.

—*Vive Guisa!* —gritaban—. ¡*Le Balafré* está aquí!

Le besaron la capa; tocaron sus ropas con sus rosarios.

—*Vive le pillier de l'église!*

Arrojaron flores a su paso, le colocaron una guirnalda alrededor del cuello. Los hombres sacaron sus cuchillos para mostrárselos.

—Que cualquier traidor se atreva a poner las manos sobre nuestro rey, y ya verá.

Guisa se abrió paso a través de la multitud histérica.

—¡A Reims! —gritó alguien; y la multitud repitió el grito.

Así finalmente llegaron al Hôtel de Soissons.

En cuanto Catalina se aseguró que Guisa estaba en camino, despachó un mensajero al rey para decirle que Guisa estaba en París. Luego se preparó para recibir al duque.

Cuando se arrodilló junto a su cama, Catalina observó que no estaba tan tranquilo y seguro como siempre.

—Madame —dijo—, he venido a vos primero, sabiendo que sois mi amiga.

—Bien hecho. Pero, ¿por qué estáis en París? Sabéis que puede costaros la vida.

El rugido de la multitud afuera sonó más fuerte en el silencio que siguió a estas palabras. Podía costarle la vida a Guisa, pero ¿cuántas vidas más cobraría esa multitud por la del que adoraban?

—Lo sé, y por eso he venido a veros primero. Vos pensáis, como yo, que el rey no se atreve a oponerse en contra de la Liga. Debe obedecer sus exigencias. Una demora es peligrosa para él... y para Francia. Debo verlo en seguida, y por eso he venido a pediros que me acompañéis al Louvre.

Catalina sabía que debía acompañarlo. Enferma y todo, no podía dejarlo ir solo. ¿Quién sabía lo que podía hacer su hijo si en un determinado momento imaginaba que dominaba la situación? ¡Y qué terribles consecuencias habría! Si alguna vez su hijo la había necesitado, era en esos momentos.

Llamó a sus mujeres para que la ayudaran a vestirse, y cuando estuvo lista la instalaron en la litera. Llevaron su litera por las calles; el duque de Guisa caminaba a su lado.

Ni Catalina, en sus años de mayor peligro, había experimentado nada como ese trayecto del Hôtel Soissons al Louvre. Rió cínicamente para sus adentros. Aquí estaba la mujer que más odiaban los parisienses, junto con el hombre a quien amaban y admiraban más que a ninguno. Madame Serpiente, la Italiana, ¡la reina Jezabel! Y con ella su amigo y aliado, Enrique de Guisa, *le Balafré*, el más aristocrático y adorado príncipe de Francia.

Escuchó los insultos y los vivas mezclados.

—Allí va. No se atreve a mostrar la cara. ¡Asesina! ¡Italiana! ¡Recordad a la reina de Navarra! ¡Recordad al delfín Francisco! Eso pasó hace mucho tiempo. Fue al comienzo. Nos fue mal desde que dejamos entrar en Francia a los italianos.

Si no hubiera sido por *le Balafré* habrían atacado la litera; la habrían arrancado de allí y la habrían despedazado; habrían dado puntapiés a su cadáver por las calles. Esa era su actitud. Antes habían odiado en silencio; ahora odiaban a gritos; antes insultaban; ahora estaban dispuestos a arrojar piedras y a usar sus cuchillos. La actitud de París había cambiado y la tormenta crecía.

Pero junto a ella, para protegerla, estaba el héroe de París. Los vivas eran para él; los insultos para ella.

—¡Qué hermoso es! —exclamaban—. Ah, allí va. Un verdadero rey. ¿Toleraremos a esas víboras, a esos italianos?

Eran ilógicos, eran tontos. Catalina quiso gritar: ¡Mi madre era francesa, mi padre italiano! El padre de este duque era francés, o de Lorena, si eso es suficiente... ¡pero su madre era italiana!

Pero ellos responderían: «Ah, pero tú eres hija de mercaderes; él es un príncipe. A ti te criaron en Italia, a él en Francia. El lucha con la espada; tú con tu *morceau italianizé*, que aprendiste a usar en tu vil país.

Catalina se recostó en su litera. Estaba más estimulada que asustada. Se sentía mejor en la litera, rodeada por el populacho, que en su cama rodeada por sus servidores. Ahora había olvidado sus malestares.

Su expresión no cambió cuando oyó el grito ominoso entre la multitud:

—¡A Reims! Monseigneur, ¿cuándo iréis a Reims?

Llegaron al Louvre, donde fueron recibidos en sombrío silencio. Los guardias suizos llenaban los corredores y la escalera. El duque avanzó entre ellos con aparente despreocupación, pero sin duda hasta él debía temblar. Catalina observó con cierta satisfacción que su cara había perdido sus colores saludables. Era como un hombre que entra en la cueva de un león. El rey Enrique los esperaba, con las manos temblorosas; sus ojos revelaban temor. Uno de sus cortesanos, al oír que el duque estaba en camino, ofreció matarlo cuando entrara en la habitación. El rey vaciló. Quería quitar a Guisa del paso, pero no estaba seguro de si debía aprobar semejante acción.

Estaba en un estado de terrible incertidumbre cuando do el duque y Catalina entraron en la cámara de audiencias, donde él se encontraba rodeado de consejeros y guardias, esperando para recibirlos. En cuanto sus ojos se posaron en el duque estalló de furia.

—¿Por qué has venido aquí? —preguntó—. ¿Recibiste mis órdenes?

El duque no dijo que no recibía órdenes de nadie, pero su expresión altiva lo revelaba. Catalina echó una mirada de advertencia al duque, y luego miró a su hijo; sus ojos le rogaban que tuviera calma, porque sabía que estaba tan furioso que era capaz de cualquier tontería.

—¿Te ordené que no vinieras, o no? —gritó el rey—. ¡Te ordené que esperaras!

Guisa respondió con frialdad.

—Señor, no se me transmitió que mi visita os resultaría desagradable.

—¡Lo es! —gritó el rey—. Lo es.

—Señor, hay asuntos de los que debemos hablar.

—Yo seré quien juzgue eso —el rey buscó con la mirada al hombre que había ofrecido matar a Guisa, pero Catalina interceptó la mirada y comprendio su significado.

—Hijo mío —dijo con rapidez—. Debo hablar contigo. Ven conmigo —no lo condujo fuera de la habitación, sino hasta la ventana. La multitud rodeaba al Louvre. Llevaban palos y cuchillos.

—*¡Vive Guisa!* ¡Viva nuestro gran príncipe!

—Hijo mío, no te atrevas. Este no es el momento, ni el lugar. Tú tienes tus guardias, pero él tiene París.

El rey estaba espantado. Como a su hermano Carlos, le aterrorizaba la gente. Recordaba que cada vez que salía a la calle, lo recibía un silencio, y si alguien hablaba no era para desearle larga vida, sino para lanzarle algún epíteto insultante:

—*¡Concierge* del palacio! ¡Peluquero de su mujer! ¡Mantiene vagabundos!

Las frases le llegaban con rapidez y en voces siniestras, y quienes las pronunciaban huían antes de ser reconocidos, mientras la multitud se lanzaba tras el traidor y reían disimuladamente de su rey.

¡Cómo odiaba a ese hombre, con su figura alta y elegante y su belleza masculina que atraía a la gente! ¡Cómo se atrevían a tratar a Guisa como a su rey mientras insultaban a su verdadero gobernante!

—Madre... tienes razón. Este no es el momento.

Se volvió hacia el duque, y después de una breve discusión la reunión se deshizo.

—Vendré a veros nuevamente —dijo el duque— y espero tener una respuesta satisfactoria, señor.

Cuando se fue, el rey estalló:

—¿Quién es el rey de estas tierras? ¿El rey de Francia o el rey de París?

Catalina lo miró con inquietud, pensando qué sucedería después.

Guisa había instalado sus cuarteles en el Faubourg de Saint-Antoine. No estaba muy seguro de cómo actuar. Una gran parte del ejército estaba contra el rey, y Guisa debía apoyarse más que nada en el populacho, y cuando miraba a la gente desde sus ventanas, y los oía vitorearlo locamente, y veía correr lágrimas por sus rostros sucios, se le ocurría que esa adoración histérica podía transformarse fácilmente en odio. El no pertenecía al pueblo; era un aristócrata entre aristócratas, y no confiaba en la gente. Estaba casi en la cúspide de su ambición, pero sabía que el camino era cada vez más resbaladizo al llegar a la cumbre.

Esperaba.

Al día siguiente se presentó ante el rey, pero no iba solo: lo acompañaban cuatrocientos hombres armados. La reunión fue infructuosa.

El rey, presa del terror, se negó a aceptar la sugerencia de su madre de permanecer en el Louvre e ignorar el estado de la ciudad y a la vez no dar señales de miedo; ella le había rogado que no diera instrucciones especiales para su protección, y que por cierto no intentara duplicar su guardia. Pero el rey no quiso escuchar, y mandó a buscar a Epernon y a la guardia suiza que el favorito tenía con él fuera de París.

La gente vio entrar a los soldados. Entonces supieron cómo actuar. Al mandar buscar soldados extranjeros el rey, declaraban, les hacía la guerra. Los mercaderes corrieron a la calle con sus aprendices: estudiantes, *restaurateurs*, padres, madres con sus hijos se unían a los mendigos y a los vagabundos. El rey había llamado soldados extranjeros contra París, y París estaba preparada. Se sacaron armas de lugares secretos; se colocaban cadenas en las calles; se levantaban barricadas en toda la ciudad. Todas las iglesias y los lugares públicos fueron bloqueados. Y comenzó la batalla.

El pueblo mató a cincuenta guardias suizos antes que se rindiera el resto, declarando a la turba enfurecida que ellos eran buenos católicos. Los guardias franceses rindieron sus armas, y el rey fue encerrado con barricadas en el Louvre.

Las calles estaban llenas de gente que gritaba.

Guisa miraba las manifestaciones desde la ventana con fingido asombro, como si él no tuviera nada que ver con ellas. Catalina, enferma como estaba, fue valientemente por las calles desde el Hôtel de Soissons hasta el Hôtel de Guisa. La gente la dejó pasar en silencio, como si supieran adónde iba.

Guisa la recibió con tranquilidad. Ahora él era el amo. Le dijo que el rey debía nombrarle inmediatamente teniente general del país para responder a las demandas de la Liga.

Catalina estaba desesperada.

—Soy una mujer débil y enferma. ¿Qué puedo hacer? Yo no gobierno este reino. Mi querido duque, ¿en qué terminará todo esto? ¿Qué empujáis a hacer a esta gente? ¿A que asesinen al rey y pongan otro en su lugar? Olvidáis que la muerte engendra muerte. No hay que enseñar a la gente que es fácil asesinar a un rey.

Cuando se fue, Guisa pensó en sus palabras; en realidad no podía olvidarlas: «La muerte engendra muerte.» Tenía razón. Antes de hacerse proclamar como rey debía estar seguro de que podría conservar el trono. No podía ser un triunfo breve para él.

En la calle la gente se impacientaba. El rey era su prisionero: estaban sedientos de sangre.

Al llegar la noche Guisa salio a la calle; no llevaba armas y ostentaba una banda blanca. La gente se arremolinó a su alrededor.

—*Vive Guisa! Vive le Balafré!*

Pensaban que los llevaría al Louvre, que bajo su conducción arrancarían al rey aterrorizado, de sus aposentos, que él les ordenaría matar a Enrique de Valois como les había ordenado matar a Gaspar de Coligny.

Para ellos todo era muy simple. Querían eliminar a un rey y poner a otro en su lugar. Pensaban que ése sería el fin de sus problemas. Era la hora más importante en la vida de Enrique de Guisa, pero se encontraba inseguro de cómo actuar.

Quería ser cauteloso. Quería estar seguro de lo que había ganado.

—Queridos amigos: No griten *«Vive Guisa!»*. Les agradezco esa expresión de amor por mí. Pero ahora les ruego que griten *«Vive le Roi!»* Nada de violencia, amigos míos. Mantengan sus barricadas. Debemos actuar con cuidado, amigos míos. No quiero que ninguno de ustedes pierda la vida por una pequeña falta de precaución. ¿Esperarán mis instrucciones?

Rugieron su aprobación. El era su héroe. Su palabra era la ley. Sólo debía expresar sus deseos.

Hizo liberar a los prisioneros suizos, que cayeron de rodillas a sus pies.

—Sé que sois buenos católicos. Quedáis libres.

Luego liberó a los guardias franceses; y en seguida supo que había actuado con sabiduría. Ahora era el héroe de los soldados, porque les había salvado la vida; con los rostros surcados de lágrimas le prometieron que esas vidas estarían dedicadas a él.

La gente caía de rodillas, bendiciéndolo. El más sabio rey de Francia, decían, había evitado un derramamiento de sangre. Lo amaban: cumplirían sus órdenes. Lo seguirían hasta la muerte... o a Reims.

Por poco tiempo el peligro quedaba anulado. Guisa escribió al gobernador de Lyon pidiéndole que enviara hombres y armas a París.

«He derrotado a los suizos», decía, «y he hecho pedazos una parte de la guardia del rey. Tengo al Louvre tan rodeado que podré dar una buena descripción de todo lo que sucede allí. Esta es una victoria tan grande que siempre será recordada».

Guisa había tomado el Hôtel de Ville y el Arsenal. En las calles sonaban las campanas. Los espías de España pedían el asesinato inmediato del rey, el ascenso de Guisa a su lugar y la introducción de la inquisición, que daría como resultado la supresión inmediata de los hugonotes.

La hermana de Guisa, la duquesa de Montpensier, marchaba por las calles a la cabeza de la procesión, instando al pueblo a que se uniera con su hermano. Esta enérgica dama ya era conocida en todo París como la furia de la Liga; no había forma de contenerla. Había repartido panfletos por toda la ciudad; había hecho pintar un cuadro que representaba a Catalina de Médicis torturando católicos. Urgía al pueblo a la revolución, al asesinato del rey y a la coronación de su hermano.

Pero Enrique de Guisa no podía llegar a ese clímax que sería el asesinato del rey. No podía participar del entusiasmo emocional de su hermana. Debía pensar más allá. El título de rey de Francia no se llevaría tan fácilmente como el de rey de París, y al buscar el primero podía perder el segundo. Los jesuitas de La Sorbona se congregaban en las calles y gritaban su determinación de ir al Louvre a buscar al hermano Enrique. Guisa sabía que no pasaría mucho tiempo sin que uno de estos fanáticos, muchos de los cuales creían que la forma más fácil de obtener una corona de mártir era clavar un cuchillo en el corazón de un enemigo de Roma, llegara hasta el rey y lo matara.

No contaba con un ejército lo suficientemente grande como para respaldarlo. Sabía que era estúpido confiar demasiado en España. Los ingleses, si lo veían en una posición débil, seguramente se pondrían contra él. En los Países Bajos lo estarían esperando sus enemigos, y Enrique sabía que Felipe de España estaría más dispuesto a brindar sus hombres y su dinero a ese país que ayudar a subir al trono de Francia a un hombre de quien no se sabía si sería un buen vasallo. Tampoco debía olvidar los ejércitos de Navarra, que aún no estaban vencidos; la brillante victoria sobre Joyeuse no era tan fácil de olvidar.

Si asesinaban ahora a Enrique II, el rey de París se convertiría en rey de Francia; y el rey de París aún no estaba preparado para asumir esa responsabilidad.

Había instalado una guardia alrededor del Louvre; había dicho que informaría sobre todo lo que sucediera dentro del palacio; pero tuvo el cuidado de dejar una salida sin vigilancia. Si el rey se escapaba, postergaría una situación con la que el que sería el nuevo rey aún no estaba preparado para enfrentarse.

Y así fue como la puerta de las Tullerías quedó sin vigilancia, y los amigos del rey no tardaron en descubrirla.

Catalina habló muy ansiosamente con su hijo.

—Sería una gran tontería que te fueras ahora de París. Debes quedarte. Sé que es alarmante, pero si te fueras mostrarías tu temor. Dejarías París totalmente en manos de los Guisa. No debes admitir la derrota.

El rey se paseaba por sus aposentos, fingiendo considerar las palabras de su madre. La miró con fijeza.

—Madre —dijo con una risa nerviosa—, últimamente me he preguntado si realmente me has servido... o si has servido al *bâton* de tu vejez.

Ella rió con algo de su viejo abandono.

—Entonces fuiste un tonto. ¿A quién otro serviría yo jamás que no fuera a ti? Si te parecí demasiado amable con ese hombre, fue para ganar su confianza.

—Se ha dicho que te fascina como fascina a otros.

Ella resopló como dejando de lado algo que no merecía su atención.

—Eres mi vida. Si algo te sucediera, yo no querría seguir viviendo. Has permitido que los malos consejos te llevaran a esto. No has visto el creciente descontento de la gente, y el pueblo de Francia no es paciente ni sufrido. Aman y odian, y hacen ambas cosas con intensidad. Tus jóvenes, querido, no han agradado al pueblo.

—Tienes razón, madre. ¡Ah, si te hubiera escuchado! Ve a ver a Guisa. Habla con él. Dile que me inclino a aceptar sus términos, y que debe controlar a la gente y que retire esas ridículas barricadas. Dile que no puede mantener prisionero al rey.

Ella sonrió.

—Eso es sensato. Debes fingir estar de acuerdo con los de la Liga. Debes acallar sus sospechas, y luego, cuando todo esté nuevamente en paz, decidiremos qué hacer.

—Ah, eres sabia. Eres sutil. Eres una gran actriz. Madre, sé que has aprendido el arte de decir una cosa y significar otra. Ahora ve a Guisa. Fíjate qué puedes hacer. Madre: tú me diste mi reino. Debes conservarlo para mí.

Ella lo abrazó cálidamente.

—Joyeuse está muerto —dijo—. No hagas caso a Epernon. Escucha a tu madre, que te ama, que sólo piensa en tu bien.

—Madre, escucharé.

Ella le confió lo que le pensaba decir a Guisa. Se sentía casi joven. Una vez más llevaba las riendas. No importaba si tenía que viajar por el más traicionero de los países.

Fue en su litera al Hôtel de Guisa.

En cuanto ella se fue, Enrique salió silenciosamente por la puerta sin vigilancia, caminando con lentitud como si estuviera sumido en pensamientos melancólicos. Lo esperaban algunos amigos con caballos. Montó y se alejó; no se detuvo hasta llegar a lo alto de Chaillot, luego se detuvo, se volvió hacia sus amigos y les sonrió mansamente; pero al mirar nuevamente a París tenía los ojos llenos de lágrimas.

—¡Ah, ciudad ingrata! —murmuró—. Te he amado más que a mi propia esposa; no volveré a atravesar tus muros.

Luego se volvió bruscamente y siguió adelante.

El rey coronado había huido a Chartres, y durante un tiempo Guisa fue el rey sin corona. El Château de Vincennes, junto con el arsenal y la Bastilla, estaban en sus manos; insistió en la elección de un nuevo consejo de la ciudad y de una nueva dirección de comercio, y éstos, naturalmente, estaban compuestos por miembros de la Liga. Seguía inseguro. No le gustaba la violencia y ansiaba ardientemente un golpe sin derramamiento de sangre. Por lo tanto permitió a los realistas que salieran de la ciudad para ir a Chartres si lo deseaban; sus enemigos, considerando esta acción y el hecho de que se había permitido escapar al rey, detectaron una debilidad en él. Ahora hacía todo lo que podía por restaurar la calma, pero la gente estaba agitada, y no quedarían satisfechos sin violencia. Se cometían atrocidades y Guisa se sabía incapaz de impedirlas. Todos los hugonotes cesaron en sus cargos, y todas las iglesias estaban controladas por miembros de la Liga. Gritaban desde los púlpitos:

«Francia está harta y París tiene riqueza suficiente para luchar contra cuatro reyes. Francia necesita un trago de sangre fresca. Si recibís nuevamente a Enrique de Valois en vuestras ciudades, veréis a vuestros sacerdotes masacrados, a vuestras mujeres violadas, a vuestros amigos colgados de la horca.»

La familia Guisa llegó a París. La esposa del duque, que estaba encinta, fue aplaudida como si fuera la reina de Francia, y todos sus hijos los herederos de una casa real. El duque de Elboeuf venía con ella, y el aliado de la familia, el cardenal de Borbón.

Catalina, que observaba cuidadosamente los acontecimientos, se coló insidiosamente en casa de los Guisa. Fue con su ayuda que Guisa formó un nuevo gobierno. Catalina sabía que su esfuerzo por hacer reconocer a su nieto como heredero del trono había fracasado; pero mientras trabajaba con Guisa conspiraba secretamente para derrocarlo y devolver el trono a su hijo Enrique.

Epernon escapó de París, pero sólo con su vida. Trató de llevarse mulas cargadas con el tesoro que había amasado en sus años como favorito del rey, pero en el camino los detuvieron y los examinaron, y Epernon perdió su fortuna.

Catalina nunca había trabajado tanto como ahora; nunca había desplegado su habilidad con tanta eficacia. Comprendía que Guisa había dejado escapar deliberadamente al rey, y aunque deploraba el acto de huida de su hijo, veía en Guisa una señal de debilidad, porque la vacilación era la debilidad más fatal que podía desplegar un hombre en un momento semejante. Este Guisa era un gran hombre, siempre había reconocido esa cualidad en él; tenía ambición y coraje, pero no había aprovechado una oportunidad que lo habría puesto de inmediato en el trono; había vacilado en un momento crucial; había estado inseguro. El, como los parisienses, había pensado en cierto momento que era un dios entre los hombres; pero no era Dios; era un ser humano; tenía una debilidad, y su gran tontería era mostrar esa debilidad a Catalina. Ahora ella sabía con quién trataba, y lo trataría como merecía.

¡Cómo anhelaba Catalina su juventud! ¡Cómo deseaba liberarse de los dolores de su cuerpo!

Sugirió a Guisa el mando del ejército, que se erigiera como heredero del trono, ignorando el reclamo de Navarra, que el duque de Mayenne se hiciera cargo de un ala del ejército y saliera a atacar a Navarra. Veía que, para evitar la revolución (que estaba muy cerca) el rey tendría que incorporarse a la Liga; y ella se encargaría de persuadirlo de que lo hiciese. Guisa debía confiar en ella: era la única mediadora posible. Su sugerencia, si se llevaba a cabo, sería la única forma de restaurar un orden temporal en Francia.

Fue a Chartres. El rey estaba muy asustado. Epernon había huido, de manera que la única que podía aconsejarlo era su madre. Por consejo de ella firmó documentos preparados por Guisa. Ahora, si quería, podía decirse a sí mismo que era jefe de la Liga católica, porque la Liga católica se había vuelto realista.

Pero cuando el Papa oyó que Guisa había permitido al rey escapar de París se llenó de ira.

—Qué pobre príncipe es éste —gritó—, que deja escapar la oportunidad de liberarse de alguien que lo destruirá en la primera oportunidad.

Navarra, en su fortaleza, rió a carcajadas cuando se enteró de las noticias.

—¡De manera que todo anda bien entre el rey de París y el rey de Francia! ¡Qué amistad tan incómoda! —escupió—. Yo no daría ni esto por ella. Esperen, amigos míos. Ya veremos qué sucede. La única noticia mejor que ésta sería que la que una vez fue reina de Navarra, y ya no lo es porque no volveré a aceptarla, ha sido estrangulada; con eso, y la muerte de la madre de mi esposa, ¡cantaría la canción de Simeón!

Entre tanto, Catalina hacía todo lo que podía por alimentar la incómoda amistad entre su hijo y Guisa.

El rey estaba furioso, y toda su furia se dirigía a un solo hombre. Nunca sería feliz mientras viviera Guisa. Si no lo mato, pensaba, me matará él a mí. El más sabio de los dos será el que dé el primer golpe.

Guisa se había convertido en generalísimo de los ejércitos, y estaba preparado para hacer otra reclamación del trono. Se hacía cada vez más poderoso; tenía el ejército con él, y el aristócrata ya no necesitaba apoyarse solamente en el populacho.

Cuando los estados generales se reunieron en Blois y el rey pronunció un discurso, el duque de Guisa como administrador de su casa estaba sentado a sus pies. Guisa no aplaudió el discurso, y muchos de los hombres reunidos en el recinto, todos ellos guisardos, siguieron el ejemplo de su jefe, porque el rey los había atacado deliberadamente al decir: «Ciertos personajes de mi reino han formado ligas y asociaciones que en cualquier monarquía bien ordenada son crímenes de alta traición. Pero, con mi natural indulgencia, olvidaré lo pasado.»

Guisa evitó que se publicaran estas palabras.

El rey prácticamente recibió órdenes de reunirse con la comisión, y allí se le informó con respeto pero con firmeza que debía alterar el pronunciamiento, porque no era su prerrogativa perdonar benignamente: su obligación era recibir órdenes.

Catalina estuvo allí junto a Guisa y fue ella quién aconsejó al rey que accediera, pero era obvio que ningún rey que tuviera respeto por sí mismo podía acatar semejante tiranía.

Llegó a oídos del rey que el cardenal de Guisa había hecho un brindis por su hermano, refiriéndose a él no como el duque de Guisa, sino como al rey de Francia.

Felipe de España había sido aliado de Guisa pero, pocos meses antes, ese monarca había sufrido una derrota tan grande que dejó estupefacta a toda Europa, porque muchos creyeron que el mayor poder del mundo había sido suprimido para siempre. Hubo carteles en todas las ciudades de Francia. Los franceses los leyeron y trataron de mostrarse perturbados mientras reían para sus adentros.

«Perdida. En algún lugar de la costa española, la grande y magnífica armada española. Cualquiera que proporcione información sobre ella en la embajada española recibirá recompensa.»

España quedó destrozada, porque no podía hacerse nada para minimizar el desastre. España, que vivía de su poder en el mar, había perdido ese poder, y una pequeña isla en la costa de Europa había adquirido gran importancia ese verano. En lugar de los poderosos Felipe, Gómez, Parma y Alba habían surgido otros grandes hombres: sir Francis Drake, sir John Hopkins, lord Howard de Effingham. La pequeña isla se había convertido en un país de gran importancia. La reina pelirroja sonreía serenamente en su trono, y era una reina protestante que gobernaba a un pueblo protestante. El año anterior, con el pretexto de haber descubierto que su prima estaba involucrada en una conspiración contra la corona, Isabel hizo cortar la cabeza a la reina católica escocesa María Estuardo. Entonces chasqueó los dedos en dirección a España, y ese año sus marinos le asestaron el golpe final.

La aliada de Guisa, España, no le sería tan útil a aquél como parecía posible unos meses antes.

Considerando estos asuntos, el rey decidió una acción. El o su enemigo deberían morir, de eso estaba seguro. Que fuera su enemigo.

Una conspiración fermentó en la mente enferma del rey. No la discutiría con su madre, ya que sabía que ella no la aprobaría.

Catalina guardaba cama nuevamente; envejecía con rapidez; tenía la piel amarilla y arrugada, y esos ojos que eran tan alertas ahora estaban vidriosos.

Hubo muchos desórdenes, en las semanas que siguieron, entre los partidarios de Guisa y los del rey. Los hombres de guardia en los patios iniciaban peleas, y algunas terminaban en duelos que a veces eran fatales.

El rey insinuó a un par de hombres en quienes confiaba que no pensaba dejar vivir a los traidores.

—No hay lugar para dos reyes en Francia. Uno tendrá que irse, y estoy decidido a no ser yo quien se vaya.

Pensaba constantemente en su madre y deseaba que ella lo acompañara en esta acción. Era una asesina de experiencia: no había mujer en el mundo que hubiera eliminado a tantas personas con semejante eficacia. Pero estaba vieja, había perdido su agudo ingenio, y nada podría convencer a su hijo de que no estaba fascinada por Guisa. Tal vez fuera la fascinación del odio, o del miedo, pero era una fascinación. Siempre había querido aliarse, aunque fuera externamente, con el poderoso del momento, y sin duda ahora veía en Guisa al hombre más importante de Francia. ¡No! El rey no podía tomarla como confidente, pero podía imitar su estilo.

Organizó una reconciliación pública con Guisa; y en esta reunión declaró que legaría su poder a Guisa y a su madre conjuntamente; porque, según dijo, él mismo había recibido una llamada de Dios. Pasaría el resto de su vida en la plegaria y la penitencia.

Catalina se levantó de la cama para estar presente y oír esta declaración. Sonrió a su hijo. Esta era la forma de borrar las sospechas. Por fin su hijo aprendía.

Guisa se mostró escéptico. El rey no lo había enga-
ñado, y se lo dijo a Catalina.

—Os equivocáis, querido duque —respondió ella—.
El rey dice la verdad. Está cansado y no posee vuestra fortaleza física. No podéis entender que abandone el poder,
pero yo sí. Ya veis, estoy envejeciendo. Mi hijo también
siente su edad. Es joven, pero carece de vuestras perfec-
ciones físicas.

Catalina sonrió al ambicioso Guisa. Le estaba diciendo: «No te preocupes demasiado, porque yo también estoy
demasiado vieja como para que me importe el poder. Todo
el poder puede ser tuyo. Virtualmente eres rey de Francia.»

El rey hacía planes y como de costumbre los abandonaba. Hablaba tan frecuentemente con sus amigos y con
tal falta de precauciones que inevitablemente sus esque-
mas se difundían.

Un día Guisa estaba sentado a la mesa cuando le
entregaron una nota. Decía: «Cuidado. El rey piensa
matarte.» Guisa la leyó y sonrió. Pidió una pluma, y cuando se la trajeron escribió en la nota: «No se atreverá.» Luego, para mostrar su desprecio, la arrojó debajo de la mesa.

Su hermano, el cardenal de Guisa, le aconsejó:

—Debes partir ahora mismo de Blois. No estás seguro aquí. Vete a París.

—Hermano mío —respondió Guisa—. Siempre he
tenido suerte. Me iré cuando llegue mi hora.

—¿Por qué no te vas en seguida?

Guisa se alzó de hombros, y su hermano se le acercó más.

—¿Será por alguna cita con la marquesa de Noirmoutiers?

—Puede ser —respondió Guisa con una sonrisa.

El cardenal rió con amargura.

—No serías el primer hombre que es atraído a la
muerte por una mujer. Esa Carlota de Noirmoutiers era una
de las mujeres de la reina madre cuando se llamaba Carlota de Sauves. Su matrimonio con Noirmoutiers no redu-
jo el poder de su ama. Puedes estar seguro de que el rey y
su madre planean matarte a través de esa mujer.

—La reina madre no desea mi muerte. El tonto del rey sí, lo sé. Pero es débil y muy estúpido. Hace meses que planea mi muerte, pero tiene miedo de ejecutar el plan.

—Carlota de Sauves es una herramienta de Catalina de Médicis.

—Querido hermano, el *Escadron* dejó de ser efectivo cuando la reina perdió el poder.

—Haces mal en confiar en Jezabel. Siempre ha sido una serpiente y sus colmillos son venenosos.

—Es una serpiente enferma que ya no tiene fuerzas para levantar la cabeza y asestar el golpe.

—¿De modo que piensas pasar la noche con madame Noirmoutiers?

Guisa asintió.

El cardenal se alejó, exasperado, pero antes de que saliera del aposento llegó un mensajero con una carta que entregó al duque.

«Parte ahora mismo de Blois. Tu vida corre peligro inminente. No pases otra noche aquí.»

Guisa estrujó el papel en su mano. Pensaba un poco en Carlota y mucho en la muerte.

En sus aposentos Carlota lo esperaba. Nunca se había sentido tan feliz en su vida. Guisa era el único hombre que amaba. Ya no estaba presa del vínculo que la unía a Catalina, porque ya no era joven y porque de todas maneras el *Escadron* se estaba deshaciendo. ¿Cómo podía la reina madre, tan vieja y enferma, controlar a sus mujeres? ¿Cómo podía dirigirlas en la cacería? Había algunas que, de tanto en tanto, recibían la orden de fascinar a algún ministro de Estado, pero la edad le robaba vitalidad a Catalina; y en la corte sucedían muchas cosas de las que no se enteraba.

El barón de Sauves había muerto dos años antes y Carlota se había casado con el marqués de Noirmoutiers. No deseaba este matrimonio, pero lo había arreglado su familia, con la aprobación de Catalina; descubrió que su nuevo marido no era tan complaciente como había sido el barón de Sauves. Había amenazado con matar a Guisa si ella no dejaba de ser su amante; pero ella jamás lo dejaría. A veces se preguntaba si su marido no la mataría a ella como Villequiers había matado a su mujer; no le importaba. Su pasión por Guisa era una obsesión; sólo era feliz cuando estaba con él.

Cuando Guisa entró, notó que su expresión severa cambiaba al verla; él la necesitaba tan apasionadamente como ella a él. A veces pensaba en Margot, pero creía que la Margot de hoy era una persona diferente de la mujer de su juventud. Había amado a Margot y ella lo había desilusionado; había dejado que su orgullo estropeara la vida que podían haber tenido juntos. Podía perdonarle muchas cosas, pero no aquello que parecía ser el colmo de la estupidez. Se había vuelto frívolamente hacia Carlota, y esta mujer, esta mujer fácil del *Escadron*, le había dado lo que buscaba... Hacía muchos años que eran amantes, pero la devoción que sentían uno por el otro se había fortalecido. Carlota servía a la reina madre; Guisa servía a Francia; estos hechos los mantenían separados durante largos períodos; pero se aseguraban el uno al otro que vivían para los períodos en que podían estar juntos, y había verdad en esas palabras.

¿Perderé esto, se preguntaba Guisa, por los complots y las conspiraciones para matarme?

Pero sabía, aunque hasta a sí mismo trataba de ocultarse el hecho, que no era sólo por Carlota que se quedaba.

Ella lo abrazó con fervor, y toda la noche tuvo la sensación de que él estaba inquieto, y que el ruido del viento de diciembre lo estremecía a veces y le hacía llevar la mano a su espada.

Estaban tendidos en la oscuridad cuando ella dijo:

—Algo ha sucedido... Esperas algo... estás alerta... ¿qué es, querido?

—Un asesino, quizá.

Ella tembló. Sabía que él estaba en constante peligro, pero podía ser que ahora el peligro estuviese más cerca. Ella no descansaría hasta que él le hablara de las advertencias que había recibido.

—Debes marcharte ya —dijo ella—. Mañana... No. Ahora. No esperes a que llegue el día.

—Parece que tienes ganas que me vaya.

—Temo por tu seguridad, mi amor.

—Ah —respondió él con ligereza—. ¿No será que quieres librarte de mí para tomar otro amante? —y se puso a cantar la melodía popular.

> *«Mi pequeña rosa, una pequeña ausencia*
> *y ya no me amas como antes...»*

Pero ella comenzó a llorar en silencio.

—Debes irte. Debes irte.

Para consolarla, él respondió:

—No temas, mi amor. Nunca temas que no sepa defenderme. Para complacerte, me iré mañana.

Pero cuando llegó la mañana cambió de idea.

—¿Cómo puedo irme? ¿Cómo puedo saber cuándo volveré a verte?

—Cada hora que pasas en Blois es una hora de peligro. Lo sé. Ve a París. Estarás más seguro en París.

—¡Qué! —exclamó él—. ¡En París! ¡Y tú en Blois! ¿De qué sirve eso?

Ella se asustó. Advirtió que él conocía el peligro y que lo contemplaba con un deleite que estaba más allá de la valentía. Lo conocía bien, pero nunca lo había visto antes así. Sintió que él estaba ansioso por morir.

Los ojos de él se encontraron con los de ella, y la miró con expresión enigmática. Se daba cuenta de que había revelado sus sentimientos más íntimos a la mujer que lo amaba. Ella supo que el hombre más grande del país, como muchos lo consideraban, tenía miedo, miedo de la vida más que de la muerte. Lo que había deseado toda la vida estaba casi al alcance de su mano; pero temía los últimos pasos que debía dar para alcanzarlo. Era a medias egoísta, a medias idealista, y esas dos partes suyas estaban en conflicto. El hombre más valiente de Francia tenía miedo... miedo del precio que debía pagar por la grandeza que de-seaba. Sólo podía obtener la corona después de haber matado al rey, y el general que había organizado la matanza de miles en el campo de batalla, como

384

aristócrata que era, se espantaba de la muerte a sangre fría de un hombre inútil.

Había llegado muy lejos, y ahora se encontraba frente a frente con el asesinato que debía cometer; no podía volverse atrás. Sólo había un camino para escapar al resultado de la ambición. Ese era el camino hacia su propia muerte.

Carlota lo miraba entre lágrimas.

—¿Te irás? Debes salir de Blois hoy mismo.

—Más tarde —respondió él—. Más tarde.

Y durante el día le dijo:

—Pasaré aquí la noche y me iré mañana. Sólo una noche más contigo, y luego... prometo que me iré.

Toda su vida Carlota recordó ese día. Durante la cena que comieron juntos, Guisa recibió cinco notas de advertencia. Su primo el duque de Elboeuf, llegó y pidió verlo.

—No hay un momento que perder —dijo—. Tus caballos están listos. Tus hombres te esperan. Si aprecias la vida, vete ahora mismo.

Carlota lo miró con ojos suplicantes, pero él no quiso ver el ruego en sus ojos.

Dijo:

—Si viera entrar a la muerte por la ventana, no saldría por la puerta para esquivarla.

—Eso es una tontería —replicó Elboeuf.

—Mi amor, tiene razón... No pierdas un momento más. Vete. Vete ahora mismo, te lo ruego.

El le besó la mano.

—Mi amor, ¿cómo me pides que me vaya? Es más cruel que el cuchillo de un asesino.

Ella respondió con furia.

—Estos no son momentos para galanterías.

Guisa miró a su amante y luego a su primo.

—El que huye pierde el juego. Si es necesario daré mi vida para recoger lo que hemos sembrado, y no lo lamentaré.

—Te engañas —gritó Carlota—. No es necesario que des tu vida. Esa es la pena.

—Si tuviera cien vidas —continuó él como si no la hubiera oído—, las dedicaría a conservar la fe católica en Francia y a aliviar a los pobres por quienes sangra mi corazón. Vete a la cama, primo. Y déjanos hacer lo propio.

Finalmente Elboeuf se encogió de hombros y se retiró, exasperado.

—¿Estás decidido? —preguntó Carlota.

El hizo un gesto afirmativo.

—No se hable más de muerte, sino de amor y de vida.

Pero cuando ya estaban en la cama entró otro mensajero en el dormitorio. Tenía una nota para Guisa, con órdenes de no entregarla a otro que no fuera el duque, y lo más rápidamente posible.

Guisa la leyó y la puso debajo de la almohada.

—¿Otra advertencia? —preguntó Carlota llena de miedo.

El la besó, pero se negó a contestar.

La mañana era oscura y la lluvia golpeaba las ventanas del Château de Blois. Catalina, acosada por el dolor, estaba tendida en la cama. El rey se había levantado temprano. Había asuntos urgentes que exigían su atención. Guisa sólo se despertó a las ocho. Entonces se incorporó y miró a su amante dormida.

Hoy habría más advertencias; hoy le pedirían que se fuera a París. Se lo pedirían todos sus amigos, y Carlota se uniría a sus ruegos.

Se encogió de hombros y se levantó de la cama.

Se puso la nueva chaqueta de raso gris con que asistiría a la asamblea esa mañana.

Carlota lo miraba y trataba de dominar sus temores. De día le resultaba más fácil, aunque fuera un día oscuro y triste como éste.

—¿Te gusta? —preguntó él dando una vuelta ante ella, tratando de alegrarla.

—¡Hermosa! Pero un poco clara para un día tan oscuro, ¿no crees?

El la besó.

—Carlota, quiero pedirte que hagas algo por mí.

—Lo que me pidas.

—No me pidas que me vaya de Blois.

—Pero dijiste que te irías hoy.

—Cabalgar en la lluvia, pasar la noche en algún sombrío château, cuando podría pasarla contigo...

Ella sonrió y lo abrazó, porque era fácil reír a la luz del día; lo miró, más alto y apuesto que cualesquiera de los hombres de la corte, y lo creyó invulnerable.

Guisa llegó tarde a la asamblea. Al caminar por el corredor, pareció sentir el peligro que lo acechaba allí. Sintió un poco de frío, pero no quiso admitir que era por aprensión. Una mañana desapacible, pensó.

Se volvió hacia uno de los caballeros que estaban en el recinto.

—Ve hasta la puerta de la escalera —le dijo—, y allí verás a uno de mis pajes. Pídele que me traiga un pañuelo.

Le pareció ver miradas extrañas a su alrededor, el miedo reflejado en los ojos de los demás. Pareció pasar mucho tiempo hasta que su valet le trajo el pañuelo.

—¡Qué frío hace! —exclamó—. Me desmayo de frío. Haced que enciendan el fuego. ¿Hay algo en la despensa para reanimarme?

Uno de los hombres abrió un armario y encontró allí cuatro duraznos de Brignolles.

Guisa comió uno.

—¿Alguien desea un durazno? —preguntó.

Uno de los asistentes del rey apareció en la puerta. Estaba pálido y le temblaban las manos.

—Monsieur —dijo con una reverencia—. El rey requiere vuestra presencia. Está en su viejo despacho.

El hombre no esperó respuesta; escapó sin ceremonias. Los que rodeaban a Guisa lo miraron como advirtiéndole; él se negó a ver las advertencias.

Se echó la capa sobre un hombro, cogió sus guantes y se dirigió a los aposentos del rey.

El rey se había despertado temprano esa mañana. Tenía muchas cosas que hacer, y había pedido que lo despertaran a las cuatro. La reina, que estaba con él, lo miró desconcertada. A la luz de las velas estaba muy pálido, y esa mañana no se había preocupado por su apariencia.

Entró en su despacho privado donde lo esperaban cuarenta y cinco hombres, como había ordenado. Los inspeccionó con cuidado y les pidió que les mostraran sus dagas. Faltaba mucho tiempo de espera, porque se había levantado muy temprano. El tiempo habría sido suficiente para los preparativos si lo hubieran llamado a las seis. Allí parado, hablando en susurros, recordó la noche de San Bartolomé. Pensó en los sacerdotes y pastores que ya rogaban perdón al cielo por el crimen que aún no se había cometido.

Había despejado los corredores para que ninguno de los partidarios del duque estuviera cerca, porque le aterrorizaba que su plan saliera mal, y lo que podía suceder en ese caso. Uno de ellos debía morir: el rey de Francia o el rey de París, y según él pensaba, el que sobreviviría sería el que golpeara primero.

Uno de sus hombres entró corriendo, muy agitado. Contó al rey que el duque estaba en el recinto de las asambleas, pero que había enviado a uno de sus caballeros a buscar un pañuelo, y este caballero descubriría que las escaleras y los corredores estaban vacíos por orden del rey, y adivinaría la razón. Si contaba la historia a Guisa, éste sabría que su asesinato tendría lugar esta mañana.

El rey dio órdenes apresuradas.

—Cuando el valet se acerque con el pañuelo, arréstenlo, y tráiganme el pañuelo a mí.

Esto se hizo. La mano del rey temblaba al extenderla para tomar el pañuelo. Estaba prolijamente doblado, y dentro había una nota escrita con prisa:

«Sauvez-vous ou vous êtes mort.»

El rey estaba eufórico. Su pronta acción había sido eficaz. Tomó la nota y entregó el pañuelo a uno de sus sirvientes... un hombre humilde que los guisardos reunidos en el salón no reconocerían.

—Toma —dijo el rey—. Llama a la puerta del salón de asambleas y entrega esto al caballero que veas más cerca. Mantente escondido lo más que puedas y di que es el pañuelo que pidió el duque. Luego retírate en seguida.

Así se hizo, y el caballero que recibió el pañuelo no reconoció que quien se lo daba no era un servidor del duque.

¿Llegaba el momento? ¿Los hombres estaban listos? Respondieron llevándose una mano a la daga.

—Révol —dijo el rey a uno de sus secretarios—. Ve al salón de asambleas y di al duque que deseo verlo en mi despacho privado. ¿Qué sucede, hombre? No pongas esa cara. Tienes el color del pergamino y tiemblas como una hoja en el viento. Arriba ese ánimo. Nos traicionarás a todos.

Révol partió.

El rey se retiró a su dormitorio, y en el viejo despacho, con las dagas desnudas, los asesinos esperaron la llegada del duque de Guisa.

Guisa atravesó la pequeña puerta para llegar a los aposentos del rey. Uno de los guardias del rey cerró la puerta tras él. El duque entró en el viejo despacho, y de pronto un hombre parado junto a la puerta se inclinó hacia adelante y tropezó con un pie del duque. Guisa miró el rostro del hombre, vio allí la advertencia, y comprendió que sería la última que recibiría. Ahora estaba seguro de que se encontraba en agudo peligro, y con ese conocimiento tuvo un fuerte impulso de salvar su vida. Quizá cuando contemplaba la muerte con tanta ligereza no pensaba realmente que el rey le quitaría la vida, pero al encontrarse en el sombrío despacho comprendió que hombres como Enrique III pueden dejar de lado toda vacilación y actuar por impulso.

Oyó un movimiento a sus espaldas y se volvió, pero era demasiado tarde: ya le habían clavado dagas en la espalda.

Dijo con una leve nota de sorpresa:

—Mis amigos... mis amigos...

Buscó su espada, pero la tenía enganchada en la capa. Vaciló, y uno de sus enemigos le dio una puñalada en el pecho. Brotó su sangre, manchando la nueva chaqueta de raso gris mientras Guisa caía al suelo del viejo despacho.

Todavía no estaba muerto, y parecía que para morir se necesitaba la fuerza de dos hombres. Agarró a uno de los asesinos por la garganta y logró arrastrarse, arrastrando con él al hombre, por el piso de la habitación.

—El rey... me espera —jadeó—. Debo... ir a ver al rey.

Y con un esfuerzo increíble se arrastró hasta el dormitorio del rey y sólo al llegar junto a la cama se dejó caer, manchando de sangre la alfombra del rey.

—Dios mío... —murmuró—. Dios mío, ten piedad de mí.

Quedó inmóvil y el rey fue a verlo, mientras los asesinos, con las dagas manchadas de sangre, fueron a pararse junto al rey.

—¿Está muerto? —susurró al rey.

Uno de los hombres se arrodilló junto al duque y abrió la chaqueta manchada de sangre.

—Está muerto, sire. El glorioso rey de París ya no existe.

El rey tocó ligeramente a Guisa con el pie.

—Aquí yace el hombre que quiso ser rey de Francia —dijo—. Ya veis, amigos míos, dónde lo llevó su ambición. Dios mío, ¡qué alto es! Parece más alto ahora que está muerto que cuando estaba vivo —luego se echó a reír—. Ah, amigos míos, ahora tenéis sólo un solo rey para gobernaros, y ese rey soy yo.

Un poco más tarde el rey fue a los aposentos de su madre. Ahora estaba magníficamente vestido, con la cara recién pintada, el cabello exquisitamente rizado. Sonreía.

—¿Cómo estás esta mañana, querida madre?

Ella sonrió penosamente. Le disgustaba admitir cuán enferma estaba. Siempre había despreciado la enfermedad en los otros, y no podía quejarse de la propia. No ofrecía simpatía ni la esperaba.

—Estoy mejor, gracias. Creo que pronto podré levantarme. Estoy cansada de estar en cama. ¿Y cómo está Vuestra Majestad?

—Ah, muy bien, madame. Muy bien, por cierto. Hay una razón.

—¿Una razón? —Ella trató de incorporarse un poco e hizo una mueca por los dolores en sus brazos y piernas.

—Sí, madame. Hoy soy realmente el rey de Francia, porque ya no hay rey de París.

Ella palideció.

—Hijo mío, ¿qué quieres decir?

—Murió esta mañana.

—¿Murió? ¿De qué?

—De puñaladas leales, madame. Los amigos del rey eliminaron a su enemigo.

Ella perdió el control. Estaba debilitada por el dolor y la desacostumbrada inactividad. Dijo con voz chillona:

—¿Es que has matado a Guisa?

—No parecéis complacida, madame. Olvidaba que era un favorito vuestro.

Ella exclamó:

—¡Ay, Dios mío! ¿En qué terminará todo esto? ¿Qué has hecho? ¿No te das cuenta de lo que has hecho?

—Sé que ahora soy el verdadero rey de Francia, y eso es todo lo que importa.

—Asegúrate —respondió ella sombríamente—, de que pronto no seas el rey de nada.

A él le brillaron los ojos.

—Comprendo, madame. ¡Lloráis a vuestro querido amigo!

—Yo no tengo amigos. Sólo tengo devoción por ti.

—¿Pero esa devoción te hace llorar por nuestros enemigos?

—Era un enemigo, sí, hijo mío. Pero a ciertos enemigos hay que dejarlos vivir. Has cometido un asesinato.

El rey rió en voz alta.

—¡Vos, madame, vos me acusáis de asesinato! ¿Cuántas veces lo habéis cometido en vuestra vida?

Ella se incorporó en la cama; tenía los ojos cansados e inexpresivos.

—No he cometido asesinatos estúpidos. Jamás un asesinato estúpido. Has matado a un hombre que París amaba. Ruego a Dios que París te perdone.

El rey estaba al borde de la histeria.

—¡Te atreves a hablarme así! ¿De quién aprendí a asesinar? ¿Quién es la asesina más notoria de Francia?

—No aprendes bien tus lecciones, hijo mío —respondió cansadamente ella—. Pero, lo hecho, hecho está. Dios quiera que no suceda nada malo —lloraba por pura debilidad, pero pronto controló sus lágrimas—. No deberías estar aquí. Debes tomar Orléans ya mismo. No les des la oportunidad de que se armen contra ti. Ah, hijo mío, ¿qué hará París? No te atrevas a mostrarte en París. Te lo ruego, informa al embajador —se reclinó en sus almohadas—. ¡Santa Madre de Dios! —murmuró—. ¿En qué terminará esto? No puedo decirlo. Sólo sé que aquello por lo que he trabajado toda mi vida está en ruinas a mi alrededor... ¿Dónde están mis hijos? ¡Sólo me quedan dos! Mi hija, que se ha escapado, una esposa infiel... Mi hijo, el rey de Francia, pero, ¿por cuánto tiempo?

El rey la miró. Sintió que estaba en un momento profético y sus palabras lo aterrorizaron.

Pero ella ya no estaba sombría. El hábito de toda su vida de no mirar hacia atrás, de aceptar lo que no se podía cambiar, volvió a ella.

Comenzó a dar órdenes.

—¿Dónde está el cardenal de Guisa?

—Ha sido arrestado.

—Que lo dejen en libertad.

El rey entrecerró los ojos. Seguiría la conducta de su madre. Haría como hacía ella en sus días mejores. No debía olvidar que ahora ella estaba vieja y enferma, y que probablemente la mente le fallaba. Habría que tratarla como a un niño. El cardenal de Guisa saldría del calabozo donde lo habían encerrado desde la muerte del duque, pero sólo para afrontar las dagas del rey.

—Hijo mío —rogó Catalina—. Debes escucharme.

—Madre —dijo el rey con suavidad—. Has estado enferma. No sabes cómo están las cosas. Ten la seguridad de que no olvidaré nada de lo que me has enseñado. No temas... manejaré este asunto como tú lo habrías manejado.

Catalina estaba en la cama, llena de miedo. Había tratado de levantarse, pero se lo impidieron las náuseas, y cayó hacia atrás, semidesvanecida. Sus mujeres la rodeaban; las miró con desagrado. ¿Dónde estaba Maddalena? ¿Y las damas del *Escadron Volant*? ¿Qué habían estado haciendo? ¿Por qué no le habían advertido sobre este terrible plan de su hijo?

Pensaban que estaba vieja. Que estaba terminada, pero no estaría terminada mientras le quedara un soplo de vida en el cuerpo.

Mandó llamar a Maddalena.

—¿Qué ha sucedido? ¿Por qué no me informaron? ¿Qué noticias hay? ¿Qué noticias?

—Madame, el cardenal de Borbón ha sido arrestado. La madre del duque, el príncipe de Joinville y el duque de Elboeuf están todos presos. Todos los Guisa que el rey logró apresar... están en la cárcel.

Catalina gritó:

—No puedo quedarme aquí mientras suceden estas cosas. Que preparen mi litera. Que me lleven a ver al cardenal de Borbón. Debo hablar con él.

Mientras le preparaban la litera le trajeron la noticia de que el cardenal de Guisa había sido asesinado.

¿No ve el rey, se preguntó Catalina, que está acercando el cuchillo a su propia garganta? ¿No se da cuenta de que al echar abajo los pilares de nuestro Estado, como Sansón, se destruye a sí mismo?

La llevaron a la prisión del cardenal de Borbón.

—Monsieur —le dijo—, sois mi amigo, mi sabio y viejo amigo.

Pero el viejo levantó la cabeza y se rió de ella. En su mirada había odio y desprecio.

—Madame, éstas son acciones vuestras. Recursos vuestros. Los que habéis usado desde que llegasteis a Francia. Y ahora... nos matáis a todos.

—Nada he tenido que ver con el asesinato de Guisa... ni con el de su hermano —gritó—. Este crimen me destroza el corazón. Que Dios me condene si alguna vez lo busqué.

—Madame, ahora puedo decir algo que nunca me atreví a decir antes: no os creo.

—Debéis creerme.¿Por qué haría yo esa tontería? ¿Creéis que ignoro lo que esto significa?

El se apartó de ella. Estaba demasiado viejo como para que le preocupara lo que sucedía. Además estaba gastado, como ella.

Ella sintió correr las lágrimas por sus mejillas. Se sentía débil y enferma, y el trayecto había agotado lo poco que le quedaba de su energía.

—No puedo hacer nada —dijo—. Ya veo que nadie creerá que yo no tuve que ver con esto.

—Madame, ¿por qué os creerían si tenéis las manos rojas de la sangre de tantos?

—Era un gran hombre... y Francia lo necesitaba.

—Hubo otros grandes hombres, madame, a quienes Francia necesitaba.

El encierro del calabozo le era insoportable; sentía que se desmayaría si seguía allí.

—Esto es demasiado para mí. Ya estoy vieja para estos choques. Este dolor me llevará a la muerte... lo sé... Yo sé de estas cosas.

La llevaron nuevamente a su cama, y por el castillo se difundió la noticia de que realmente estaba muy enferma.

Cuando en su exilio, Margot oyó que el duque estaba muerto, derramó amargas lágrimas por el amante de su juventud.

Sentía que los hombres que más había amado estaban muertos, y que habían sufrido muertes violentas. Guisa, La Mole, Bussy... todos muertos, porque Bussy murió en manos del marido de una de sus amantes cuando, en el dormitorio de la dama, descubierto por el marido, trató de salir por la ventana, y al hacerlo enganchó sus ropas en un clavo. Quedó allí colgado hasta que el marido lo mató a puñaladas.

Lloró por cada uno de ellos, pero en particular por Guisa, y tembló al contemplar el futuro de su familia, porque, como su madre, sabía que su hermano pagaría por el crimen.

Día a día esperó noticias, desolada porque la habían alejado de su esfera de acción, y sólo le quedaba un amante a quien debía comparar constantemente con el incomparable Guisa.

El rey de Navarra oyó las noticias con gravedad, porque sabía que estos acontecimientos lo afectarían más que a cualquier hombre de Francia. En las semanas que siguieron a la muerte de Guisa, adquirió más gravedad, más compostura. Mientras esperaba noticias parecía avanzar en edad y ese otro Navarra, que a veces aparecía en sus ojos astutos, tomó el control del aventurero irresponsable. Llegaría el momento en que tendría que asumir sus responsabilidades, mostrándose como uno de los más grandes reyes que jamás conocieran los franceses.

Por momentos Catalina estaba demasiado enferma como para entender lo que le decían. Le traían noticias, porque cuando estaba consciente las pedía; pero no siempre estaba muy segura de dónde se encontraba. Pensaba que era una niñita en el convento delle Murate, bordando un mantel para el altar mientras las monjas le contaban la historia de la capa de la Virgen; se veía caminando por las calles de Florencia mientras los florentinos clamaban por la sangre de los Médicis; luego era una novia con un novio malhumorado; era una esposa con un marido que no la amaba y que sólo rendía honores a su amante; era una esposa celosa que espiaba por un agujero en el suelo de su habitación; mezclaba una poción para alguien a quien deseaba eliminar; impedía que Paré viera a su hijo Francisco; se burlaba de María, la reina de Escocia; instruía a los tutores de Carlos, el loco, sobre la forma de pervertirlo, esperaba el toque de campanas que anunciaría el comienzo de la noche de San Bartolomé. Las sombras de lo que había sido parecían estar al borde de su cama.

Esto era la muerte. Catalina lo sabía y lo aceptaba.

Pero cuando se recuperaba un poco quería saber lo que sucedía a su alrededor; entonces la muerte retrocedía y recordaba el trágico estado de cosas que no había podido evitar. Entonces se enteraba de que París estaba loco de furia y pedía la sangre del rey. Sabía que el hombre que había matado al héroe de París no podría evitar el terrible castigo que París exigía.

La viuda del duque estaba *enceinte*, y eso la convertía en una figura patética. La llamaban «la viuda santa». Andaba por las calles de París de luto riguroso y la gente la rodeaba, le besaba las vestiduras y pedía venganza para el hombre que había asesinado al duque. La hermana de Guisa, duquesa de Montpensier, la furia de la Liga, condujo una procesión que marchó por las calles, con antorchas, por la muerte de su ídolo, pidiendo la muerte del asesino real.

De manera que París estaba en un tumulto y Catalina, que conocía bien a su hijo, sabía que él esperaba con aprobación, con la certeza de que en cualquier momento sentiría el acero frío en el corazón. ¿Se daría cuenta ahora de que tendría que haber consultado a su madre antes de mandar matar a un hombre como Guisa; comprendería que ella, la archiasesina, sólo había triunfado gracias al infinito cuidado con que cometía sus acciones?

Enrique, rey de Francia, se había convertido en un viejo. Le temblaban los brazos y las piernas, y sus escasos cabellos encanecían. Se trasladaba de una habitación a otra, porque en ninguna se encontraba bien; temía que lo esperara un asesino, oculto entre las colgaduras.

Y en París, durante esas semanas tumultuosas, un joven dominicano llamado Jaime Clément afilaba su daga todos los días, porque creía que se le había aparecido un ángel y que le había ordenado dar muerte al asesino real de Guisa, que era el tirano de Francia.

Catalina de Médicis se moría.

La gente hablaba de ello en las calles. Recordaron el día en que llegara a Francia escoltada por el rey Francisco. ¡Ah, no sabía él a quién traía a Francia!

—Dicen que enviarán su cadáver a París... para enterrarla en la magnífica tumba que ella ha hecho construir.

—Que la traigan aquí. ¡Aquí! Ya sabremos qué hacer con los huesos de Jezabel.

Y entre tanto Catalina contemplaba la luz cada vez más tenue de su cuarto. El final. Sabía, como si hubiera vivido para verlo, que su hijo no le sobreviviría mucho tiempo. Había vivido para ver a sus hijos en el trono y gobernar a través de ellos, y lo había logrado. Gobernó mientras tuvo fuerzas para retener el poder.

—No pasará la noche —dijo una de sus mujeres—. Dios mío, parece muerta ya, ¿verdad?

—No, todavía no.

—No querría tener sus pecados en mi alma. ¡Por qué cosas deberá responder!

Catalina las oyó y sonrió levemente. ¡Tontas! No entendían. Ella no había adorado a ningún Dios, sino al poder. No tenía religión ni deseaba una vida eterna. Había tenido un gran deseo: gobernar a Francia a través de sus hijos, y en gran medida lo había logrado.

Oyó susurrar a alguien.

—Nadie la quiso nunca. ¡Qué terrible es eso! Pasar la vida sin que nadie lo quiera a uno.

Es verdad, pensó Catalina. Nadie me amó, pero muchos me temieron.

Y poco después cayó en la oscuridad.

—¡Catalina de Médicis ha muerto!

La noticia llegó a París.

—La italiana ya no existe. Es su hora de enfrentarse con el Hacedor.

Ahora el pueblo de París esperaba que trajeran su cadáver a la ciudad para arrojarlo al Sena.

La Revolución amenazaba a toda Francia; pero, en París, mientras algunos hablaban con ira de lo que le esperaba al rey, otros cantaban:

«Una, ruina de Israel»;
«La otra, ruina de Francia».